MARCEL PROUST

U0959538

À LA RECHERCHE DU TEMPS PERDU

La Fugitive

追忆
似水年华

第六卷　女逃亡者

［法国］马塞尔·普鲁斯特　著
刘方　陆秉慧　译

译林出版社

Les vrais paradis sont les paradis qu'on a perdus.
Les années heureuses sont les années perdues, on attend une souffrance pour travailler.

LA FUGITIVE

目 录

第六卷

女逃亡者

第 1 页—第 161 页

刘方 译

……… 1

第 162 页—第 324 页

陆秉慧 译

……… 162

“阿尔贝蒂娜小姐走了！”心理上的痛苦怎样地超越了心理学分析的范畴！片刻之前，在做自我剖析时，我还以为这次不再重逢的分离正是我所企望的，我在把阿尔贝蒂娜给予我的平平淡淡的快乐同她使我未能实现的绚丽多彩的欲求加以比较时（我对她长住我家的坚信不疑，即我的精神大气压，使这种欲求占据了我灵魂的首位，然而，乍一听到阿尔贝蒂娜出走的消息时，这种欲求便再也无法与之抗衡，因为它已在瞬息之间消失得无影无踪了），我满以为自己明察秋毫，我断定我再也不愿见到她，我已经不爱她了。然而“阿尔贝蒂娜小姐走了”这几个字适才却在我心里引起了那样大的痛苦，我感到我再也挺不住了；必须立即终止这种痛苦；我这时对自己真是体贴入微，俨如我的母亲体贴行将作古的外祖母，我怀着不让所爱者感到痛楚的善心对自己说：“耐心等一会儿吧，总会替你找到补救办法的，放心，大家不会让你这样痛苦下去的。”于是我胡思乱想起来，刚才，我还没有按门铃时，我对阿尔贝蒂娜的出走之所以感到无所谓，甚至求之不得，那是因为我不相信她会走，正是这样的思路使我的自卫本能起而寻求最起码的镇痛药以抚慰我裂开的创伤：“这一切都无关宏旨，因为我会让她立即回来。我这就考虑办法，她无论如何总会在今晚回到这里。所以不必烦恼。”

我不仅对自己说“这一切都无关宏旨”，还竭力使弗朗索瓦丝得到这样的印象，办法是不在她面前流露我的苦痛，因为，甚至在我感到撕心裂肺的痛苦时，我也没有忘记我的爱情必须显得是幸福的爱，是相濡以沫的爱，尤其在弗朗索瓦丝眼前，因为她不喜欢阿尔贝蒂娜，而且总是对她的真诚表示怀疑。

是的，片刻之前，在弗朗索瓦丝还没有来我这里时，我曾以为我再也不爱阿尔贝蒂娜了，我相信我这个准确无误的心理分析家并没有忽略任何一个方面；我认为我对自己的内心最深处也了如指掌。然而无论我们的智慧多么敏锐，我们都无法窥见组成人心的要素，这些要素通常处于倏忽即逝的状态，只要那能够使其脱离这种状态的现象未能使其经受起码的凝固作用，这些要素就是不可臆测的。我原以为我看清了自己的内心，但那是在欺骗自己。不过，恐怕连最精微的理性认识能力也无从赋予我的这种认识，我适才却因为骤然的痛苦反应而获得了它，它坚实，鲜明而奇特，宛若一颗晶莹的盐粒。阿尔贝蒂娜待在我的身边已成了我的习惯，而我却突然看见了“习惯”的另一副面孔。在此之前，我总把习惯看作一种摧毁力，它毁灭独创性乃至毁灭感知的意识；如今我却把这种习惯视为令人畏惧的神力。它如此紧密地和我们连在一起，它那不起眼的容貌那么牢固地嵌刻在我们的心间，可是这种几乎看不真切的神力一旦脱离开来，一旦离开了我们，我们便会遭受最最可怕的痛苦，到那时，习惯便会像死亡一般残酷。

既然我想设法让她回来，读她的信便成为最紧迫的事了。我感到我已经胸有成竹，因为未来仅仅存在于我们的思想里，通过我们意志力的最后干预，这未来似乎还可以改变。不过我同时又想到，我曾见过其他的力量作用于这个未来，而对于这种力量，即使给予我更多的时间，我也无从与之对抗。倘若我们对即将发生的事无能为力，那么即使发生的时刻尚未到来，这又有什么用呢？阿尔贝蒂娜在家时，我确曾下决心保持和她分手的主动权。后来她却走了。我拆开她的信，信是这样写的：

> 我的朋友，原谅我没敢亲口对您说出下面的话，我是那样胆怯，在您面前我总感到害怕，因此，即使强迫我自己，我也没有勇气把话说出口。我本该向您说的是：我们已经不可能共同生活下去了，那天晚上您在盛怒之下斥责我时，您也看见了，我们的关系已发生了某种变化。那天夜里可以调解的事，几天之后就可能变得无法挽回。因此，我们既有幸已经和解，还是好朋友一般分手的好。我亲爱的，这就是我寄给您这封信的原因，如果我使您有些悲伤，我求您想想我未来的无限忧愁，从而宽容地原谅我。我亲爱的大哥，我并不想成为您的敌人，您对我的爱情逐步而且很迅速地冷淡下去，这已够使我感到痛苦了，因此，我既然决心已定，不可更改，在请弗朗索瓦丝转交这封书信之前，我得先向她索要我的箱子。别了，我给您留下最美好的自己。阿尔贝蒂娜。

我对自己说，这一切并不意味着什么，甚至比我意料的还要好些，因为这些话根本不是她的真实思想，她写这些显然是为了给我猛然一击，以引起我的恐惧。我现在必须考虑最最紧迫的事，那就是让阿尔贝蒂娜今晚就回家。邦当家都是些不正派的人，他们会利用外甥女向我勒索钱财，想到这点是令人难过的。但这又何妨？为了让阿尔贝蒂娜今晚回到这里，即使把我的一半财产送给邦当夫人，剩下的也还够我和阿尔贝蒂娜舒适地生活下去。与此同时，我还在琢磨我今天上午是否有时间去订购她希望得到的游艇和劳斯莱斯汽车，一切犹豫既已烟消云散，我甚至不再去考虑以往我曾认为给她这些东西是不明智的。如果邦当夫人的干预还不够，如果阿尔贝蒂娜不愿意听她的话，而且提出她今后只能在完全独立行动的条件下才回来，好吧！无论这会使我多么伤心，我也要同意她这样独立行动；她想出门就可以独自出去；为了自己最执着追求的事，必须善于做出牺牲，无论这种牺牲有多么痛苦，而我所执着追求的正是让阿尔贝蒂娜在我这里生活，尽管今天清晨按我准确而荒谬的推理我不这么看。此外，我难道能说，给她这种自由于我真是一种不折不扣的痛苦吗？这样说我才是在撒谎哩。我已经不止一次感觉到，让她远远离开我去外面做坏事，这种痛苦也许比意识到她一待在我身边、一待在我家里便使我感到厌倦的悲哀还轻微些呢。倘若她请求出门去某个地方，我同意她去而同时却想到有人在那里组织了狂欢的酒筵歌舞，我无疑会感到这太难以忍受。不过，对她说“乘我们的船或乘火车去某个我不熟悉的地方过一个月吧，您在那里做什么事我都会一无所知”时，我往往又感到高兴，因为我想，相比之下，她远远离开我时也许会更喜欢我，等她回家时她恐怕就感到幸福了。再说她本人也一定愿意如此，她自己并没有要求得到这种自由，而且我如果每天都让她得到新的享乐，日复一日，我还很容易对这种自由做出某种限制。不，阿尔贝蒂娜所企望的，是我和她在一起时别再使她难堪，而且压倒一切的是——正如昔日奥黛特和斯万之间发生过的那样——希望我下决心娶她。一旦嫁给了我，她就不会再坚持要求独立了；我俩会双双留在这里，那该多么幸福！当然，这意味着放弃威尼斯。然而，当我们的心同另一颗心连在一起，而这种联系又使我们痛楚到相互无法分离时，我们最向往的那些城市——还有比威尼斯重要得多的德·盖尔芒特公爵夫人，诸如剧院之类的消遣——变得多么平淡，多么无足轻重，多么死气沉沉！何况在结婚问题上阿尔贝蒂娜是完全有理的。妈妈自己就认为这种拖延十分滑稽。娶她，这是我早就应该做的事，也是我必须做的事，正是这点促使她写下了她连想也没有想到过的书信，正是为了促成我们的婚姻，她才暂且放弃了她也许愿意做也是我希望她做的事：回到这里。是的，她企望的正是这个，这正是她这次行动的意图，我那富于同情心的理智对我这么说；然而我感到，我的理智在对我作如是说时，它总是从它一开始就提出的那个假设出发。不过我又确实感到另外一种假设在不停地被证实。当然，这第二种假设恐怕永远也不敢于明确提出阿尔贝蒂娜可能与凡德伊小姐和她的女友保持着联系。但当那可怕的新闻扰得我不能自拔时，我们一进入安加维尔车站，却是第二种假设得到了证实。不过这个假设后来并没有去构想阿尔贝蒂娜会主动离开我，而且是以那样一种方式，既没有事先通知我，也没有留下余地使我来得及阻止她。然而，如果说在生活刚让我做了那次可观的新飞跃之后，摆在我面前的现实像物理学家的发明、预审法官对一桩罪行底细的调查或历史学家对一次革命内幕的新发现向我们揭示的现实一样使我感到新奇的话，这现实本身却超出了我那第二种假设所做的粗略预见，不过它倒也在使这种预见不断得到完善。这第二种假设并不是基于理解力的假设，而且那天晚上阿尔贝蒂娜没有吻我时我感到的惊恐，那天夜里听见窗户响动时我感到的恐惧也都是经不起推敲的。然而——正如大量的次要情节已经表明的那样，下面的情节也可以进一步说明这点——理解力并不是捕捉真实情况的最灵敏、最有力、最合适的手段，这一点只能提供多一层理由说明我在开始是从理解而不是从无意识的直觉或从相信现成的预感着手去捕捉真实情况的。是生活通过一桩桩的事情使我们逐步认识到，对心灵或思想至关重要的东西并非通过推理而是通过别样的潜能学来的。正是理解力本身认识到了这种潜能的优越性并且通过推理在这种潜能面前认输，同意成为它的合作者和奴仆。这就是试验性的信任。我正在与之搏斗的意料之外的不幸对我来说（如同阿尔贝蒂娜和两个搞同性恋的女子的友情）也似曾相识，因为有那么多的迹象促使我去认识它（尽管我的理智根据阿尔贝蒂娜自己的话断定不是这么回事），我从这些迹象看出她对那种奴隶式的生活多么厌倦，多么憎恶；有多少次我确信这些迹象仿佛由看不见的墨水写在她那忧伤而顺从的眼睛背后，写在她那突然莫名其妙地红得发烫的面颊上，写在猛然打开窗户的响声里！对这些迹象我无疑不敢去深究，也没敢得出她会骤然出走的明确概念。阿尔贝蒂娜在我身边时我心情平稳，我只想着由我来安排她离开，不过离开的日子并不确定，也就是说离开的时间还不存在；因此考虑她离开的事只不过是我的幻觉，正如身体健康的人想到死亡时总想象自己不怕死，其实他们只是在把一种纯然否定的想法引入这种好的健康状态，因为死神的临近一定会改变这种状态。此外，即使我曾千百次地想到阿尔贝蒂娜自己希望出走，而且想得极为清楚，极为真切，我也不会更深一层去揣测这事对我会怎样，说透了，也就是这次出走会多么离奇，多么残酷，多么突然，是怎样一件前所未闻的坏事。假如我曾预料到这次出走，这些年来我会不停地去考虑它，而不至于在弗朗索瓦丝对我说出“阿尔贝蒂娜小姐走了”这句话从而揭开难以想象的地狱的纱幕时使我那些想法连在一起，它们与这个地狱不仅关系毫不紧密而且几乎毫无相似之处。想象力总借助一些业已熟悉的材料来想象某种不熟悉的情状，正因为如此，它也就想象不出这种情状。然而感觉甚至最纯粹的体肤感觉却会打上新情况的最原始的而且长时期难以磨灭的标记，如同闪电的光纹。我几乎不敢对自己说，即使我早已预料到这次出走，我恐怕也无法想象这次出走如何可怕，即使阿尔贝蒂娜向我通报了她的出走，而我对她又威胁又哀求，我恐怕也无从阻止她出走。此时此刻去威尼斯的愿望离我多么遥远！当年在贡布雷，每逢我一心只想着妈妈来我的房间时，想认识德·盖尔芒特夫人的愿望也离我这么遥远。原来我从幼年起体验过的全部焦急不安现在又前来给我新的忧虑火上浇油了，两种忧虑结合成了性质相同的混合体，使我窒息。

的确，这样的分离打击了我的身心，这一击通过肉体的极大的载入能力使痛苦变成了某种与我们饱经忧患的生活的各个时期同步的东西——的确，那个希望我的悔恨达到最尖锐程度的女人也许对我心灵承受的这一击寄托了某种希望（人们很少考虑别人的痛苦），她也许假装出走，只想以此要求较好的生活条件，也许永远出走——永远！——以此惩罚我，报复我或继续被我所爱，或者（为了我将来对她保持美好的回忆）猛力打破她感到正在她周围编织的厌倦和冷漠的网络——的确，我们曾经相许避免互相对心灵进行这样的打击，我们曾经相约友好地分手。然而友好分手实属罕见，因为如果相处甚笃就不会分手。此外，一个遭到万分冷落的女人总该隐约意识到，男人尽管对她已感到厌倦，共同的习惯却使他对她越来越依恋，而且她也应该想到，友好分手的基本要素之一是出走时通知对方。然而她害怕在通知对方时受到阻挡。任何女人都会意识到，要使她对男人的影响力愈大，她离开他的办法便只能是逃走。因自己是主宰者而逃匿，情况正是如此。当然，在她前不久引起的厌倦感和因她的出走而产生的重新得到她的狂热要求之间存在的距离之大的确是闻所未闻的。除去在写作这一作品时阐述的原因和另外一些即将阐述的原因之外，还存在着别的原因。首先，出走往往发生在冷漠——确实存在的或自己认为存在的——发展到极端，就像钟摆摆到极限一样的时刻。女人想："不，再也不能这样继续下去了。"男人口口声声说要离开她，或正在考虑离开她；倒是她先离开了。于是，钟又摆到了另一个极端，距离也大到了极限。可是转瞬间钟摆又回到了原处；从而再一次超越了业已阐述的原因，这该多么自然！心在跳；而且出走的女人已不再是离家前那个女人了。她在我们身边已经过惯了，却猛然发现别样的生活渗进了她的生活，而且她不可避免地要参与这样的生活，也许正是为了参与这种生活她才离开我们的。这一来，出走的女人那全新的丰富多彩的生活又回过头来影响还留在我们身边的女人，也许还在策划这个女人的出走。我们可以推测的一系列心理现象与她和我们的共同生活密不可分，与我们对她的毫不隐讳的厌倦情绪和我们的嫉妒心也联系紧密（这种嫉妒心使曾被好几个女人抛弃的男人几乎每次都以同样的方式被抛弃，因为他们的性格和反应都相同，这一点是可以估计到的：人人都有自己受骗的方式，正如人人都有自己感冒的方式），这一系列我们认为并不神秘的心理现象有可能与我们并不清楚的一系列事实相符。她在某一段时间可能和某个男人或某个女人保持着联系，笔头的或口头的，或通过信使。如果她已和某某先生约定，在她去见某某先生的头一天由这位先生先来看我，她就可能正在等待某种信号，而我说“某某先生昨天来看过我”就在无意间给了这个信号。有多少可能成立的假设啊！也仅仅是可能罢了。我惯于构思事实，当然只在可能的范围之内，以至于发生过这样一件事：某天我误拆了一封别人写给我的某个情妇的信，信是用约定好的口气写的：“继续等着招呼我去德·圣卢侯爵家，请在明天来电话通知。”于是我据此又架构起某个出逃计划来；德·圣卢侯爵的名字只是说明另外一件事的记号，因为我这个情妇并不认识他，不过曾听我说起过他，再说信上的签名是个什么绰号与语言形式毫不相干。事实上这封信并不是写给我的情妇而是写给家里另一个人的，上面的名字和我情妇的名字不一样，送信的人看错了。这信并非用互相约定的暗号而是用很糟糕的法语写的，因为写信的是个美国女人，的确是圣卢的一个女友，他告诉过我。这个美国女人写信的奇特方式使一个完全真实然而陌生的名字看上去像个绰号，因此我在这天的猜测是彻头彻尾地错了。然而我在脑海里把这些纯属虚构的情况串联起来的思维框架本身却极其正确而且不折不扣地合乎实际，因此，三个月之后，当我的情妇（她当时是准备做我的终身伴侣的）离开我时，她出走的方式和我最初想象的出走方式竟一模一样。来了一封信，信的特点和我错误地赋予前述那封信的特点如出一辙，只是这封信的确具有暗号的意思，云云。

这是我平生最大的不幸。不过，无论如何，这不幸引起的痛苦也许会被探究不幸根由的好奇心所超越：阿尔贝蒂娜所渴求的，她重新找到的人是谁呢？不过这一桩桩大事的根由好比大河的源头，我们走遍天涯也属枉然，源头是找不到的。阿尔贝蒂娜是否早就在如此这般地预谋出逃了？我还没有说（因为当时我觉得那一切纯属装腔作势或情绪不佳，弗朗索瓦丝认为那叫“赌气”）从她不再拥抱我的那一天起，她的神气就像埋死鬼入土一般，直挺挺的，呆呆的，连最简单的事情她说起来声音都是悲悲切切的，动作也十分缓慢，而且再也不微笑了。我不能说有什么事实足以证明她与外面串通一气。弗朗索瓦丝后来倒是对我说过阿尔贝蒂娜出走的前两天她曾去过姑娘的房间，房里空无一人，窗帘放下来了，但房里的气味和响声说明窗户是开着的。原来阿尔贝蒂娜在阳台上。但是看不出她可能从阳台上同谁联系，而且放下窗帘打开窗户的原因可能是因为她知道我害怕穿堂风，即使窗帘对我帮助不大，它们总可以防止弗朗索瓦丝从走廊里看见百叶窗开得如此之早。不，我什么也看不出来，除去一个小小的情况，不过这情况也仅仅能证明她头一天就知道她要出走罢了。就在那头一天的晚上，她趁我不注意从我房里拿走了大量的纸和包装用的布，而且一整夜都用这些东西包装着她那些数不清的浴衣和梳妆衣以便早晨出走。就这一个情况，仅此而已。那天晚上她几乎是强迫我收下了她还我的一千法郎欠款，我没有重视这件事，这没有什么特别的地方，因为在钱的事情上她是极为认真的。

是的，她在头天晚上拿走了包装纸，但她知道自己要走却并非从那晚开始！因为她的出走并非出于伤感而是源于决心，她为准备出走而下决心放弃她曾经梦寐以求的生活，正是这种决心使她看起来那样黯然神伤。带着这样的伤感，她在我面前几乎是一本正经的，冷冰冰的，只有最后一个晚上例外，这天晚上她在我身边待的时间比她希望的要长些——她老愿意延长，这使我感到吃惊——回去时她在房门口说：“别了，小宝贝，别了，小宝贝。”不过我在那一刻并没有警觉。弗朗索瓦丝告诉我，第二天早晨阿尔贝蒂娜对她说她要离开时（但这也可以解释为疲劳所致，因为她一直没有脱衣服而且整夜都在包装她的东西，包装除了她需要向弗朗索瓦丝索要的不在她房里和盥洗间里的东西之外的所有东西)，她仍旧那么悲悲戚戚，而且比前些日子还要僵直，还要呆板，因此在她说“别了，弗朗索瓦丝”时，弗朗索瓦丝以为她快要倒下去了。一个人在了解了这些情况之后便会懂得，他眼下如此不喜欢某个女人，不喜欢的程度甚至超过所有那些在最平常的散步场合邂逅的女人，而且为因她而牺牲那些邂逅的女人大生其气，正是这个女人倒反而可能是他百倍千倍中意的女人。因为这已经不再是某一种乐趣——这种乐趣由于习惯，也许由于寻乐对象的平庸而变得毫无价值——和别样的乐趣，即诱人的、令人陶醉的乐趣之间的问题，而是这种诱人的、令人陶醉的乐趣与另一种更为强烈的东西，即对痛苦的怜悯之间的问题。

我一面指望阿尔贝蒂娜今晚回到这里，一面忙不迭去做最紧迫的事，同时又用新的信念去医治失掉与我共同生活至今的人引起的心灵创伤。无论我保存自身的本能反应有多快，在听到弗朗索瓦丝谈及此事时，我仍然在瞬间感到孤立无援，而且我此刻知道阿尔贝蒂娜今晚即将返回也无济于事，我在尚未告诉自己她将返回的那一刻感觉到的痛苦（就是刚听到“阿尔贝蒂娜小姐要回了她的箱子，阿尔贝蒂娜小姐走了”的那一刻）又自动在我心里复苏了，痛苦的情状和过去的相同，换句话说，就仿佛我对阿尔贝蒂娜即将返回还一无所知似的。她也的确应该回来，不过得由她自己主动回来。不管可能发生什么情况，让她看出我在命人采取措施，在企求她回来，这都会事与愿违。的确，要放弃她，我再也没有像放弃希尔贝特时那样的力量了。我所希望的是结束这种肉体的痛楚，我那远不如从前健康的心灵再也不能忍受这种痛楚了，这一点甚至比重见阿尔贝蒂娜更为重要。而且，无论是工作还是别的事情，由于我总是使自己习惯于不抱任何奢望，我变得更为软弱了。不过这种痛楚剧烈的程度之所以使别种痛苦望尘莫及，原因是多方面的，其中最重要的恐怕还不是因为我和德·盖尔芒特夫人以及希尔贝特都没有共同享受过肉体的快乐，而是因为我并没有天天或时时刻刻见到她们，没有可能因而也没有这种需要，在我对她们的爱情里缺少“习惯”这个巨大的力量。我的心既已无力奢望什么，也不乐意忍受痛苦，它能够觅得的唯一可能的解决办法也许只能是不惜代价让阿尔贝蒂娜回家，既然如此，倘若昔日在处理和希尔贝特的关系时我没有选择与此相反的途径（自愿放弃或逐渐忍受），我也许会认为这相反的途径简直就是小说里的解决办法，在生活里这种办法是不可能存在的。我从而明白这另外一种解决途径也是可以接受的，而且可以被同一个人接受，因为现在的我几乎还是过去的我。然而时光也起了作用，时光已经使我衰老，时光也曾促使阿尔贝蒂娜在我俩的共同生活中长久不懈地伴随在我身边。我虽然不愿意放弃她，我和希尔贝特相处时保留下来的起码的自豪感却促使我不愿因命人求阿尔贝蒂娜回来而成为令她嫌恶的玩物，我想让她回来而又不显出我一心盼她回来的样子。于是我连忙起床省得浪费时间，但痛苦又使我停了下来：我这还是第一次在她离家之后起床呢。不过我还是得赶快穿上衣服以便去阿尔贝蒂娜住处的门房那里打听消息。

痛苦，是人承受精神打击的延续，痛苦渴求着改变形式；人们总希望通过制订计划、打听消息而使痛苦化为乌有；也愿意它生发出不计其数的变形，这比保持原封不动的痛苦要求的勇气要少一些，带着苦恼躺在床上，这床显得好狭窄，好硬，好冷。我又站了起来，在屋里我每动一步都得无比小心，我坐下时总是设法避免看见阿尔贝蒂娜的椅子和那架钢琴，她总是把她那双金色的高跟拖鞋踏在钢琴的踏板上，这是唯一一件她用旧了的东西，她用过的东西仿佛全都想以我的回忆教给它们的特殊语言用不同的表达方式向我转述，再一次向我通报她出走的消息。我不去看，却看见了这些东西；我浑身无力，我跌坐在一把蓝绸缎安乐椅上，一个钟头之前，就在这间卧室里，一缕阳光使周围变得朦胧迷离，在半明半暗之中，椅子上淡淡的蓝色曾使我沉入梦乡，我当时那么热切留恋的梦景此刻却离我如此遥远。唉！在这一刹那之前，一向只有阿尔贝蒂娜在我身边时我才会坐在这里。所以我此刻再也不能留在这里了，我站了起来；这一来，每时每刻都有一个组成无数个微不足道的“我”中的成员还不知道阿尔贝蒂娜已经出走了，必须将这事通报他；必须——如果他们都是陌生人而又不具备我那种对痛苦的敏感，这种通报就不会那么残酷——宣告这个不幸适才已降临到所有这些人，所有这些还不知道此事的“我”头上了；必须让他们之中的每一个人都第一次听到这几个字：“阿尔贝蒂娜小姐要回了她的箱子”（我在巴尔贝克曾看见人们装这些棺材形状的箱子，这些箱子正好放在我母亲的箱子旁边），“阿尔贝蒂娜小姐走了”。我有必要向每一个人通报我的悲伤，这种悲伤绝不是从那些令人沮丧的总的情况里任意得出的悲观的结论，而是一种特殊印象的断断续续的不由自主的复苏，这种印象自外而来而且不是由我们自己选择的。在这些“我”中，有几个我已经好长时间没有见到了。例如（我没有想到今天是我理发的日子），理发时的“我”。我早已把这个“我”置诸脑后了，这个“我”的到来引起了我一阵呜咽，有如一个早已退休的仆人来到刚死去的主人的葬礼上。我随即猛然回想起，一星期以来，我有时突然惊恐万状，而对自己却不承认这种恐惧。每逢这样的时刻，我又和自己争辩说：“预先假设她会突然出走不是徒劳吗！这是荒谬的。假如我把她托付给一个明白事理的聪明人（如果我的嫉妒心没有妨碍我吐露真情，我也许真会这样行动以求得心境的安宁），这个受托的人一定会说：‘您简直发疯了。这绝不可能。’（的确，我们之间从没有发生过口角。）一个人出走总有他的动机。他会说出这个动机。他也会给你回答的权利。人不会像这样走掉的。不，这是幼稚之举。这才是独一无二的荒谬绝伦的假设呢。”但是每天早上我打铃时只要看见她还在那里，我就会宽慰地长叹一口气。弗朗索瓦丝把阿尔贝蒂娜的信一交给我，我立即相信这一定是那件不可能的事，是她的出走，应该说几天前我就察觉到这次出走了，尽管我有多种合乎逻辑的理由使自己感到放心。我一直在琢磨这件事，而且在绝望中几乎有一种对先见之明的满足，有如一个谋杀犯明知自己不可能被发现却仍旧忧心忡忡，这时他突然在召见他的预审法官那里看见他的受害者的名字写在案卷的开头……

我一心希望阿尔贝蒂娜是去土兰她姨妈家了，在那里她起码可以受到足够的监督，从而在我去把她领回来之前不至于出什么大的纰漏。我最怕她留在巴黎，也怕她去了阿姆斯特丹或蒙舒凡，也就是怕她逃走以后一头钻到某个我连初步情况都没有掌握的男女私通的鬼把戏里去。不过说实在的，我口头说出巴黎、阿姆斯特丹、蒙舒凡这许多地方，我心里想的却是一些她真正可能去的地方；因此，当阿尔贝蒂娜的门房回答说她已去了土兰时，这个我自以为希望她去的住处倒似乎变得比所有的地方都更可憎了。原因是她去那里已确实成了事实，在对现实确信不疑和对未来毫无把握的双重煎熬下，我第一次想象阿尔贝蒂娜已开始了她梦寐以求的独立于我的生活，也许长期，也许永远，在这样的生活里她也许会变成一个未知数，从前我老是被这个未知数弄得心绪不宁，而同时我又有幸占有和抚摸属于这未知数的外形的东西，也就是那难以捉摸的被我得到的温柔面庞。[1] 正是这未知数构成了我爱情的基础。至于阿尔贝蒂娜本人，她只有挂了她的姓名才可能在我身上生根，除了睡眠之后苏醒那罕有的休息时刻，这个姓名什么时候都铭刻在我头脑里而且永不停息。倘若我出声地思索，我会不停地念叨这个名字，我的絮语很可能会单调而愚蠢到仿佛我变成了一只鸟，一只寓言中的鸟，它无休止地叫着它作为人时

[1] 在阿尔贝蒂娜住处的门前我发现有一个穷人家的小女孩瞧着我，她的神气那么可爱，使我不禁问她是否愿意去我家里，我若遇到一只眼神十分忠实的狗也可能会这么做。她似乎很高兴。到家后我把她放在膝头摇了一阵，可是她使我过分强烈地意识到阿尔贝蒂娜的失踪，因此她待在这里很快就让我感到无法忍受了。于是我给她一张五百法郎的钞票之后便让她走了。然而过不多久我又想，如果有另外某个小女孩待在我身边，我便再也不会感到孤单，也不会感到没有纯洁无邪的伴侣支持，这唯一的梦想竟支撑我忍受了也许阿尔贝蒂娜得有一阵子回不来的想法。——作者注

曾经爱过的女人的名字。你一个人在心里念叨这个名字，没有念出声，因此你仿佛在自己心上刻写这个名字，而且仿佛让名字留在了自己的脑海里，末了，你的脑海就像一堵被人乱画过的墙一样布满了写过上千遍的所爱者的名字。你时时刻刻都在思想里写着这个名字，幸福的时候写，不幸的时候写得更勤。在重复念叨着这个除了已知的内容之外并没有什么新意的名字时，你会感到一种不断产生的需求，不过时间一长你也会感到疲倦。我此刻甚至没有去想肉体的快感；在我头脑里我甚至没有看见阿尔贝蒂娜本人的形象（可她却是使我内心如此烦乱不安的人），连她的肉体我都没有看见。如果我愿意分别探讨与我的痛苦紧密相连的想法——总是会有这类想法的——我很可能交替着去探讨，一方面猜测她是在什么样的心境里出走的，她有没有返回的意思；一方面考虑接她回来的办法。尽管我们认为和我们的苦恼有关联的人在我们的苦恼里仅仅占据微不足道的位置，也许正是在这微不足道的地方就存在某种标志和真相。事实上她个人在这种苦恼里也的确算不了什么；某些偶然因素使我们想到她时便感到激动和苦恼，而习惯又把这种激动和苦恼与她紧紧地联系起来，这激动和苦恼的过程本身才几乎是压倒一切的。可以证明这一点的是（比在幸福中感到厌倦更足以证明），当我们认为问题（这问题那么无聊，我们简直不准备再提它了）都出在她本人身上时——激动和苦恼的过程这时都已被遗忘，起码是由她引起的激动和苦恼的过程已被遗忘，因为这种感情过程已经重新发展并转移到另一个人身上——见不见这个人，是否得到她的尊重，是否能支配她，这一切在我们眼里都显得无关紧要了。在此之前，当这种激动和苦恼还附着在她身上时，我们满以为我们的幸福取决于她：这幸福其实只取决于我们的苦恼是否已经终结。到那时，我们的无意识便会比我们本人还要高明，因为在这出连我们的生命本身都可能取决于是否找到她以免再等待她的可怕的悲剧里，这无意识会把被爱的女人的形象，把那个可能已被我们遗忘，也可能不为我们所了解或被我们认为很平庸的形象变得极其渺小。女人形象变得渺小乃是爱情发展方式的合乎逻辑而又必然的效应，也是对这份爱情的主观性的鲜明讽喻。

她出走的意图无疑很像百姓们以组织示威为手段从而达到谈判目的的意图。她之所以出走可能只是为了从我这里得到更优裕的生活条件，更多的自由和奢侈品。倘若果真如此，我们两人中稳操胜券者必定是我，只要我有力量等待，等待这样的时刻到来，那时，她眼见一无所获便会自动回归。如果说在只重打赢的牌桌上或战争里人们还能顶住虚张声势，那么在既有爱情也有嫉妒和痛苦的情况下却不能与之同日而语。为了等待，为了“维持”，我可以让阿尔贝蒂娜远离我生活好几天，也许好几个星期，可是这样一来我却在破坏我一年多来抱定的目标——不让她自由一个钟头。如果我给她提供时间，提供方便，使她能随心所欲地欺骗我，我所采取的全部预防措施也就变得徒劳了；即使她最终让步了，我却再也忘不了她单身生活的那段时间，而且就算我终于占了上风，但过去那段时间仍无可挽回，即是说我还是失败者。

至于接回阿尔贝蒂娜的办法，我曾假设她之所以出走无非是为了得到更优裕的生活条件之后再回来，这种假设越显得有道理，这些办法就越具有成功的机会。那些认为阿尔贝蒂娜不真诚的人，比如弗朗索瓦丝，他们一定会认为这种假设很有道理。然而在我了解情况之前，我的理智已把她的某些恶劣情绪和某些姿态理解为她在计划出走，而且会一去不复返，如今出走既已成为事实，我在理智上也就很难相信这是装出来的了。我说的是我的理智而非我本人。我之所以格外需要这种认为她是装作出走的假设，是因为这种假设的可能性更小些，而且尽管这种假设在可能性上略逊一筹，它在力量上却可以稳操胜券。一个人眼见自己已到了深渊的边沿而上帝又似乎抛弃了他时，他会毫不迟疑地去等待上帝赐予奇迹。[1]

我自己认定，无论我做什么，阿尔贝蒂娜都会在今天晚上回

---

[1] 我承认，面对这一切，尽管我比谁都痛苦，我却是一个最麻木不仁的侦探。然而阿尔贝蒂娜的出走也没有促使我重新获得我因习惯请别人监视她而业已失去的侦探才能。现在我思考的只有一件事：委托另一个人去寻找她。这另一个人便是圣卢。他同意了。许多天来的焦虑转给了别人，这使我感到喜悦，我开始走动了，成功的把握使我的手突然变得和往日一般干燥，再也不像我听见弗朗索瓦丝说“阿尔贝蒂娜小姐走了”时那样汗湿了。

人们总还记得，我当时决心和阿尔贝蒂娜同居甚至决定娶她是为了留住她，了解她在干什么，是为了阻止她重犯和凡德伊小姐之间的老毛病。这是一件我无论设想得多糟也没有勇气想象的事（这简直令人吃惊，就像嫉妒心成天做着各种莫名其妙的虚假揣测，一旦让它去发现真实情况它却又缺乏想象力了）：在巴尔贝克时她向我泄露了使我椎心泣血的秘密，她谈起来却仿佛这是一件极为自然的事；尽管这是我一生中经历过的最悲痛的事，我总算也装出了认为这事极为自然的样子。不过这种爱情既然主要产生于阻止阿尔贝蒂娜干坏事的需要，它后来也就保留了这最初根由的痕迹。同她一起生活于我并不重要，只要能阻拦这个“可能的潜逃者”到处乱跑我就满足了。为了阻止她乱跑，我依靠那一帮子与她同行不离她左右的人的眼睛，只要这些人晚上给我打一个令我放心的小报告，我的忧虑便会烟消云散，情绪也会好起来。——作者注

到我家，因此我暂时遏制了弗朗索瓦丝对我说阿尔贝蒂娜出走时引起的痛苦（因为当时我毫无思想准备，一时间竟相信这是一次永不返回的出走）。然而隔了一会儿之后，这最初的痛苦又以独立不羁的架势自动向我袭来，而且仍旧那么令我难以忍受，因为我刚听到她走了时还没有自我安慰地许愿当晚就把她接回来。这句话本来可以缓解我的悲痛，但当时我的悲痛对这句话还一无所知。为了实施促她返回的办法，我势必再一次装出似乎我不爱她的样子，对她的出走也似乎并不感到痛心，而且还势必继续对她撒谎。这样做当然不是因为我这些姿态向来很成功，而是因为自我爱上阿尔贝蒂娜以后我一直在如此行事。我个人愈是佯装出已经放弃她的神气，我在采取促她返回的措施时便愈能做到果断有力。我准备给阿尔贝蒂娜写一封告别信，在信中我要把她的出走看作最后的分手，与此同时我要派圣卢以背着我的方式去向邦当夫人施加最粗暴的压力迫使阿尔贝蒂娜尽快回家。不错，我在希尔贝特身上曾做过这种危险的试验，信上的冷淡在最初是装出来的，最后却弄假成真了。这个经验本来应当阻止我给阿尔贝蒂娜写与那些信件具有同样性质的信。然而所谓经验，无非是在我们自己眼前揭露我们自己性格的特点，这特点自然会一而再，再而三地出现而且出现得格外明显，因为我们已经为自己揭示过一次了，这一来第一次引导过我们的自发动作就会在记忆的各种形式的启示下得到加强。人类最难逃避的抄袭行为，对个人（甚至对坚持错误而且不断加重错误的百姓）来说，那便是对自己的抄袭。

我知道圣卢在巴黎，一听我召唤，他即刻来到了我家，他还是像在东锡埃尔时那么麻利，高效率，而且他同意马上动身去土兰。我把下面的考虑告诉了他。他应当先去夏特勒罗请人指点邦当夫人的住址，去那里时得先等阿尔贝蒂娜出门，因为她有可能认出他来。“你说的这个姑娘难道认识我？”他问我。我对他说恐怕不认识。这个行动计划使我满心欢喜，不过这个步骤和我的初衷是绝对矛盾的：我最初是想设法不露出准备派人寻找阿尔贝蒂娜的神气；而此举却不可避免地会显出这种神气。不过和“本应做的事”相比，这次行动有不可估量的优越性，它使我有可能对自己说我派去的人即将看见阿尔贝蒂娜，而且一定会把她带回来。倘若我一开始就把我内心的活动看得很透彻，我也许早就考虑到了这藏在暗处的、被我认为糟糕透顶的解决办法将会优先于忍耐的解决办法，我之所以决定采取此法，是因为我缺乏忍耐的毅力。一个姑娘整个冬天住在我家而我竟对他只字未提，圣卢对此已露出了吃惊的神情，另一方面他过去常对我提起巴尔贝克的年轻姑娘而我却从未回答他说：“她就在这里。”因此他很可能因为我对他缺乏信任而感到不悦。其实邦当夫人很可能对他谈起巴尔贝克。然而我是那样急不可耐地希望他动身，希望他到达那里，因而根本不去想，也无法考虑这次旅行可能产生的后果。至于他是否会认出阿尔贝蒂娜（他当时在东锡埃尔和她邂逅时总是执拗地避免注视她），人人都说她变化很大而且长胖了，所以这不大可能。他问我有没有阿尔贝蒂娜的照片，我开始说没有，以免他有暇根据我在巴尔贝克那段时期前后拍的一张照片认出阿尔贝蒂娜来，不过那时他只是在火车车厢里隐隐约约见到过她。可是我又想，那张照片上的阿尔贝蒂娜既不同于巴尔贝克的阿尔贝蒂娜也不同于现实的充满活力的阿尔贝蒂娜，他既不可能从照片上认出她也不可能在现实生活里认出她。在我替他寻找照片的当儿，他用手轻轻摸了摸我的额头表示安慰。他猜出我很痛苦而为我难受，这使我十分感动。首先，尽管他和拉谢尔分手了，他当时的感受却远没有消逝，因此他对这类性质的痛苦抱有一种同情，一种特殊的怜悯，有如人们同病相怜分外亲切。再说他是那么心疼我，一想到我的苦恼他就无法忍受。因此他对给我招致苦难的人怀着一种又怨恨又赞赏的复杂感情。在他的想象里我是如此高傲的人，要想使我屈服于另一个人，这个人必定在各方面都不同凡响。我的确想过他可能认为阿尔贝蒂娜的照片漂亮，然而由于我毕竟想象不出她会使他产生像海伦使特洛伊老人们产生的那种印象，我在寻找照片时便谦逊地说："噢！你瞧，你可别胡思乱想，首先，照片很糟糕，其次，她并不出众，不是什么美人，她主要是人很可爱。""喔！不，她一定与众不同。"他带着天真而真诚的热情说，同时竭力想象着这个能使我如此绝望、如此激动的人是什么样子。"我怨她使你难过，不过这也是意料中事，像你这样一个周身都是艺术细胞的人，对万事万物都得首先爱它的美而且爱得那么执着，你要是在一个女人身上发现了美，你注定会比谁都痛苦。"我总算找到照片了。"她肯定很出色。"罗贝继续说这话时还没有看见我递给他的照片。他突然瞥见了，他拿着照片看了片刻。他的脸部表情由诧异一直发展到惊得目瞪口呆。"怎么，这就是你爱的姑娘？"他终于说出了这句话，由于害怕惹我不快，他克制了语气里吃惊的感情。他没有做任何评论，只露出通情达理和谨慎的神气，当然不可避免地有那么点轻蔑，一种面对病人而产生的轻蔑——即使这个病人在生病之前一直是个很出众的人而且是你的朋友——不过病人同这一切已经毫不相干了，因为他得了躁狂型精神病，他向你谈到出现在面前的天上来客，而且继续盯着一个地方看这个天上来客时，你这个健康的人却只会看见那儿是一床鸭绒被。我立即明白了罗贝为什么吃惊，这正是我看见他的情妇时感受过的惊异，唯一不同的是我发现他的情妇是我早已认识的女人，而他却以为自己从未见过阿尔贝蒂娜。不过我和他在同一个人身上看见的东西无疑也有很大的差异。当初在巴尔贝克，我在注视阿尔贝蒂娜时确曾贱兮兮地把我的味觉、嗅觉和触觉掺进对她的视觉里，这已是遥远的往事了。自那以后，又掺进了更深沉、更甜蜜、更难以形容的感觉，随后便是痛楚感。总之，有如一块被雪包裹的石头，阿尔贝蒂娜乃是我内心里构想的一个巨大工程的中心发电机。罗贝的视力是达不到这种感觉层次的，他能看见的只是糟粕，而这种层次的感觉又反而妨碍我去察觉这些糟粕。罗贝在看见阿尔贝蒂娜的照片时，使他发窘的并不是特洛伊老头们看见海伦走过而且说

　　我们的损失怎及她秋波一转

时那样的激动，而恰恰是相反的激动，这种激动心情使他说出："怎么，就为这个他竟如此烦恼，如此伤心，竟干出这许多傻

事！”的确应该承认，当一个人引起我们所爱之人痛苦，毁了他的生活，有时还给他招致死亡的可能时，看见这样的人而做出这种反应是远比特洛伊老头们的反应更常见的，一句话归总，这是惯例。这不仅因为爱情是个人的事，也不是因为我们没有感受爱就自然而然认为可以避免爱情而且对别人狂热的爱说长道短。不，那是因为，当爱情达到能引起这种痛苦的程度时，介乎女人的面庞和情人的眼睛（这个像雪覆盖清泉一样包藏和隐匿爱情的巨大的痛苦之卵）之间的感觉工程已经推进得相当遥远，远到情人的眼光停留的位置，他领略欢乐和痛苦的位置与别人能够看见这爱情的位置之间的距离等于太阳本身的位置和太阳强光使人能看见天上的太阳所在的位置之间的距离。此外，在这段时间，忧伤和柔情使情人对对方最坏的变化也视而不见，而在这忧伤和柔情蜜意的蛹壳里，对方的面庞已逐渐衰老，逐渐变化。因此，如果说情人初次邂逅时见到的容貌和他在后来的恋爱的痛苦中看见的容貌相差甚大，从相反的意义上说，这容貌和不相干的人此刻看到的容貌同样大相径庭。（如果罗贝在照片上看到的不是一个年轻姑娘而是一个老态龙钟的情妇，情况又会如何呢？）甚至不必和这个使男人如此神魂颠倒的女人有一面之缘，只要见到她的照片我们也同样会大吃一惊。我们了解她往往像我的外叔祖父阿道夫了解奥黛特一样。看法上的差异不仅涉及体型面貌，而且涉及性格，涉及个人的重要性。使热爱她的男人痛苦的女人完全可能和不关心她的人相处甚笃，比如奥黛特，在斯万眼里她是那么冷酷无情，而我的外叔祖父阿道夫却认为她是殷勤的“穿粉红裙子的女人”，或者说一个女人完全可能让爱她的男人像怕神一样战战兢兢地估摸再三才敢做出有关她的决定，而这个女人在不爱她的男人眼里简直就是个无足轻重的女人，男人让她干什么她都乐意干，就像圣卢的情妇之于我一样，我在她身上只看见了别人对我多次推荐过的“拉谢尔，当从天主”，我还记得，我第一次见到这个女人和圣卢在一起时，想到有人会因为不知道这样一个女人某个晚上干了些什么，她和某人谈了些什么悄悄话，她为什么会有绝交的念头而内心受煎熬，我感到万分惊诧。与此同时，我又感到一切往事，这里指阿尔贝蒂娜的往事，也就是使我的心灵，使我的生命带着令人震颤而又十分笨拙的苦痛趋而附之的往事，在圣卢看来恐怕也是无足轻重的，也许有一天在我自己眼里也会变得毫无意义；我感到我在今后考虑阿尔贝蒂娜的往事是重要还是毫无价值时，我此刻的思想状态也许会逐渐朝圣卢现在的思想状态过渡，因为对圣卢究竟可能怎么想，对情人以外的所有人会怎么想我都不抱幻想。而且我不会为此过分伤心。我们就别管毫无想象力的男人怎么评价俊俏女人了。我还记得有一幅天才的肖像画对众多的生活现象所做的悲剧性的阐释，这幅肖像画并不如埃尔斯蒂尔为奥黛特画的肖像那么逼真，说它是情人的肖像还不如说它是使人扭曲的爱情的写照。这幅肖像画唯一的缺陷——而许多肖像画都没有这个缺陷——是它的作者既不是伟大的画家又不是情人（据说埃尔斯蒂尔就是奥黛特的肖像画的作者和情人）。这种不逼真已被一个情人的一生所证实，被一个谁也不理解其狂热爱情的情人的一生，被斯万的一生所证实。然而只要情人像埃尔斯蒂尔那样同时又是画家，谜底就揭示出来了，您终于在这个女人身上看见了凡夫俗子从未见过的双唇，谁也不熟悉的鼻子和您意想不到的仪容。这幅肖像画说：“我爱过的，让我苦恼的，我时刻见到的正是这个。”我曾在思想上试图把圣卢已经补充给拉谢尔的他自己的东西再充实到她身上，我现在却想以相反的动作从构成阿尔贝蒂娜的成分里剔除我的心灵和精神对她的贡献，同时想象着她在圣卢面前会是个什么样子，就像回想拉谢尔在我面前是个什么样子一样。可是这又有什么重要性呢？就算我们看见了种种区别，我们会相信它们吗？从前在巴尔贝克时，阿尔贝蒂娜常常在安加维尔的拱廊下等候我，我一到她便跳进我的车里，那时她不仅没有“发胖”，由于过度的锻炼她还消瘦得过了头；她那么瘦削，一顶蹩脚的帽子使她显得丑陋，帽子下面只露出一小段难看的鼻子，只能从侧面看见她白白的双颊，活像白色的虫子。我在她身上发现不了多少她自己的东西，但还是可以从她往我车上那一跳里得知这是她，她准时赴约了，并没有去别的地方；而这些也就足够了；人总是太眷恋过去，太执着于共同度过的逝去的岁月，因而也就不需要这女人的全部了；他只希望肯定这是她，没有搞错身份，在热恋着的人们眼里这一点比美貌重要得多；面颊可以深陷下去，身体也可以变得干瘦，甚至对那些起初被认为以征服美人而不可一世的人来说，那一小段鼻子，那集中体现了女人永恒人格的标志，那代数的精粹，那个常数，那一切已足够使一个受到顶层社交界欢迎而本人又爱社交的男人支配不了自己的任何一个夜晚了，因为他得把时间都花在给他所爱的女人反复梳妆打扮上，直到他睡着为止，或者干脆只为待在她身边而和她在一起，或者只为她和自己在一起，只为她不和别的人在一起。

“你可以肯定，”他对我说，“我能如此这般地把三万法郎通过这女人捐给她丈夫的竞选委员会吗？她竟会缺德到这种程度？你如果没有搞错，三千法郎足够了。”“不，我求求你，为了办好这件让我那么揪心的事情你就别省钱了。你应该这么对她说，而且这也有部分的真实性：‘我的朋友向一位亲戚要了这三万法郎捐给他未婚妻的姨父。亲戚是因为这次订婚才给他这笔钱的。他请我把这笔款子捎给您以免阿尔贝蒂娜得知此事。现在阿尔贝蒂娜离开他了，他真不知如何是好。如果他不娶阿尔贝蒂娜，他就不得不将这三万法郎退回去，如果他娶她，哪怕为了形式她也应该立即回去，因为出走时间拖下去会产生不良后果。’你以为这是故意编造的吗？”“不。”圣卢回答我，出于好意，出于谨慎，也因为他明白情况往往比人们想象的更令人费解。

无论如何，正如我对他说过的，这三万法郎的事绝不可能没有很大的真实性。这是可能的，但却并非现实，而这部分真实性恰恰是谎言。不过我和罗贝互相撒谎也和所有这类交谈里人们互相撒谎一样，在这样的交谈里，一个朋友总是真诚希望帮助陷入失恋痛苦的朋友。作为顾问、支持者、安慰者的朋友，同情友人的不幸但并不去感受这种不幸，他越乐于帮忙，友人便越撒谎。朋友向他谈出了需要些什么才能得到帮助，然而，也许正是为了得到帮助他才隐瞒许多事情。真正幸福的毕竟还是不辞辛苦出门跑腿的人，还是在外完成任务的人，这种人是没有内心痛苦的。

此刻我充当了罗贝在东锡埃尔充当过的角色，当时他认为拉谢尔离开了他。“归根结底，还是得照你的意思办；我如果当众受到侮辱，为了你我也先认了。再说，我本人认为这笔毫不隐讳的交易有些滑稽也无妨，我很清楚，社交界里一些公爵夫人，甚至最笃信宗教的公爵夫人，为三万法郎也可能做出比叫外甥女别待在土兰更麻烦的事。总之，能为你效劳我感到格外高兴，因为只有这样你才会同意来看我。如果我结婚了，”他补充说，“我们难道就不能多见面啦，难道你就不把我的家当成你的家了？……”他突然停下不说了，我猜想，也许因为他想到如果我也结了婚，阿尔贝蒂娜恐怕不能和他的妻子建立亲密的关系。这时我才忆起康布尔梅家的人对我说过的话，他可能和德·盖尔芒特亲王的女儿结婚。

看了火车时刻表，他只能在晚上动身。弗朗索瓦丝问我：“要不要从书房撤走阿尔贝蒂娜小姐的床？”“正相反，”我说，“得给她铺床。”我希望阿尔贝蒂娜随时随刻都能回来，我甚至不愿让弗朗索瓦丝怀疑这点。必须让人感到阿尔贝蒂娜的出门似乎是我们之间商定的，她这次出门丝毫不意味她不那么爱我了。然而弗朗索瓦丝却用即使并非不相信起码也是疑惑的神情注视着我。她也有她的两种假设。她张开鼻孔嗅出了我们之间的龃龉，她也许早就感觉到了。她之所以还没有对我们的不和深信不疑，也许只是因为她像我一样难以完全相信可能使自己非常快活的事。

圣卢刚上火车我就在候见厅碰见了布洛克，可是我并没有听见他按门铃，这样一来我又不得不接待他一会儿。前不久他曾遇见过我和阿尔贝蒂娜（他在巴尔贝克就认识她）在一起，那天她情绪很不好。“我和邦当先生共进过晚餐，”他对我说，“考虑到我对他还有些影响，我对他说他外甥女对你不那么好了，这使我感到难过，他应该在这方面对她提出些要求。”我气愤极了：他这些要求和埋怨破坏了圣卢行动的一切效果，而且在阿尔贝蒂娜那里直接把我放在了被告席上，就好像我在恳求她似的。最倒霉的是弗朗索瓦丝还待在前厅，她一定听见了这一切。我把布洛克责备得体无完肤，我对他说我丝毫没有托他办这件事的意思，而且事实经过也并非如此。从这一刻起布洛克再也没有停止过微笑，我认为这微笑与其说是出于快乐不如说是出于因惹恼我而感到不安。他笑着，同时对他竟引起我这样的狂怒感到诧异。他说这些话也许是想在我面前消除他那不谨慎的尝试的影响，也许因为他生性卑怯，躺在谎言里懒洋洋地得其所哉，活像水面上的水母，也许因为，即使他属于另外一类人，这类人由于永远不可能和我们观点一致，也同样无法理解他们偶然说出的话会使我们受到多么严重的伤害。我刚把他赶出门，还没有想出任何办法足以弥补他干下的事就又听见了按门铃的声音，弗朗索瓦丝递给我一张保安局局长的召见条。由我带回家待了一个钟头的那个小女孩的父母认为我犯了诱骗未成年人罪，想对我起诉。生活里有这样的时刻，某种类型的美产生于袭扰我们的数不清的烦恼，这些烦恼像瓦格纳派音乐的主题一般互相交织在一起；这种美也产生于一种刚形成的概念：智慧把一面可怜巴巴的小镜子捧在面前，它把这面小镜子叫作未来，而发生的事件并没有被置于这面小镜子涂了色的全部反光里，这些事件停在外面，它们总是突然冒出来，有如某人突然前来为一件现行犯罪案做证一般。在我们任凭某一件事情自己去发展时，这事本身已经在起着变化，或是失败将其扩大了，或是满意将其缩小了。不过事情是很少孤立发生的。每个事变激起的感情都在互相冲撞，在某种程度上，正如我去保安局局长那里时体会到的，恐惧是一种减轻悲伤感情的疏导剂，起码是暂时的但又相当有效的疏导剂。

我在保安局看见了那小姑娘的父母，他们一边辱骂我一边把五百法郎还给我说："我们不吃这一套。"我不想收回这些钱，保安局局长自告奋勇以"巧于答辩"的刑事法庭庭长的辩才为难于模仿的范例，从我说出的每一句话里抽出一个字用以构成他才智横溢的令人难以招架的答辩。问题甚至不在于我在行为上是无辜的，因为唯有这个假设谁也不肯须臾接受。不过指控毕竟难于成立，我因此得到了解脱，但女孩的双亲在场，我仍然挨了一顿臭骂。一等他们离开，保安局局长便改了口气，原来他很喜好小姑娘，他像对同伙一般责备我说："下一次得机灵些。天哪，发面可不能这么猛，要不就得搞糟。再说您去哪里都能找到比那一个更好的小姑娘，而且钱也花不了那么多。这笔钱也多得太离谱了。"我充分意识到，即使我对他说明真相他也不可能理解我，我便趁他允许我离开时一声不吭地抽身了。在回家的路上，我觉得过路的人似乎全是受托窥视我的行为和动作的监察。不过这个主题也像我对布洛克的气愤一样逐渐弱化下去，最后便完全让位给阿尔贝蒂娜出走的主题了。

这个主题又开始了，不过自圣卢动身以后，主题的调式几乎变得欢快了。自我委托圣卢去看望邦当夫人以来，这件事的负担已经从我那过于疲劳的思想里转移到他那里去了。在他动身的那一刻，一种欢悦之情甚至使我感到振奋，因为我已做出了决定："我做了针锋相对的回答。"我的痛苦也就烟消云散了。我相信这是因为我已尽力而为，我真心实意地这么相信，原因是人从来也不清楚他心灵里藏着些什么。其实，使我高兴的并不是我把自己的优柔寡断像我自己认为的那样推给了圣卢。而且我绝对没有弄错，弥补一桩不幸事变的特效药（四分之三的事变都是不幸的）乃是决断，因为决断可以迅猛地推倒我们的各种思想，从而中止由过去的事件产生而又使事件余波继续震颤的奔涌的思潮；决断还会以来自外部、来自未来的逆反思潮的反向奔涌去摧毁这奔涌的思潮。当这种新的思想（此刻萦绕在我脑际的正是这种新思想）给我们带来的是未来的本质所具有的希望时，这新思想对我们尤有裨益。其实真正使我高兴的是这种秘密的信念，即圣卢的使命不可能失败，因此阿尔贝蒂娜少不了会回来。我明白这一点，因为在第一天没有得到圣卢的回音时，我又开始难受起来了，看来我的决断、我对他的全权委托都不是我快乐的根由，没有这些，我的快乐也许还持久些呢，我快乐的根由是我在说"不管发生什么事"时心里想的是"准保成功"。可是圣卢的迟迟未归又使我想到完全可能发生成功以外的别的事，这想法使我如此恼火，我的快乐即刻消失了。其实是我们对好事的预测和希冀使我们满心欢喜，而我们却把这种喜悦归之于别的原因，当我们对希望的实现不再有十足的把握时这种喜悦便停止了，我们又会重新陷入悲伤。总有一种隐隐约约的信念支撑着我们感觉世界的大厦，没有这种信念，大厦便摇摇欲坠。我们已经看出信念决定我们认识生命的有无价值，决定我们热爱生命或对其感到厌倦。信念也使我们有可能忍受悲哀，我们之所以认为这种悲哀没有什么了不起，无非是因为我们确信这种悲哀很快便会结束，信念还使我们有可能忍受突然变得深广的悲哀，直到某种存在与我们的生命具有同等的价值，有时甚至超过我们生命的价值为止。

此外，有一件事又使我内心的痛苦变得像最初时刻那么尖锐，应当承认这痛苦本来已经不那么尖锐了。这件事就是重读阿尔贝蒂娜写给我的信里的一句话。我们尽管热爱着一些人，一旦我们在孤独中只能经受失去他们的苦痛而我们的思想又在某种程度上按照自己的愿望塑造着这种苦痛时，这种苦痛就变得可以忍受了，而且这种痛苦也不同于另一种更没有人情味的、与我们更格格不入的苦痛——这样的苦痛与精神世界和内心领域里的事故一样出人意料，一样奇特——这样的苦痛其直接原因与其说是被爱的人们本身，毋宁说是我们得知再也见不到他们的方式。阿尔贝蒂娜，我可以轻轻哭着想念她，可以接受今晚也像昨天那样见不到她；然而重读“我既然决心已定，不可更改”，这就是另一回事了，这俨如服了一剂引起心脏病发作而置人于死地的危险药品。一切事物，一切变故和绝交信都具有一种特殊的危险，这种危险可以放大而且歪曲人们可能给我们造成的苦恼本身。不过这种苦恼是不大可能持久的。无论如何我对机灵的圣卢取得成功还是坚信不疑的，我对阿尔贝蒂娜的返回也信心十足，因此我倒要问我自己只说希望她返回是否有道理。不过我仍然庆幸我抱着这种希望。倒霉的是，正当我以为保安局事件已经结束时，弗朗索瓦丝却来通报我说一个便衣警察曾前来打听我是否习惯于留一些年轻姑娘在我家里，门房以为他指的是阿尔贝蒂娜，便回答说是的，从那一刻起房子似乎被监视起来了。从今以后我再也不可能在悲伤时刻叫一个小姑娘来安慰我了，当然也不再会因为突然出现警察而让小姑娘把我看成坏人从而使我在她面前感到羞愧。我同时也明白，人们为某些梦想而生活的程度远比他们认为的要大，也不可能因为抚爱小女孩这件事仿佛永远取消了我生活的价值，我还明白，人们一方面轻易地拒绝发财而且甘冒死亡的危险，另一方面又想象这个世界是由私利和怕死之心支配着的，这完全可以理解。如果我早想到连一个不认识的小姑娘看见警察来我家就以为我很可耻，我真宁愿去自杀！根本不可能将这两种痛苦加以比较。可是在生活里人们从来不会去想他们奉送过银钱的人，他们以死威胁过的人还会有一个情妇，或者干脆说还会有一个伙伴，而且他们还一心想得到情妇或伙伴的尊重，即使这份尊重并非属于她们本人。然而突然间，出于我自己也未曾意识到的羞愧之情（我的确没有去想已成年的阿尔贝蒂娜可以住在我家，甚至成为我的情妇），我认为似乎也可以就阿尔贝蒂娜住我家的事指控我诱骗未成年姑娘。于是我感到生活仿佛在四面八方都遇到了障碍。一想到我和她同居时并非一尘不染，我便从我抚爱不认识的女孩因而受到处罚这件事里发现了某种关联，这种关联几乎在每次惩罚人时都存在着，而且使正确的判决和法庭的差错几乎永远都不存在，只存在法官对无辜行为的不合实情的想法和他对犯罪事实一无所知之间的某种一致性。可是这么一来，一想到阿尔贝蒂娜的回归可能使我受到侮辱性的判决，而这判决又会使我在她面前失去尊严，或许还会对她本人不利从而使我得不到她的谅解，一想及此我再也不盼望她归来了，我甚至害怕她回到这里。我真想给她拍个电报让她别回来。可是刹那间，盼她回归的热望又以压倒性的优势攫住了我。正是在考虑了叫她别回来的可能性和离她独居的可能性之后的须臾之间，我反而突然感到为了叫她回来我准备牺牲所有的旅行，所有的寻欢作乐，牺牲我所有的工作！

啊！我原以为我对希尔贝特的爱情可以帮助我预见我对阿尔贝蒂娜的爱情的命运，然而后者的发展和前者对比之下是怎样的不同呀！自个儿待着却看不见她，这让我多么难以忍受！而我的每一个动作，甚至最无足轻重的动作又都使我忆起阿尔贝蒂娜在身旁的欢乐气氛，为此我每次都得重新尝试分居的生活，付出新的代价，领略同样的痛苦。接下去是别种形式的生活前来争妍斗艳，使这种新的苦痛黯然失色，在这初春的日子里，我在等圣卢见邦当夫人的同时甚至想到过威尼斯和不认识的美丽女人，从而有过愉快宁静的时刻。我一发现这点便感到心惊肉跳。我适才领略的这种宁静，意味着初次出现了一种断断续续的强大力量，这种力量在我身上即将与痛苦和爱情展开搏斗，而且最终会战胜痛苦和爱情。这种我已预先尝到滋味而且得知其征兆的东西暂时还只是一闪念，今后却会成为我经常的心态，成为一种生活，在这样的生活里我再也不会为阿尔贝蒂娜去折磨自己，我再也不会爱她了。我的爱情刚认出可能战胜它的唯一的敌人——遗忘，便簌簌地战栗起来，有如一头关在笼里的雄狮猛然发现一条蟒蛇即将一口把它吞掉。

我时时刻刻都在想念阿尔贝蒂娜，弗朗索瓦丝走进我房间时却从不迅速地对我说“没有信”以便缩短我的焦虑。不过我仍旧不时地硬把某些思绪插进我的忧伤之情里，从而使我心田里的污浊空气得以稍事流通和更新。然而到晚上，我好不容易睡着了，似乎又是对阿尔贝蒂娜的回忆像药剂一样使我睡着的，药效一停我兴许就会醒过来。我在睡梦里也没有一刻不思念阿尔贝蒂娜。她给我的睡眠是很特别的，而且在这样的睡眠里我根本不可能像白天一样随意去想别的事。睡眠和对睡眠的回忆是两种互相交织的事物，要想睡着就得同时求助于它们俩。此外，醒着时我的痛苦不但不能减轻反而日甚一日。倒不是因为遗忘没有发挥作用，而是在醒着时遗忘很有利于使被想念的形象理想化，并以此促使我原有的苦恼和另外的类似的痛苦融合从而得到加强。这理想化了的形象还算可以忍受。但只要我猛然想到她的房间，想到那人去床空的房间，想到她的钢琴、她的汽车，我便会浑身无力，双目紧闭，头歪在左肩上，活像即将昏厥过去的人。开门的声音也几乎使我同样难受，因为开门的人并不是阿尔贝蒂娜。在可能有圣卢的电报时，我也不敢问一句：“有电报吗？”末了总算来了一份电报，不过电文却只是把一切都推迟而已：“女士们外出三天。”

我之所以能熬过她走后的四个昼夜，当然是因为我老对自己说："这只是时间问题，周末以前她准会回来。"不过理由尽管如此，无论对我的心灵抑或对我的肉体来说，需要做的事仍旧是一样的：没有她而生活下去，回到家里却见不到她，在她的卧室门口（我还没有勇气打开这间房子的门）走过却明白她不在里面，没有向她道晚安便上床睡觉，这些便是我应该全面地不折不扣地用心灵去完成的事，就好像我根本就不应该再看见阿尔贝蒂娜似的。不过既然我已经完成了四次，这说明目前我还能够继续用心灵去完成。也许我很快就不再需要支撑我继续这样生活下去的理由——阿尔贝蒂娜即将归来——（我可能会一边想："她永远也不会回来了。"一边却仍然像前四天那样生活下去）有如受伤的人重新习惯走路以后可以扔掉丁字拐杖一样。晚上回家我无疑还能寻觅到一连串无尽无休的回忆，对阿尔贝蒂娜等待我的每个夜晚的回忆，它们使我透不过气，孤寂引起的空虚感令我窒息；然而我同时也已经开始了对昨天，对前天的回忆，对前天以前的两个夜晚的回忆，即对阿尔贝蒂娜出走后逝去的四个夜晚的回忆，在这四个夜晚我一人独处，没有她的陪伴，我总算生活过来了，四个夜晚已经形成了一串回忆，它比那一连串无尽无休的回忆当然单薄许多，但即将逝去的每个日子都可能将它们充实起来。

我不想谈我此刻收到的德·盖尔芒特夫人的侄女寄来的求爱信，这个姑娘是巴黎遐迩闻名的最漂亮的美人，我也不想说德·盖尔芒特公爵替姑娘的父母在我身上所做的努力，她的父母为了女儿的幸福只得接受不般配的择婿对象和有辱门庭的联姻。这样的事对自尊心也许是够刺激的，但对正在恋爱的人来说却是一种痛苦。有人可能愿意有这样的事，却不一定会鄙俗到拿这些事去告诉对他评价不那么高的女人，再说这女人即使得知他可能成为地位迥然不同的人追逐的对象，对他的评价也不一定会改变。公爵的侄女写给我的信只能使阿尔贝蒂娜烦躁。

自我醒来的那一刻起，自我重新沉浸在我入梦之前须臾不离的忧伤之情那一刻起，我的全部感觉有如一本合上片刻之后在入夜之前再也不离我左右的书，无论来自外部抑或来自内心都只能和有关阿尔贝蒂娜的思想结合在一起。有人打铃：是她的信来了，也许是她本人！倘若我自我感觉良好，并不过分难受，倘若我已不再嫉妒，也不再怨恨她，我也许愿意即刻前去见她，去拥抱她，去和她愉快地度过一生。我感到给她拍个电报“赶快回来”似乎是一件极简单的事，仿佛我这新的情绪不仅改变了我的心境，也改变了我身外的事物，使事情变得容易了。如果我心情抑郁，我对她的愤懑便会复苏，我再也不想拥抱她，我会感到不可能因为有了她而变得幸福，我会一心想着去损害她而且不让她再属于别人。然而这两种迥异的心情结果都是一样的，那就是必须让她尽早回来。不过她的回归无论会立即给我多么大的快乐，我也感到同样的困难会很快出现，而且想在满足精神欲求中寻求幸福与想步行到天涯海角同样天真。欲求越大，越难做到真正的占有。因此如果说一个人可以找到幸福，或至少能做到无痛苦，那他必须去寻找的也不应该是满足，而是逐渐缩小并最后消除欲求。想见到自己所爱的，就应当设法不看见它，唯有遗忘最终能导致消除欲求。我想如果一个作家传布这类真理，他可能会把包含这些真理的书题赠给一个女人并乐于以此来接近这个女人，他会对她这么说：“这本书是你的。”这样一来，他在书中说的是真话，他在题赠时却可能是在撒谎，因为他一心要这本书属于这个女人与他珍惜这女人身上的宝石一样，只有他爱这个女人时他才会感到这宝石珍贵。一个人和我们之间的联系只存在于我们的思想里。逐渐衰退的记忆力会把这种联系淡忘，尽管我们自愿接受幻想的欺骗，而且为了爱情，为了友谊，为了礼貌，为了尊重人，为了尽责我们又拿幻想去欺骗别人，我们在生活里还是只有自己。人是不能跳出自身圈子的生物，他也只能在自己身上才能认识别人，如果他说并非如此，那他是在撒谎。倘若有人真能如此行事，真能取消我对她的需求，取消我对她的爱情，我会吓得相信这爱情对我一生都是宝贵的。如果我能不疼不痒地去听开往土兰的火车报站名，我会以为这说明我自己正在衰退（其实无非是因为这可能会证明我对阿尔贝蒂娜已变得漠不关心了）。我想，在我不停地问自己她在做什么，在想什么，她每时每刻都在希冀什么，她是否打算回来，是否就要回来时，我最好把爱情在我身上建造的通道大门敞开，而且去感受另一个女人的生活通过已打开的闸门把那不愿意再变成死水的水库湮没。

圣卢杳无音信的时间越拖越长，一种次要的忧虑——等待他的电报或电话——便很快掩盖了首要的忧虑，即挂念他此行的结果和想得知阿尔贝蒂娜是否回来的忧虑。为等电报而密切注意所有的响声，这使我感到那样难以忍受，我竟相信此刻最使我揪心的这份电报无论内容如何，只要到来就能解除我的痛苦。我终于收到了罗贝的电报而且得知他已见到了邦当夫人，可是尽管他十分小心，却仍然被阿尔贝蒂娜瞧见了，因而一切告吹，这时我倒又无法控制自己的狂怒和绝望了，因为这正是我希望首先避免的事。圣卢此行一被阿尔贝蒂娜知道便使我显得非常依恋她，这只能妨碍她归来，而且这结果还使我极为反感，因为我从对希尔贝特的爱情里保持下来的骄傲为此已丧失殆尽了。我诅咒罗贝，随后又想，这个办法失败了，我还要采取别的办法。人既然能够影响外部世界，我发挥策略、智慧、利益、情感的作用怎么就不能避免失掉阿尔贝蒂娜这件难以忍受的事呢？人们相信自己可以按照自己的意愿改变周围的事物，他们之所以如此相信，是因为非此即无任何有利的解决办法。他们并没有去考虑最为常见而且同样有利的办法：我们无法按照我们的意愿去改变事物，但是我们的意愿本身却在逐渐起着变化。我们曾因为忍受不了某种局面而希望去改变它，可现在这局面已变得与我们毫不相干了。我们未能像我们非常希望的那样去消除障碍，而生活却使我们绕过了这个障碍，使我们超越了它，当我们再回顾那遥远的过去时，我们几乎再也看不见那个障碍了，它已经变得难以觉察了。

我听见楼上一位女邻居在演奏《曼侬》。我把我熟悉的歌词与阿尔贝蒂娜，与我自己联系起来，这使我百感交集，我哭了。歌词是这样的：

> 唉，鸟儿以为受束缚而躲开了，
>
> 　它总在夜里

带着绝望飞回来扑打门窗。

还有曼侬之死：

曼侬，我心中唯一的爱，你回答我呀，
时至今日我才明白你心地多么善良。

曼侬既然回到了德·格里欧身边，我仿佛觉得我也成了阿尔贝蒂娜生活里唯一的爱。唉，即使她此刻也听见了这支曲子，她心爱的德·格里欧也不一定是我，而且她只要这么一想，她在听这段乐曲时就会因为想起我而受不到音乐的感动，这支曲子比其他乐曲写得更好更细腻，仍旧可以归到她喜爱的乐曲里去。

我自己可没有勇气去温柔之乡里自我陶醉，去幻想阿尔贝蒂娜叫我“我心中唯一的爱”，而且承认她“以为受束缚”是一种误解。我明白，人在看小说时不可能不把自己心爱的女人的特点和女主人公联系起来。然而即使小说的结局是圆满的，我们自己的爱情却并没有进展，等我们把书合上，我们所爱的而且在小说里终于朝我们走过来的人在生活里却并没有更热爱我们。

我气冲冲地打电报给圣卢让他尽快赶回巴黎，这至少可以不显得我在进一步坚持我渴望掩盖起来的尝试。然而在圣卢按我的指示回来之前，我竟收到了阿尔贝蒂娜本人拍来的电报：

我的朋友，您派您的朋友圣卢来我姨妈家，这简直是发疯。亲爱的朋友，如果您需要我，为什么不直接给我写信呢？我会很高兴回来的；别再采取这样荒谬的举动了。

“我会很高兴回来的！”她这么说是因为她为她的出走后悔了，她只想找一个借口回来。因此我只需照她说的去做，给她写信说我需要她，她便会回来。这么说我又要见到她了，见到她这个巴尔贝克的阿尔贝蒂娜了（因为，自她出走以后，对我来说她又成了巴尔贝克的阿尔贝蒂娜；这就像一只贝壳，你一直把它放在五斗橱上就不会再去注意它，可是一旦你将它送了人或把它遗失了，一离开它你就想念它，而且再也不那样行事了，她就像这样一只贝壳，因为她使我忆起了大海的碧波万顷的宜人美景）。而且不仅她个人变成了想象中的人，也就是令我渴念的人，连我与她共同的生活都变成了想象中的生活（摆脱了一切困境的生活），因此我想，“我们会多么幸福！”不过，我既然有把握让她回来，就不应该显得急不可耐，倒反而应当消除圣卢的尝试所产生的恶劣印象，以后我仍然可以否认此事，我要说这是圣卢自己去干的，因为他一直赞成我们结婚。

可是再读她的来信时，我对信里太缺乏她个人的东西仍然感到失望。字迹当然表达我们的思想，我们的面部表情也如此；我们总是和某种思想并存的。然而一个人的思想毕竟得先传布到他那睡莲一般快活的花冠式的脸庞然后才呈现在我们眼前。这当然会使思想改变许多。这种永恒的差距使我们在等待我们理想中的爱人时，在每次约会里见到的实实在在的人都和我们的理想大相径庭，也许这正是我们在爱情上永远感到失望的原因之一吧。此外，在我们想向这个人要求点什么时，我们得到的却是一封反映她个人的东西少而又少的信，有如在代数的字母里算术的确切数字已荡然无存，而算术数字本身已经不包含加多少水果或鲜花这类实质性的东西了。然而，“爱情”、“被爱”以及她的信件，也许这一切仍然是对同一种现实的说明（尽管一一审视它们时令人感到如此不满意），因为我们只是在念信时才感到似乎不满足，而在信还未寄到时，我们却感到痛苦难熬，也因为这封信毕竟可以使我们的忧虑得到缓解，即便它不能用它黑色的符号满足我们的希望，何况在怀抱希望时我们也意识到信件毕竟只相当于话语、微笑、吻，却不是这些东西本身。

我给阿尔贝蒂娜写了信：

> 我的朋友，我正好要给您写信，我感谢您对我说，倘若我需要您，您会赶回来；您能站得这么高来理解对老朋友的忠诚，这很好，这只会使我更加尊重您。不，我没有请求您回来，将来也不会这样做；至少在今后相当长的时间里，我们的重逢也许不一定会使您感到难受，硬心肠的姑娘。而这样的重逢却会使我，使您认为有时显得那么冷漠的我非常难受。生活使我们分手了。我认为您做了极明智的决定，而且这个决定做得也正是时候，有非常了不起的预见性，因为您正是在我母亲同意我向您求婚的第二天出走的。我收到她的信（同时也收到了您的信！）之后本来想在睡醒后告诉您

的。也许您是害怕这之后再走会使我难过。我们也许会把我们的生命联系在一起，这对我俩来说，谁知道呢，也可能会是一种不幸。果真如此，您还是为您的明智庆幸吧。我们如果再见面，也许会前功尽弃。并不是再见您于我已没有诱惑力，而是我没有能耐去抵制这种诱惑。您明白我是个不坚定的人，而且我多么健忘。因此没有必要同情我。您常对我说，我是格外容易受习惯支配的人。我已在开始培养没有您而生活的习惯了，不过这习惯还不够牢固。我和您一起生活的习惯尽管已被您的出走打乱，这些习惯在目前显然还是最牢固的。当然它们并不可能长久地维持下去。出于这个原因，我甚至想到了要利用这最后的几天，在这几天里我们见面于我还不至于像半个月或更短的时间以后那样成为一种……（原谅我的坦率）一种麻烦——我想在彻底遗忘之前利用这几天和您一起处理一些小小的具体问题，在处理这些问题时，您这位可爱而好心的朋友是可以为那个曾有五分钟自以为是您的未婚夫的人帮帮忙的。我不怀疑母亲会同意我，另一方面我也希望我俩都拥有自由，这种自由您过去出于好心为我牺牲得太多了，这种牺牲如果单为几个礼拜的共同生活还可以接受，然而如果我们必须白头偕老（在信上告诉您我曾想到这件事再有几秒钟就可能成为事实，这几乎使我感到难过），这种牺牲就变得令您和我都十分憎恶了，因此我曾考虑按尽可能独立的方式安排我们的生活，作为这种共同生活的开端，我曾希望您拥有那艘游艇，您可以乘坐这艘游艇出门旅行，与此同时，无限忧伤的我会去港口等待您；我知道您佩服埃尔斯蒂尔的鉴赏力，我已写信向他请教。陆上交通方面，我曾希望您拥有汽车，只属于您自己的汽车，您可以乘坐这辆汽车随心所欲地外出、旅行。游艇已基本造好，根据您在巴尔贝克表示的意愿，它被命名为“天鹅号”。我记得您最喜欢劳斯莱斯汽车，我已订购了一辆。不过，既然我俩已永远不再见面，我也就不想请您收下这已变成废物的船只和汽车了，对我来说它们已毫无用处。因此我考虑——我是以您的名头通过中间人订购的——也许您可以通过退订使我避免购买这些无用的东西。不过，这件事，还有别的许多事都需要当面谈谈。我又想，在我还有可能再爱您的这段时间，当然这段时间不会持续太长，为一艘游艇和一辆劳斯莱斯而见面，而拿您一生的幸福冒险——因为您认为您的幸福就在于远离我而生活——这简直是发疯。不，我宁肯留下劳斯莱斯，甚至留下那艘游艇。我既然不用它们了，而它们又有幸一个无帆无桨地系在港口，一个待在车棚里，我准备请人在游艇……（我的上帝，我不敢用一个不准确的字称呼那个部位从而犯异端的错误，使您反感）上刻上您喜欢的马拉美的诗句……您还记得，这首诗是这样开始的：“圣洁的，生机盎然而美丽的今天。”唉，今天已不再是圣洁的，美丽的了。而那些和我一样明白他们会迅速用今天创造出可以忍受的“明天”的人却令人难以忍受。至于劳斯莱斯，值得在它上面刻上同一个诗人的这些您认为难于理解的诗句：

轮毂发出轰鸣飞出的红色火星
告诉我我是否喜欢
看那火光划破的长空

燃烧的火花飞溅
也看那车轮在火红中消失
我车上那唯一残留的车轮

永别了，我的小阿尔贝蒂娜，谢谢您在我们分别的前一天还同我做了一次令人愉快的散步。这次散步给我留下了美好的回忆。

附言——关于您认为的圣卢向您姨妈所做的建议（我怎么也不相信圣卢在土兰）我不做回答。这是福尔摩斯那一套。您把我看成什么人啦？

正如我从前对阿尔贝蒂娜说“我不爱您”以博得她的爱；说“我看不见谁我就忘记谁”好让她经常来看望我；说“我决定离开您”以防止一切分手的念头——眼下，当然是因为我切盼她一周之内返回我才说“永别了”；因为我想再看见她我才对她说“与您见面我会感到很危险”；由于和她分居于我仿佛比死还糟我才在信上对她说“您说得对，我们在一起可能会很不幸”。唉，在写这样一封假惺惺的书信以显示我并不依恋她（这是我从往日对希尔贝特的爱情里保留下来并转到我对阿尔贝蒂娜的爱情里的唯一的骄傲），并自我陶醉地说一些只能感动自己而不能感动她的话时，我本该首先预见到这封信的效果可能适得其反，即可能使她认可我所说的话而弄假成真，因为即使阿尔贝蒂娜不如她表现出来的那么聪明，她也不会有一刻怀疑我所说的话是假的。且不说我在信中不打自招的意图，即使我不是紧接着圣卢的尝试给她写这封信，我写信这个事实本身也足以向她表明我在盼望她回来，也足以劝示她听任我作茧自缚愈陷愈深。再说，我既然已经预见到结果可能适得其反，我就应当进一步预见到她的答复很可能骤然使我对她的爱发展到最强烈的程度。而且我应当在发信之前就考虑到，一旦她用同样的口气给我回信表示她不愿意回来，我是否有足够的力量控制我自己的痛苦，强迫自己保持沉默，不给她发“回来”的电报或不再派去替我受过的另外的什么人，如不然，在我已经给她写信说明我们不再见面之后，这就会再明显不过地向她表明我少不了她，而且可能导致她更为有力地拒绝我，也可能使我在忍受不了忧虑的情况下动身去她那里，谁知道呢？也许还得不到她的接待。这恐怕是三项笨拙之至的举动之后最糟糕的蠢事，这之后我也只得在她家门前自杀了。然而构成心理—病理世界的灾难性的方式又决定了蠢举，这种必须不顾一切加以避免的蠢举恰恰是使人得到安慰的举动，这举动在我们明白它的后果之前给我们展示出新的充满希望的前景，以此帮助我们暂时摆脱像那样的拒绝会给我们造成的难以忍受的痛苦。因此，当痛苦实在太剧烈时，我们便忙不迭去干蠢事，诸如写信，让人代为求情，前去看望，表明自己离不开所爱的人之类。

然而对这一切我却全无预见。我以为写这封信的结果似乎反而会是促使阿尔贝蒂娜尽快回来，因此写信时一想到这样的结果我就乐滋滋的，但同时我又边写信边哭泣：首先，这有些像我假装分手那天的情形，因为信上的话尽管希望达到相反的目的（是假惺惺地说出来的，为的是出于傲气而否认我在恋爱），它们毕竟向我提醒了它们代表的思想，所以这些话语仍透着悲凉；其次，因为我感到这思想也确有某些真实性。

我既认为此信的结果似乎已肯定无疑，便因发了此信而感到后悔了。因为正当我把阿尔贝蒂娜的回归想象得轻而易举的时候，断定我和她的婚姻于我极不合适的所有理由突然倾全力回到了我的脑海。我希望她拒绝回来。按我的盘算，我的自由，我生命中未来的一切都取决于她这次拒绝回来；我给她写信简直是在发疯；我最好去把可惜已经发出去的信再追回来，这时，弗朗索瓦丝正好把刚从楼下拿上来的报纸交给我，她同时把这封信也带回来了，原来她弄不清应该贴多少钱的邮票。可是我又立即改变了主意：我希望阿尔贝蒂娜别回来，但我又愿意由她自己做出这个决定以结束我的忧虑，于是我又想把信再交给弗朗索瓦丝。我打开报纸。报上有拉贝玛去世的讣告。我当即回忆起过去听《淮德拉》的两种截然不同的理解方式，现在我是在以第三种方式回想那表白爱情的场面。我从前经常自个儿背诵的和我在剧院里听到的似乎都是对一些规律的阐述，我还应当到生活里去体会这些规律。在我们心灵里有些东西我们自己并不清楚我们多么依恋它们。或者说，我们生活里之所以没有它们，是因为出于害怕失败或害怕痛苦，我们一天一天地推迟占有它们。当我自以为我已放弃了希尔贝特时，情况正是如此。在我们完全脱离这些东西之前，也就是在我们自认为已经脱离了它们之后，比如姑娘订了婚，我们会发狂，我们再也不能忍受那种显得无比惆怅而又冷清的生活。也有这样的情况，我们已经占有了那样东西，我们却又把它看作负担而心甘情愿摆脱它；这就是我与阿尔贝蒂娜之间发生的事。然而我们并不关心的人一出走不就从我们的生活里隐退了吗？可是我们却又因此感到活不下去。《淮德拉》的剧情不是把这两种情况都结合起来了吗？希波吕托斯即将出行了。淮德拉在此之前一直故意惹他憎恨自己，据她说（不如说是诗人让她说）是出于顾忌，其实是因为她看不到前景而且感到希波吕托斯并不爱她，此时她忍不住了。她来向他表白爱情了，这一场正是我经常背诵的：

> 据说您即将动身远离我们。

希波吕托斯远走高飞的这个理由比起忒修斯之死无疑是次要的，这一点可想而知。跳过几行诗，写淮德拉一时间装作没有被理解而说：

> ……难道我会不顾名誉。

同样可以认为这是由于希波吕托斯拒绝了她表白的爱情：

> 夫人，您难道忘了，
> 忒修斯是我的父亲，是您的丈夫？

然而如果希波吕托斯没有发怒，淮德拉在得到幸福时也许同样会感到这幸福算不了什么。不过她发现自己并没有得到幸福，而希波吕托斯又以为理解错了从而向她道了歉，这时，正如我刚把书信还给弗朗索瓦丝时所想到的，淮德拉便希望由他自己来拒绝，她想彻底试试自己的运气：

> 啊！无情无义的人，你太明白我的意思了。

许多东西甚至韧性，如别人向我谈到过的斯万对奥黛特的韧性或我自己对阿尔贝蒂娜的韧性在这场戏里也有所表现，这种韧性用一种新的、充满怜悯和同情的爱，用希望倾诉衷情的爱取代了过去的爱情，这种新的爱只会使昔日的爱更加丰富多彩：

> 你越恨我，我越爱你。
> 你的不幸为你增添了新的魅力。

倘若淮德拉此刻没有得知希波吕托斯爱着阿里西，她会原谅希波吕托斯而且从奥依娜出的主意的束缚中摆脱出来，这说明“顾忌名誉”并不是淮德拉最坚持的事。因此嫉妒，这种在爱情里意味着失掉全部幸福的感情是比失掉名誉更容易使人激动的。就在这时她才听任奥依娜（她无非是淮德拉身上最恶劣部分的名称）诬蔑希波吕托斯，并没有去“挺身保护他”，她把这个不愿意要她的男人发落了，而她造成的希波吕托斯不幸的命运也并没有使她得到安慰，因为希波吕托斯一死，她紧接着心甘情愿地死去了。这场戏可以说是对我个人生活里那些恋爱插曲的预测，正如贝戈特所指出的，这场戏淡化了拉辛为减轻淮德拉的罪责而加诸她的“冉森教徒式”的顾忌，至少我是这样理解的。这些思考却也并没有改变我的决心，于是我把信交给了弗朗索瓦丝，让她还是把信交到邮局，我也就在阿尔贝蒂娜那里实施了这种尝试，而当我得知还没有进行这种尝试时，我感到仿佛不尝试就不行似的。认为实现我们的愿望不算一回事，这无疑是错误的，因为只要我们认为这愿望可能实现不了，我们就会重新去重视它，而且只是在有把握实现它时我们才会认为不必继续去实现。不过认为不算一回事的人也有道理。因为虽说实现愿望和幸福都只是在有把握时才显得不算一回事，这种实现和幸福本身却都是某种不稳定的东西，它们只能使人感到伤心。愿望实现得越全面，伤心便越剧烈，幸福如违反自然规律延续下去而且得到习惯的认可，伤心就会变得更加难于忍受。从另外的角度看，这两种倾向，如我一心想发信，当我以为信已发出时，我又一味地后悔，这两种倾向本身都有它们的道理。就第一种而言，我们追求幸福是完全可以理解的——追求不幸也如此——我们同时又希望以即刻显示结果的新的行动进行安排，使我们等待而又不至于毫无希望，简言之，我们设法使我们的苦痛采取另外一些我们想象不那么残酷的形式，这也是完全可以理解的。不过第二种倾向的重要性也并不比第一种差，因为这种倾向是以相信我们的行动能够成功为基础的，它干脆就是我们圆满实现愿望时可能会立即感到的幻灭的开始，过早的开始，也就是我们在排除其他形式而为自己确定这种幸福形式时所感到的后悔之情。

我把信还给弗朗索瓦丝要她赶快交到邮局去。我的信一走，我又去想象阿尔贝蒂娜会立即回来的事了。一想到她回来我脑海里便出现了亲切的形象，这些形象以它们的妙趣略为冲淡了我在她这次回归里看到的危险。这种久违了的同她朝夕相处的妙趣使我陶醉了。

时光流逝，人们在谎言里谈到过的都逐渐变成事实，在和希尔贝特相处时我对此体会太深了；我在呜咽不已时佯装的冷漠终于成了现实；我当时对希尔贝特谎话连篇的那一套在事后回想起来也确实弄假成了真，生活逐渐把我们分开了。我还记得那时的情景，于是我对自己说："假如阿尔贝蒂娜还像这样过上几个月，我的谎言一定会变成现实。目前最难熬的时间既然已经过去，不可指望她再这样继续过完这一个月吧？如果她回来，我便会放弃真正的生活，当然我目前还未能领略这种生活，但这种生活一定会逐步向我展示它的魅力，与此同时我对阿尔贝蒂娜的印象却会越来越淡薄。”[1]

阿尔贝蒂娜出走之后，我以为别人似乎不可能看见过我哭泣，所以我老是拉铃叫来弗朗索瓦丝而且告诉她：“得看看阿尔贝蒂娜小姐有没有忘了什么东西。别忘了打扫她的房间，以便她回来时房里整整齐齐的。”或者干脆说：“正好，就是那天，阿尔贝蒂娜小姐还对我说，噢，就在她动身的前一天……”我是想让弗朗索瓦丝隐约预感到阿尔贝蒂娜出走的时间是短暂的，使她为这次出走而幸灾乐祸的心情收敛收敛；我还想让弗朗索瓦丝明白我并不害怕谈起这次出走，我要让这次出走显得像是我乐意的——就像某些将领把被迫退却称作符合预定计划的战略撤退一样——仿佛只是我暂时隐瞒了真实意义的一个插曲，而绝不是我和阿尔贝蒂娜之间友谊的结束。我不停地提起她的名字，是想让她身上的某种东西像少许的空气一样回到这间人去楼空的房里，我在这里真透不过气了。此外，人在设法减轻自己痛苦的程度时总是在吩咐送衣服或命人开饭时像口头禅一样提起这种痛苦。

在整理阿尔贝蒂娜的房间时，好奇的弗朗索瓦丝把那张香木小桌的抽屉打开了，我的女友过去在睡觉时总爱把一些私人小物件放在这个抽屉里。“噢，先生，阿尔贝蒂娜小姐忘了戴她的戒指，戒

---

[1] 我并不是说我还没有开始遗忘。然而遗忘的结果之一恰恰是使我再也忆不起阿尔贝蒂娜那许多令人不快的方面，再也忆不起我和她共同度过的令人烦恼的时光，因此也就不再是我希望她不在这里的理由，就像她还在这里时我希望的那样。遗忘还给我提供了她的素描式的形象，即被我对其他人的爱意美化了的形象。遗忘尽管促使我习惯了分居的生活，它在上述特殊的形式下却让阿尔贝蒂娜显得更温柔，更美丽，反倒使我更盼她回归了。——作者注

指都留在抽屉里了。”我的第一反应是说：“得给她寄过去。”然而这样一说便显得我对她的回归缺乏信心。“好吧，”我沉默一会儿后又回答说，“她出门时间不长，不用麻烦了。给我吧，我瞧着办。”弗朗索瓦丝递给我戒指时显出不怎么相信的神气。她厌恶阿尔贝蒂娜，然而她以她之心度我之腹，便以为阿尔贝蒂娜所写的每一封信只要交到我手里怕都会被我拆看。我把戒指取过来。“先生小心点，可别丢了，”弗朗索瓦丝又说，“这些戒指可算得上漂亮了！不知是谁送给她的，是先生送的呢，还是另外的男人送的？不过有一点我很清楚，送戒指的人准有钱，而且有鉴赏力！”“不是我送的，”我回答弗朗索瓦丝，“再说这两只戒指并不是同一个人送的。一只是她姨妈给的，另一只是她自己买的。”“不是同一个人送的！”弗朗索瓦丝嚷道，“先生是在开玩笑吧，两只戒指一模一样，只不过有一只上面加了一粒红宝石，两只上面都刻了鹰，戒指里边都有同样的姓名开头字母……”我不知道弗朗索瓦丝是否感觉到了她的话给我带来的痛苦，她此刻竟露出了笑意，而且这微笑再也没有离开过她的嘴唇。“怎么，同样的鹰？您疯了。没有红宝石的这只的确有鹰，可是另外那只上面刻的却是人头一类的东西。”“人头？先生在哪儿看见人头啦？我拿长柄眼镜一看便看出这是鹰的翅膀；先生用放大镜看就会看见另一只翅膀在另一边，头和嘴在中间。每根羽毛都看得见呢。哦！做工可真漂亮。”我忧心如焚地想弄明白阿尔贝蒂娜是否欺骗了我，这种需求竟使我忘记了我应该在弗朗索瓦丝面前保持尊严，忘了我应该把她那邪恶的快活劲儿碰回去，这种快活即使不为折磨我，起码也是为了损害我的女友。弗朗索瓦丝去取我的放大镜时我激动得直喘粗气，我拿过放大镜，要她把红宝石戒指上的鹰指给我看，她毫不费力地让我认出了鹰的翅膀，勾勒翅膀的装饰性线条和另一只戒指上的完全一样，我还看出了立体感很强的每一根羽毛和鹰的头部。她还提醒我注意相同的题词，真的，红宝石戒指上的题词和这一只的题词正相搭配。两只戒指里边都有阿尔贝蒂娜姓名第一个字母组成的图案。“先生非得看了这一切才认出戒指是一模一样的，这真使我吃惊，”弗朗索瓦丝对我说，“即使不去仔细察看也能感觉出金子折弯的方式方法全一个样，形状也相同。瞥一眼我就敢起誓两只戒指出于同一个地方。这就像优秀女厨师做的菜一般一目了然。”果然，她那仆人特有的好奇心，那由仇恨激起的、习惯于以令人胆寒的精确性关注细节的好奇心和她的鉴赏力相得益彰，的确有助于她所做的鉴定，她也确曾在烹调方面显示过同样的鉴赏力，这种鉴赏力也许由于她的善于卖弄而更显得旺盛了，我去巴尔贝克时从她穿着的方式里也已注意到了这点，原来她也是曾经标致过，曾经见识过别人的首饰和穿着打扮的女人呢。即使在某一天我取错了药，我感到喝茶太多需要服巴比妥却取了同样数量的咖啡因片，我那时心跳的程度也不会像此刻这样剧烈。我要弗朗索瓦丝离开房间。我真想立即见到阿尔贝蒂娜。我对她撒谎的憎恨，对不认识的男人的嫉妒同我眼见她如此这般接受别人的礼物而感到的痛楚交织起来了。不错，我本人送给她的礼物更多，然而只要我们不知道我们供养的女人也被别人供养着，这女人在我们眼里就不是情夫养活的女人。既然我一直不停地为她大量破费，我便不去管她道德如何低下，只一味地抓住她不放，是我使这种道德低下在她身上持续存在下来的，也许是我使它发展下去，也许就是我使她道德低下的。而且就像人生来善于编造神话故事以抚慰自己的痛苦，就像我们在饿得要死时总能让自己相信一个陌生人即将给我们留下一亿巨款一样，我竟胡乱想象阿尔贝蒂娜正在我的怀里向我解释，说是她自己因为看见两只戒指做工一样才买下第二只的，也是她自己命人刻上她名字的第一个字母的。不过这种解释完全可能不攻自破，也还没有来得及使它的恩泽在我心里扎下根，因此我的痛苦也就不可能很迅速地平静下来。我琢磨许多男人在对别人说他的情妇很体贴时也在忍受着我受到的这种折磨。这说明他们是在对别人撒谎同时也在对自己撒谎。他们也不完全是在说谎；他们和情妇确曾享受过美好的时光；然而这些女人在情夫的朋友面前表现出来的使情夫为之自豪的亲切体贴，她们单独与情夫相处时使情夫对她们赞不绝口的亲切体贴，这一切都掩盖了某些无人知晓的时辰，在这些时刻情夫忍受过痛苦，怀疑过，也曾劳而无功地到处探寻过实情！正是这样的痛苦交织着恋爱的乐趣，交织着为女人的毫无意义的话而心醉神迷的乐趣，明知那些话毫无意义，但仍然要加进她的气味使它们香气扑鼻。不过此时此刻我却再也无法透过回忆而沉醉在阿尔贝蒂娜的香味里了。我手上拿着这两只戒指，两眼呆呆地注视着戒指上这只无情的鹰，鹰的喙像烙铁一般折磨着我的心，那一对羽毛突出的翅膀带走了我对女友保持的信任，在鹰爪下，我那受到伤害的心灵一刻也不能回避对这个陌生男人的情况提出的一连串的疑问，这只鹰无疑是此人姓名的象征，只不过我无法认出来罢了，她从前一定爱过此人而且不久前一定见过他，因为我初次见到这第二只戒指正是我们在森林里一起散步的那一天，那是多么甜蜜多么富有家庭情趣的一天呀，这只戒指上的鹰看上去仿佛正在把它的喙浸进红宝石里那一大片清澈的血水里。

此外，我从早到晚不停地为阿尔贝蒂娜的出走而苦恼也并不意味着我只想念她一个人。一方面，她的魅力早就越来越接近某些东西了，这些东西最终会远远抛弃她的魅力，但是她在我身上引起过的那种激情还会照样使这些东西冲动起来，如果有什么事物使我想到安加维尔，想到维尔迪兰一家或想到莱娅扮演的什么新角色，痛苦仍会像潮涌一般前来袭击我。另一方面，我自己所谓的想念阿尔贝蒂娜，是指想办法让她回来，和她重聚，是指设法知道她在做些什么。因此，在这段我无休无止地备受煎熬的时间里，如果有什么图表能够描绘出我的痛苦的图像，人们也许会看见奥赛火车站，看见送给邦当夫人的钞票，看见圣卢俯身在电报局斜面小桌上拟写发给我的电报的情景，却永远也不会看到阿尔贝蒂娜本人的图像。在我们生命的长河里，由于自私自利我们每时每刻都只看得见眼前的、对我们这个“我”十分珍贵的目标，却从不去看那不停地注视着这些目标的“我”自己，正如指引着我们行动的愿望总是屈尊趋附于行动，却不再回升到愿望本身，或因为这愿望过分注重功利，便迫不及待地投入行动而蔑视认识，或因这愿望正在寻求未来以纠正令人失望的当前，或因思想的懒惰促使这愿望顺着想象的轻松自在的斜坡往下滑行而不肯沿着内省的崎岖陡坡往上攀登。事实上，在我们置生命于不顾的危急时刻，随着这生命所系的人儿愈益显示她在我们生活中所占的广阔位置和她震撼一切的力量，这个人儿的形象便相应地逐渐缩小直到再也无法察觉。由于我们的感情作用我们在万事万物里都能发现这个人儿存在时留下的影响；而这人儿本身，这影响的来源，却哪儿也找不到了。在这些日子里我怎么也回忆不起阿尔贝蒂娜的形象，我简直以为我再也不爱她了，这就像我母亲，她在绝望的时刻无法回忆我外祖母的形象时（她在梦中和外祖母邂逅那一次例外。她当时感到那样的重逢多么难得，尽管是在睡梦中，她仍然豁出全部力气使那次重逢延续下去），便可能而且也的确谴责过自己不为母亲的死而感到惋惜，她母亲的死使她痛不欲生，然而她在回忆里却总是捕捉不到她母亲的轮廓。[1]

---

[1] 我准备在买汽车的同时也买下迄今最漂亮的那艘游艇。有人要卖这艘船，但要价太高没有找到买主。而且一旦买了船，就算我们只做四个月的水上旅行，每年的游艇保养费也得花二十万法郎。这就要求我们在年收入超过五十万法郎的基础上生活。这样的基础我能支撑七年或八年吗？不过那又何妨？一旦我每年只有五万法郎的年金收入，我可以把这笔钱留给阿尔贝蒂娜然后去自杀。这就是我做出的决定。这决定倒使我想起了“我”。而这个“我”在生活中却不停息地想着一大堆事情，他无非是琢磨这些事情的思想活动，当他偶然间失去了这些事情的思路而突然想到了自己时，他却只找到了一架空空如也的仪器，一种他并不熟悉的东西，为了使这些东西具备一定的现实感，他又加进了在镜中瞥见的对某个面庞的回忆。那滑稽的微笑，那不整齐的胡须，就是这些东西即将在地球上消失。五年以后我一自杀便不可能再琢磨这些事情了，而这些事情目前却不停地展现在我的脑际。我将从地球上消失而且永远不返回，我的思想也将永远停止活动。看见“我”仿佛已经成了不存在的东西，我便感到这个“我”似乎更加虚无缥缈了。为我们朝思暮想的女人（我们所爱的女人）而牺牲我们从来不想的人：我们自己，这难道会有什么困难吗？为此我仿佛觉得我死亡的念头就像关于我本人的概念一样古怪；不过这念头却并不使我反感。猛然间我又感到这死亡的念头可悲得无以复加了；因为在我琢磨到我之所以不能掌握更多的钱财是由于我的双亲还在世时，我突然想起了我的母亲。而一想到我死后母亲的痛苦我便受不了。——作者注

我怎么会相信阿尔贝蒂娜不喜爱女人？是因为她说过，尤其是前不久说过她不喜爱女人；然而我们的生活难道不是建立在永恒的谎言之上的吗？她没有一次问过我：“我为什么不能随便出门？您为什么问别人我干了些什么？”可是生活实在太奇特，所以她自己果真不明白其原因时一定会向我提出这个问题。她对自己恒久不衰的情欲，对自己数不胜数的回忆，对自己不胜枚举的欲望和愿望永远保持沉默正好与我对她被幽禁的原因保持沉默是不谋而合的，这不是可以理解的吗？在听见我暗示说阿尔贝蒂娜即将回归时，弗朗索瓦丝看上去是知道我在说谎的。她这种看法的依据似乎稍强于指导仆人行为的通常道理，即主人不喜欢在仆人面前受到屈辱，主人要仆人知道的真实情况只限于适合保持尊严的，离美化了的虚构情节不太远的东西。弗朗索瓦丝这一次抱如是看法似乎还另有依据，仿佛倒是她自己在阿尔贝蒂娜的心里引起了猜疑并使这种猜疑持续下去，而且激起了她的愤怒，总之是她促使阿尔贝蒂娜发展到这样的地步，以至于她弗朗索瓦丝原本就可以预言这次出走是不可避免的。果真如此，我那些所谓我的女友是暂时出走、我知道而且同意她出走之类的说法也就只能遭到弗朗索瓦丝的不信任了。然而她关于阿尔贝蒂娜在本质上谋求私利的想法，以及她出于仇恨认为阿尔贝蒂娜从我这里大获“好处”的夸张说法又可能在某种程度上挫败她自己肯定我在说谎的自信。因此当我在她面前像提一件最自然不过的事那样暗示阿尔贝蒂娜即将回来时，她注视着我的脸（膳食总管为了惹她不快，在替她念报念到某些时政消息如关闭教堂放逐神甫之类的事情时总爱偷换几个字眼，这使她大犯嘀咕；于是，尽管她站在厨房尽头而且大字不识，她也会本能而贪婪地盯着报纸看，她此刻注视我的姿势和她看报的姿势一模一样），仿佛看得出我所说的是否在我脸上真有所显露，我是否正在胡编乱造。

不过她一见我写了一封长信之后又在寻找邦当夫人的确切地址，她那至今还很模糊的、唯恐阿尔贝蒂娜返回的害怕之情便又在她心里滋生起来了。这种害怕之情在翌日清晨竟发展成了真正的又惊又怕，原来她从准备交给我的一封书信的信封上认出了阿尔贝蒂娜的字迹。她在嘀咕阿尔贝蒂娜的出走是否只是一出喜剧，这个假设使她倍感伤心，似乎这已经最终确定了阿尔贝蒂娜将来要在这个家里生活下去，似乎这已经构成了我的屈辱，我被阿尔贝蒂娜耍弄的屈辱，而对我的侮辱就是对她本人的侮辱，因为我是她的主人。无论我多么急于阅读阿尔贝蒂娜的来信，我仍旧禁不住观察了一会儿弗朗索瓦丝的眼睛，她的全部希望都从这双眼睛里消失了，我从这个征兆里得出了阿尔贝蒂娜会立即回来的结论，正如冬季运动的爱好者看见燕子远走高飞便高兴地推断出寒冷季节即将来临一样。弗朗索瓦丝此刻总算离开了房间，在肯定她已关上了房门之后，为了不显得忧心如焚，我不声不响地拆开了来信：

我的朋友，谢谢您对我讲过的那些令人愉快的事，我一定遵命去退掉劳斯莱斯汽车，如果您认为我能在这方面做点什么的话，而对此我也并不怀疑。您只要把中间人的姓名写

> 给我就行了。您恐怕会受这些人的欺骗，他们求之不得的只有一件事，那就是卖货；您从来不出门，要一辆汽车做什么呢？您对我们最后一次散步还保留着美好的回忆，我很感动。请相信，我也不会忘记那次格外黯然神伤的散步（因为当时已暮色苍茫而我们又即将离别），那次散步只有在我满目漆黑时才会从我脑海里消失。

我清楚地感到最后一句话无非是一句话而已，阿尔贝蒂娜根本不可能对那次散步保持如此甜蜜的回忆，更不可能保持到她离开人世的时候，她当时肯定感到散步索然寡味，因为她那时正急不可耐地盼望着离开我。不过我也很欣赏巴尔贝克那个骑自行车打高尔夫球的姑娘，尽管她在认识我之前只读过《以斯帖》，她却天生聪慧而且我有非常充足的理由认为她在我家又培养了新的素质，这些素质使她与众不同而且更为完美。我在巴尔贝克对她说过这样一句话："我认为我的友谊对您是宝贵的，我正是能够给您带来您缺少的东西的人。"——我在一张照片上写下了这样的题词："自信天生保护人"——这句话，我虽然说了却并没有相信，而当时说这话的唯一目的只是让她感到来看望我大有好处，同时使她克服她可能会感觉到的厌倦情绪，这句话事实上却是千真万确的；这就像我告诉她我不愿意见到她是因为我害怕我会爱上她一样。我之所以说这话是因为我明白，她来得勤时我对她的爱情反而会逐渐减弱，而分离倒可能激励这份爱情；然而事实上她勤来看我倒使我对她产生了比在巴尔贝克初期的爱情强烈得多的渴

提香

《伊莎贝拉·德斯特肖像》

求，这样一来我那句话又变成真实的了。

不过总的来说阿尔贝蒂娜的信并没有使事情有所进展。她只对我说了准备给中间人写信。必须使目前的局面有所突破，必须赶紧了结这一切，于是我有了下面这个主意。我立即命人给安德烈送去一封书信，我在信中说阿尔贝蒂娜住在她姨妈家，我感到很孤独，如果她能来我这里小住几天我会感到无比快乐，而且我一点不想使这件事神秘化，所以我请她将此事通知阿尔贝蒂娜。与此同时我又装作没有收到阿尔贝蒂娜的信而给她写了下面这封信：

> 我的朋友，请原谅，您一定会十分理解的这件事，我非常憎恶把事情神秘化，所以我愿意她和我一道来通知您。您在我身边时生活那么甜蜜，因此我养成了无法独自生活的坏习惯。既然我俩已商定您不回来了，我便考虑了代替您的最合适的人，而最能使我少做改变也最能引起我对您的回忆的人非安德烈莫属，所以我已请求她到我这里来。为了使一切不显得那么突然，我对她说只小住几天，但就我们私下说吧，我相信这次是永久性的。您不认为我说得有理吗？她知道你们巴尔贝克那一帮子姑娘永远是对我最具诱惑力的小小的社会团体，我曾最幸运地取得了这个团体的认可证。这个团体的诱惑力无疑还在我身上起着作用。既然我俩的性格和生活的厄运注定了小阿尔贝蒂娜不可能成为我的妻子，我想我无论如何总该在安德烈身上得到一个妻子——不如您迷人，但

性格的更大共同点也许能使她和我在一起时感到更幸福。

然而信一发出，我心里又突然升起了疑云，阿尔贝蒂娜曾写信告诉我说“如果您直接写信给我，我会很高兴回来”，她对我这么说无非是因为我并没有直接给她写信，如果我真给她写了信，她恐怕还是不会回来的，在得知安德烈来我家而且随后会成为我的妻子时她一定感到十分欣慰，只要她阿尔贝蒂娜获得自由就成，她出走一周以来终于可以毫无顾忌地堕落下去，我半年来在巴黎每时每刻精心采取的预防措施也就付诸东流了，因为在这一周里她可能已经干下了我分分秒秒刻意阻止她做的事，那些预防措施已经毫无用处。我琢磨她在那边一定胡乱享用了她的自由，当然，我自己构想出来的这个念头似乎使我感到伤心，但这种伤心也只是一般性的，没有什么特别，而且这念头虽然促使我设想她可能有无数的女性情人，我却不能肯定其中的任何一个，因此这念头虽然使我的思想进入了一种不无痛苦的永恒的运动，但由于缺乏具体人物的形象，这种痛苦倒还可以忍受。然而圣卢一到，这种痛苦就不再是可以忍受的了，它变成了难以忍受的苦难。

在说明为什么圣卢对我说的话使我如此难受之前，我应该叙述一件他临来访时发生的事，后来想起这件事我的心情竟纷乱到虽不说冲淡了与他谈话使我产生的痛苦印象，起码也降低了这次谈话的实际重要性。这件事是这样的：由于我急不可耐地想见到圣卢，我便在楼梯上等他（如果我母亲在家我一定不会这么做，因为她除了讨厌“传话”外，最厌恶的就是这种举动），这时我听到了这样一段对话："怎么！您不会让人打发掉您不喜欢的人？这可不难。您只要，比如说，把他应该送的东西藏起来；他的东家急着要东西时一叫他，他什么也找不到便会急得团团转，我舅妈准气冲冲地背着他对您说：'他在干什么呀？'他只要一迟到，所有的人都会气冲冲的，这一来他再也得不到需要的东西了。这样干他四五次，您就可以十拿九稳瞧着他被辞退。您如果故意悄悄把他该送的干净东西弄脏，加上诸如此类的事情，您就更有把握了。"我惊得目瞪口呆说不出一句话，这些毫无信义冷酷无情的话语竟会出自圣卢之口！而我原来却一直把他看成一个多么善良、对不幸的人多么富于同情心的人，他这一席话简直使我相信他是在朗诵撒旦的台词；这不可能是以他自己的名义说的话。"可是谁都需要挣钱养活自己呢。"和他对话的人说道，我这时才看见说话人是德·盖尔芒特公爵夫人的一个听差。"那又关您什么事呢？您自己舒服就成了，"圣卢恶狠狠地回答他，"而且您还多了一个出气筒，这岂不快活。您完全可以趁他给盛大晚宴上菜时把墨水瓶打翻在他的制服上，总之，弄得他一刻也不安生，让他最后自愿离开。再说，我还可以帮您一把，我要告诉我的舅妈说我赞赏您竟有耐心和这样一个呆头呆脑而且穿得很糟的家伙一起干活。"我露面了，圣卢朝我走了过来，可是我在听见他说了那些与我了解的他如此不相称的话之后我对他的信任已经动摇了。而且我在考虑，一个对不幸者能够如此冷酷无情的人是否可能在去邦当夫人处替我办事时对我背信弃义。等他一走这个考虑便格外有力地促使我不把他此行的失败看成是我不能成功的依据，不过当他还在我身边时，我想到的仍旧是过去的圣卢，而且是刚离开邦当夫人的朋友。他首先对我说：“你认为我本来应该多给你打几次电话，可是这边老说你没有空。”不过我的痛苦变得无法忍受是在我听到他说下面这些话的时候：“我就从我给你发来最后一份电报以后说起吧，我穿过一间库房一类的房子后便进了她家的大门，等我又走了一个长廊他们才让我进了客厅。”一听见库房、走廊、客厅，甚至这些词还没有说完，我的心便比触了电更急速地翻腾起来，因为在一秒钟之内绕地球次数最多的力量并不是电，而是痛苦。圣卢走后我重复说了多少遍库房、走廊、客厅这几个词呀！我这是在故意一而再，再而三地冲击自己。在库房里，阿尔贝蒂娜完全可能和某个女友躲藏起来。而在客厅里，又有谁知道她姨妈不在时她在干些什么？怎么？我这不是在想象阿尔贝蒂娜住的房子既不能有库房也不能有客厅吗？不，我一点也没有这么想，或者说我过去只把这房子想成了一个并不确切的地方。当她待的地方成了一个特定的具体地理名词时，当我得知她不是在两三个可能的地方而是在土兰时，我第一次感到了痛苦。她的门房说的话在我心里也在地图上终于标明了使我难过的地方。然而在我适应了“她在土兰的某个住宅里”这个想法时，我并没有见过这个住宅；关于客厅、库房、走廊的可怕概念也就从来没有进入过我的想象；如今，这几个处所却仿佛正在我的对面，在看见过它们的圣卢的视网膜里，阿尔贝蒂娜在那里走来走去，在那里生活，这些处所是特定的而不是不着边际互相推翻的可能的地方。库房、走廊、客厅这些字眼使我清楚意识到我让阿尔贝蒂娜在这个可诅咒的地方待一星期实在是发疯了，这地方的“存在”（而并不只是可能存在）已在我面前暴露无遗了。唉！圣卢还谈到他在客厅里听见隔壁房间里有人在扯开喉咙唱歌而且那唱歌的正是阿尔贝蒂娜，听到这里我终于在绝望中明白了，阿尔贝蒂娜摆脱我之后竟生活得很幸福！她已重新赢得了自由。而我却在想她会即刻回来取代安德烈！我由痛苦转而冲圣卢大发雷霆了。“我对你的唯一要求是避免她知道你去了那里。”“你以为这很容易吗！有人对我保证说她不在那里。噢！我明白你对我不满意，我从你那些电报里已经感觉到了。可能你并不公正，能做的我都做了。”她重新挣脱了羁绊，离开了我家这个牢笼，而在这个牢笼里我过去又成天价不叫她到我房里来，对我来说，她这是恢复了她全部的价值，她又变成了众星捧月式的人物，变成了从前那只妙不可言的小鸟。“长话短说吧。钱的问题，我真不知道该怎么对你说，对一位看上去那么敏感的女人说钱的事我还怕冒犯她呢。不过听我谈及此事时她倒没有哼一声。过不多久她甚至对我说她见我和她互相那么理解，她十分感动。可是她后来谈的话又那么正派，那么高雅，我简直就无法想象她说‘我们互相那么理解’是在谈我送钱给她的事，其实我的所作所为是很没有教养的。”“也许她并没有理解，也许她并没有听清楚，你当时应该重复说几遍，因为只有这样才有把握使事情成功。”“可是她怎么可能没有听清楚呢？我就像刚才跟你说的那样对她说的，她既不是聋子，也不是疯子。”“而她却一点也没有考虑？”“一点没有。”“你该对她再说一遍。”“你怎么能让我再说一遍呢？我一进门就看见了她的神色，我当时心想，你弄错了，你这是在让我做一件蠢而又蠢的事，如此这般给她送钱真是难于登天。不过，为了服从你的命令我还是干了，我还以为她会命人把我赶出门去呢。”“但她并没有如此行事。这说明，或许她并没听清楚，所以应该再说一遍，或许你们还可以就这个问题继续谈下去。”“你说‘她并没听清楚’是因为你在这里，可是我对你再说一遍，你要是参加了我们的谈话你就会明白，当时那里鸦雀无声，我是粗声粗气对她说话的，她不可能没有听懂。”“可她是否相信我始终希望娶她的外甥女呢？”“不，这个嘛，如果你愿意听我的意见，她根本不相信你打算娶亲。她对我说，你亲口告诉她的外甥女你想离开她。我到现在也不知道她是否相信你想娶亲。”

这些话使我稍微放心了些，这说明我还不算太受侮辱，因此更大的可能是我还在被爱着，这说明我还有采取决定性措施的更大余地。不过我仍旧十分苦恼。“看见你不满意我很烦恼。”“不对，我很感动，我感谢你对我的盛情，不过我觉得你好像能够……”“我已尽了最大的努力。换另外的人也不可能做得更多，甚至还做不到我做过的那些事呢。你找别人试试。”“这明摆着不可能，早知如此我就不派你去了，不过你这一招流产可妨碍了我采取另外的步骤。”我责备了他：他确曾设法为我效劳，但没有成功。圣卢在离开那里时曾和几个正在进门的少女交错而过。我早就不止一次猜想到阿尔贝蒂娜在当地认识一些姑娘，我这是第一次为此感到难过。确实应该相信，大自然在让我们的头脑分泌天然的解毒剂以消除我们不停顿而且毫无危险地做出的各种假想；

然而什么药物也不可能免除圣卢遇到的这些姑娘对我产生的毒害。可是他讲过的这些细节中每一个有关阿尔贝蒂娜的不都是我曾设法打听过的吗？不正是为了更确切地了解这些情况我才让当时被上校召回的圣卢不惜一切代价前来我家的吗？不正是我，是我自个儿企求得到这些细节，或者不如说，不是我的痛苦在饥不择食地渴求增长，在贪婪地盼望得到这些细节作为养料的吗？圣卢最后告诉我他在那幢住宅的附近喜出望外地遇到了唯一的熟人，而这个人又使他想起了过去，他邂逅的是拉谢尔过去的一个女友，一个漂亮的女演员，她正在附近度假。一听到这个女演员的名字我就琢磨起来："也许就是和这个女人。"光想到这点我就仿佛看见阿尔贝蒂娜在一个我不认识的女人的怀里微笑，快活得脸蛋发红。而实际上又何尝不是如此呢？自我认识阿尔贝蒂娜以来我想女人还想得少吗？我第一次去德·盖尔芒特公爵夫人府上拜访回来的那天晚上，我想圣卢谈到的那个常去妓院的姑娘和普特布斯太太的女仆不是比我想德·盖尔芒特夫人还勤得多吗？不正是为了这个普特布斯太太的女仆我才又返回巴尔贝克的吗？说近一点，我不也曾经渴望去威尼斯吗，那为什么阿尔贝蒂娜就不能有去土兰的愿望呢？其实我到现在才意识到，我当时本来就不会离开她，也不会去威尼斯。即使我打心底想："我很快就要离开她了。"我也明白我再也不会离开她，这就像我明知我再也不会工作，也不会去过一种有益于健康的生活，总之什么都不会去干，而我却每日都要给明天许下这些宏愿。不过，无论我内心深处怎么想，我当时的确认为比较聪明的办法是让她在生活中感到无限期的分离在威胁着她。而出于我那可憎的聪明，我无疑让她过分相信这点了。如今，这一切无论如何也不能再这样继续下去了，我不能听任她在土兰和这些女孩子待在一起，不能听任她和这个女演员待在一起；一想到她避开我过的这种生活我就无法忍受。我要等她的回信：如果她是在干坏事，唉！多一天少一天又有什么要紧呢（我这样说也许是因为，我既然已经不再像习惯的那样让她向我报告她如何度过她的每一分钟，而且也不再为她有一分钟的自由而恐惧万状，我的嫉妒心也就不再像过去那样以分秒来计算时间了）？不过，在收到她的回信之后，一旦知道她不准备回来我还会立即跑去找她；不管她愿不愿意我都会硬把她从她的女友们身边拉走。再说既然我已发现在此之前我从未怀疑过的圣卢的恶劣行为，我亲自去一趟不是更好些吗？谁知道他是否有意谋划让我和阿尔贝蒂娜分手呢？

是否由于我自己已经起了变化，是否由于当时我不可能设想某些自然的原因也可能在某一天导致这种不寻常的分手局面呢？总之，如果我现在给她写信像在巴黎对她说的那样希望她别出什么事故，我是怎样地在撒谎啊！噢！如果她真的出了事故，我的生活不但永远也不会再被我那无休无止的嫉妒心毒化，我还会很快找到即使不是幸福，起码也是免除痛苦之后的宁静。

免除痛苦？我难道真相信过，相信过死亡只消除存在的东西却让其余的东西保持原状？我难道真相信过死亡能够免除认为死者的存在是他痛苦的源泉的人内心的痛苦，而且死亡只解除痛苦却不用别的东西去代替痛苦？免除痛苦！我读遍了报纸上的社会新闻，可惜却没有勇气去构想斯万怀抱的那种愿望。如果阿尔贝蒂娜真的遭到了什么事故，她如果活着，我可以借故追随她左右；她如果死了，我也可以像斯万说的那样重新获得生活的自由。我是这样看的吗？他的确这样看过，这自以为了解自己的机灵人。人们对自己的内心实在是知之甚少！如果斯万还活着，稍晚些时候我真该去告诉他，他那无异于犯罪的希望是荒谬的，他所爱之人的死绝不会使他得到任何的解脱！

我在阿尔贝蒂娜面前丢掉了一切傲气，我给她拍了一份充满绝望之情的电报请求她回来，无论提什么条件都可以，她可以做她愿意做的一切，我只要求在她睡前拥抱她一分钟，一个礼拜三次。她即使说只拥抱一次，我也会同意就一次。

她再也没有回来。我给她的电报刚发出就收到了一份电报。是邦当夫人拍来的。对我们每一个人来说，世界并不都是一劳永逸地创造出来的。在生活的流程里还会有我们无法猜测的事加入其中。唉！这份电报的头两行并没有在我身上产生免除痛苦的效果："可怜的朋友，我们的小阿尔贝蒂娜去世了，原谅我向您，向那么爱她的您通报这件可怕的事。在一次出游时，她的马把她甩下来撞到一棵树上。我们竭尽全力也未能使她苏醒过来。我怎么没有替她去死呀！"不，不是免除痛苦，而是一种从未领略过的痛苦，是明白她再也回不来了的痛苦。我不是多次对自己说过她也许不会回来了吗？我的确说过，然而此刻我才发现我没有一刻相信过这点。由于我需要她待在我这里，需要她用亲吻来支持我忍受由我的猜忌引起的苦恼，我从巴尔贝克起就已习惯时时刻刻和她形影相随，甚至在她出门留下我一人独处时，我仍旧在拥抱她。她去土兰以后我还在继续这么做。和她的忠实相比我更需要的是她的回归。如果说我的理智有时任意怀疑这一点，我的想象力却自始至终再现着她回归的情景。我本能地用手摸摸我的脖颈，我的嘴唇，自她走后，我的脖颈和嘴唇似乎还在接受她的亲吻，可是从今以后它们再也得不到这种亲吻了。我又把手放在我的脖颈和嘴唇上，俨如外祖母离开人世时妈妈抚摸着我说："我可怜的孩子，那么爱你的外祖母再也不能亲吻你了。"我未来的全部生活都从我心灵里给挖出去了。我未来的生活？我难道没有偶尔想到过缺了阿尔贝蒂娜未来该怎样生活？没有！这么说长期以来我一直在把我生命中的分分秒秒都奉献给她直到我死去为止啰？那当然！这种与她分不开的未来，我往日从没有去注意过，可如今这未来却拆开来了，我意识到了它在我裂开的心灵上占据的位置。一无所知的弗朗索瓦丝走进了我的房间；我怒气冲冲地对她吼道："怎么啦？"（有时几个字就会使我们身边的现实被另一种完全不同的现实所替代，这几个字能像眩晕一般使人神志不清）她这才说："先生不必显得那么不快，恰恰相反，您马上就会感到满意了。这是阿尔贝蒂娜小姐寄来的两封信。"

我随即意识到我的眼睛大约像精神失衡的人的眼睛。我竟既不感到幸福也不表示怀疑。我好像一个看见自己的房间里同一个位置上又是长沙发又是洞穴的人。他眼前再也没有什么东西是真实的了，他倒在地上了。这两封信大概是阿尔贝蒂娜在置她于死地的溜达之前不久写下的。第一封信上说：

我的朋友，我感激您信任地把您想让安德烈去您那里的意图告诉我。我确信她会高兴地接受邀请而且我相信这于她是件很幸运的事。她天资聪颖，一定会很好地利用同您这样的人做伴的机会去接受您擅长发挥的令人钦佩的影响。我认为您这个主意对她对您都会有好处。因此，如果她对此有丝毫的异议（我不相信她会这样做），拍个电报给我，我负责敦促她接受。

第二封信的日期晚一天。实际上她在写了第一封信之后可能很快又写了第二封，也许是同时写好再倒填上第一封的日期的。我时时刻刻都在胡乱猜测她的意图，其实她的意图无非是想回到我的身边，对她的意图，任何一个与此事毫不相干的人，一个毫无想象力的人，一个和平条约的谈判者或正在考虑交易事宜的生意人恐怕都会比我判断得更正确。这封信只有这些话：

我回到您的身边是否为时已经太晚？如果您还没有写信给安德烈，您会同意再要我吗？我一定服从您的决定，我恳求您不要迟迟不告诉我，您知道我多么急切地在等待您的决定呀。假如您决定让我回来，我立即去乘火车。全心全意属于您，阿尔贝蒂娜。

要想阿尔贝蒂娜之死解除我的痛苦，恐怕得让这次碰撞不仅在土兰置她于死地，而且在我心上也把她置于死地。而她在我心上却显得从未有过地生龙活虎。一个活人想进入我们的心灵必须有形，必须受时间框架的制约；由于他只是一分钟一分钟地在我们面前接连出现，他永远只能给我们同时提供他本人的一个方面，提供一张单一的相片。一个人只是简单的时间积累，这无疑是很大的弱点，但也是强大力量的体现；他属于记忆，一小会儿的记忆对此后发生的事并非全都了如指掌；而记忆记录下来的那一小会儿却会持续下去，它会长存着，在这一小会儿里出现的那个人的轮廓也会和这一小会儿共同长存。这种零碎的记忆不仅会使死者长存，而且会使她越变越多。我若想使自己得到安慰，我应该忘却的就不只是一个阿尔贝蒂娜，而是无数的阿尔贝蒂娜。在我终于能够忍受失去这个阿尔贝蒂娜的悲伤时，我还得去忍受失去另外一个，另外一百个阿尔贝蒂娜的悲伤。

于是我的生活彻底改变了。过去使我感到生活的温馨的，并不是阿尔贝蒂娜本身，而是当我独处时，在想到她的同时，那些与过去相类似的时刻勾起的对过去的时刻无休无止的回顾。雨声使我忆起贡布雷丁香花的香味；阳台上变幻不定的阳光使我想起香榭丽舍大街的鸽子；炎热的清晨震耳欲聋的喧哗勾起我对新鲜樱桃的回忆；风声和复活节的到来唤起我对布列塔尼或威尼斯的渴望。夏季到来时，白昼漫长，气候炎热。正是师生一大早去公园树荫下为期末考试做准备的时候，他们在那里采撷自天而降的些微凉爽，这时的天空虽不像炽热的中午那样燃烧一般烤人，却已同样万里无云了。在黑暗的房间里，我那和过去相比毫不逊色的联想力如今只能给我带来痛苦，正是这种联想力使我感觉到外面的空气重浊，西沉的夕阳给一幢幢垂直的楼房和教堂抹上了一层黄褐色。弗朗索瓦丝进来时无意间扰动了大窗帘的褶子，看见阳光在我身上碎成一片一片，我强忍着才没有叫出声来，这阳光过去曾使修葺一新的“骄傲的布利克维尔”的门面显得格外美观，当时阿尔贝蒂娜对我说：“它已重修过了。”我不知如何向弗朗索瓦丝解释我叹气的原因，便对她说：“噢！我渴了。”她走出去，又走回来，可是我猛地转过身去，因为一件往事突然向我袭来使我痛苦不堪，成千上万的这类看不见的往事每时每刻都会在我周围的暗处冷不防呈现出来：我看见她给我拿来的是苹果酒和樱桃，在巴尔贝克时，一个农家伙计送到我们车上的正是这种苹果酒和樱桃，过去，在这两样东西的作用下，在大热天我也能完全适应黑暗的餐厅里五颜六色的光线。于是我第一次想到了埃戈尔农庄，我对自己说，在巴尔贝克时，有些天阿尔贝蒂娜老对我说她没有空，她必须同她姨妈一道出门，她当时也许是要和她的某个女友去一个她知道我不常去的农庄吧，当我偶尔在玛丽-安托瓦内特滞留而那里又有人对我说“我们今天没有看见她”时，她也许正在那个农庄对她的女友说我俩相偕出游时她也对我说过的那句话：“他不会想到来这里找我们，因此咱们不会受干扰。”我要弗朗索瓦丝把窗帘拉上，我再也不愿看那一片阳光了。然而阳光仍旧那么火辣辣地渗进了我的记忆。“我不喜欢这家饭店，虽然它修复了，后天我们还是去圣马丁，在……”明天，后天，这意味着共同生活的前景，也许是永恒的，它已经开始了，我的心已朝这样一个前景扑过去，然而，它不复存在了，阿尔贝蒂娜死了。

我问弗朗索瓦丝几点了。六点。谢天谢地，闷热总算快过去了，我和阿尔贝蒂娜以往也曾一起抱怨过这样闷热的天气，但我们又很喜欢这种闷热。白昼正在结束。可是我在这一天得到了什么呢？傍晚的凉爽逐渐升腾起来，太阳正在西沉；还记得在我和她一同回家取道的那条路的尽头，我远远瞥见最后一个村庄后面仿佛有一座孤零零的车站，当天晚上我们准备一道在巴尔贝克停留，所以不可能到达那个车站。那时我们在一道，此刻却必须在这同一个黑黑的无底洞前突然停下，因为她已经死去了。拉上窗帘已经不够了，我竭力蒙住自己记忆的眼睛和耳朵，使我再也看不见那一缕橘黄色的夕阳，再也听不见在我四周的树枝上互相呼应的看不见的鸟儿们的啁啾，当时带着那样的柔情拥抱着我的她如今却已溘然长逝了。在夜间，我竭力避开潮湿的树叶以及骑上驴背在公路上走来走去时在我身上引起的感觉。然而这些感觉已经拉住了我，将我从当前的时刻带向遥远，让“阿尔贝蒂娜已长眠”这样的概念像潮落潮涌一般周而复始地冲击着我。啊！我永远也不进森林了，我再也不去林间散步了。可是难道一马平川就不那么令我难受吗？有多少次，为了寻找阿尔贝蒂娜，我穿过了克利克维尔平原，有多少次我和她一道走回来时又再一次取道那里，如遇大雾天，溟蒙的雾霭使我俩产生身临浩瀚水泊的幻觉；如遇天清气爽的夜晚，皓月当空，大地变成虚无缥缈的幻境，咫尺之间恍如天上；白昼间大地却仅仅呈现出遥远的身影，它把已被日光融入苍穹的田野和森林糅进多么纯净透明的玛瑙般的蔚蓝！

弗朗索瓦丝想必在为阿尔贝蒂娜之死感到高兴，不过也应该对她进行正确的评价，出于某种礼貌和分寸感她并没有装出悲哀的样子。然而她的古老法典的不成文的律法和中世纪农妇特有的手舞足蹈唱着哭丧的传统毕竟比她对阿尔贝蒂娜，甚至比她对欧拉莉的仇恨更为古老。因此近几天里的一个傍晚，由于我没有来得及掩盖我的痛苦，她瞥见了我的眼泪，这又勾起了她那小农的本能，这种本能曾使她抓获并折磨过牲畜，使她在掐死母鸡活煎螯虾时只感到无比快活，在我生病时她也曾带着同样的快活劲儿观察我糟糕的脸色，那神气同她观察伤在她手下的猫头鹰一模一样，紧接着她便像预言大祸似的阴郁地宣告我脸色不好。不过她在贡布雷养成的习惯法规使她从不轻易洒泪或伤感，她认为这类感情像拿走她的法兰绒衣服或勉强吃东西一样是令人沮丧的。“啊！不，先生，不能这么哭，这么哭对您可不好！”瞧她想阻止我流泪时那副焦虑的样子，俨然是把流泪当成血流如注了。可惜我表情冷淡，这就遏制了她想抒发感情的愿望，而她想抒发的感情倒很可能是诚挚的。阿尔贝蒂娜于她也许和欧拉莉于她没有什么两样，既然阿尔贝蒂娜再也不可能从我这里获取好处了，她弗朗索瓦丝也就不再怨恨她了。不过她仍然执意向我表明她非常清楚我是在哭泣，而且我正在步家里人极为有害的后尘，不愿意“让别人看见”。“没有必要哭，先生。”她这次对我说话的口气平静了些，而且与其说她是在向我表示怜悯不如说她是想显示她的洞察力。她补充说：“也是该得如此，她福气过了头，可怜的人儿，她根本不了解自己的幸福。”

在这漫长得无以复加的夏日黄昏里阳光消逝得多么缓慢啊！对面的房舍像惨白的幽灵一般继续在天幕上无休无止地涂抹着它经久不变的白色。黑夜总算在我这个套间里降临了，我碰了前厅的家具，然而在我认为已经一片漆黑的楼道上，楼梯门镶了玻璃的部分还透着蓝光，那是花一般的蓝色，昆虫翅膀一般的蓝色，倘若我不曾感到这是最后一线反光，是阳光以不知疲倦的残酷劲儿像利刃一般对准我的最后一刺，我或许会认为这蓝色十分绚丽。

漆黑的夜幕终于降下来了，然而一看到斜挂在院子里树梢上的一颗星，我便忆起了我俩晚餐后驱车漫游月光如水的尚特比森林的情景。甚至在街头，我有时也会在巴黎的非天然的万家灯火中分辨并采撷那游移在长椅背上的一束月光的天然清辉，在我的想象里，这月光使巴黎须臾之间回到了大自然，四周是无限静谧的田野，这时整个巴黎似乎都充满着我和阿尔贝蒂娜相偕漫步的令我痛心的往事。啊！长夜何时有尽头呢？黎明前的凉意使我簌簌地颤抖起来，因为这凉意使我忆起了一个甜蜜的夏天，那时我和她一次一次地互相送别，从巴尔贝克送到安加维尔，再从安加维尔送到巴尔贝克，直到破晓。我此刻对未来只抱着一个希望——一个比恐惧更令人心碎的希望——那就是忘掉阿尔贝蒂娜。我明白我总有一天会忘掉她的，我确曾忘掉过希尔贝特，忘掉过德·盖尔芒特夫人，我也确曾忘掉过我的外祖母。忘却得如此彻底，忘却得如此平静，就像把墓地忘得一干二净一样，通过这样的忘却我们摆脱了我们已经不爱的人，而且隐约意识到这样的忘却对我们还在爱恋的人似乎也是不可避免的，这样的忘却正是对我们最公正最残酷的惩罚。老实说，我很清楚这种忘却是一种毫不痛苦的状态，一种无动于衷的状态。然而我不能同时想我现在和我未来是什么样子，我便绝望地追忆着我们抚爱、亲吻和友爱地共枕这一系列我用不了多久就不得不永远失掉的表面现象。这满含柔情的回忆的冲动与“她已逝去”的概念互相冲撞起来碎成一片一片，这两股互相对立的思绪的互相冲击竟使我气闷到再也无法待着不动了；我站起身，可是我又蓦地停住发起愣来；我离开阿尔贝蒂娜，满心喜悦地带着她的热吻走出来时看见的正是这样的曙光，眼下这缕曙光正在窗帘的上端抽出它那已变得不祥的利刃，利刃上发白的、厚密而无情的寒光仿佛正朝着我一刀刺了过来。

街上很快就会喧闹起来，从闹声的响度上可以看出在闹声回荡中不断增强的炎热程度。几个小时之后，炎热的空气将浸润着樱桃的香味，然而就在这样炎热的氛围里我寻找到的（有如在一剂药里换了其中的一味就会使这剂药由安舒和兴奋剂变成使人消沉的药）已经不再是对女人的渴求而是对阿尔贝蒂娜逝去的极度的忧虑。而且我回忆中的每次性的欲求都和性的满足一样既渗透着她也渗透着痛苦。我当时以为阿尔贝蒂娜去威尼斯可能会使我感到腻烦（无疑是因为我模糊感到我在那里也需要她），现在她去世了。我倒宁可不去那里了。往日我似乎把阿尔贝蒂娜看成插在我和一切物品之间的障碍物，因为对我来说她就是容纳这些物品的器皿，通过她，就像通过一只花瓶一样，我才能接受这些物品。

现在这只花瓶既已毁坏，我感到再也没有勇气去抓住这些物品了，而且已没有一件东西不使我颓丧地背过身去，我真宁愿不去品尝这些东西。由此可见我与她的分离并没有给我开辟一个可能享乐的新天地，而我过去却一直认为是她的存在使这个天地向我关闭了大门。她的存在也许的确是我出门旅行和享受生活的障碍，但是这个障碍却像经常发生的那样掩盖了别的障碍，这些障碍在她这个障碍消失之后便完好无缺地再现出来了。过去的情况也是如此，某个可爱的人儿来访妨碍了我的工作，可是第二天即使我独自在家我也并没有做更多的事。如果疾病、决斗、烈马使我们看到死亡在逼近我们，我们也许会阔绰地去享受生活，去尽情快活，去观赏陌生的国家，因为我们即将被剥夺享受这些东西的可能。一旦危险过去，我们再得到的仍是那千篇一律的毫无生气的生活，而且在这样的生活里那一切享受都不复存在了。

如此短促的夜无疑不能持久。冬日会重新降临，到那时我便再也不怕回忆同她彻夜散步直到匆匆而至的黎明这类往事了。然而最初的霜冻难道不会把储藏在它冰层下的我曾经萌发过的最初的欲念带回给我吗？我最初的欲念是在子夜时分我命人去接她，而在她按门铃之前我又深感长夜难熬之时萌发的，从今以后我可以永远徒劳地等待她按门铃了。那最初的霜冻难道不会把我因两次以为她不来而萌生的最初的忧虑带回给我吗？在那段时间我很少看见她，她总是隔几周来访一次，她每次来访都使她从一种我并不试图了解的陌生的生活里突现出来，她来访之间的间隙倒能阻止我那不住地中断的轻如游丝的嫉妒之情在我心中凝聚成形从而确保我的宁静。这些间隙在当时可能使我安宁，而此刻回想起来，它们却充满了痛苦，因为到后来我再也不认为她在这些间隙里干了些什么我不了解的事与我有任何关系了，尤其在她永远也不会再来访问我的今天；因此她常来访的元月份的那些晚上，那些因她的来访而变得那么甜蜜的晚上，此刻却可能借着凛冽的北风向我吹来我当时并没有感受过的忧虑，而且给我带来保存在霜冻下面的我的爱情的胚芽，不过这胚芽已变得十分有害了。我想到寒冷的季节又要开始了，自从希尔贝特和我在香榭丽舍大道玩了那几场游戏之后，我感到寒冷的气候老显得那么悲凉，一想到寒冷的夜晚又将来临我便忆起一个大雪纷飞的晚上，我在那晚白白等待阿尔贝蒂娜直到深夜，这么一想，正如一个病人从身体的角度考虑自己的胸肺，我，从精神的角度，从我的感伤，从我的心考虑，我认为最使我不寒而栗的还是严寒天气的重新来临，一想及此我便对自己说，最苦最难熬的恐怕还是冬季。

冬季和其他季节都有所联系，因此要想从我的记忆里抹去阿尔贝蒂娜，我也许应该忘掉所有的季节，甚至不惜在今后像患过偏瘫的老人重新学习阅读那样再从头开始去熟悉这些季节；我也许应该和整个宇宙都断绝联系。我想，也许只有我本人真正的死亡才能（然而没有这种可能性）使我不再为她的死亡而痛苦。我并不认为一个人的死是不可能的，是异常的，人的死亡是不知不觉造成的，有时甚至会违背人的意愿，而且每天都可能发生。我恐怕会对日子千差万别却周而复始这点感到苦恼，不仅大自然，连人为的环境甚至某种更为因袭保守的秩序都可能把这些日子引进某一个季节。我夏天前往巴尔贝克的周年日即将来临，我那还没有同嫉妒心结下不解之缘的爱情，那尚未为阿尔贝蒂娜成天做些什么而忧心忡忡的爱情在后来经历了那么大的变化，最后终于变成了与初期迥然不同的爱情，致使阿尔贝蒂娜的命运始而变化终而结束的最后这一年显得既充实、多样化，又像一个世纪那样漫长。接着便是对后来那些日子的回忆了，不过还是前些年的事，星期天天气不好大家照旧出门，午后百无聊赖时，风声雨声也会促使我冒充一番“屋檐下的哲学家”；我后来怎样焦灼地眼巴巴瞧着阿尔贝蒂娜来看我的时刻越来越近呀，那天，不期而至的她第一次抚爱了我，不过被送灯进来的弗朗索瓦丝打断了，在那样死气沉沉的时节，是阿尔贝蒂娜表现出了对我的兴趣，因此我当时对她的爱情本来是大有希望的！在某个提前来临的季节，在那些不寻常的夜晚，像小教堂一般半开着大门的讲经堂和寄宿学校笼罩在金黄色的尘埃里，从那里出来的仙女般的姑娘使街道也为之生辉，她们在离我们不远的地方和她们的女伴聊着天，激起了我想深入她们那神话般的生活的热望，就是这样的情景也只能使我想到阿尔贝蒂娜的柔情，她只要待在我身边就能阻止我接近这些姑娘。

此外，即使回忆到那些极其平常的时刻也一定会有内心世界的图景加入其间从而使这些时刻变为独一无二的东西。后来，在天气转晴的一天，天空像意大利的天空一般晴朗，我听见牧羊人的牛角猎号声，就是这样的日子也把它的阳光一会儿同我的忧虑联系在一起，我的忧虑是因为我知道阿尔贝蒂娜在特罗卡德罗博物馆，可能和莱娅以及那两个少女在一起；一会儿又和家庭日常生活的甜蜜联系起来，那种甜蜜俨然来自使我感到难堪的妻子，而弗朗索瓦丝很快就会把这个妻子给我带回来。弗朗索瓦丝在打给我的电话里转达了和她一道回来的阿尔贝蒂娜毕恭毕敬的致意，我原以为她的电话转达会使我感到十分得意呢。我错了。我之所以自我陶醉，是因为这个电话使我感到我爱的人已的的确确属于我，她只为我而生活，即使远离在外，我也没有必要去管她，她把我已看成她的丈夫，她的主人，只要我有所表示，她就会回到我的身边。这样，这来自远方的电话传言便是来自特罗卡德罗街区的一滴幸福的甘霖，那里有我的幸福之源，缓解痛苦慰藉心灵的因素会从那里源源不断地移向我这里，最后把无比甘美的精神自由还给我，从此以后我只需——在毫无牵挂地研习瓦格纳的音乐的同时——放心等候阿尔贝蒂娜到来，不需要过分激动，更不必带着毫无幸福滋味可言的急不可耐的心情。而这种“她回来，她对我毕恭毕敬，她属于我”的幸福感来自爱情却并非来自骄傲。此刻即使有五十个女人对我唯命是从一招即来，哪怕她们不是来自特罗卡德罗而是来自印度，我也会感到毫不在乎。然而，在那天，正当我独自一人在房里弹奏乐曲时，我感觉到阿尔贝蒂娜温顺地朝我走来，我呼吸到了一种像阳光下的浮尘一般分散的物质，正如别的物质有益于身体健康，这类物质对心灵大有裨益。过了半小时，阿尔贝蒂娜果真来到了，我随即和她一起去散步，我原以为她的到来和与她相偕散步都是使人厌倦的，因为对我来说伴随这两件事的是一种可靠感，哪知正因为这种可靠感，从弗朗索瓦丝用电话通知我说她已把阿尔贝蒂娜带来那一刻起，她的到来和与她相偕散步便给后来的钟点注进了金子般可贵的宁静，使这一天变成了与前一天截然不同的日子，因为这另一种日子已具有与众不同的精神基础，这种精神基础使这样的日子变得十分独特，这种独特性刚好和我一向度过的日子的多样性结合起来，不过这种独特的日子是我从来没有想象过的——犹如我们想象不出如何在夏日里休息一天，倘若这样的休息日从来不曾在我们以往的生活里存在过的话；我还不能绝对肯定说我已想起了这样的一天；因为我此刻在宁静中感到了一种我当时未曾感受过的痛苦。然而，很久以后，当我逐渐回溯到我热爱阿尔贝蒂娜之前度过的那段时间，当我内心的创伤业已愈合从而可以不感到痛苦地脱离死去的阿尔贝蒂娜时，当我终于能够毫不难过地回忆起阿尔贝蒂娜不留在特罗卡德罗而和弗朗索瓦丝上街买东西的那个日子时，我便很乐意地回顾了属于我以往从未经历过的精神时期的这一天；我终于准确地忆起了这一天，不仅没有增加痛苦，而且相反，我回忆它就像人们想起过了之后才感到十分炎热的夏天的某些日子一样，就像人们仅仅在事后才在没有合金的条件下分析出固定的纯金和牢固的天蓝石的成色一样。

因此这几个年头尽管因为我老想到阿尔贝蒂娜而变得痛苦不堪，却不仅给我对她的回忆增添了连续不断的缤纷色彩，各异其趣的行为方式，增添了每个季节每个时辰留下的痕迹，从仲夏六月的黄昏到冬日的夜晚，从海上的月光到回家时黎明的曙光，从巴黎的雪到圣克鲁的枯叶，而且还加进了我对阿尔贝蒂娜不间断地做出的特殊分析，每时每刻在我脑海里再现的她的外形，我在那个时期见到她的次数的多少，间隔的长短，为等她而引起的焦虑，某个时刻我对她所具有的魅力，我所抱的希望和随之而来的失望；以上这一切都改变了我回顾过去时伤感的性质，也改变了我对与她紧密相连的光和香味的印象，充实了我对生活过的每一个太阳年，这些年月的春季、秋季和冬季由于与她的往事无从分割已经够凄凉的了，何况它们同时又是情感年，情感年的钟点并不由太阳的位置而是由等待幽会的情况确定；一天的长短或气温的升高与否由我的希望是否勃发、我们亲密的程度是否有所提高来衡量，由她的脸庞的逐渐变化、她的旅行、她不在时给我写信的多寡和书信的风格、她见我回家时扑过来的动作缓急来衡量。总之，如果说这些变化着的时间，这些千差万别的日子每一个都把另一个阿尔贝蒂娜奉还给了我，这可不仅仅是因为我追忆了与这些时日大同小异的时刻。记得每次在我恋爱之前对方就已使我变成了另一个人，这另一个人之所以怀着不同的愿望，是因为他的感受每每有所不同，我头一天还尽幻想着海上风暴和海岸峭壁，可一旦春天的阳光在反射到我半睡半醒中关得并不严实的窗栅时悄悄带进了玫瑰的香味，我醒来后却启程去了意大利。甚至在我的恋爱当中，我的精神大气的多变状态，我的信仰程度的不断改变不也是今天把我自己爱情的能见度缩小，明天又把这种能见度无限地扩大，今天把它美化成一抹微笑，明天又把它冷缩成一场风暴的吗？人们仅仅凭自己占有的东西而存在，人们又只占有确实存在于眼前的东西，而我们的记忆，我们的情绪，我们的思想却又如此大量地远离我们自身出外遨游，使我们的视线捕捉不到它们的踪影！这一来我们便再也无法把它们包括在我们自身这一整体里了。不过它们仍然可以通过秘密通道重新回到我们身上。于是在某些夜晚，我入睡时几乎已不再想念阿尔贝蒂娜了——人只能想念他能够忆起来的东西——醒来时我却找回来了一长串往事，它们来到我最清醒的意识里游弋，使我把它们看得一清二楚。于是我为我看得如此真切的东西而哭泣，而就在昨天这些东西对我来说还是子虚乌有呢。阿尔贝蒂娜的姓名和她的死亡都改变了意义；她的背叛也突然变得严重起来了。

我现在一想到她眼前浮现的仍旧是她活着时我经常看见的她的这个或那个倩影，我又怎能认为她已经长眠了呢？她一会儿风驰电掣一会儿斜倚在她的自行车上，有如骑着神车在雨天飞跑，有几次，我们在晚间带上点香槟酒去尚特比森林，她的声音忽然起了变化，带着挑逗的意味，热烈的情绪使她脸色发白，两颊却抹上了一层红晕，车内太黑暗我看不清她，便让她把脸靠近月光，此时此刻，在无边无际的黑暗中我试图追忆她那发红的颧颊却枉费力气，我再也看不见了。由此可见我应该在我心里消除的并不是一个，而是无数的阿尔贝蒂娜。每一个阿尔贝蒂娜都附着于某一天的某一个时辰，我在重见那个阿尔贝蒂娜时便重新置身于那个日子了。而过去的那些时刻也并不是固定不变的；在我们的记忆里它们总是朝未来运动着——朝那本身也变成了过去的未来——而且把我们自己也带进这个未来。下雨天，阿尔贝蒂娜披上橡胶雨衣时我从不抚爱她，我真想请她脱掉这副铠甲，否则这就成了与她共同体验军营之爱和旅伴友情了。然而这一切都已是不可能的事了，她已经死了。有些晚上她仿佛自我献身般地请我做爱，由于害怕她变坏我一直装作不理解她的要求，我不装糊涂，她恐怕也就不会去要求别人了，而此刻这个要求却激起了我疯狂的性欲，在别的女人身上我也许根本不可能体验到同样的做爱的快活，然而能贡献给我这种快活的女人，我即使走遍天涯也再难以邂逅了，因为阿尔贝蒂娜已经辞世了。我似乎应该在两种情况之间进行抉择，决定哪一种是真实的，因为阿尔贝蒂娜之死——这个情况来自我并不了解的现实，也就是她在土兰的生活——和我对她的全部想法，和我的欲求，我的悔恨，我的动情，我的迷恋与嫉妒是那样地互相矛盾。那些从她全部的生活引出的极其丰富的往事，那些能够说明和代表她一生的极为充沛的感情似乎难以令人相信她已经离开人世了。我说她的感情充沛是因为保留在我记忆里的我对她的柔情衬托出了她感情的丰富多彩。不光阿尔贝蒂娜一个人只是一连串的时间概念，我自己也是如此。我对她的爱情并不简单：对未知事物的好奇夹杂着肉欲，类似居家的甜蜜感情忽而与冷漠相融合，忽而又伴之以疯狂的嫉妒。我不是一个单一的男人，而是一支由热恋者、冷漠的人和嫉妒的人混合组成的大军——这些嫉妒者中没有一个只为同一个女人而嫉妒。无疑正由于此，我虽不情愿，但总有一天我的心会痊愈的。在一个群体里，各个组成分子可以不知不觉地一个被一个代替，代替者还会被淘汰，因此到最后会发生变化，但如果不是群体而是单一体，这种变化是难以设想的。我的爱情和我本身的复杂性使我的痛苦成倍增长而且变得五花八门。不过这些痛苦总还是可以排列成两组，两组之间的交替便构成了我对阿尔贝蒂娜全部的爱情史，我对她的爱情不是耽于自信就是流于猜忌。

如果说我很难想象阿尔贝蒂娜，在我心里那么生气勃勃的阿尔贝蒂娜（我背负着当前和往昔的双重马鞍）已经死了，那么下面这种现象恐怕也同样互相矛盾：我对阿尔贝蒂娜过失的怀疑——当然，她曾在这些过失里得到过享受的肉体和她曾向往过这种过失的心灵如今都已不复存在了，所以她已不可能再犯这些过失，也不再对这些过失承担责任——在我身上激起了巨大的痛楚，但我如果能在痛苦里见到这个物质上已不复存在的人的实际精神状态的证据，而非她以往留给我的印象的注定要消失的反光，我又会感谢这痛苦的恩德。只要我这份爱情能够了结，那再也不能和别的人共享欢乐的女人应该说已激不起我的嫉妒之情了。然而这恰恰是不可能的事，因为我的嫉妒只能在往事里，在对栩栩如生的阿尔贝蒂娜的往事的回忆里找到它的对象即阿尔贝蒂娜本人。既然我一想到她就会使她复活，她的背叛便永远不可能是死人的背叛，因为她背叛的时刻不仅于她，而且于倏忽之间从众多的“我”中引出来的我，于正在注视她的我也变成了当前的时刻。因此任何年月的差异都永远不会把这不可分的一对分开，这一对中有一个人新犯了过失便立即会有一个可怜巴巴的而且是现时现刻的嫉妒者前来与他配对。最近这几个月我曾把阿尔贝蒂娜关在我的寓所里。然而现在想起来，她当时还是自由的；她胡乱使用了这种自由，她不是和这几个女人淫乱就是和那几个女人淫乱。以往我总是不停地考虑展现在我面前的毫无把握的未来，我曾试图看出个究竟。如今展现在我面前的像复制品一样的未来（与真正的未来同样使人忧虑，因为它同样地毫无把握，同样难于了解，同样神秘，但更为无情，因为我不可能或不幻想去影响它，像对真正的未来一样去影响它；也因为它一伸展开来便与我的生命本身共久长，可是我的女伴又不可能前来抚慰它所引起的痛苦）再也不是阿尔贝蒂娜的“未来”，而是她的“过去”。她的“过去”？这话说得不确切，因为嫉妒心既没有过去也没有未来，嫉妒心想象的事永远属于“当前”。

气候环境的变化会引起人们内心的变化，会唤醒业已忘怀的那些“我”，也会阻挠麻木不仁的习惯，给某些回忆，某种苦痛注入新的力量。如果此刻的天气使我忆起了在巴尔贝克时某一天的天气，上述的情况就更明显了，比如那天，大雨将临，天知道为什么阿尔贝蒂娜竟准备穿上她那条贴在身上的橡胶防雨裤去远足！如果她还活着，像今天这样的天气，她在土兰无疑会去做同样的郊游。她既然已不可能这样做了，我就不应该再为这个念头去苦恼；然而，好比截去肢体的人，任何气候的变化都会使截肢的地方格外疼痛。

一件我长期没有去想过的往事猛然间在我的记忆里凝结起来，在此之前它一直待在我那捉摸不定而又隐蔽的记忆长河之下。几年以前，有人当着阿尔贝蒂娜的面谈到她的淋浴衣，她的脸当即红了起来。那年月我对她还没有产生嫉妒心。此后我曾想问她是否还记得那次谈话，要她告诉我为什么她当时脸红了。这件事之所以使我格外挂心不只是因为有人告诉我莱娅的两个女朋友常去旅馆的海水浴场，而且，据说她们不光是为淋浴才去的。不知是害怕惹恼阿尔贝蒂娜呢，还是想等待一个更合适的时机，我总是一味地推迟谈及此事，后来也就不再想它了。可是在阿尔贝蒂娜死后不久我突然又想起了这件往事而且察觉了此事既令人生气又十分庄严的特色，这些特色是那些因解谜人已死而永远解不开的谜所独具的。我难道不能哪怕只设法了解一下在海水浴场阿尔贝蒂娜是否从未做过任何坏事，或者只是有做坏事的嫌疑？我如果派一个人去巴尔贝克也许能弄个明白。她如果活着，我无疑是什么也打听不出来的。然而当人们再也不怕犯过失的人记仇时，他们的舌头便奇异地松开了。他们会毫不困难地叙说此人的过失，由于人的想象力的结构尚处于初级的过分简单的阶段（它们还没有经过大量的改造，而这种改造可以使人类发明的雏形臻于完善，无论是气压计，是气球，还是电话，等等，得到改善后再与雏形相比便面目全非了），这样一种结构的想象力仅仅容许我们同时看见极少的事情，因此关于海水浴场的回忆就占据了我内心里全部的视野。

在睡眠的一条条黑暗的长街上，我有时会碰上噩梦，这类噩梦倒并不十分严重，首先因为它们引起的悲哀只能在睡醒以后持续一个小时，有如不自然的睡眠方式引起的不适；其次还因为人们很少遇上这样的噩梦，两三年一次而已，而且是否真遇上了还不能肯定——也不能肯定错觉是否将噩梦一再分割（有没有使这些噩梦显出一种似曾见过的样子，说一分为二是不够的）。我既然对阿尔贝蒂娜的生活和死亡有所怀疑，我当然早就应该进行调查了。然而阿尔贝蒂娜在世时使我屈服于她的那种疲劳和软弱又不允许我在见不到她时着手进行此事。不过，有时从长年累月的软弱里可能会猛然冒出闪电般的强大力量。我决定进行调查，起码是部分的调查。

可以说阿尔贝蒂娜一生中并没有发生过什么别的事。不过我还是在考虑我能派谁去巴尔贝克做一次实地调查。埃梅似乎是合适的人选。他不仅对当地了如指掌，他还属于那种十分操心自己的利益，对主人又很忠心，而且对无论哪种道德都漠不关心的普通百姓（如果我们给他们报酬丰厚，他们在按我们的意志办事方面会表现得谨言慎行，不怠惰不贪赃枉法同时又不择手段），我们谈到这类人时总是说："是些好样的人。"我们对这类人是可以绝对信赖的。埃梅一动身，我便琢磨我现在如能问阿尔贝蒂娜本人关于埃梅准备去那边打听的事，那不知会强多少。于是我宁愿亲自问她而且似乎已准备亲自问她的念头立即把阿尔贝蒂娜带到了我的身边，这倒不是依靠起死回生的努力而似乎是靠了某次偶然的邂逅，如同不"摆姿势"的照相，抓拍的人像总是更生动，我在想象我们的交谈时，我同时又意识到这交谈根本不可能；我刚从新的角度去重新考虑阿尔贝蒂娜已经死了这件事，这阿尔贝蒂娜便引起了我对业已消失的人的一片柔情，看不见他们当然也无从修改他们被美化了的形象；这阿尔贝蒂娜同时也引起了我的哀伤，她永远消失了，那可怜的小家伙永远被剥夺了生活的乐趣。于是倏忽之间，我从嫉妒心对我的折磨里骤然转移到离别的绝望中去了。

此刻充溢着我心灵的并不是充满仇恨的猜疑，而是对和妹妹共同度过的洋溢着爱和信任的时刻的使我感动的回忆，死神的确已经使我失去了这样一个妹妹，因为我的悲伤并非与阿尔贝蒂娜曾经是我的什么人有关，而是与我的心逐渐使我相信她是什么人有关，因为我的心总渴望着领略最不一般的爱的激动；于是我明白了那使我如此厌倦的生活（至少我认为如此）其实是趣味无穷的；我如今才感到，甚至就一些无关宏旨的话题同她闲聊的那些时刻也曾使我精神得到极大的满足，我在当时的确没有觉察到这种精神上的满足，但如今它已促使我始终不懈地去追忆这样的时刻而且排除其他的时刻了；我能追忆的最微不足道的事，在汽车里，她坐在我身边做出的某个动作，或在她房间里她在我对面坐到饭桌上的动作，都在我心里激起了甜蜜而悲哀的波浪，这波浪越涌越近最后便淹没了我整个的心灵。

我从来没有认为我们用餐的这个房间很美观，我对阿尔贝蒂娜说它美观是为了让她生活在其中感到满意。如今，这里的窗帘、椅子、书籍都不再是我漠不关心的东西了。并非只有艺术才能给最微不足道的事物抹上一层富有魅力的神秘色彩；艺术固有的这种使魅力和神秘性与人们水乳交融的能力也会转移成痛苦。当时我从不去注意我和她从森林回来到我去维尔迪兰家之间这段时间共同享用的晚餐，而如今我的泪眼却在寻找晚餐时刻的美妙而庄严的温馨。爱情的感受和生活中的其他感受是不能同日而语的，但也并非只有沉迷于生活的感受才能体会爱情。在尘世，在市街的喧嚣和周围一排排房舍的杂乱中，你不可能估量一座教堂的独一无二又经久不变的正确的高度，只有远离尘嚣，从邻近的山坡遥望过去，城市失去了踪影或只在地平线上呈现出模糊的一团，只有这时你才可能在黄昏的寂静里沉思默想，从而估量出教堂的高度。我竭力用我的泪眼鸟瞰阿尔贝蒂娜的全貌，同时回想着那晚她所说的全部严肃而正确的话语。

一天清晨，我仿佛在雾霭里看见一座小山的椭圆形身影，感觉到一杯巧克力的温热，与此同时一件往事的回忆却使我的心难受得紧缩起来。阿尔贝蒂娜在一个下午来我家看望我，我第一次拥抱了她，原来我突然听见了刚点燃的热水暖气发出的咯咯响声。我气冲冲地把弗朗索瓦丝交给我的维尔迪兰夫人的邀请信扔到地上。阿尔贝蒂娜这么年轻就死了；而布里肖还继续去维尔迪兰家赴宴，维尔迪兰夫人家也继续高朋满座而且也许还会高朋满座若干年，我初次去拉斯普利埃晚餐时的感受便以更大的力量逼我相信死神并不袭击同一岁数的所有的人！布里肖的名字立即勾起了一件往事，在一次晚会结束时布里肖把我送了出来，我当时在楼下看见了阿尔贝蒂娜房间里的灯光。我后来曾反复回想过她房间里的那一缕灯光，但却从来没有从现在这样的角度去回忆过。因为我们的回忆虽然的确属于我们自己，我们拥有这些回忆却好比我们拥有花园式住宅，住宅的一些小小的暗门往往为我们所不知，可能会是邻近的某个人前来替我们打开这些暗门，因此在这之前我们虽然回到了家里，但起码有一个方面我们还不大清楚。一想到我回家时人去楼空的景象，一想到我在楼下再也看不见阿尔贝蒂娜的房间而那间房里的灯光也永远熄灭，我才明白那天晚上离开布里肖时我以为自己因不能出去散步也不能去别处做爱而感到烦躁、懊恼，那是怎样的错觉。只因为我自以为很有把握全部占有那个宝贝，那个把光芒从上至下反射到我身上的宝贝，因而对估量它的价值便毫不在意，这样一来我便必然认为这宝贝还比不上寻欢作乐，这种寻欢作乐无论多么微不足道，我在竭力想象它们时起码对它们做了估价。我明白了，在巴黎时我在我家也就是在她家过的那种生活正好使我实现了一种深沉的宁静，而在巴尔贝克大旅社，那天晚上我同她睡在同一屋檐下时，我梦想过这种宁静，但以为那是不可能得到的。

在去参加维尔迪兰家最后一次晚会之前——即使这次晚会没有举行我也不会为此感到宽慰——我们从森林回来时我和阿尔贝蒂娜之间进行过一次谈话，那次谈话使阿尔贝蒂娜和我的精神生活有所融合，而且在某些领域使我们互相同化了。因为如果说我带着柔情回味她的聪慧和她对我的体贴，这无疑不是由于她的聪慧和她对我的体贴超过了我认识的其他人；在巴尔贝克时德·康布尔梅夫人不是对我说过："怎么！您完全可以和埃尔斯蒂尔这样一个天才一道度过这些日子，而您却和您的表妹在一起！"我之所以喜欢阿尔贝蒂娜的聪慧，是因为她的聪慧使我联想到她身上的某种东西，我把这种东西叫作甜美，正如我们把仅仅是上颌的某种感觉叫作水果的甜味一样。事实上，我在想到阿尔贝蒂娜的聪慧时，我的嘴唇会本能地伸出去进行回味，我真宁愿我回味的东西实际存在于我之外，宁愿它是一个人客观的优越之处。我当然认识一些比她更聪明的人。然而爱情的毫无止境，或者说爱情的自私自利使我们对我们所爱的人的精神和道德面貌最难做出客观的判断，我们总是随着我们的愿望和畏惧不断地修饰我们之所爱，我们总不把所爱的人和我们自己分别开来，他们仅仅是一个广阔无垠的处所，是我们表露爱情的处所。总有数不胜数的苦和乐永不停息地汇集到我们的身体里，因此我们对自己的身体总不能像对一棵树、一幢房舍、一个行人一样具有清晰的概略看法。我没有千方百计从阿尔贝蒂娜本身更多地去了解她，这也许是我的错误。同她相处这么长的时间我只不过认识到就她的魅力而论，她在我的记忆里所占的地位随着年代而有所不同，所以在看到她自发地起了许多好的变化而这些变化又绝不仅仅因为她的前途已可能有所不同时我还感到吃惊呢，同样，我本应该像了解任何一个人的个性一样去设法了解她的个性，这样做我也许可以弄明白为什么她一味坚持对我隐瞒她的秘密，从而避免使这种奇怪的顽固态度与我从不变通的预感之间的冲突延续下去，而这种冲突却导致了阿尔贝蒂娜的死亡。这样一想，我在深切怜悯她的同时便感到在她死后继续生活下去乃是一种耻辱。的确，在我的痛苦达到最缓和的程度时，我甚至感到我在某种程度上似乎正在享受她死亡的好处，因为如果一个女人在我们的生活里并不是幸福的因素而是悲伤的工具，这个女人对我们的生活便大有用处，占有任何女人本身都不如占有她使我们痛苦时为我们揭示出的真理那么宝贵。在这样的时刻，我总把我外祖母之死和阿尔贝蒂娜之死联系起来，我感到我的一生似乎被我犯下的双重谋杀罪玷污了，只有世上最卑劣的人才会原谅我。我曾梦想被她理解，梦想别让她低估我，我以为被理解和不被低估乃是人生最大的幸福，其实更能理解我和估价我的人又何其多也。希望被理解是因为希望被爱，希望被爱是因为正在爱。其他人的理解是无关紧要的，而且这些人的爱是令人厌恶的。我在获得阿尔贝蒂娜一丁点理解和爱情时感到的欢乐并非来自她的理解和爱情本身固有的价值，而是由于这种获得，我又往全部占有阿尔贝蒂娜的目标迈出了一步，这种全面占有是我在第一次见到她的那一天就已确定的目标和抱定的幻想。我们在谈到女人的“可爱”时，我们也许只是在让我们见到她们时感到的快乐从我们身上迸发出来，就像儿童说“我亲爱的床，亲爱的枕头，我亲爱的山楂树”一样。这就从另一方面说明，男人从来不这样谈论并不欺骗他们的女人：“她真可爱。”他们说这句话时往往是在谈欺骗过他们的女人。

德·康布尔梅夫人有理由认为埃尔斯蒂尔的精神魅力更大些。然而我们并不能以同样的方式去判断一个和别人一样在我们自身以外而且只在我们思想的边缘着了色的人的精神魅力以及另外一种人的精神魅力，这种人在某些事故之后定错了位置，最后竟顽强地固定在我们自己的体内，致使我们自问此人在过去的某一天是否在某个海边小火车的走廊里注视过一个女人，而且在这样自问时我们体会到的痛苦与外科医生在我们心脏里取子弹时感到的痛苦如出一辙。一个普通的羊角面包，只要我们吃它，它就比路易十五吃的雪鹀、小兔和山鹑更使我们感到快活，我们躺在山上时，离我们几厘米远的眼前的一根簌簌颤动的小草的草尖可以遮住几里以外的山峰的令人眩晕的尖顶。

此外我们的错误并不在于我们高度评价我们所爱的女人的聪慧和可爱，无论这种聪慧和可爱是多么微不足道。我们的错误在于我们对别人的聪慧和可爱无动于衷。谎言只有在来自我们所爱的女人时才会引起它永远应当在我们身上引起的愤怒，善心只有在来自我们所爱的女人时才会引起它永远应当在我们身上引起的感激之情，肉欲具有恢复智慧和为精神生活打下牢固基础的不可思议的能力。我再也找不到这种神奇的东西了：一个能使我与之无话不谈的人，一个我能够信赖的人。信赖？别的人不是比阿尔贝蒂娜更信赖我吗？我同别的人谈话的话题不是更广泛？问题在于，信赖或谈话这些极平常的事只要融进了爱情，那独一无二的神圣的爱情，它们是否很理想这又有什么相干呢？我又看见阿尔贝蒂娜坐到她的自动牌钢琴前面去了，她头发漆黑，双颊微红：尽管她想推开我的双唇，我的嘴唇却似乎感觉到了她的舌头，她那母性的，滋补而又不能食用的圣洁的舌头，阿尔贝蒂娜即使只让她的舌头轻轻拂过我的脖颈，我的胸腹，她舌头上神秘的火焰和露珠也会使我认为这种表面的抚爱出自她肌肤的深层，这深层显露出来有如一块布料翻出它的底面，因此这种抚爱哪怕是最表层的触摸，也仿佛具有沁人心脾的神秘的温馨。

我还不能说我在失去那些永不复返的甜蜜时刻时所感受到的是绝望。绝望意味着还必须维持这万劫不复的生活。在巴尔贝克时我一见旭日东升便意识到我再也不会过一天舒心的日子，那时我已经绝望了。从那时起我一直坚持我的利己主义，然而这个我如今十分依恋的“我”，这个调动自卫本能的生机盎然的“我”，这个“我”在生活中已不复存在了；我在想到我的力量，想到我强大的生命力，想到我拥有的最美好的东西时，我想起了我已经占有过的一个宝贝（只有我一个人占有过它，因为其他人并不确切知道它在我身上引起的，隐蔽在我身上的感情），谁也夺不去这个宝贝了，因为我已不再占有它。说真的，我过去占有它只是因为我愿意想象我占有了它。不过我在用嘴唇注视阿尔贝蒂娜时，我在把这宝贝放进我的心间时，我不仅犯下了让她在我全身心的深层生活的不谨慎的错误，而且犯下了使手足之情和肌肤之爱交融起来的另一种不谨慎的错误。我也曾愿意使自己相信我和她的关系是爱情关系，我们互相都在实行那叫作恋爱的关系，因为她顺从地吻我而且我也吻她。由于习惯于相信这点，我不仅失去了我挚爱的女人，也失掉了爱我的女人，我的妹妹，我的孩子，我温柔的情妇。总之，我的幸福我的不幸都是斯万没有经历过的，因为恰巧在他爱恋奥黛特并为她妒性大发的时候他几乎见不到她，而且每当她在某个约会的最后时刻取消约会时，他去她家又那么困难。可是这之后他却得到了她，她成了他的妻子，直到他离开人世。而我却相反，我在为阿尔贝蒂娜而妒火中烧时，我比斯万幸福，因为她当时住在我家，我已经得到了她。我已经在事实上实现了斯万当时梦寐以求的事，而他切切实实地实现自己的愿望时他对此已经无所谓了。不过，我究竟没有像他留住奥黛特那样留住阿尔贝蒂娜。她逃走了，她死了。任何事物都不可能一成不变地重复出现，那些最相似的生活方式，那些由于性格的接近和环境的近似而可以被人们选作和谐典范的生活方式在许多方面仍旧是互相对立的。当然，最主要的对立（艺术）尚未显现出来。

丢了命我也算不得损失严重；我无非丢了一个一无所有的外壳，一部杰作的毫无内容的框架。我将今后究竟还能把什么东西引进这个框架完全置之度外，然而一想到这框架业已包含的内容我又感到幸福和自豪，我赖以生存的正是对那些甜蜜时刻的回忆，这个精神支柱传递给我的幸福恐怕连死之将至也难以摧毁吧，在巴尔贝克时每当她为了讨我喜欢在头发上洒香水因而耽误了时间，我总命人去寻她，她当时是怎样飞跑过来看我的呀！我百看不厌的巴尔贝克和巴黎的图景正是她短暂的一生中翻得那么迅速而又历历在目的篇章。这一切对我来说只不过是回忆而已，对她来说却曾经是她的行动，是她像悲剧情节发展一般急匆匆走向死亡的行动。人的成长一方面表现在我们自身，另一方面却表现在我们自身之外（我对此深有所感。正是在有些晚上，当时我注意到了阿尔贝蒂娜身上不断增长的优点，而这种增长又并不完全取决于我本人的记忆力），这两方面的成长又不免互相影响。我在千方百计了解阿尔贝蒂娜并试图全部占有她时，我只顾凭经验把一切人和一切地方的奥秘都简单化成全部和我们本身的素质貌似的东西，其实想象力总是使这些人和地方在我们面前显得千差万别，我只顾把我每一次由衷的快乐都推向快乐本身的毁灭：因为我要做到这些而又不影响阿尔贝蒂娜的生活是不可能的。也许我的财产和我俩喜结良缘的光辉前景曾经吸引过她；我的嫉妒心也曾留住过她；她的善良或她的聪慧，她的犯罪感或她施展计谋的灵活性也曾使她接受过囚禁般的生活，并促使我越来越把这种囚禁强化到令人难以忍受的地步，这种纯粹由我的内心活动发展造成的囚禁又反过来冲击着阿尔贝蒂娜的生活，这种冲击本身又反过来提出一些使我内心越来越感到痛苦的新问题，因为她已从我的牢狱里逃走并且在马背上夭亡，而没有我，她又根本不可能拥有这匹马，她甚至在死了之后也给我留下了不少疑团，如果我去核实这些疑窦，这种核实本身就会比我在巴尔贝克发现她认识凡德伊小姐更为残酷，因为她如今已不可能在我身边安慰我了。由此可见一个自认为过着封闭式生活的人心灵里的长吁短叹的抱怨只在表面上表现为独白，因为现实的回声会使这种抱怨偏离正道，而且这种封闭式的生活好比自发进行的主观心理实验，这种实验在一定的距离之外给另一种生活构成的纯现实主义的小说提供它的“情节”，而小说跌宕起伏的情节又会反过来使心理实验的曲线弯曲而且改变心理实验的方向。情节是多么复杂而紧凑，爱情的发展又多么迅猛，好比巴尔扎克的短篇小说或舒曼的叙事曲，尽管开端有些许迟缓、间断和犹豫，那结局又是多么神速！应该把我们那一段柔情似水的美满生活摆在最后一个年头，对我来说这个年头真好比一个世纪——因为在我思想上，从巴尔贝克到她离开巴黎，阿尔贝蒂娜的地位已经发生了变化，同时她本身也在独立于我之外的情况下而且常在我不知不觉间起了很大的变化——这柔情似水的美满生活虽然并不持久却使我感到它似乎非常充实，几乎无所不包，这种生活永远也不可能再出现了，然而它又是我不可或缺的。也许它本身并非不可或缺，它起初只不过是某种带必然性的东西，因为如果我没有在一篇考古论文里读到描写巴尔贝克教堂的段落；如果斯万在对我谈到这座堪称波斯式的教堂时没有把我的兴趣引向拜占庭时期的诺曼底方言；如果一家豪华旅馆建筑公司在巴尔贝克修建的那家舒适卫生的旅社没有促使我的父母下决心满足我的愿望让我去巴尔贝克，我根本就不可能认识阿尔贝蒂娜。诚然，在我向往已久的巴尔贝克，我既没有发现我梦寐以求的波斯式教堂，也没有找到那永恒的雾霭。那一点三十五分的漂亮火车本身也并不符合我的想象。然而，为了补偿我们为之神往而且枉自苦苦追求寻觅却未得到的东西，生活往往会给予我们某种我们完全没有想象过的东西。在贡布雷，每当我愁苦万状地等待母亲向我道晚安时，谁又会对我说我那时的忧虑可以消除，随后在某一天又会复苏，不过不是为我的母亲而是为一个少女复苏呢？这个少女开始无非是海天连接处的一朵花，一朵我的眼睛每天都希冀着去观赏的花，一朵有思维能力的花，我多么孩子气地热望在这朵花的心灵里占据一个显要的位置，当她不知道我认识德·维尔巴里西斯夫人时，我又是多么痛苦。是的，几年以后正是为一个陌生姑娘的一声晚安、一个吻，我像孩提时等不到母亲前来看望我那样痛苦不堪。我那么需要这个阿尔贝蒂娜，如今她的爱几乎成了我心灵的独一无二的存在依据，可是倘若斯万不曾对我谈到巴尔贝克，我也许永远也不会认识她。她也许会活得更长，我也不至于终身为她的死而备受折磨。唯其如此我才感到是我出于十足利己主义的爱而听任阿尔贝蒂娜长辞人世，这似乎和我谋杀我的外祖母并没有什么两样。就算我后来在巴尔贝克认识了她，我也完全可以不去爱她，而我后来却爱上了她。我在放弃希尔贝特而且知道我总有一天会爱上另一个女人的当儿我还差点没敢怀疑我是否至少在过去只可能爱希尔贝特一个人。然而对阿尔贝蒂娜我竟没有任何怀疑而且完全相信我爱的人不一定是她，很可能是另外一个女人。只要那天晚上德·斯代马里亚小姐不取消我和她在林中之岛上共进晚餐的约会就可以做到这点。当时还正是时候，也许我的想象力就是为德·斯代马里亚小姐而活跃起来的，这种想象力可以让我们从某一个女人身上得出一种个别的概念，似乎她本人是独一无二的而且对我们来说她又是命中注定必不可少的。从生理学的观点出发，我最多可以说我可能专一地爱另外一个女人，但并不是爱任何一个另外的女人。身材肥胖的阿尔贝蒂娜头发是棕褐色的，她不像红棕头发、身材苗条的希尔贝特，然而她俩的体质都一样，她俩都有肉感的双颊，双颊上都长着一双难以捉摸的眼睛。有些男人对这样的女人是不屑一顾的，而这些男人又可能疯狂地爱上别的我“毫无兴趣”的女人。我几乎可以相信希尔贝特那喜好淫乐的倔强的个性已经移植到阿尔贝蒂娜的体内，她俩的形体确实有所不同，然而我事后琢磨起来又觉得它们都呈现出了根深蒂固的相似之处。人几乎永远以相同的方式感冒、生病，也就是说他之所以如此必定有情况的巧合；当他堕入情网时，那恋爱对象自然是某种类型的女人，而且类型还十分广泛。阿尔贝蒂娜最初引起我浮想联翩的眼神和希尔贝特最初的眼神并没有绝对的不同。我几乎可以相信希尔贝特那令人难以捉摸的为人，她的喜好淫乐和她那倔强而诡诈的天性这次又回来通过阿尔贝蒂娜的形体重新诱惑我了，她俩的形体当然各不相同，但也并非没有相似之处。就阿尔贝蒂娜而言，由于我们在一起而又过着截然不同的生活，在这样的生活里我们整个的思想活动又自始至终都有一种令人痛苦的忧患感维持着经久不衰的内聚力，这样的生活也就不可能产生自我消遣和遗忘的裂缝，因此她在世时的形体就没有一天像希尔贝特的形体一样失去我在事后才意识到的（别人也许不会意识到）女性的魅力。然而她却去世了。我很可能会把她遗忘。谁知道某一天是否会有一个气质同样多姿多彩、躁动不安而又富于幻想的人前来打破我的宁静呢？不过我并不能预见这些气质又会以什么样的女性形式体现出来。就凭希尔贝特我很难想象出阿尔贝蒂娜的形象，也想不到我会爱上她，犹如对凡德伊奏鸣曲的回忆并无助于我想象她的七重唱一样。此外，即使在我最初几次看见阿尔贝蒂娜时，我也认为我即将爱恋的会是别的姑娘。再说，如果我早一年认识她，我很可能会感到她像黎明前灰蒙蒙的天空那么毫无生气。如果说我对她的态度有了变化，那是因为她自己也起了变化，我给德·斯代马里亚小姐写信那天，走近我床前的少女再也不是我在巴尔贝克认识的那个姑娘了，这或许只是性成熟期妇女的突变现象，或许是我永远也弄不清楚的某些情况造成的。无论如何，即使我在某一天可能会爱上的女人在某种程度上与她相似，即是说万一我不能完全自由地选择妻子，我那种也许是必然性的选择，在比选一个具体的人更广阔的范围，在选择某一类型的女人方面，应该说还是自由的，而且在排除我对阿尔贝蒂娜的爱情的一切必然性时，那种并非完全自由的选择也符合我的愿望。一个女人的脸庞比光线本身更经常地出现在我们眼前，因为我们即使双眼紧闭也没有一刻不在珍爱她美丽的眼睛、动人的鼻子，也没有一刻不在想方设法看到它们，这样的女人的确是天下无双的，然而我们都明白，如果我们生活在曾经遇见过她的那个城市以外的某个城市，如果我们在别的街区漫步，如果我们经常光顾的是别的沙龙，对我们来说天下无双的就不会是她而可能是另一个女人。天下无双，我们难道真相信？像她这样的人是数不胜数的。然而在我们那热爱她的眼睛里，她是结实而不可摧毁的，多长的时间也无法为别人所代替。因为这女人通过各种神奇的召唤一味地调动着存在于我们身上的千百个爱情的零碎基因并把这些基因结合起来，统一起来，消除它们之间的空隙，我们自己则为勾画所爱之人的面庞而提供全部翔实可靠的材料。这样一来，即使我们在她眼里仅仅是芸芸众生之一员，也许还是最差的一员，她在我们眼里却是天下无双的，而且我们终身都会拜倒在她的石榴裙下。的确，我甚至已经非常清楚地感到这种爱情并不是必然的，不仅因为这种爱情有可能在德·斯代马里亚小姐和我之间形成，而且也因为即使不是这样，我也对这种爱情本身有了认识，发现了它和我过去对别的女人的爱情有着过分相似的地方，而且感到这种爱情远比阿尔贝蒂娜本人博大，它不了解她却又包围了她，宛若海潮包围了一片小小的浪花。然而，由于我和阿尔贝蒂娜在一起生活，渐渐地，我再也无法挣脱我给自己铸造的锁链了；而把阿尔贝蒂娜本人和并非由她引起的感情联系起来的习惯又使我相信这种感情非她莫属，正如某个哲学流派所认为的，习惯总是把因果律的虚幻的力量和必然性强加给两种现象之间的简单联想。我曾以为我的社会关系和我的财富足以使我免除痛苦，而且这也许非常奏效，因为这些社会关系和财富已经使我失去了感觉、爱恋和想象的能力；我很羡慕可怜的乡下姑娘，由于没有与人交往，甚至没有电报，她在不可能人为地缓解自己的伤感时可以进行长时间的遐想。我如今才明白，如果说我已看清德·盖尔芒特夫人拥有的一切虽然足以使我和她之间的距离变得无限之大，但这种距离已突然被下面这种主张消除了：社会地位的优越并没有什么积极的意义而且它是可以变动的；那么，在相反的意义上以此类推，我的社会关系，我的财富，我的地位与当今的文明提供给我享用的全部物质手段也只不过推迟了我和阿尔贝蒂娜倔强的逆反意志之间的肉搏时间而已，阿尔贝蒂娜是不受任何压力影响的，正如在现代战争里准备齐全的炮火以及大炮了不起的射程只不过推迟了士兵之间肉搏的时刻，在这样的时刻占上风的乃是意志力最坚强的人。我无疑是可以同圣卢保持电报和电话联系的，也可以和图尔的办公室保持联系，然而他们为此不是在白白等待而且毫无结果吗？毫无社会优越地位、毫无社会关系的乡下姑娘或文明趋于完善之前的人类由于欲求较小，由于不像我们那样为明知得不到的，因此也是不现实的东西而惋惜，他们不是更少受痛苦吗？一个人总是对即将委身于他的人欲求更大，他在占有之前总抱着希望；所以惋惜是欲求的放大器。德·斯代马里亚小姐拒绝去林中之岛上晚餐，她的拒绝促使我爱上了她之外的另一个人。这种拒绝同样也可能促使我爱上她，如果我后来又及时见到了她的话，我刚得知她不来时便做出了似是而非的假设——而这个假设却兑了现——我以为有人为她而妒性大发因而老把她从别人那里支开，我也许永远见不到她了，于是我苦恼不堪，真愿意为见到她而付出一切，这件事简直成了最令我揪心的事情之一了，幸好圣卢到来总算使这件揪心的事平息下来。人到了一定的年龄，他的爱情、他的情妇都会成为忧虑的副产品，我们的过去和记录着这过去的体内的损伤又决定着我们的未来。对阿尔贝蒂娜来说尤其如此，我爱的人不一定必须是她这一点，即使不存在类似的爱情也已记录在我对她的爱情史里了，即是说已记录在我对她和她那些女朋友的爱情史里。因为这种爱情与我对希尔贝特的爱并不相同，它是建立在好几个少女平分秋色的基础之上的。我之所以和她的女友们相处甚笃，可能是因为有了她，也可能因为我感到她那些女友和她有些相似之处。总而言之，长期以来我完全可能是在她们当中犹豫不决，我从这位选到那位，当我自以为偏爱这一位时，只要那一位让我在约会中久候，拒绝和我见面，我必定会对那一位产生爱情。有好多次都可能出现这样的情况，安德烈要去巴尔贝克看望我，如果说为了不显得我依恋她，我事前已准备好对她撒谎说："唉！您如果早几天来该多好！如今我已爱上了另一个姑娘，不过这不要紧，您还是能使我得到安慰的。"那是因为在安德烈来看我之前，阿尔贝蒂娜已经对我失了信，我的心跳个不停，我以为我永远也不会看见她了，这说明我爱的是阿尔贝蒂娜。安德烈来到时，我确实对她说了这些（在得知阿尔贝蒂娜认识凡德伊小姐时，我在巴黎也对她说过），她可能以为这是故意说出来的毫不真诚的话，如果我前一天和阿尔贝蒂娜过得很幸福，我倒也的确可能用她所说的那种不真诚的口气对她说："唉！您早点来该多好，如今我已爱上另一个姑娘了。"当我得知阿尔贝蒂娜认识凡德伊小姐时，阿尔贝蒂娜便取代了安德烈这时的位置。爱情总是交替发生的，因此，在同一时间里无论如何也只能爱一个人。不过以往也曾经发生过我几乎同时和那些少女中的两位闹翻的情况。首先采取主动的姑娘会使我恢复平静，而另一位如果继续与我不和，我爱的倒可能是她，但这并不意味着我最终与之结合的人就不是前面那一位采取主动的姑娘，因为她能够抚慰我——尽管不是有效地——遭受的后面这位姑娘的无情对待，这无情的姑娘如果再不回到我的身边，我最终是会把她遗忘的。然而也发生过这样的情况，我满以为她俩起码有一位会回到我的身边，可是在一段时间里却没有一个人回来。我为此备受忧虑的煎熬，我的爱也成倍地增加了，我准备一有机会便终止对可能回到我身边的姑娘的爱，可是我又同时为这两个少女而痛苦万分。到了一定年纪的人就是这种命，而且这种命运很可能早期降临，那时比起你被抛弃来，一个活生生的人倒更可能促使你减少痴情，因为在你被遗弃时，对方已面目不清，此人的灵魂也已不存在了，到头来关于此人你便只知道一件事，那就是你近期对他的莫名其妙的偏爱：为了不再痛苦你很可能需要此人让你说："您接待我吗？"弗朗索瓦丝告诉我"阿尔贝蒂娜小姐走了"那天，我和阿尔贝蒂娜的分离仿佛成了我那么多次和别人分离的淡化了的象征。因为往往必须在分离的日子到来时我们才可能发现我们是在相爱，甚至才可能真变得在相爱。

在一次白白的等待或一声拒绝便可以决定选择的情况下，被苦痛激发起来的想象力发挥得如此神速，它以极为迅猛的速度促成那刚产生而尚未成形的爱情，这爱情几个月来一直处在萌芽状态，因此赶不上心灵活动的智力便不时出来惊呼："你真是疯了，什么样的新念头能让你生活得这么痛苦呢？这一切都并不是真正的生活呀。"的确，此刻那不忠实的姑娘如果没有重新去纠缠你，某些使你身心平静的消遣就完全可能使这份爱情流产。无论如何，和阿尔贝蒂娜的共同生活尽管本质上并非必然，它对我却已变得不可或缺了。我在爱上德·盖尔芒特夫人时曾害怕得发抖，因为我心里明白她那不仅是姿色而且是地位和财富的诱惑力实在太大了，她有太多的自由去属于别的太多的人，因此我对她的影响力实在太微不足道了。阿尔贝蒂娜却家境贫穷，地位卑微，她一定非常希望嫁给我。然而我却并没有做到独自占有她。无论你社会地位如何，你的预见如何明智，事实上你是不可能去左右另一个人的生活的。

为什么她不告诉我"我有这种嗜好"？我也许会让步，也许会允许她去满足这种嗜好。我读过的一本小说里有一个女人，爱她的男人无论怎样要求都无法使她开口说话。我读小说时认为这种局面是荒唐的；我想，换了我，我一定会先强迫这个女人说话，这之后我们之间便会互相理解。何必去寻那许多毫无意义的烦恼呢？到如今我才看出来我们并不能随心所欲地想不寻烦恼就不寻烦恼，我们个人的意志再坚强也属枉然，别人并不去服从我们的意志。

而那些支配着我们又使我们盲目相信的实情，那些令人痛苦而又无法逃避的实情，我们感情的真相，命运的真相，有多少次我们不知不觉而又不情愿地用我们自以为是谎言的话语将它们说了出来，然而事变的结局又在事后证明了这些话具有预言的价值。我清楚地记得我俩说过的一些话，当时我们并不清楚它们内涵的真实性，我们在说话时甚至相信自己在演戏，与话语所包容的我们并不清楚的内涵相比，话语的虚假性并不重要，也引不起人们的兴趣，它仅仅局限在我们那可怜的不真诚的范围之内。谎言和谬误都存在于我们看不见的深刻的现实之下，而真相却在其上，有我们性格中的真相，这种我们无法把握其本质规律的真相需要“时间”方能得到揭示，我们命运的真相也是如此。在巴尔贝克，我对她说：“我看见您次数越多，我就越爱您（而正是时刻耳鬓厮磨的亲密感以嫉妒的形式促使我如此依恋于她的），我觉得我可能对您的头脑有所裨益。”我在巴黎说：“尽量小心些。您想想，万一您出了事故，我会受不了的（而她却说：“我可能会出事。”）。”我说这些话时满以为自己在说谎。在巴黎时，一天晚上我装出想离开她的样子对她说：“让我再看看您，因为要不了多久我再也看不见您了，而且永远也看不见了。”她呢，就在这天晚上她看看自己周围说：“真难想象我再也看不见这个房间了，还有这些书，这架钢琴，这住宅里的一切，我真无法相信，但这却是事实。”末了是她最近写的那几封信，她写道（也许一边写一边自言自语“我这是在装假”)：“我给您留下最美好的自己。”（如今她的聪慧、她的善良和美貌不是果然交给了我忠实有力的可惜又是不牢靠的记忆了吗？）还有：“因为当时已暮色苍茫而我们又即将离别，那次散步只有在我满目漆黑时才会从我脑海里消失。”（这句话写在她的脑海果然被深深的夜色笼罩的前夕，那天，在她脑海里倏忽即逝但又被忧虑分割到无限小的闪光里，她也许清楚地看到了我们最后那次散步，人在一切都抛弃了他时会给自己建立一种信念，有如无神论者在战场上变成了基督徒，她当时也许在向那位她经常诅咒而又十分尊敬的朋友求救，这位朋友自己——因为所有的宗教都大同小异——也残酷地盼望她有认识自己的一天，盼望她临终时向他敞开胸怀，向他忏悔，在他心上死去。)

即使她当时来得及认识自己，我俩也只能在幸福已不可能实现或者正因为幸福已不可能实现时才会双双明白我们幸福之所在，明白我们应当做些什么，而且明白这一切我们都做不到了，之所以做不到，或因为我们在可能做这些事情时把事情延误了，或由于这些事情只有被投进想象中的空泛理想而且从有生命的环境的淹没中挣脱出来，从那使一切变得累赘而丑陋的淹没中挣脱出来时才可能获得强大的魅力并且显得容易实现，既然如此，那又何必为之呢？人会死的想法比死更为残酷，但这种想法又不如知道另一个人已死的想法那么残酷，人会死的想法也不如这样的事实残酷：一个活生生的人被现实吞没之后，现实的一切复归于平静，甚至在吞没处见不到一丝波动，而那被吞没的人却已被排除在这现实之外了，在这样的现实里希望已不复存在，知觉也已泯灭，而且很难从这个现实再回溯到“被吞没的人曾经生活过”这样的概念，而在回顾他生前历历在目的往事时，也同样难于想象这样的人竟会和毫无实感的形象相联系，会和人们读过的小说人物的往事相联系。

她在去世前给我写的信，尤其是她寄来的最后一封信向我证实了如果她还活着她完全可能已回到了我的身边，我至少可以为此而感到高兴。我觉得这不仅显得更柔和，而且显得更美好，没有这封信事情会不那么完善，会缺乏艺术和命运的象征意味。事实上，这个事件即使以别的方式发生也会具有那样的象征意味；因为任何事件都像一个特殊形状的模子，无论是什么样的事件，只要它们的发生中断了一连串的行为同时似乎为这些行为做出了结论，它们就一定会给这些行为勾画出轮廓，而且我们还会认为这是唯一可能的轮廓，因为我们并不知道还会有什么别的轮廓可能代替这样的轮廓。

她为什么不告诉我“我有这种嗜好”？我也许会让步，会允许她去满足这种嗜好，而且此刻我还会拥抱她。我不得不回忆起她离开我的前三天还赌咒发誓地对我撒谎说她和凡德伊小姐的女友没有那种关系而她脸上的红晕却在对这种关系进行忏悔，这多么令我伤感！可怜的小家伙，她不愿起誓说她那天想去维尔迪兰家的愿望与重见凡德伊小姐和她的女友的乐趣无关这一点起码还是诚实的。她为什么又不彻底承认呢？她这样无视我一而再，再而三的请求而矢口否认，根本不愿对我说“我有这种嗜好”，我可能也有些错误。我之所以可能有些错误，是因为在巴尔贝克时，有一天从德·康布尔梅夫人家做客回来，我首次要求阿尔贝蒂娜做出解释，当时我无论如何也很难相信除了她与安德烈过分热烈的友情之外她怎么可能还有别的什么，我当时过分粗暴地表示了我对这类不良习惯的厌恶，我谴责的方式也过于斩钉截铁。我现在已想不起来在我天真地宣称我对这类事深恶痛绝时阿尔贝蒂娜的脸是否发红了，我之所以想不起来，是因为往往在事后很久我们才会想到去探究某个人在我们一点不注意他的时候采取了什么态度，当我们后来又想起这次谈话时，也许正是他当时的态度可能澄清某个使人心碎的难题。然而我们的记忆却总有空白，我们便因此而寻不到事情的蛛丝马迹。甚至有些在当时已经显露出重要性的事情都常常引不起我们足够的重视，我们没有认真听某一句话，没有去注意某一个手势，或者把它们抛在了脑后。过些时候，当我们如饥似渴地希望发现什么真相时，我们回顾推断，推断回顾，像翻阅回忆录似的去翻阅我们的记忆，即使翻到了这句话这个手势的地方也还是想不起来，于是我们便重起炉灶，沿着同一个轨迹再翻它二十遍，还是徒劳，而且再也翻不下去了。她当时脸红了吗？我不知道她是否脸红了，但她不可能没有听见我的话，后来在她正准备向我坦白的当儿，也许正是因为回想起了我说过的那些斩钉截铁的话她才裹足不前的。现在她已经踪迹全无，我即使从地球的南极走到北极也不可能再遇见她了；已在她身上锁闭起来的现实又已变得平淡无奇，使沉没了的人消失得无影无踪了。她只剩下了一个名字，就像那位德·夏吕斯夫人一样，认识她的人谈到她时也只不过不疼不痒地说说“她真是妙不可言”

而已。然而我却一刻也不能设想会存在阿尔贝蒂娜意识不到的现实，因为她在我身上的存在太牢固了，我的全部感情、全部思想都和她的生命息息相关。倘若她了解这一点，她看见男友对她如此不能忘怀也许会受到感动，因为如今她的生命既已完结，她也许倒会对她昔日漠不关心的事情感受格外深刻。然而正如人们由于害怕所爱之人不忠实而自愿摒弃自己哪怕最秘密的不忠之举一样，我一想到如果死者的生命在某处犹存，我外祖母了解我对她的遗忘与阿尔贝蒂娜了解我对她的追忆一定会同样清楚，一想到此我就感到不寒而栗。总的来说，甚至就同一个死者而言，难道你就可以肯定得知她了解某些事情而感到的欢乐足以抵消以为她什么“全”知道的恐惧吗？某些时候，无论我们可能做出多么残酷的牺牲，我们也会在我们的挚友死后放弃把他们继续作为朋友来纪念，原因是我们害怕他们死后也同样对我们加以评判，不是吗？

我那想探究阿尔贝蒂娜做过些什么的妒性十足的好奇心是无边无际的。我收买过好多女人，她们却没有向我提供任何消息。这种好奇心之所以如此恒久不衰，是因为对我们来说人并不可能倏忽死去，他仍旧沐浴在某种生命的光晕里，这和真正的永生毫不相干，但这种光晕却会使死者继续占据我们的思想，就像他在世时一样，他仿佛出门旅行了。这是一种无神论式的生命不灭。与此相反，爱情如果已经停止了，在引起好奇心的人离开人世之前这种好奇心就会泯灭。因此我从没有设法去打听某个晚上希尔贝特究竟和谁在香榭丽舍大街散步。不过我清楚感到这类好奇心都是一个模式，它们本身并没有什么价值，也不可能维持很久。

然而我仍旧甘愿牺牲一切以令我痛苦的方式去满足这些昙花一现的好奇心，尽管我事先已经明白，阿尔贝蒂娜之死逼使我与她分离同我和希尔贝特心甘情愿分离一样，最终会使我把她淡忘。正是这些考虑促使我派埃梅去了巴尔贝克，因为我感觉到他可以实地调查出许多事情来。

倘若阿尔贝蒂娜知道随后发生的事，她也许会留在我的身边。不过这就等于说一旦她能看见她自己离开人世，她一定更愿意留在我的身边继续活下去。就凭这种假设所包含的矛盾本身，提出这种假设就是荒谬的。而且这种假设也并非毫无害处，因为一想象阿尔贝蒂娜如果知道这一切，如果在她反思时她明白了这一切她会多么高兴回到我的身边，我就仿佛看见了她，我就想拥抱她，可惜这已不可能了，她永远也不会回来了，她死了。

我在想象里前往天上去寻觅阿尔贝蒂娜，像这样的夜晚我从前也和她共同遥望过同样的天空；我竭力使我的爱升腾到她喜爱的月光那边，升腾到她的身边，给不能继续生存下去的她带去安慰，向如此遥远的人儿奉献的爱就好比宗教，我的相思也像祈祷一般朝她飞升而去。人的愿望是非常强烈的，愿望又会产生信仰，我曾相信阿尔贝蒂娜不会出走，因为这是我的愿望；我希望她不死，便相信她没有死；我阅读起转桌上的书籍来，我开始相信灵魂不灭是可能的。然而光灵魂不灭并不能使我满足。我还必须在我死后寻找到有形有灵的她，就好像永恒已变成了和生命相似的东西似的。我说“和生命相似”是什么意思？我的要求更高。我希望死神永远也别剥夺我的欢乐，然而并不只是死神在剥夺我们的欢乐。没有死神这些欢乐也会逐渐减弱。在往日的习惯和新的好奇心作用下，这些欢乐已在开始减弱了。而且在生活中，阿尔贝蒂娜即使在身体方面也可能会逐渐发生变化，我也会日复一日地去适应这些变化。然而我现在还只能回忆起她的某些瞬间，因此我非常希望能在回忆中重新看见她即使在世也不可能复得的样子；我希望在回忆中看见的其实是一种奇迹，因为这奇迹能够补偿记忆力的天然而专横的局限，这种奇迹是不可能来自过去的。不过我是以古代神学家的天真去想象这栩栩如生的女人的，我想象她对我做出了解释，不是她可能做出的解释，而是新近的矛盾使她在生前总是拒绝对我做出的解释。这样，她的死既然是某种梦幻一般的东西，我对她的爱也就仿佛成了她意想不到的幸福；对她的死亡我只考虑那是合适而理想的结局，这结局可以使一切变得简单而且得到妥善的解决。

有时我想象我们聚会的地点并不很远，并不是在另一个世界。当年我认识希尔贝特只为了和她去香榭丽舍大街游玩，晚上在家时我曾想象我即将收到她的信，她在信中会向我表白爱情，我还曾想象她即将走进我的家，如今一种同样强烈的愿望也和那次一样不顾妨碍它的物质规律（那次是和希尔贝特，我的愿望归根结底还是没有错，因为最后还是它胜利了），又使我想象我即将收到阿尔贝蒂娜的短简，她在短简里会告诉我她骑马时的确出过一次事故，不过出于某些浪漫的原因（总之，一些被认为早已死了的人也曾遇到过这类情况），她不愿意让我知道她已康复，如今她后悔了，要求回来同我一起生活而且同我白头偕老。我还——我同时在让自己明白一些似乎很通情达理的人也会干出些什么样甜蜜蜜的蠢事——感到对她死亡的深信不疑和对看见她走进来所抱的从未泯灭的希望同时在我身上并存着。

我还没有得到埃梅的消息，他恐怕已经到达巴尔贝克了。我的调查内容无疑是次要的而且内容的选择也有很大的随意性。如果阿尔贝蒂娜过去的生活的确应该受到谴责，这样的生活一定会有格外重要的内容，只不过出于偶然的原因我没有能像那次抓住有关晨衣的谈话和阿尔贝蒂娜脸红的迹象一样去琢磨这些内容罢了。准确地说这些事于我并不存在，因为我并没有亲眼看见过。我特别强调那一天而且几年以后又竭力回顾那一天，这纯粹是随心所欲的做法。如果说阿尔贝蒂娜喜好女人，那么她一生中这天以外的好几千个日子如何度过我既然都不知道，对我来说了解这些日子也应该是饶有兴趣的；我就应该打发埃梅去巴尔贝克别的许多地方，去巴尔贝克以外的许多城市。然而正因为我并不清楚她如何度过了这些日子，这些日子也就不曾在我的想象里再现过，它们在我的想象里根本就不存在。对我来说所有的人和事只有个别存在于我的想象里才算存在。如果还有千万个相同的人和事，在我眼里这个别存在的就变成很有代表性的了。如果说在对阿尔贝蒂娜的怀疑方面我早就想知道淋浴是怎么回事，同样在她对女人的性欲方面，尽管我知道有大量的少女和女仆与她们大同小异而且我也完全可能无意间听到别人议论她们，我还是愿意了解曾个别存在于我想象中的那两个（因为圣卢向我谈到的是她们），即去过妓院的姑娘和普特布斯夫人的女仆。正如圣卢所说，我的健康情况，我的犹豫不决，我的拖拉作风使我难于实现任何该做的事，使我日复一日，月复一月，年复一年地推迟澄清某些疑虑而且推迟实现某些愿望。不过这些事情仍旧存留在我的记忆里，我给自己许愿一定要了解其中的真相，因为只有这些事萦绕在我的心间（其他的事在我印象里是无形的、不存在的），还因为我从现实中偶然选中这些事情，这本身就构成一种保证，即正是通过这些事情我可以接触到一点事实，接触到一点令人垂涎三尺的真实生活情景。再说，只要有一个精心挑选的事实不就可以使实验者得出一条普遍性的规律以揭示千百个类似事实的真相了吗？阿尔贝蒂娜尽管还留在我的记忆里，由于她在世时只是一次一次出现在我的生活里，她在我记忆里便只留下了零零碎碎的时间概念，但这丝毫不妨碍我恢复她的统一的形象，使她成为一个活生生的人，我希望做出总的判断的正是对这活生生的人，我想知道她是否对我说过谎，她是否爱好女色，是否为了更自由地和她们会面她才离开了我。那淋浴场女侍说的话也许会使我一劳永逸地了结对阿尔贝蒂娜不良习惯的怀疑。

我的怀疑！唉，我原以为看不见阿尔贝蒂娜于我是一件无所谓乃至惬意的事，直到她出走时我才发现自己的错误。直到她去世时我才明白我以为自己有时盼望她死而且设想她的死会使我得到解脱那是怎样的错觉。同样，我在收到埃梅的信时才明白，我之所以一直没有为怀疑阿尔贝蒂娜的德行而痛苦万分，是因为实际上那根本算不上是怀疑。我的幸福，我的生活要求阿尔贝蒂娜贞洁娴淑，于是我就说一不二地肯定她是贞洁娴淑的。带着这种预防性的信念，我就可以毫无危险地听任我的思想去和各种假设瞎折腾了，在我的思想里这些假设有鼻子有眼但我并不相信它们。我对自己说“她也许爱好女色”，就像人们说“我今晚可能会死去”一样；他们说是说了，但自己都不相信，他们还在为明天盘算呢。我错误地认为自己对阿尔贝蒂娜是否爱好女色毫无把握，因此算在她账上的错误事实除了我自己经常预料到的都不可能带给我别的什么，这说明为什么在看到埃梅的信里提到的那些画面，那些对别人来说毫无意义的画面时，我感到一种始料未及的痛苦，一种我迄今未曾感受过的最酷烈的痛苦，这种痛苦结合那些画面，结合，唉！阿尔贝蒂娜本人的形象，形成了一种化学里叫作沉淀的现象，其中一切都是不可分的，我用纯属习惯的方式从其中分离出来的埃梅的信却又不能使我得到任何概念，因为信中的每一个字一出现便立即被它引起的苦痛改变了，永远染上了信件引起的苦痛的色彩。

先生：

我没有早一些给先生写信，请先生原谅。先生委托我看望的人有两天不在，我希望回报先生对我的信任，所以不愿意空手而归，我刚才终于和这个人交谈了，她还清楚记得（阿小姐）[1]。

[1] 埃梅粗通文墨，他想把阿小姐写成斜体或加上引号。然而他想写引号时却画了个括号，他想加括号时又画上了引号。弗朗索瓦丝也是这样把某人在我们那条街住下来说成停下来，又把停一会儿说成待下来，老百姓的错误在于经常把一些说法互换——法语也是这样——这些说法在几个世纪以来早已互相调换过位置了。——作者注

据她说先生猜想的事完全是确实的。首先每次阿尔贝蒂娜小姐去浴池时都是这个女侍照顾的。阿小姐经常和一个比她年纪大的高个儿女人一起去淋浴，这高个儿女人总是穿一身灰色衣服，淋浴场女侍并不知道她的名字，只因常见她去那里找一些少女所以认识她。不过自从她认识（阿小姐）后她再也不去注意其他的姑娘了。这个女人和阿小姐总是把淋浴室的门关上，在里面待很久，而且穿灰衣服的女人起码给和我说话的这个女人十法郎小费。就像这个女人对我说的，“您想如果她们只是随便瞎浪费时间准不会给我十法郎小费。阿小姐有时还和一个黑皮肤的女人一道来，这个女人有一副长柄眼镜。不过和（阿小姐）一道来得最多的是一些比她年轻的姑娘，尤其是一个有一头红棕色头发的姑娘。除了穿灰衣服的太太，阿小姐惯常带来的人并不是来自巴尔贝克，恐怕常常是从远方来的。她们从不一道走进来，不过阿小姐进来时总叫我把淋浴室的门开着，说她在等一个朋友。”可是和我说话的这个人明白这是什么意思。这个人无法对我说得更详细了，因为她已记不大清楚，“过了这么长时间这很容易理解。”再说这人也没有设法去了解，因为她很谨慎，而且那样对她有利，因为阿小姐让她赚了很多钱。得知她死了时这人打心眼里受到了触动。这么年轻就夭折的确对她和她的亲属都是很大的不幸。我等着先生的命令，不知我是否能离开巴尔贝克，我想我在那里也得不到更多的东西了。我还要感谢先生让我做这样一次旅行，这次短促的旅行遇上的天气再好不过了，所以格外愉快。今年海水浴季节可能很不错。大家都希望先生在今年夏天来这里小住。

我再也没有什么有趣的事奉告了，云云。

要想明白这些话使我震动到什么程度，就必须回过头想想我提出的有关阿尔贝蒂娜的问题并非次要的，无所谓的问题，并非鸡毛蒜皮的问题，并非我们实际上经常互相询问的有关我们以外的所有的问题，像这样互相询问我们可以在思想不受影响的情况下去痛苦、谎言、罪恶和死亡当中漫步。不，那是有关阿尔贝蒂娜的最本质的问题：她究竟是什么人？她想了些什么？她爱好什么？她对我撒过谎吗？我与她的共同生活是否和斯万与奥黛特的共同生活同样可悲？埃梅的回答尽管不是一般性的而是对个别问题的回答——正因为如此——这回答所触及的才真正是阿尔贝蒂娜和我内心最深处的东西。

透过出现在我眼前的阿尔贝蒂娜偕灰衣女人经过小巷去淋浴场的情景，我终于对她过去这段经历有了一鳞半爪的了解，这段经历比起我在我记忆里或在阿尔贝蒂娜的眼神里看到的令我觳觫的经历，其神秘和可怕的程度似乎毫不逊色。换了我以外的任何人恐怕都会认为这些零碎的情节毫无意义，阿尔贝蒂娜既然死了，我也就不可能让她亲自驳回这些情节，而这种无能为力几乎就等于某种可能性了。不过这些情节即使确凿无误，即使她自己也已供认不讳，阿尔贝蒂娜的错误（无论她出于良知认为那些事无辜抑或应当受到谴责，也无论她出于淫欲认为那些事趣味无穷抑或平淡乏味）恐怕很可能不会使她像我一样感到无法表达的极度憎恶。我自己呢，借助我和女人的恋爱经历，尽管这些女人对阿尔贝蒂娜来说不一定是一回事，我也能够多少猜出一些她的感受。的确，一想到她像我过去那样欲壑难填，像我过去对她说谎那样对我谎话连篇，一想到她为这个或那个少女忧心忡忡，像我为德·斯代马里亚小姐破费，为另外许多人破费，为我在郊野遇到的农家女破费一样为那些少女破费，一想到这些我已开始感到苦恼了。是的，我以往的欲念在一定程度上能够帮助我理解她的欲念；这种欲念越强烈，它们引发的苦痛便越酷烈，想到这点已经是一种巨大的痛楚了；就好比这些欲念以相同的系数在感觉的代数式里重新出现，不过不是加号而是减号。然而就阿尔贝蒂娜而言，根据我本人所能做出的判断，她无论以多大的毅力对我隐瞒她的错误——我以此猜测她一定自以为有过失或者害怕使我难受——由于她是在闪烁着欲念的想象力的亮光里任意铸成她的错误的，这些错误便顺理成章地成了和生活里其他的东西同样性质的东西了，成了她没有勇气拒绝的乐趣，成了她竭力隐瞒以避免在我这里引起的苦痛，然而乐趣也好苦痛也好它们都可以列入生活里其他的乐趣和苦痛之中。不过对我来说，阿尔贝蒂娜去淋浴场而且准备给小费[1]的画面是在我毫无防备的情况下，在我自己无法构思这样的画面的情况下自外而来的，我是从埃梅的信里得

[1] 如今我毕竟更爱她了，她是那么遥远；一个人在场时总是把我们和唯一的现实，和我们在思考的现实分开，所以我们的痛苦可以得到缓解；而他不在场时，我们的痛苦又会因为爱而死灰复燃。——作者注

知的。

阿尔贝蒂娜和灰衣女人有意地悄悄去淋浴场这件事无疑使我看出了她们定下的约会以及她们去淋浴场某个单间里做爱的习惯，这种经历意味着堕落，意味着一种巧加掩盖妥为安排的双重生活，这些画面给我带来了阿尔贝蒂娜有过失的可怕消息，因此立即引起了我肉体上的痛苦，而且从此以后这些画面与我的痛苦再也分不开了。然而我的痛苦又会立即反过来影响这些画面；一个客观事实，一个图景总是根据接触它的人的内心状态而有所不同。痛苦可以像酩酊大醉一样强有力地改变现实。灰衣女人、小费、淋浴、阿尔贝蒂娜与灰衣女人有意前去的那条小巷，这些画面一经与痛苦结合便立即被痛苦改变成与它们可能给别的人留下的印象截然不同的东西：管窥某种充满谎言和过失的生活的手段，而我过去却从来未想到会有这样的生活；我的痛苦立即使这些画面变质了，我在普照人间景象的亮光里是看不见这些画面的，这是另一个世界的画面片段，它们属于一个陌生而可诅咒的世界，它们是“地狱”的景观。“地狱”就是整个巴尔贝克，整个邻近巴尔贝克的地方，埃梅的信上说，阿尔贝蒂娜常从那些地方把比她年幼的小姑娘带到淋浴场。从前我曾想象巴尔贝克有一个谜，等我去那里生活时这个谜便消失了，在我认识了阿尔贝蒂娜之后，我又曾希望重新把握这个谜，因为当我看见她走过海滩时，当我发疯似的唯愿她不是一个贞洁的少女时，我想她也许能够体现这个谜，如今这个谜又怎样令人憎恶地渗透了与巴尔贝克有关的一切啊！车站的名字，阿波隆维尔……当年我在晚间从维尔迪兰家回去时，一听见这些名字我就感到它们是那么亲切，那么使人安心；如今一想到阿尔贝蒂娜曾停留在某个车站，曾从一个站漫步到另一个站，而且可能常常骑车到第三个站，这些站名便使我产生极大的忧虑，这种忧虑比我第一次看见这些车站时感到的忧虑更为强烈，那次我同外祖母在到达我还没有去过的巴尔贝克之前，我看见这些车站就像地方投资的小铁路那样乱成一团。

发现外界的现实和内心的感情都是怎样一种能引起万千猜测的陌生事物，这是嫉妒心的能耐之一。我们总以为我们对事物和对人的思想都了如指掌，唯一的理由是我们并不关心这些事。然而当我们像那些好嫉妒的人一样产生了解它们的愿望时，便会发现一个什么都无法看清的令人眩晕的万花筒。阿尔贝蒂娜是否欺骗了我？和谁？在哪幢住宅？在哪一天？哪天她对我说了什么事？哪天我记起来我日间说了这件事或那件事？这一切我都一无所知。她对我的感情如何，这些感情是出自对物质利益的考虑抑或出自爱，对此我更是不甚了解。我会猛然忆起某一件无足轻重的事，比如，阿尔贝蒂娜想去圣马丁，说她对这个地名感兴趣，也许无非是因为她认识那里的某个农家女。不过埃梅把淋浴场女侍告诉他的这件事通报我也无妨，因为阿尔贝蒂娜永远也不会知道他通报了我，在我对她的爱情里，我什么都想知道的需求总是被我想向她显示我什么都知道的需求所压倒；这虽然消除了我俩不同的幻觉之间的分界线，却从没有取得她更爱我的结果，倒是恰恰相反。然而自她去世以后，第二种需求和第一种需求所取得的结果合二为一了：我以同样快的速度想象出一场我希望向她通报我所了解之事的谈话和一场我想向她打听我不了解之事的谈话；即是说我看见她待在我身边，听见她亲切地回答我，看见她的双颊又变得丰满了，眼睛也失去了狡黠的光而变得哀伤了，也就是说我还爱着她而且在孤独和绝望中我已忘记了我疯狂的嫉妒之情。永远也不可能告诉她我所了解的事而且永远不可能把我们的关系建立在我刚发现的真相的基础之上（我之所以能发现恐怕只是因为她已经死了），这令人痛心的不可能之谜以它的哀伤取代了阿尔贝蒂娜的行为的更令人痛心的谜。怎么？我那么希望阿尔贝蒂娜知道我已了解淋浴场的故事，这阿尔贝蒂娜却不复存在了！我们需要思考死时，却除了生以外什么也不可能去考虑，这又是我们面临的不可能性的结果之一。阿尔贝蒂娜没了；然而对我来说，她仍旧是向我隐瞒她在巴尔贝克和一些女人幽会的人，仍旧是自以为已成功地让我对那些事一无所知的人。当我们在思考我们死后发生的事情时，我们此时的错觉不是仍然会使我们想到活着的我们自己吗？说来说去为一个去世的女人不知道我们已了解她六年前的所作所为而遗憾，这是不是比我们希望一个世纪以后我们死了还受到公众好评滑稽得多呢？即使第二种假设比第一种有更多的实际依据，我这马后炮式的嫉妒心引起的遗憾却仍然和那些热衷于身后荣耀的人的错误看法如出一辙。不过如果从我和阿尔贝蒂娜的分离中得出的庄严的最后印象暂时取代了我对她那些错误的考虑，这印象也只能赋予这些错误以无法挽回的性质从而使它们变得更加严重。我看见自己在生活中那样不知所措就好像我独自站在无边无际的海滩上，无论我走向何方都永远不能与她相遇。

幸好我及时在我的记忆里找到了——因为在一片杂乱无章里事物总是五花八门的，这几样危险，那几样有益，其中连回忆也只能一个一个地现出清晰的轮廓——我外祖母的一句话，有如工人发现了有助于他要做的活计的物件。在谈到淋浴场女侍告诉德·维尔巴里西斯夫人的一个不太可能的故事时，外祖母对我说："这个女人恐怕得了撒谎症。"这件往事大大帮助了我。淋浴场女侍告诉埃梅的事有什么意义呢？更重要的是她当时根本什么也没有看见。谁都可能和一些女友一道去淋浴却什么坏念头都没有。那个女侍把小费说多些也许是为了吹牛。有一次我就亲耳听见弗朗索瓦丝认定莱奥妮姑妈当着她弗朗索瓦丝的面说她"每月可以吃上一百万"那样的疯话；还有一次她说看见我莱奥妮姑妈给了欧拉莉四张一千法郎的钞票，而我认为一张折成四折的五十法郎的钞票都不大可能是真的。我就如此这般地探索下去，而且逐渐摆脱了我经过那么多周折获取到的令我痛苦万分的确切消息，因为我总是处在渴望了解而又惧怕痛苦的矛盾之中。这样一来我的爱应该可以复苏了，然后随着我的爱情的复苏，与阿尔贝蒂娜离别的忧伤也紧接着复苏了，处在这忧伤的时刻我也许比前不久备受嫉妒心折磨时更为不幸。可是每当我想到巴尔贝克这种嫉妒心又会突然出现，原因是我仿佛突然重见了巴尔贝克旅社的图景（在此之前这图景从来没有使我难受过，我甚至认为这是我记忆中最不使我痛心的画面之一），每天晚上，玻璃窗外总有一大群人挤在阴影里，就像挤在水族馆里明亮的玻璃隔板前似的，他们瞧着里面稀奇古怪的人们在亮光里走来走去，可是拥挤又使渔妇和平民姑娘摩肩接踵地碰撞着（我从未想到过这点）小资产阶级的小姐们，这些小姐对里面的豪华十分嫉羡，那种在巴尔贝克还很新奇的奢侈，即使不是家境差起码也是吝啬的习惯和旧的传统使她们的父母未敢效法，在这些小资产阶级小姐里几乎每天晚上都肯定有阿尔贝蒂娜，当时我还不认识的她恐怕已经在那里搜罗小女孩了，也许过一会儿便会找到一个女孩而且同她一起趁夜色去到沙滩或峭壁下某个荒废的淋浴场更衣室。忧伤又紧接着攫住了我，我像听见判决我流放似的听见了电梯的响声，电梯没有在我这一层停下，直开到楼上去了。我望穿秋水却永远也见不到我那唯一的客人来访了，她已经死了。尽管如此，每逢电梯停在我这一层时我的心仍然会狂跳起来，有一阵我曾想：这一切果然是梦该多好！这也许是她，她快按铃了，她回来了，弗朗索瓦丝就要来通报我："先生恐怕一辈子也猜不出谁来了。"说她怒发冲冠不如说她胆战心惊，因为她的迷信超过了她的报复心，她害怕活的阿尔贝蒂娜也许远不如她害怕她所谓的阿尔贝蒂娜的鬼魂。我试着什么也不去想，便拿起一张报纸。然而阅读那些没有感受过真正痛苦的人写的文章简直让我受不了。一个人在谈到一首不值一提的歌时说："真是催人泪下。"可是如果阿尔贝蒂娜还活在人世我倒会兴高采烈地听这首歌。另一个人，还是个大作家呢，在下火车时受到欢呼便宣称这样的表示是令人难忘的，换了我，倘若我此刻也看见这种表示，我恐怕一刻也不会认为这是"令人难忘"的。第三个人保证说，如果政局不那么糟糕，巴黎的生活会"美妙无

纳蒂埃
《一位女士的肖像》

比”，然而我完全清楚，即使没有政治这儿的生活也只能使我感到难以忍受，如果我找回了阿尔贝蒂娜，即使政局糟糕，生活于我也是美滋滋的。狩猎专栏的编辑说（时值五月）：“这段时间对真正的猎人来说实在令人头疼，说得更确切些，真是灾难性的，没有什么，绝对没有什么可猎。”展览栏的编辑宣称：“这样组织展览会使人感到万分扫兴，令人愁煞苦煞……”如果说由于我自己感觉敏锐，那些从未经历真正幸福或不幸的人说的话便显得既虚假又苍白无力，与此相反，那些最无关紧要的一行一行，无论多么风马牛不相及，只要能和诺曼底或尼斯挂上钩，只要能和温泉浴场或伯尔玛，和德·盖尔芒特公主或爱情，或失踪，或不忠实这些概念沾上边，都会在我来不及转过头去的瞬间突然使阿尔贝蒂娜的形象出现在我的面前，于是我又会潸然泪下。而且我通常是无法去阅读这些报纸的，因为翻开报纸这个简单的动作本身就会使我同时想起阿尔贝蒂娜在世时我的类似的动作，而且想起她已离开人世；我根本没有力量把这份报纸全部翻完便又把它扔下了。每一个印象都会引起同样的然而又是伤痕累累的印象，因为阿尔贝蒂娜已经从这些印象里消失了，因为我永远没有勇气坚持度过这些支离破碎的令我伤心的分分秒秒，甚至在她的身影逐渐停止出现在我的脑际却又强有力地萦绕在我的心间时，如果我需要像她在世时一样走进她的房间里去点灯，去坐在钢琴前面，我也会突然心酸难忍。她仿佛分成了若干小小的家神，久久停留在蜡烛的火焰里、门的把手上、椅背上以及别的更无形的领域，这就像我在不眠之夜的感觉，或我喜欢的女人初次来访时引起的躁动不安。尽管如此，我在一天里过目的或尚能忆起的寥寥几句读过的话仍然常常引起我强烈的嫉妒。这寥寥几句无须对我提供女人伤风败俗的充分论据，只要重新唤起与阿尔贝蒂娜的生活密切相关的我旧有的印象便能达到目的。阿尔贝蒂娜的过失一旦移运到某些早已遗忘的时刻，由于我回顾她还活着的时刻的习惯并没有衰退，她的过失便增添了某种更贴近、更揪心、更残酷的意味。于是我再一次问自己那海滨淋浴场女侍揭露的事是否真会是假的。要想知道实情，最好打发埃梅去一趟尼斯，让他去邦当夫人的别墅附近住上几天。倘若阿尔贝蒂娜热衷于女色，倘若她离开我是因为不愿意更长久地被剥夺这种乐趣，她一旦得到自由，便一定会立即去那里设法故技重演而且会取得成功，假如她不认为去她熟悉的那个地方比在我家更方便，她肯定不会选择去那里躲避起来。阿尔贝蒂娜之死使我忧虑的心境改变如此之微小，这无疑是不足为怪的。一个人在他的情妇健在时，构成他所谓的爱情的相思大多来源于她不在身边的时刻。因此人们老习惯于以不在身边的人作为遐想的对象，尽管这个人只有几个小时不在，这不在场的人在这几个小时里也只属于回忆。由此可见死亡并不会使事物有什么大的改变。埃梅一回来，我就请他动身去了尼斯，这一来不仅根据我的思想活动，我的悲哀，我因联想到某个远而又远的人的名字而产生的躁动不安，而且根据我全部的行动，我进行的调查，我为了解阿尔贝蒂娜的行动而花费的钱财，我可以说这一年里我的整个生活都充溢着爱，充溢着我和她之间实际存在的恋情。而这一切活动的对象却是一个死人。人们有时说，倘若某个人是一位艺术家而且往作品里注入了一部分自己，这个人身上的某些东西便可以在他死后犹存。从一种生物体内抽取出来又嫁接到另一种生物体内部的东西还能继续维持生命，尽管被抽取生物的母体业已死亡，这也许出于同一个道理。

埃梅去尼斯住在邦当夫人的别墅附近；他认识了一个女仆和一个阿尔贝蒂娜常去租一整天汽车的汽车租赁人。这些人什么也不曾注意。在第二封信里，埃梅告诉我他已从一个城里的洗衣女那里打听到在她给阿尔贝蒂娜送衣服时阿尔贝蒂娜捏她手臂的方式很特别。“不过，”信上说，“这位小姐并没有对她做别的事。”我把埃梅的旅费寄去，这笔钱也算付了他的信引起的痛苦的费用，与此同时我却在竭尽努力医治我的苦恼，我对自己说那个动作不过是一种亲热的表示，并不能证明有什么邪恶的欲念，这时我又收到埃梅的一封电报：“打听到最值得注意的情况。给先生弄到大量消息。信即到。”第二天我果然收到了一封信，光看信封我就簌簌地颤抖起来；我认出那是埃梅的信，因为每个人，甚至地位最卑微的人都管辖着一些熟悉的小生物，它们是活生生的但又仿佛发僵地躺在纸上，那就是每个人特有的字体。

起初那小洗衣女什么也不愿对我说，她保证说阿尔贝蒂娜小姐除了捏她的手臂没干过别的。为了让她说出来我带她去吃晚饭，请她喝了酒。于是她对我讲了阿尔贝蒂娜小姐去洗海水澡时常在海边碰见她的事；阿尔贝蒂娜小姐习惯一大早起床就去洗澡，而且照惯例总在海边的一个去处把她找到，那里树木茂密谁也瞧不见谁，再说在这样的时刻谁也不会去看谁。后来洗衣女把她的女朋友们也带到那里去洗澡，后来，那里天气已经变得很热了，甚至在树荫下太阳也很烤人，她们便去草丛里互相擦干身子，相互抚摸，挑逗，玩耍。小洗衣女承认她很喜欢和她的年轻女友们逗乐，她见阿尔贝蒂娜小姐贴着她的身体搓揉时还穿着浴衣便要她把浴衣脱了，洗衣女便用舌头沿着她的脖子和手臂舔呀舔，她甚至舔了阿尔贝蒂娜小姐伸过去的脚掌。洗衣女也把衣服脱了，她们还在水里追逐嬉戏；这天晚上她就对我讲了这些。不过为了忠实执行您的命令，为了不惜一切使您高兴，我还把小洗衣女带回去和我睡了觉。她问我想不想让她再做一遍阿尔贝蒂娜小姐脱了浴衣后她做过的事。她还对我说："您真该看看她怎样地动来动去，这位千金小姐，她对我说：'啊！您简直让我快活疯了！'她浑身酥软，禁不住啃起我来。"我还看见了这洗衣女手臂上的痕迹。我也能体会阿尔贝蒂娜小姐的快活，因为这小家伙实在太乖巧了。

阿尔贝蒂娜在巴尔贝克告诉我她对凡德伊小姐的友情时我确曾苦恼不堪。然而那时还有阿尔贝蒂娜在我跟前安慰我。后来由于我过于渴求了解阿尔贝蒂娜的行为，我达到了让她离开我家的目的，当弗朗索瓦丝通报我她已离去而只剩下我自己独处时，我却经受了更剧烈的痛苦。不过，当时我热爱的阿尔贝蒂娜起码还留在我的心里。如今，我在她身上——这是对我过分好奇的惩罚，出乎我的预料，连她的死也未能使这种好奇心泯灭——看到的已是一个截然不同的少女了，前一个阿尔贝蒂娜是那样柔情似水地使我安心并向我保证说她从未领略过这种快乐，这一个阿尔贝蒂娜却谎话连篇百般欺瞒，在她重新获得自由的狂喜中竟去品尝这种快乐甚至达到痴狂的程度，她竟在日出时去卢瓦尔河边与那洗衣女幽会而且啃着她说："您简直让我快活疯了。"那的确是一个截然不同的阿尔贝蒂娜，截然不同这个词不仅指我们所理解的关系到别人的那种含义。[1] 如果别人与我们原来认为的截然不同，由于这种不同没有深深触动我们，而且直觉的钟摆所能造成的外向振荡又仅仅与它的内向振荡相等，因此我们看到的这种截然不同只是这些人的表面现象。从前我在得知一个女人喜好女色时，我并没有感觉她因此就成了另一个女人，成了特殊类型的女人。然而在这件事牵涉到你所爱的女人时，为了摆脱一想及此种可能性便感到的痛苦，你会千方百计去了解她的所作所为，而且想知道她干这些事情时有什么感觉，她对这些行为有什么想法；于是，你会越跌越深，痛苦至深时你便会触到事情的神秘之处，触到问题的实质。我为我的好奇心已苦恼到至深之处，已痛苦到五内俱焚的程度，这痛苦已大大超过了由惧怕丧失生命而感到的苦恼，而我这种好奇心又是靠我全部的智慧和无意识的力量来支撑的；

[1] 在德·夏吕斯先生也跟我一样悲伤的时候，我们说着同样的话。然而尽管我们的精神状态相同，我们却无法互相安慰。因为伤心是自私的，它不能从与它无关的事物里得到解脱；即使德·夏吕斯先生的痛苦也由女人引起，他的痛苦与我的痛苦却仍然相距甚远，除非我的痛苦不是由阿尔贝蒂娜所造成。——作者注

因此我如今将我打听到的有关阿尔贝蒂娜的全部情况都投射到她自己的心灵深处去了。而她有邪恶行为这个事实带给我的深入骨髓的巨大痛苦又在后来为我做了最后一件好事。与我使外祖母受到的伤害一样，阿尔贝蒂娜对我的伤害也成了我与她之间最后的联系，这种联系甚至在我对她的记忆消失之后还存在，因为有了物质的东西所具有的那种能量守恒规律，痛苦甚至可以不需要记忆的忠告：比如一个人已经忘记了在月光下的森林度过的美好夜晚，却还在为月夜里患下的感冒而感到难受。

被她否认但她又确实有过的这种嗜好，我并非通过冷静的推理发现的，而是在读到“您简直让我快活疯了”这句话时感到的火一般灼人的痛苦中发现的，而这火一般灼人的苦痛又使这句话显出了某种特质，这种嗜好丰富了阿尔贝蒂娜本人的形象，有如拖在身后的新贝壳给寄居蟹添色一般，不仅如此，这种嗜好还像一粒盐接触另一粒盐一样改变了另一粒盐的颜色，而且还通过某种沉淀作用改变了这另一粒盐的物质。那年轻的洗衣女一定对她的女友们说过：“你们想想，我真无法相信，唉，那位小姐也和咱们一样呢。”对我来说这不仅仅是她们始料未及却在阿尔贝蒂娜身上看到的邪恶，而且是我对阿尔贝蒂娜的新发现，我发现她原来是另一个人，一个和这些洗衣女一样的人，和她们说一样的话，这一切使她变成了别人的同类，却使我感到她更加陌生，这说明我所占有的，我捧在心上的，只是她身上很小的一部分，而其余的部分却在尽量扩展，一直扩展到不仅成了异常神秘而重要的东西，即个人的欲念，而且成了她和其他人共有的东西，这一部分她却总对我隐瞒起来，使我沾不了边，有如一个女人向我隐瞒她属于敌对的国度而且她是间谍，甚至比间谍包藏更大的祸心，因为间谍无非谎报国籍，而阿尔贝蒂娜却在最深刻的人性上进行欺骗，她隐瞒了她不属于一般人的范畴，她属于混杂于人类的一个奇异的人种，这人种隐藏在人类之中却又从不与之融合。我正好在埃尔斯蒂尔的两幅画里看见过灌木丛中的几个裸体女人。在其中的一幅画里，一个姑娘抬起一只脚就像阿尔贝蒂娜将一只脚伸给洗衣女时的动作一样。在另一幅画里这姑娘将另一个年轻女子往水里推而被推的姑娘又快活地反抗着，她抬起大腿，她的脚刚刚浸进蓝色的水里。我现在回忆起来这姑娘抬起大腿从膝部往下弯曲而形成的天鹅脖颈一般的曲线和阿尔贝蒂娜睡在我身边时大腿下部弯成的曲线一模一样，我当时常常想告诉她她使我想起了这两幅画，然而为了避免使她想起裸体女人的形象我并没有告诉她。这时我又仿佛看见她待在洗衣女和她那些女朋友身边，再一次组成了我在巴尔贝克坐在阿尔贝蒂娜的女友当中时百看不厌的那幅女儿图。倘若我是专门喜好此种美色的人，我会承认阿尔贝蒂娜组成的画面比前述那一幅画动人千百倍，因为组成那幅画的是些裸体的女仙塑像，它们就像雕塑大师们分散在凡尔赛宫的树林或水池里的雕塑，任凭水波抚摸洗涤磨光。这时，我看见她还是一个在海边坐在洗衣女身边的少女，这形象远比她在巴尔贝克给我留下的印象更深：她们像大理石雕像般光着身子，在一团团的热气里，在草木丛中像水上浅浮雕一般浸泡在水里。在回想她躺在我床上的姿态时，我觉得我看见了她那弯曲的大腿，我看见这大腿了，那俨然是一只天鹅脖子，它在寻找旁边那个少女的嘴唇。这时我连大腿也看不见了，眼前只有那只天鹅放肆的脖子，酷似一幅使人震撼的习作里的天鹅，它正在寻找一个处于女性欢乐的特殊激奋状态中的勒达[1]的嘴，因为画上只有一只天鹅，她显得更孤单了，这就像人们在电话里发现对方的声音有变化但又听不清楚，因为不能从声音分辨出他的脸孔，而人的脸孔是可以体现感情的。在这幅习作里，欢乐并没有体现在引起画家灵感却没有在画上出现的女人身上，这女人已被一只一动不动的天鹅代替了，欢乐集中在感到欢乐的那一个女人身上。有时我的心会和我的记忆中断联系。阿尔贝蒂娜和洗衣女的所作所为几乎以代数的方式在我心里缩减到再也没有什么意义的程度；然而这切断的记忆之流又会以每小时成百次的速度重新恢复起来，于是我的心又被地狱之火毫不怜惜地烧灼开了，这时我便看见我的嫉妒心使阿尔贝蒂娜复活了，又变得栩栩如生的她在洗衣少女的爱抚下显得不大自然，她对小姑娘说："您简直让我快活疯了。"

她在犯过失的当儿还活在人世，也就是说我自己当时也还在，因此我光了解她犯了什么过失就很不够了，我还想让她知道我已了解了一切。由此可见，我在为今生无从再见到她而感到遗憾的时刻，这种遗憾也带着我的嫉妒的痕迹，当然这种遗憾和我热爱她时的撕心裂肺的遗憾完全不同，现在感到的无非是意识到再也

---

[1] 勒达，一译丽达，系希腊宗教故事中斯巴达王廷达瑞俄斯之妻，美人海伦的母亲。据神话传说，在她少女时期，一次在河里洗澡，宙斯化作一只天鹅与之交配，生下二卵，其中一卵孵出海伦。

不可能对她说这几句话的遗憾："你以为我永远不会知道你离开我以后的所作所为，瞧，我全知道了，在卢瓦尔河边你对洗衣女说：您简直让我快活疯了。我已看见你啃她的痕迹。"我当然也对自己这么说："何必自寻烦恼？和洗衣女寻欢作乐的人已经没了，她的行为再也没有任何价值。她不会想到我了解那些事。可是她也不会想到我不了解，因为她什么也不想了。"然而对我来说这种推理远不如那寻欢作乐的画面更有说服力，因为这画面总把我引到她乐在其中的时刻。对我们来说只有感觉到的东西才存在，因此我们可以把它置于过去或未来，并不受死亡这虚构的壁垒所阻拦。我那时为她的死亡而感到的遗憾既然能受到嫉妒心的影响而且表现得如此奇特，这种影响自然会波及我对神秘术和永不死亡的幻想，只不过这些幻想是为千方百计实现我之所求而做的努力罢了。即使那时我能像贝戈特深信不疑的那样一转桌子就能召回她的亡灵，抑或像某某教士设想的那样在来世再遇上她，我希望看见她也不过是为了对她说："洗衣女的事我知道了。你当时说：您简直让我快活疯了。我已看见你啃她的痕迹。"

前来助我抵制洗衣女的形象的，还是——当然这形象得持久一些才行——这形象本身，因为我们真正认识的只能是全新的事物，是猛然使我们感到变化突兀令人震惊的事物，是习惯还没有以它毫无生气的复制品去加以代替的事物。不过阿尔贝蒂娜只有首先分割成许多部分，分割成无数的阿尔贝蒂娜才可能在我身上存在下去。她或善良，或聪慧，或严肃，甚至连爱好也只有体育运动的时刻便重现出来了。这样的分割使我内心深处得以平静，这不是很有道理吗？因为就算这种分割本身并没有什么真实性，就算这种分割仅仅来源于她在我面前出现过的那些时刻的接二连三的形态，也就是留在我记忆里的形态，就像我的神灯的弧形投影来源于彩色玻璃的弯曲部分一样，这种分割本身不也按它自己的方式体现了这样一个真理，一个客观真理吗：我们每个人都并非一个人，每个人都包涵了道德价值各异的许多人，有邪恶的阿尔贝蒂娜存在，这并不妨碍存在别样的阿尔贝蒂娜，比如喜欢在她房里同我议论圣西门的阿尔贝蒂娜；我在晚上告诉她我们必须分手时，悲伤地说出这一席话的阿尔贝蒂娜："这自动牌钢琴，这间屋子，想想看，我再也见不到这一切了。"还有，在看见我最终被自己的谎言所激动时，带着真诚的怜悯惊呼"啊！不，什么都比让您难受强，说定了，我一定不去设法再见您"的阿尔贝蒂娜。于是，我不再是孤身一人了；我感到分开我们的隔板消失了。这善良的阿尔贝蒂娜一旦回到我的记忆里，我便找回了我可以索要解毒剂的唯一的人，我索要解毒剂是为了消除另一个阿尔贝蒂娜引起的痛苦。我当然仍旧想对她谈洗衣女的事，但这已不再是以得胜者的残酷姿态去向她恶狠狠地显示我已了解此事。我要像她在世时那样行事，我要用柔和的语气问她洗衣女的事是否属实。她会对我发誓说并没有此事，埃梅不大诚实，为了显示他够格赚下我给他的那笔钱，他不愿空手而归，便让洗衣女按他的要求说出了那些话。阿尔贝蒂娜无疑是在继续对我说谎。然而在她话语的矛盾起伏之中我感到出现了某种进步，而这进步又归功于我。她起初是否对我吐露过真情（的确，也许是不由自主地在某一句话里说漏了嘴）我不敢肯定：我记不清了。再说她称呼某些事情的方式那么奇特，可以意味这个也可以不意味这个。不过她对我的妒性的感受后来又促使她厌恶地收回了她起初好意向我承认的事。再说阿尔贝蒂娜甚至没有必要对我说这些话。我只要一拥抱她就满可以相信她无罪了，如今分开我们的隔板既已倒塌，我已能做到这点了，那隔板就像恋人发生龃龉之后竖起来的既摸不着又很坚实的隔板，恋人的热吻碰到它也会粉碎的。不，她没有必要对我说什么。她愿做什么就做什么吧，可怜的小家伙，有些感情存在于分离我们的东西之上，我们完全可以靠这种感情结合起来。如果这件事的确存在，阿尔贝蒂娜向我隐瞒嗜好也是为了不让我伤心。听见我自己对这个阿尔贝蒂娜说出这番话我心里甜丝丝的。再说，我难道还认识另一个阿尔贝蒂娜吗？一个人在同另一个人的关系中出错的两个最大的原因，一是自己的好心，一是爱上了这另一个人。一莞尔，一顾盼，一抚肩，这样就爱上了。这就足够了；就这样，在长时间的希冀或忧伤中你可以塑造一个人，构想一个人的性格。当你后来再与你所爱的女人交往时，无论你遇到多么残酷的现实，也不可能排除与你顾盼抚肩的人儿那善良的性格和热爱你的女人那天生的品质，正如你再见到你在她年轻时认识而现在变得老态龙钟的人时，你无法排除她那些善良的性格和天生的品质。我追忆着这个阿尔贝蒂娜那美丽善良而又楚楚动人的眼神，她那丰腴的面庞，她那皮肤粗糙的脖颈。那是死人的形象，然而这死人还活着，因此我很容易立即做到她活在我身边时我肯定会做的事（倘若我在来世能找到她我也会这么做），我原谅了她。

我在这个阿尔贝蒂娜身边度过的时光于我是这样宝贵，我真愿意一刻也不放过。有时，就像人们零零碎碎地找回了散失的钱财一样，我又找回了似乎已经失去了的时光：我把围脖结打在脖子后面而不打在前面时，我忆起了一次从不曾回想过的散步，为了冷空气不迎面吹进我的喉咙，阿尔贝蒂娜拥抱我之后便以那样的方式为我理好了围脖。通过如此微不足道的动作而在我记忆里复原的这次简单的散步给予我的乐趣就像我们见到老女仆送来的属于亲爱的死者的私人物品，对我们来说这些东西是太宝贵了；我的悲伤因此而增添了内容，尤其是这条围脖，因为我在此之前还从来没有想到过它。就像憧憬未来一样，我们不是一劳永逸地而是一点一滴地品味我们的过去。

而且我的悲伤有时会五花八门到连我自己都认不出来；我盼望伟大的爱情，我愿意找一个人来我身边生活，我原以为这是我不再爱阿尔贝蒂娜的征兆，其实这迹象正说明我一直爱着她；因为我对体味伟大爱情的需要和我想亲阿尔贝蒂娜丰腴的双颊的愿望一样，只是我思念之情的一个部分。实际上我却很庆幸没有爱上另一个女人；我明白我对阿尔贝蒂娜持续的热恋就好比我过去对她的感情的影子，它再现着这种感情的各个部分，而且照样服从于主宰真实感情的法则，而真实感情又由这种持续的热恋超越死亡而反映出来。因为我充分感到，如果我能把某种间隔加进我对阿尔贝蒂娜的相思里，这间隔过大我就不会再爱她了；这间隔会使她变成与我毫不相干的人，就像我外祖母如今与我毫不相干一样。太长的时间不思念她，我记忆的连续性便会中断，而这种连续性正是生活的原则，只不过这种连续性在一定的时间间隙之后又可能重新恢复罢了。阿尔贝蒂娜在世时我对她的爱情不就是这样的吗？我不是在好长时间不想她之后又和她重归于好的吗？然而我的记忆也必须服从同样的法则，也不可能容忍更长时期的间隔，因为这记忆好比一缕北极光，只是在阿尔贝蒂娜死后才反映出我过去对她的爱，我的记忆真像我爱情的影子。恐怕只有在我已将她遗忘时我才可能体会到没有爱情的生活更加明智，更为幸福。因此我对阿尔贝蒂娜的思念一旦使我产生了对妹妹似的某个姑娘的需要，这种需要就会变得难以餍足。我对妹妹的需要无非是我对阿尔贝蒂娜的一种无意识的思念形式，随着我对她的思念的逐渐减弱，这种需要也就变得不那么迫切了。不过我的爱情的这两种尾声并不是以同样的速度减弱的。有些时候我对她的思念暂时全面隐去，而我对妹妹似的姑娘的需要却保持了强大的力量，这时我便决定结婚。相反，这之后我对她珍贵的记忆虽然已经减弱了，我对她的柔情有时却又会突然闯进我的心田，这时，一想到我对别的女人的爱，我就对自己说她一定会理解这种爱，赞同这种爱，于是她的恶癖倒似乎成了我现在的爱情的起因了。有时我的嫉妒之情在我不再思念阿尔贝蒂娜的当儿复苏，尽管引起我嫉妒的正是她。这段时间有人对我讲起安德烈不寻常的爱情故事，我竟以为我为她也产生了嫉妒心。不过安德烈对我来说只是一个替代品，一条起衔接作用的道路，一个使我和阿尔贝蒂娜间接连接在一起的电源插座。人就像这样在梦里总给一个他熟知其真正身份的人加上另一副面孔，另一个姓氏。总之，在这种特殊的情况下尽管普遍的法则一而再，再而三地受到冲击，阿尔贝蒂娜给我留下的感情却仍旧比我对这些感情来源的回忆更加难于消亡。不光感情，甚至感觉也如此。我和斯万不一样，他一开始不爱奥黛特便连重新去感觉过去的爱情也做不到，而我却总感到自己还生活在过去而这过去也无非是另一个过去的历史而已；这个“我”可以说只有一半，而“我”的上端已经变硬变冷了，每当一点火星使昔日的电流重新经过“我”的底部时“我”又会从底部燃烧起来，甚至在我早已停止思念阿尔贝蒂娜时也是如此。等到我剧烈的心跳已并非由她的形象引起，我的眼泪也只是由像巴尔贝克那些已经变得粉红的苹果树间沙沙吹过的冷风刺激出来时，我才想到应该考虑我的痛苦复苏是否出于病理上的原因，我是否把初期的心脏病当成往事的再现和最晚期的爱情了。

病人过分倾向于把某些情感领域里发生的非主流的偶然事故与疾病本身混淆，这些偶发事故一停止他才吃惊地发现自己离痊愈更近了，这是他始料未及的。埃梅关于淋浴场和洗衣女的来信引起的痛苦——带来的“并发症”——就属于这种情况。不过如果某个心病医生前来给我看病，他准会发现就其他方面而言，我的悲伤本身已经好转了。由于我是男人，属于同时沉湎于过去又热衷于当今现实的双重性类型的人，在我身上自然会始终存在着明知阿尔贝蒂娜已死却又保留着她栩栩如生的印象的矛盾。不过这个矛盾如今可以说又和它的过去背道而驰了。阿尔贝蒂娜已死的概念最初以如此凌厉的气势冲击我认为她还活着的想法，使我不得不像儿童逃避浪涛一样去躲避这个概念，而这个概念又不断向我发起冲锋，最后终于夺得了适才还被她活着的想法占据的位置。我也弄不清为什么，如今是阿尔贝蒂娜已死的概念——而不再是对她活着时的回忆——占压倒优势地构成了我无意识的遐想的基调，因此如果我突然中断这些遐想而将我自己考虑一番，使我吃惊的便不再是起初的，即认为在我心里如此生气勃勃的阿尔贝蒂娜怎么可能离开人世，怎么可能死去的想法，而是认为已经不在人世，已经死去的阿尔贝蒂娜怎么可能在我心里还如此生气勃勃的想法。我在黑色隧道里冥想的时间太长，所以再也不对它加以提防，如今这黑色隧道已被一个紧接一个的回忆堵塞，而渗进来的一缕阳光又冷不防使隧道中断了，于是远远地隐约映出一个笑盈盈的蓝色天地，而阿尔贝蒂娜在那里也只是一抹充满魅力的淡淡的回忆。我问自己，那是真正的她，抑或我在长期包围我的黑暗中漂泊时视为唯一现实的人才是真正的她？前不久我还是个活着只为了永远等待阿尔贝蒂娜回来同我道晚安、回来同我热吻的人；我个人的某种分身现象使我显得像这样一个人物，他似乎是我个人的一小部分，被剥了一半的部分，而且我像一朵半开的花似的领略到了剥落过程使人焕发青春的清新。而且这短暂的感悟也许只会使我进一步意识到我对阿尔贝蒂娜的爱，正如一切特别确切的想法必须在对立中才能肯定自己一样。比如，在一八七〇年的战争时期生活过的人说战争意识之所以终于使他们觉得似乎合情合理，并不是因为他们考虑战争还不够，而是因为他们老想着战争。为了使他们明了战争是何等奇特而值得注意的事，必须有什么东西使这些人摆脱始终困扰着他们的念头，从而使他们暂时忘记正在进行的战争，使他们又回到和平时期的样子，直到这残酷的现实骤然间又从那短暂的空白里清晰地突现出来，而过去他们除了这个残酷的现实看不到别的，所以早就不去注视它了。

必须在我对阿尔贝蒂娜的各种回忆不是逐步而是同时在我心上消退时，必须在我对她的背叛的回忆同对她的柔情的回忆一股脑儿从我的记忆里同时全线撤退时，遗忘也许才能给我带来宁静。而情况却并非如此。好比我身在海滩而海水的退潮又极不正常，当我突然受到某种猜疑的袭击和伤害时，她的柔美形象已经退得太远以至于我无法前来补救了。

我对她的背叛是痛心疾首的，因为无论它们发生在怎样遥远的年代，对我来说它们都并非过去；它们果真成为过去时，即是说当我不那么激动地追忆它们时，我就不会那么痛苦了，因为与逝去的日子实际的距离相比，一件事情的远近更容易同视觉记忆的强度相适应，正如人们在回忆昨日的梦境时，由于梦里什么都模糊不清，梦境便显得比几年前发生的事更为遥远。不过，尽管对阿尔贝蒂娜已死的想法在我心里已有了进展，认为她还活着的感觉却仍然会回潮，这种回潮即使不阻挡那些进展，也会抵制它而且妨碍它成为有规律的进展。我如今才明白在那个时期（无疑因为忘记了她被禁闭在我家的时日，这些时日消除了我为她的过失而感到的痛苦，因为我知道她没有犯这些错误，所以这些错误便似乎与我不大相干了，于是这些时日就变成了她清白无辜的证据），我老受到一个新想法的折磨，这想法和阿尔贝蒂娜已死的概念（直到那时我思想的出发点都是她还活着）同样新奇，我原以为我恐怕同样不可能接受这新的想法，可是在我不知不觉间这想法倒逐渐构成了我意识的基本内容，从而代替了认为阿尔贝蒂娜清白无辜的考虑，这新的想法便是：阿尔贝蒂娜有过失。我自以为我在怀疑她时，我反而是在相信她；同样我想象我在对她的罪过持怀疑态度时，我其他思想的出发点全都是相信她有罪，这种信念和与之相反的思想一样又往往被推翻。那段时间我无疑是非常苦恼的，不过我现在已明白事情原本应该如此。只有充分体验了痛苦才可能解除痛苦。我当时禁止阿尔贝蒂娜接触任何人，我幻想她清白无辜，和我后来又以她还活着作为推理的基础，这一切都只能延缓解除痛苦的时间，因为我这是在推迟早就应该忍受的必要而漫长的痛苦时日。然而习惯会起作用的，它会根据已经在我生活过程中受到过检验的规律让我适应阿尔贝蒂娜有过失的想法。正如德·盖尔芒特的姓氏已经不再意味着道旁睡莲盛开的公路和魔鬼希尔贝特教堂的彩色玻璃窗的魅力，阿尔贝蒂娜的存在也不再意味着那起伏的蓝色大海的魅力，斯万的姓氏、电梯和德·盖尔芒特公爵夫人以及其他许多事情对我来说也都失去了原有的意义和魅力，这种意义和魅力只给我留下了一个既简单而又被它们认为大到足以独自存在下去的字眼，好比一个人的到来是为了鼓动仆人干活，等仆人知道这点之后过几个礼拜他又抽身走了；与上述情况相同，习惯也会把阿尔贝蒂娜有过失的令我痛心的想法从我心里驱除出去。而且从现在到那时，好比从两翼同时进行的打击，在“习惯”的行动过程中两支同盟军一定会互相支持。阿尔贝蒂娜有过失的想法会变得更具可能性，更使我感到习惯，因此也会变得不那么令我痛心。然而另一方面，正因为它可能变得不那么令我痛心，对她有过失的信念提出的异议就可能一个接一个地被推倒，这些异议在我思想里产生也是受了我不过多受痛苦的愿望的启发；一个行动加速另一个行动，我相当迅速地从相信阿尔贝蒂娜无辜过渡到了相信她有过失。我只有在生活里接受阿尔贝蒂娜已死，阿尔贝蒂娜有过失的概念，这些概念才可能成为习以为常的事，即是说我才可能忘记这些概念而且最终忘记阿尔贝蒂娜本人。

我还没有达到这一步。有时我的记忆受到心智活动的刺激变得格外清晰——比如在我阅读时——从而勾起了我的伤心事；有些时候反而又是我的伤感受到担心暴风雨天气这类心态的引发，使我爱情史里的某些往事变得格外突出，格外明朗。

对死去的阿尔贝蒂娜的爱也可能在某段时间的间隙之后重新恢复，在这段间隙时间里我由于注意力的他属而变得对她漠不关心，比如在巴尔贝克她拒绝亲吻之后就有过这样一段间隙，在这段时间我更关心的是德·盖尔芒特夫人，是安德烈和德·斯代马里亚小姐，不过在我又经常看见她时我对她的爱便恢复了。然而，甚至在此刻，我对其他人的操心也可能导致分离——这次是同一个死人分离——在这样分离时她变得于我更加无关痛痒了。发生这一切只有一个缘由，那就是我仍然把她当作活人。即使在后来的日子里我不那么爱她了，这一点仍旧是我的一个愿望，这类愿望很容易使人感到厌倦，但抛开它一段时间之后它们又会重新找上门来。我追逐一个有生命的女人，接着是另一个，这之后我又回到我那死去的女人身边了。我在失去了对阿尔贝蒂娜明确的概念之后，某个姓名经常会不期然地闯进我内心里最模糊的区域去激起我痛苦的反应，我原来还以为这种反应不可能出现了呢，这就像你往一个头脑已不能思考的死人身上插进一根针去时他的某个肢体还会痉挛一样。长期以来，这种刺激是那么吝于光顾我，以至于我在无意中竟主动去寻找机会使自己悲伤，使自己妒性发作，借此重新和往昔发生联系，以便更清晰地追忆她。原因是，对一个女人的相思其实就是复苏了的爱情，而这种复苏了的爱情又同样受到爱情法则的制约，因此我的相思力增强的原因也就和阿尔贝蒂娜在世时我对她的爱情加深的原因同出一辙了，而嫉妒和苦恼又列在这些原因的首位。然而最经常发生的是这些情况——因为一种疾病或一场战争延续的时间可能比最聪明最有远见的人估算的要长得多——总在我不知不觉间产生，而且它们对我的冲击如此之剧烈，使我只能考虑如何保护自己不致过分悲痛，反倒无暇顾及从中讨得某件可以回忆的往事了。

此外一个词甚至不必像“朔蒙”这个词一样和某种猜测[1]发生联系就能引起猜测，就会成为口令，成为打开通向往昔的大门的神奇“芝麻”，由于看够了这个往昔，你原已不再去考虑它，因

[1] 甚至两个不同名词共有的相同音节就足以使我的记忆——就像电工只需要最少的优质导体一样——重新建立阿尔贝蒂娜和我的内心之间的联系。——作者注

此严格来说你也就不再占有它了；你个人已去除了往昔这个部分，由于这种切除你以为你个人的人格也改变了原样，正如一个图形，失去了一角就等于失去了一边；比如有些句子里出现了某条街某条公路的名字而阿尔贝蒂娜又可能去那些地方，这些句子就足以体现一种潜在的但并不存在的猜疑心，让它去寻觅实体，寻觅处所，寻觅某种具体的固定办法，某种特定的实现方式。

有时这种“重新恢复”，这种梦境的“重新演奏”干脆趁我睡觉时到记忆这本书里一举翻过许多页，于是一页一页的日历将我带到，使我倒退到痛苦的但已很久远的印象里去，这些早就让位给别种印象的印象又变得历历在目了。这印象通常总是和一切笨拙而激动人心的演出同时出现，这演出给我以假象，使我耳闻目睹从此以这一夜为起点的一切。而且在爱情史里，在爱情与遗忘做斗争的历程里，梦所占的位置比醒着更为重要，梦从不考虑时间上的极细微的划分，它取消所有的过渡状态，使巨大的反差变成对立，它在刹那间打乱我们在白天缓慢完成的安慰性的工作，在夜里安排我们和那一不见面就可能忘怀的人儿幽会，不是吗？因为，无论怎么说，我们在梦里总可以得出一切皆真的印象。只有从我们白天的感受里找出的原因才能说明这一切是不可能的，而这种感受在做梦时又是我们看不到的。因此这种不可能的生活在我们眼里似乎就成了真实的。但有时由于使演出归于失败的内部照明不足的毛病，我那成功地搬上舞台的回忆便使我产生了真实生活的幻觉，我真以为我曾经约过阿尔贝蒂娜幽会，以为我找到了她；可是我又感觉到不可能向她走过去，不能出声地把我准备向她说的话说出来，也不能为看清她而重新点燃那已经熄灭的小火把：这种不可能性在我的梦里无非是睡眠者的动弹不得，说不出话，看不见物，就像你猛然看见幻灯里出现了大片的阴影把舞台人物抹去，这阴影本来是应该被遮住的，这片阴影就是幻灯本身的影子，或者是操作人员的影子。有时，阿尔贝蒂娜出现在我的梦里，她又想离开我，这次她的决心却没有能触动我的心。原因是一缕令人警觉的光可能已从我的记忆透进了黑暗的睡梦里，这种光一经停留在阿尔贝蒂娜身上便使她未来的行动，使她宣布的出走失去了全部的重要性，这光就是她已经死了的概念。然而阿尔贝蒂娜已死的记忆往往在更清晰的情况下甚至也会和她还活着的感觉相结合而并不推翻这种感觉。我同她谈话，在我谈话时外祖母在房间尽头走来走去。她的下巴颏儿已有一部分碎成碎片掉在地上，俨如一尊已经毁损的雕像，而我却丝毫不觉得这其中有什么异常之处。我对阿尔贝蒂娜说我有问题要问她，是关于巴尔贝克淋浴场和土兰的某个洗衣女的事，不过我把这事放在以后再谈，因为我们有的是时间，没有必要着急。她保证说她没有干坏事，只不过昨天吻过凡德伊小姐的嘴唇。“怎么？她在这里？”“是的，而且这会儿我就该离开您了，因为我一会儿就得去看她。”阿尔贝蒂娜死后我一直没有像她在世的最后一段时间那样把她禁闭在我家里，所以她看望凡德伊小姐的事使我有些担心。我又不想让她看出我的担心。她告诉我她只不过吻过凡德伊小姐，可是她也许又在撒谎，就像她过去对一切都矢口否认一样。过一会儿她恐怕就不会只满足于吻一吻凡德伊小姐了。当然，按照某种观点我如此烦恼是没有道理的，因为据说死人什么也感觉不到，什么也不能做。大家尽管这么说，我的外祖母死后却还是继续生活了好几年，而且此刻还正在房里走来走去。当然，我一旦醒来，这死人继续活着的想法会变得让我既无法理解也无法解释。然而我这种想法在做梦的荒唐的短暂时刻却出现了那么多次，我终于和它熟悉了；如果梦境反复出现，对梦境的记忆就可能变得持久。我想，一个疯人今天即使已经痊愈而且恢复了理智，他恐怕也比别的人更容易理解他在自己精神生活的某个已过去的时期想说的话，他当时想对参观精神病院的人解释说，不管大夫如何看他，他个人并非失去理智的人，他把自己健康的精神状态和每个精神病人的疯狂的异想天开加以对比，结论说：“因此，瞧这人的神气和大家一样，你们一定以为他不是疯子，好！他就是疯子，他以为自己是耶稣基督，这不可能，因为我才是耶稣基督！”我的梦结束很久以后，我还在为阿尔贝蒂娜谈到的给凡德伊小姐的吻而苦恼，她的话仿佛还在我的耳际回响。这些话倒真的可能在我耳际回响过，因为这些话是从我自己口里说出来的。我一整天都在和阿尔贝蒂娜交谈，我询问她，谅解她，我向她谈那些在她生前我一直想对她说的事以弥补我对这些事情的遗忘。我突然害怕地想到我在回忆中提到过的人，我与之说了那一席话的人再也没有任何现实感了，那张面孔的各个不同的部分都毁灭了，原来也只是不断迸发的生的意志使这张面孔和人的脸孔相一致，如今这生的意志已经无影无踪了。

还有几次，我并没有做梦，一醒来我就感觉到我心中的风转向了，刮个不停的冷风是从另一个方向，从往昔的深处吹来的，它向我传来了遥远时刻的钟声，传来了我不常听见的启程的汽笛声。我试着抓起一本书。我再翻开我特别喜爱的贝戈特的小说。我觉得书里的人物挺讨人喜欢，我很快就入迷了，我开始像企盼自己的乐事似的盼望书中那个坏女人受到惩罚；当那一对未婚夫妻的幸福有了保障时我的眼睛都湿了。“那么，”我绝望地大声说道，“我那么重视阿尔贝蒂娜可能做出的事却不能从中得出结论说她个人是不可消除的真实存在，说我总有一天会在天上再看到与她在世时一样的她，而我却带着那么多的祝愿呼唤，那样急切地等待，而且带着眼泪欢迎一个只在贝戈特的想象里存在的人的成功，一个我并没有见过的，我可以随心所欲地想象其面孔的人的成功！”小说里也还有些迷人的少女，有情书，有寂静无人的供人幽会的花园小径，这一切都在提醒我说人是可以秘密谈情说爱的，于是我的嫉妒心又被唤醒了，就好像阿尔贝蒂娜还可能去幽径散步似的。书中还描写了一个男人在五十年后重见了他在青年时代爱过的女人，他认不出她了，他在她身边感到厌倦。这又提醒我爱情是不可能天长地久的，这使我感到震惊，仿佛我命中注定必须和阿尔贝蒂娜分手而到晚年再见她时又必然会冷漠无情似的。倘若我瞥见一幅法国地图，我惊恐的眼睛一定会设法避开土兰以免生出嫉妒心，为了避免不幸，我的眼睛也会躲开起码有巴尔贝克和东锡埃尔标志的诺曼底，我和阿尔贝蒂娜相偕走过好多次的道路就在这两地之间。其他的法国城市名称无非是可以看见可以听见的一些地名，在这些地名当中，比如说，图尔这个名字的构成似乎就和别的地名有所不同，它不是由非物质的形象而是由有毒的物质构成的，而这些物质又直接对我的心脏起着作用，加快它的跳动并且使这种跳动十分痛苦。如果说这种作用力可以扩展到另外一些名字上面，这些名字因而变得与别的名字有所不同，那么在我进一步考虑我自己的事而且只限于考虑阿尔贝蒂娜本人时，这作用于我的，任何女人都可能促其产生的不可抗拒的力量是梦境、欲念、习惯、柔情受到此起彼伏的痛苦和欢乐的必然干扰之后又互相接触互相糅合的结果，对这一点我怎能感到吃惊呢？这一切继续处于死亡状态，因为光记忆就足够支撑实际的生活，即精神的生活了。我想起阿尔贝蒂娜从火车车厢下来时曾说她想去圣马丁，这之前我还看见她把马球帽一直拉到她的脸颊；我又有了获得幸福的可能性，我向这种可能性冲过去，嘴里说："我们可以一道走，直走到甘贝莱，直走到阿方桥。"没有一个靠近巴尔贝克的车站不让我重新看见她，因此这片土地就好像保存下来的神话之乡，它使我感到那最古老、最动人而且被我后来的爱情消除得最彻底的神话变得又生动又令我感到痛楚。啊！如果将来某一天我还得睡到巴尔贝克的那张床上，那该是怎样难受的事，我的生活就像围绕一根不动的支轴、一根固定的棍子一样围绕着铜床架转动，演变，接连不断地给这张床嵌上诸如和外祖母欢快的交谈、外祖母死亡的恐怖、阿尔贝蒂娜柔情似水的抚爱、对她恶癖的发现等情节，如今又嵌上了一种新的生活，看见书柜玻璃上映出的大海我才明白阿尔贝蒂娜永远也不会走进这新的生活里来了！巴尔贝克的旅社不是很像外省剧院独特的住宅布景吗？多年来在这布景里演出过各种截然不同的戏剧，这布景曾为喜剧所用，为第一出悲剧所用，为第二出悲剧、为纯诗剧所用，巴尔贝克的这座旅社在我过去的生活里已有相当长的历史了，我生命中一个一个的新时期又总是在它的墙壁之间更迭着。墙壁、书柜、镜子这些仅存的部分还保持着原样，这使我更清楚地感到，总的来说，是这些东西以外的，是我自己发生了变化，这一点使我得出一种印象，而那些自以为悲观的乐观主义的孩子是不会有这种印象的：生活、爱情、死亡的秘密很谨慎，这些秘密并不去参与生活，爱情和死亡，人们会既骄傲而又苦痛地发现，年复一年它们本身已和他们自己的生活融为一体了。

我试着拿起报纸。

我憎恶读报，而且读报也并不是不伤人的。事实上，从我们的每一个念头里都会像从林中的岔道口一样生出许多不同的道路，因此每当我毫无思想准备的时候我都会面临新的回忆。福雷的乐曲名《秘密》使我忆起德·布洛伊亲王的《国王的秘密》，布洛伊的姓氏又使我想起朔蒙。耶稣受难日几个字使我想到“各各他”，从“各各他”[1]又想到这个字的词源，这个词似乎和“卡尔维蒙”同义，法语就是朔蒙。不过无论经过哪条路到达朔蒙，此时此刻我受到的打击仍旧是那么难以忍受，所以此后我想得更多的是避

[1] 各各他是 Golgotha 的音译，卡尔维蒙是各各他的意译即“髑髅地”。此地位于耶路撒冷西北不远的一座小山上，传说耶稣被钉十字架死于此地。

开痛苦而不是向朔蒙索取往事。这次打击之后不久，我的心智活动像雷声一样放慢了步伐，使我恢复了理智。朔蒙使我想到布特朔蒙[1]，邦当夫人曾对我说，安德烈经常偕阿尔贝蒂娜去到那里，而阿尔贝蒂娜却说她从未到过布特朔蒙。人到一定的年龄往事就在记忆里互相扰成一团，你想的事，你读的书几乎没有什么意义了。你到处插手，一切都硕果累累，一切又都险象环生，你可以在肥皂广告里像在帕斯卡的《思想录》[2]里一样发现许多珍贵的新东西。

像布特朔蒙这样的事我在当时自然认为无关宏旨，这事实本身对阿尔贝蒂娜不利，但与淋浴场女侍或洗衣女事件相比却远没有那么严重那样关键。然而首先，一件往事不期然地前来光顾我们时会在我们身上发现一种完整无缺的强大想象力，即是说在心情难受的情况下我们自己尽管有意开动脑筋回忆往事，我们却只是部分地运用了我们的强大想象力。再说这后一部分往事（淋浴场女侍和洗衣女）尽管在我记忆里已经模糊不清却自始至终都没有消逝，好比走廊里的家具，尽管周围光线昏暗人们什么也看不清，他们却总是避免碰到这些家具，我对这部分往事的回忆早已习以为常了。与此相反，长期以来我从不去想布特朔蒙，也不去想诸如巴尔贝克娱乐场里那面镜子照出的阿尔贝蒂娜的眼神，或

---

[1] 朔蒙，地名，位于法国上马恩省，在马恩河和绥策河之间。布特朔蒙是巴黎一个公园和风景区的名称。

[2] 布莱瑟 · 帕斯卡（1623—1662）：法国数学家、物理学家、哲学家、散文家。《思想录》集中反映了他的神学和哲学思想，在西方思想史上产生重要影响。

在德·盖尔芒特家晚会后的夜里我那样久等她而她迟到了却不做解释的事，我现在倒愿意去了解她生活中所有这些游离在我心田之外的部分，使它们和我的心水乳交融起来，在我心里与我真正占有过的心上人阿尔贝蒂娜留下的更为甜蜜的往事结合在一起。这些回忆撩开习惯的沉重面纱的一角（那使人愚钝的习惯在我们生活的全过程中几乎对我们掩盖了整个宇宙，而且在深沉的夜里挂着亘古不变的标签，用一种不产生任何乐趣的不疼不痒的东西去替换生活中最危险或最使人沉醉的毒药），像最初那样带着季节转换时的沁人心脾的清新气息，带着改变当今陋规的沁人心脾的清新气息回到我的脑海，这些回忆在我们领略乐趣方面也是如此，如果我们在初春的艳阳天里坐上汽车或者在旭日东升时走出家门，这些回忆会使我们兴奋而清醒地注意我们自己那些没有什么意义的行动，这样的兴奋和清醒会使这激越的一瞬远远胜过这之前的全部日子。我现在又处在从德·盖尔芒特公爵夫人家的晚会出来的那一刻了，我等待着阿尔贝蒂娜的到来。往昔的日子逐渐掩盖了它们之前的日子，而这些日子本身又被后来的日子淹没。然而每个过去的日子都会在我们身上积淀起来，就像储存在一个无比宽敞的图书馆里一样，在图书馆最古老的藏书里，总有一本是永远无人问津的。然而这过去的一天穿过后来的半透明的各个时代又会浮到表面，而且在我们身上伸展开去并覆盖我们全身，于是，一时间，姓氏恢复了原有的意义，人恢复了原有的面孔，我们也找到了我们当时的心灵，于是我们便带着隐约的但已变得可以忍受的悲哀，带着不可能持久的悲哀去感受长期未能解决而当时又使我们那么忧虑的问题。我们这个“我”是由我们一个接一个的状态叠合而成的。然而这种叠合又不像山的层叠一样永恒不变。无休无止的上升运动会使古老的地层露出表面。我又从德·盖尔芒特公爵夫人的晚会出来等待阿尔贝蒂娜了。那一夜她都做了些什么呢？她欺骗了我吗？同谁？即使我接受了埃梅揭露的情况，这也丝毫减少不了我对这个未能逆料的问题的忧憾参半的兴趣，就仿佛每个不同的阿尔贝蒂娜，每个新的回忆都会提出一个由特殊的嫉妒心引起的问题似的，解决其他问题的办法都不适合解决这些问题。

不过我希望了解的不仅是她和什么女人度过了这一夜，而且是她体会到那其中有什么样的特殊乐趣，那一刻她心里有什么样的感受。在巴尔贝克时，弗朗索瓦丝有时去寻找她，回来时她对我说她发现阿尔贝蒂娜靠在窗前，看上去忧心忡忡，东张西望，似乎是在等待什么人。就算我已得知被等的人是安德烈，那么阿尔贝蒂娜等待她时的思想情况，隐藏在她那忧心忡忡东张西望的眼神背后的思想情况又如何呢？对阿尔贝蒂娜来说这嗜好有什么样的重要性，这嗜好在她操心的事里究竟占据什么样的位置呢？唉！我想起了我自己每次见到一个讨我喜欢的姑娘时感到的激动，有时只听见有人说起她而并没有看见她我就操心如何打扮得漂亮些，如何突出我的优点而且冷汗淋漓了，因此我只需想象阿尔贝蒂娜也和我一样领略过充满快感的激动不安就够我苦恼不已了，这样做就好比借助仪器的神力，我的莱奥妮姑妈在医生来看了她的病而且对这种病是否存在表示怀疑时就曾希望发明这样一个仪器，使医生亲自体会病人全部的病痛以便更了解病人的痛苦。而这么一想我已经受到了相当大的折磨，我想，比起这些来，我和她之间关于司汤达和维克多·雨果的严肃谈话对她来说恐怕倒是一文不值的，我感到她的心已被别人吸引了，已经脱离了我的心归附到别处去了。然而她对这种欲念的重视和围绕这种欲念所做的谨慎的安排都未能使我明了这欲念究竟属于什么性质，进一步说，她自己在考虑这欲念时又认为它是什么性质。在身体的病痛方面我们起码不必去选择自己的痛苦。疾病先决定这种痛苦然后才强加给我们。然而在嫉妒方面我们却必须首先以某种方式去尝试各种各样的大小不等的痛苦，然后才能选择可能对我们合适的痛苦。轮到这后一种痛苦时，我们感觉到我们所爱的人同我们之外的人相处更快活，这些人给她的感受是我们不可能给她的，或者起码这些人的轮廓、形象、举止向她展现了与我们截然不同的东西，我们这时的尴尬处境变得何等严峻！啊！阿尔贝蒂娜怎么没有爱圣卢！真爱了，我恐怕还不至于这么苦恼呢！

我们当然并不清楚每个人的特殊感觉，但出于习惯我们甚至不明白我们不清楚，因为别人的这种特殊感觉与我们毫不相干。至于阿尔贝蒂娜，她的这种感觉却如何能决定我是不幸或是幸福；我清楚知道她这种感觉是我所不熟悉的事，而这不熟悉本身就已经使我苦恼了。阿尔贝蒂娜感受的这种我所不熟悉的欲念和乐趣，我有一次产生幻觉以为看见它们了，在另一次幻觉里又以为听见它们了。阿尔贝蒂娜死后那段时间安德烈来过我家，我当时就看见了这些欲念和乐趣。她第一次来我家时我觉得她似乎挺美，我想她那一头几乎是天生的短短的鬈发，她那双带黑眼圈的忧郁的眼睛，这无疑是阿尔贝蒂娜心爱的东西，是她情思昏昏时瞩目的东西在我面前的显形，是她那么急切地想从巴尔贝克赶回来那天她用自己充满欲念的、带预感的眼睛看见的东西的显形。我好像看见了一朵不知名的黑色的花，一朵从某个人的坟墓那边给我送来的花，而我在那边是发现不了这朵花的，我像看见意想不到地挖掘出来的珍贵圣物似的看见了由安德烈来我面前为我体现出来的阿尔贝蒂娜的“欲念”，就像维纳斯体现朱庇特的欲念一样。安德烈悼念阿尔贝蒂娜，但我立即感到她并不想念她的亡友。死神迫使她离开了女友，她似乎很轻松地拿定主意和女友彻底分手了，阿尔贝蒂娜在世时我可不敢向她提出这种彻底分手的要求，因为我害怕安德烈会不同意。她现在似乎反倒轻而易举地接受了放弃女友的要求，而这种放弃恰恰又是在对我没有什么好处的时候做出的。安德烈为我抛弃了阿尔贝蒂娜，可惜是亡故的她，对我来说她不仅失去了生命而且事后回想起来她还失去了她过去存在的某些真实性，因为我看清了她于安德烈并不是不可或缺的、独一无二的，安德烈可以让别的人代替她。

阿尔贝蒂娜在世时我可不敢要求安德烈对我披露隐情谈她和阿尔贝蒂娜之间以及她们和凡德伊小姐的女友之间友谊的性质，因为我不敢肯定到头来安德烈是否会把我的话告诉阿尔贝蒂娜。如今这样的询问即使毫无结果，起码也不会有危险了。我向安德烈谈到，不是以询问的口气而是以我似乎向来就知道，也许是通过阿尔贝蒂娜而知道的口气谈到安德烈自己对女色的嗜好以及她同凡德伊小姐的个人关系。她毫无难色地承认了一切，而且笑盈盈的。从她的承认里我可以得出令我苦恼的结论：首先，安德烈在巴尔贝克对不少姑娘那么亲切那么卖弄风情可能没有引起任何人怀疑，而她自己却毫不否认她有那些习惯，以此类推，我在重新认识这个安德烈的同时也满可以想到阿尔贝蒂娜同样可能轻而易举地向我之外的任何人，任何她感到正在嫉妒的人坦白承认她自己的那些习惯。其次，安德烈曾经是阿尔贝蒂娜最好的朋友，而且也许正是为了她阿尔贝蒂娜才特意从巴尔贝克赶回来，既然现在安德烈已经承认了她的嗜好，我思想上必然得出结论认为安德烈和阿尔贝蒂娜总是同时在一起发生这类关系的。当然，就像在外人面前人们总是不敢看这个人为他带来的礼物是什么，他得在馈赠者走了之后才去揭开盖子，因此只要安德烈还在这里，我就不会在自省中去审视她带给我的痛苦，我明显感到这种痛苦已经在我的神经和心脏这些服务器官里引起了严重的纷乱，只是因为我受过良好的教育，我才能装作没有发现这些混乱，反倒和这个少女最亲切不过地聊天，我把她当作客人，所以没有把注意力从她身上转移到我内心的意外变化上去。听见安德烈谈到阿尔贝蒂娜时说出的这句话我感到格外难受：“噢，是的，她喜欢我们一道去舍夫勒斯山谷散步。”我仿佛觉得是安德烈事后在她和阿尔贝蒂娜散过步的那模糊而且似乎不存在的天地恶狠狠地造出一个令人诅咒的山谷加进了上帝的创造里。我感到安德烈即将向我和盘托出她和阿尔贝蒂娜的所作所为，而出于礼貌，出于狡猾，出于自尊，也许出于感激，我又竭力使自己显得越来越亲切，与此同时我能给阿尔贝蒂娜是无辜的这个概念让出的空间却越来越缩小了，我似乎发现我无论做出多大的努力，我仍旧显出了即将被抓获的动物特有的那种发呆的状态，而在这只动物的周围，令它慑服的鸟已缓缓地缩小了它回旋飞翔的圈子，它从容不迫是因为它有把握在必要时追上它的牺牲品而且这牺牲品再也不可能逃出它的爪子了。不过我仍旧注视着安德烈，而且带着残存的诙谐、自然和信心十足的神气，这种神气正是那些想装出不怕别人盯着他们使他们入迷的人特有的，我插进这么一席话："我怕惹您生气所以从没有对您说过这些，不过现在我们既然轻松地谈到了她，我也就可以对您说我早知道了您和阿尔贝蒂娜这种性质的关系，再说尽管您已经知道，告诉您这事仍旧会使您高兴：阿尔贝蒂娜非常爱慕您。"我告诉安德烈如果她愿意让我看看她（哪怕只看看她们怎样抚爱，在我面前做这个动作恐怕不会使她太为难），同阿尔贝蒂娜那些有此嗜好的女友们如何动作，那一定颇富奇趣，我点了罗斯蒙德、贝特以及所有阿尔贝蒂娜的女友的名，以便从中弄个明白。"我不但绝不在您面前做您说的那种事，"安德烈回答我说，"而且我也不相信您说的那些姑娘有这种嗜好。"我情不自禁地靠近吸引我的魔鬼，回答说："怎么！您总不至于想让我相信在你们那一帮子里您只和阿尔贝蒂娜一个人干过这事吧！""可我同阿尔贝蒂娜也从没有干过。""瞧您，小安德烈，干吗否认我起码在三年前就已经知道的事呢？我并不认为这有什么坏处，恰恰相反。对了，那天晚上她那么想第二天和您一道去维尔迪兰夫人家，您也许还记得……"我还没有把话说完便看见安德烈的眼睛里掠过一丝忧虑，忧虑使这双眼睛棱角毕露，俨如珠宝工人也难于利用的满是棱角的宝石，这就好比那些享有特权的人在演出开始之前撩开一角帷幕随即闪身躲开以免被人瞅见。这忧虑的目光一消失，一切又复归正常，然而此刻我已经意识到我再看见的一切都只可能是对我假装出来的了。这时我从镜子里看见了我自己；我吃惊地发现我和安德烈之间有某种相似之处。如果我不是早就停止刮胡须了，如果我只留下一丁点胡楂，这种相似真算得上是毫无二致了。在巴尔贝克时，阿尔贝蒂娜也许正是看见了我刚长出来的胡子才突然急不可耐地渴望回到巴黎的。“可是总不能只因为您不认为这有什么坏处我就承认并不存在的事吧。我向您起誓我和阿尔贝蒂娜什么也没有干过，而且我相信她厌恶这种事。告诉您这件事的人是在骗您，也许是为了什么私利。”她带着询问和不信任的神气说。“那好吧，既然您不想对我说。”我答道，宁可做出不想提供任何证据的样子，再说我也并没有掌握什么证据。不过为了碰碰运气我还是含糊地说出了布特朔蒙这个地名。“我可能和阿尔贝蒂娜去过布特朔蒙，难道那是一个特别糟糕的去处不成？”我问她能不能和希塞尔谈谈这事，因为此人有一段时间和阿尔贝蒂娜特别熟。然而安德烈宣称希塞尔刚刚对她做了一件极无耻的事，去求此人帮忙是她永远不会为我效劳的唯一的事。“您如见到她，”她补充说，“别把我对她的议论告诉她，没有必要树敌。她很清楚我对她的看法，但我还是宁愿避免和她闹得太僵，闹僵了倒反而只能和解了，而且她是会伤人的。您会明白，只要看了我一周前收到的那封信，看她在信里怎样背信弃义地撒谎，世上无论什么东西，连最漂亮的行为也抹不掉这件事留下的记忆。”总之，如果说安德烈的这种嗜好强烈到不加掩饰的程度，而阿尔贝蒂娜对她又怀着那么热切的爱，她也的确怀着那样的爱，尽管如此，安德烈却并没有和阿尔贝蒂娜发生过肉体关系而且不知道阿尔贝蒂娜有这类嗜好，那准是因为阿尔贝蒂娜根本没有这种嗜好，也没有和任何人发生过这种关系，她即使想和女人发生关系，她也一定宁愿和安德烈而不愿和别的女人，因此安德烈一走，我就发现她那斩钉截铁的断言已经使我平静了下来。可是她这样做也许是受责任感的驱使，因为她还没有忘记阿尔贝蒂娜，她认为不让别人相信阿尔贝蒂娜在世时无疑曾要求她否认的事是她对死者义不容辞的责任。

我在凝视安德烈时曾一度相信自己看见了我一而再，再而三地变着法儿臆造出来的阿尔贝蒂娜的那种乐趣，还有一次我竟以为我不是用眼睛看，而是用耳朵听见了她在寻乐。在一家妓院我命人叫来两个洗衣女，她们都住在阿尔贝蒂娜经常光顾的那个街区。她们一个抚摸着另一个，另一个突然发出一种我乍一听根本分不清是什么样的声音，因为我们永远也不会确切理解出自我们从没有体验过的某种感受的奇特而又极富表现力的声音的含义。如果你在隔壁听见一种声音而又什么也没有看见，你可能会把给病人施行无麻醉手术时病人疼极而发出的声音当成狂笑；如果告诉一位母亲说她的孩子刚死了，她发出的声音也会被不知底细的人认为像禽兽或竖琴发出的声音一样很难用人类的语言加以说明。需要一段时间才可能理解，从我们自己的性质不同的体会加以类推，这两种声音所表达的东西我们都称作痛苦，我同样也需要时间才可能理解，同样从我个人截然不同的亲身体会加以类推，我可以管前述那姑娘发出的声音叫快乐；而这种快乐一定得非常非常强烈才可能使领略这种快乐的人激动到如此程度，才可能引出别人不懂的那种语言，那种语言仿佛在指明和评论那年轻女人经历的趣味无穷的事情的每个阶段，不过一幅永远拉下的帷幕在我眼前已把这趣味无穷的事全部遮住了，除她以外所有的人都不会知道每个轻佻女人神秘的内心世界里所发生的一切。而且这两个小姑娘什么也谈不出来，她们根本不知道阿尔贝蒂娜是谁。

小说家们经常在小说前言里声称他们在某个国家旅行时遇到了某个人，此人向他们讲述了某个人的一生。于是他们让这位邂逅的朋友出来说话，这个人向他们讲的故事正好就是他们的小说。比如法布利斯·代·唐戈的生平是巴杜的一个司铎对司汤达讲述的。写我们堕入情网时，即是说当另一个人的生活让我们感到神秘莫测时，我们多么希望能找到这样一个熟知内情的讲述人啊！而且肯定有这样的人。我们自己不也常常不痛不痒地向朋友或向外人讲述某个女人的生平，而听讲的人尽管对这女人的爱情一无所知不也听得津津有味吗？我对布洛克讲德·盖尔芒特公爵夫人，讲斯万夫人时，我是作为男人讲的，能够对我讲阿尔贝蒂娜的男人也有，这样的人永远存在……然而我却始终见不到他。我觉得如果我能找到认识她的女人，我也许能打听到我不知道的一切。不过，局外人似乎会以为谁也不可能像我那样了解她的一生。我不是连她最好的朋友安德烈都很熟悉吗？因此，人们以为部长的朋友一定会知道某些事件的真相或者他一定不会被牵连到某个案子里去。而这个朋友也只是在把部长磨得精疲力竭时才终于明白，每次他和部长谈论政治时部长都只泛泛地议论一番，最多说一些报纸上的东西，有时，这朋友遇到了麻烦，他一而再，再而三地走部长的门路，而每次得到的回答也只是“这不是我权限以内的事”，朋友自己对此也无能为力。我想：“我要是认识某些见证人该多好！”如果我真认识这些人，我从他们那里得到的情况也不会比安德烈提供的多，她本人才是秘密的知情人呢，只不过她不愿意披露罢了。在这方面我又和斯万有所不同，他一旦停止嫉妒，便对奥黛特同福什维尔的所作所为毫无兴趣了，而我甚至在我的嫉妒心已经湮灭时还认为世上最具魅力的事仍旧是认识阿尔贝蒂娜的洗衣女和她所在街区的其他姑娘，仍旧是去她们那里重新恢复她的生活情景和与她们之间的暧昧关系。由于欲求总是来源于先期的幻觉，而我对希尔贝特，对德·盖尔芒特公爵夫人的欲求也是如此，因此在阿尔贝蒂娜曾经生活过的街区，我要寻找的仍旧是和她的身份相同的人，我希望插手此事的人只可能是她们。即使她们并不能向我提供任何情况，我觉得正在吸引我的这些女人反正是阿尔贝蒂娜认识的或可能认识的，是和她同等身份的人或她喜欢的圈子里的人，总之是让我产生幻觉认为与阿尔贝蒂娜相似或阿尔贝蒂娜可能喜欢的那类女人。在她可能喜欢的那一类女人中首推平民阶层的姑娘，原因是她们的生活与我熟悉的生活是那样大异其趣。我们无疑只有通过思维活动才能占有一些东西，并不能说一幅画因为挂在你的饭厅，即使你并不理解它你也占有了它，也不能说因为你住在一个地方，你即使没有看过它一眼它也属于你。不过我从前倒真有过幻觉，以为既然阿尔贝蒂娜来巴黎看望我而且我也把她抱在了怀里，我就重新获得了巴尔贝克；同样，我拥抱了一个女工我就以为我和阿尔贝蒂娜的生活取得了联系，尽管是有限的偷偷摸摸的联系，就以为我接触了作坊的气氛，听见了柜台前的闲聊，了解了又脏又乱的房间的生命力之所在。安德烈，还有其他那些女人，她们比之于阿尔贝蒂娜——有如阿尔贝蒂娜本人和巴尔贝克相比——都是互相代替而且不断减弱的乐趣的代用品，它可以使我们放弃再也得不到的乐趣，如去巴尔贝克旅行或阿尔贝蒂娜的爱，也可以使我们放弃另一些乐趣（如去卢浮宫欣赏提香的肖像以安慰去不成威尼斯的遗憾），这些乐趣又分成极细微的不同层次，使我们的生活变得像是一系列的区域，这些有向心力的，互相毗连、互相协调又逐渐失去光彩的区域的中心有一个最初的欲念，这欲念定下了色调，排除了与它不相融合的东西，表现了主色（我也有过这种经历，比如和德·盖尔芒特公爵夫人以及希尔贝特）。安德烈也好，这些女人也好，对我明知不能实现的愿望，即身边有阿尔贝蒂娜的愿望来说，就好比有一天晚上——那时我只觉得阿尔贝蒂娜面熟但还不认识她——我认为永远不可能实现让一串葡萄上起伏而凉爽的阳光移到我身边的愿望一样。因此无论我追忆的是阿尔贝蒂娜本人或者是她无疑十分偏爱的那类人，这些女人都会引起我一种难以忍受的嫉妒或懊恼之情，这以后，当我悲伤的心情平静下来时，这种感情就变成了不无魅力的好奇心。

过去阿尔贝蒂娜的体貌和社会地位方面的特点并没有妨碍我去爱她，如今她的这些独特之处和我的爱情回忆联系在一起，反而把我的欲念引向它以前最不可能自发选择的姑娘，即出身小资产阶层的褐发女郎。诚然，有一种东西又在我心中开始部分复苏，那是一种在我对阿尔贝蒂娜的爱情中没能得到满足的强烈渴求，一种想了解生活的强烈渴求，这种渴求，以前不管是在巴尔贝克的公路上，还是在巴黎的街道上，我都感受到过，而且当我猜想阿尔贝蒂娜心中也怀有同样的渴求，因而千方百计要让她无法和别人只能和我一起去满足时，它曾经使我那么痛苦。现在我已经能够忍受阿尔贝蒂娜也有欲念这一想法了，而且我自己每生欲念这个想法便随之而来，两人的欲念互相吻合，于是我想我俩要是能一道寻欢作乐该多好。有时我对自己说“这个姑娘也许会招她喜欢”，思路这么猛然一转我便想到她，想到她的死，顿时悲从中来，再也无心继续考虑我的欲念了。过去我对乡村的喜爱是基于我对梅塞格利丝一带和盖尔芒特一带风光的欣赏，倘若一个地方没有古老的教堂，没有矢车菊和毛茛花，我便不会觉得它有什么特别迷人之处；同样，对阿尔贝蒂娜的爱情之所以会引导我专门寻求某种类型的女人，正是因为这爱情在我心中把她们和一种富有魅力的过去联系在一起；我又像爱上阿尔贝蒂娜之前那样，需要她的“谐音”来代替我回忆中的她，这种回忆的排他性已逐渐弱化了。现在我大概不会喜欢与一位高傲的金发公爵夫人为伴，因为这类女人不可能在我身上引发阿尔贝蒂娜能激起的那种心灵的悸动，也不能引发我对阿尔贝蒂娜的欲望，对她另有所爱的妒忌，以及对她的死所感到的悲哀。我们的感觉要想强烈就必须激发某种与其相异的东西，一种情愫，这种情愫不以肉体的欢愉为满足，却又使肉欲增长、膨胀，达到与肉体的欢愉难分难解的程度。阿尔贝蒂娜对某些女人可能有过的恋情渐渐不再令我痛苦，同时逐渐成为这些女人和我的过去之间的纽带，赋予她们某种更真实的东西，正如对贡布雷的回忆使毛茛花、山楂花比其他后来看到的花儿在我心目中更具真实感。甚至对待安德烈也是如此，我不再恨恨地想："阿尔贝蒂娜爱过她！"相反，为了替自己的情欲辩解，我还充满柔情地想："阿尔贝蒂娜不也爱她吗？"现在我才理解那些鳏夫，人们以为他们娶上小姨子便得到了安慰，其实他们恰恰以此证明他们的心是无法慰藉的。

我与阿尔贝蒂娜的爱情既然正在结束，我似乎可以另求新欢了，而阿尔贝蒂娜则替我的新欢增颜添色，一如蓬巴杜夫人为路易十五的新宠梳妆打扮，有些女人就是这样，她们原先凭着自身的力量长时期受到钟爱，后来感到情人对她们的兴趣渐渐淡薄，便满足于充当中间人的角色，以此来保持自己的影响。早先，我的时间分成若干阶段，在这一阶段喜欢这个女人，在另一阶段又喜欢另一个女人。从一个女人那里得到的强烈快乐平息后，我便想从另一个女人那里得到一种如水的纯情，待到需要更为老练的爱抚时我又重新渴望第一个女人。如今，这种交替往复已经结束，至少其中的一个阶段正在无限期延长。现在我所期望的是，新的女友能住在我家，每天晚上离开我之前给我一个姐妹式的吻。若不是我已体验过另一个女人待在我身边是多么令人难受，我会以为自己留恋的是一个亲吻而不是某种嘴唇，是肉体的快乐而不是爱情，是一种习惯而不是某一个女人。我还期望新的女友能像阿尔贝蒂娜一样为我弹奏凡德伊的曲子，像她一样和我谈论埃尔斯蒂尔。然而这都是不可能的事了。于是我想，她们的爱都抵不上阿尔贝蒂娜的爱；也许是因为，当一种爱情附带许多插曲，诸如一道参观博物馆，一道听音乐会，总之当它构成全部错综复杂的生活，为通信和谈话提供了内容，当两人的关系以调情为开端，后来又发展成为庄重的友谊，这种爱情自然比那种只会奉献身体的女人的爱情丰富得多，正如一支乐队的表现力要比一架钢琴的表现力丰富得多；更深一层的原因也许是，我需要阿尔贝蒂娜给予我的那种温情，也就是一个既有相当文化素养又像妹妹一样的姑娘给予的温情——正如我需要与阿尔贝蒂娜有着相同的社会出身的姑娘一样——只不过是我对阿尔贝蒂娜本人以及对我俩爱情的缅怀。于是我再一次感到，首先，回忆是没有创造力的，它所向往的不可能比我们曾经拥有过的更多，甚至也不可能更好；其次，回忆是一种精神活动，现实不可能为它提供它所寻求的状态；最后，当回忆源于某个死去的人时，它是死者在我们心中复活的体现，人们以为它意味着我们重新渴望爱，其实它更意味着我们重新渴望那离我们而去的人。因此，甚至我所选择的女人与阿尔贝蒂娜之间的相似，她对我的温情与阿尔贝蒂娜的温情之间的相似，如果有可能相似的话，也只会使我更深切地感到，我不自觉地寻觅过的东西，我的幸福的再次降临所不可或缺的东西，也就是说阿尔贝蒂娜本人，我们在一起生活的那段时光，我一直不自觉地寻找着的过去，这一切已经不复存在了。

是的，在晴朗的日子里巴黎街上那数不清的少女使城市看上去如花团锦簇，她们并不是我想要的姑娘，但她们与阿尔贝蒂娜的难以了解的欲望和她远离我而度过的那些夜晚有着根深蒂固的关系。她们中间有阿尔贝蒂娜早先对我还不存戒心时提到过的某一位：“真迷人，这个小姑娘，她的头发多漂亮！”过去我和阿尔贝蒂娜还只是面熟时对她的生活就曾抱有很大的好奇心，另一方面，我自己对生活也怀有种种欲望，现在，这二者合成唯一的好奇心，那就是想知道阿尔贝蒂娜是如何感受快乐的，想看见她和别的女人在一起的情形，也许因为这样，等那些女人一走，她身边就剩下我一个人，我便成了她最后的情人同时也是她的主宰。看到她犹豫不定不知是否值得和这个或那个女人共度夜晚，看到她在那个女人走后的餍足或是失望，也许我能更好地理解我对她的嫉妒，并能把这种感情控制在适当的分寸以内，因为我既已看到她如何感受快乐，便能估量出她快乐的程度，也能发现她快乐的限度。

我常想，由于阿尔贝蒂娜始终矢口否认自己的趣味，她使我们失去了多少快乐和多么美妙的生活啊！我又一次寻思她如此固执的原因，突然忆起了有一天在巴尔贝克她给我一支铅笔时我对她说过的一句话。我责怪她没让我吻她，并说我认为我吻她是最自然不过的事，正如我认为两个女人之间产生爱情关系是最下流不过的事。唉，也许她记住这句话了。

我把一些过去我最不可能喜欢的姑娘带回家来，我抚平那像圣母一样向两边分梳的头发，欣赏那线条优美的小鼻子，或西班牙女人似的苍白肤色。是的，我早就感到，即使对巴尔贝克公路上或者巴黎街道上我仅仅偶然瞥见的女人，我的欲望也是极富个性的，如果希图以另一个对象来满足这种欲望，那就是对它的歪曲。但是生活又让我逐步发现我们对爱的需要是不会终止的，从而告诉我失掉了所爱的人就只得以另一个人填补，我以为我希望从阿尔贝蒂娜那儿得到的东西，也许另一个女人，比如德·斯代马里亚小姐，也能给我。然而阿尔贝蒂娜毕竟是阿尔贝蒂娜；我对温情的需要的满足和她的肉体的特点之间已织成了错综复杂的回忆之网，再也无法厘清，以至于每当我需要温情时，对阿尔贝蒂娜肉体的回忆便如附丽之物相随而至，难以分开。只有她才能给我这种幸福。认为她是独一无二的看法和过去我对过路女人的看法不一样，它不是从阿尔贝蒂娜的个人特点得出的形而上学的*先验之谈*，而是一种*经验之谈*，是由那些偶然地却又不可分离地交织在一起的回忆构成的。我不能不在渴望爱抚时也渴望她，并因失去了她而难过。所以，连我选择的女人以及我想得到的温情与我体验过的幸福之间的相似之处也只能使我更深切地感到，前者总缺少点什么，故而我的幸福是不可失而复得的了。自阿尔贝蒂娜走后我一直因人去楼空而怅然，也曾以为怀里拥着其他女人就能填补这种空虚，然而我在她们身上得到的还是空虚。她们从不跟我谈凡德伊的音乐，也不谈圣西门的回忆录，她们来看我时身上没洒那种香味过分浓郁的香水，她们也不拿自己的睫毛和我的睫毛相厮磨来取乐，而这些都是重要的事，因为它们似乎能激发与性行为本身有关的遐想，从而产生爱的幻觉，实际上因为它们是我对阿尔贝蒂娜回忆的一部分，因为我希望找到的是她。阿尔贝蒂娜具有的东西这些女人也有，这只能使我更痛切地感到阿尔贝蒂娜具有而这些女人所缺乏的东西，也就是说一切的一切，而这一切的一切将永远不复存在，因为阿尔贝蒂娜已经死了。这样，我对阿尔贝蒂娜的爱把我引向这些女人，随后又使我对她们失掉兴趣，我对阿尔贝蒂娜的怀恋，我那经久不减的妒忌心，这些感情持续的时间之长已超过了我原先最悲观的估计，但是如果它们的存在脱离了我生活的其他部分，仅仅受我那些回忆的支配，受这种适用于静止状态的心理学所谓的作用与反作用的影响，而没有被牵进一个更广阔的系统，在这个系统里心灵可以在时间的长河里活动，犹如物体可以在空间运动一样，那么，这两种感情大约永远不会如此变幻无穷。

正如空间有几何学，时间也有心理学，把平面心理学的计算用于时间心理学，计算就可能不准确，因为不会考虑时间这一因素，也不会考虑时间的表现形式之一，遗忘；我开始感到遗忘的力量，它是我们适应现实的一种强有力的手段，因为它慢慢摧毁尚活在我们心中并经常与现实相冲突的过去。其实我早该料到，总有一天我会不再爱阿尔贝蒂娜。她本人以及她的行为对于我是举足轻重，而对于别人并非如此，从这两者的差别中我悟出了一点：我的爱情与其说是对她的爱，不如说是我心中固有的一种感情，我本可以从我的爱情的这种主观性推断出种种后果；我应当知道，这种爱既是一种精神状态，当然可以在被爱的人死后很久仍然存在，但是，我也应当知道，爱情由于和被爱的人不再有任何真正的联系，由于在自身以外没有任何支柱，它也和任何精神状态甚至和最持久的精神状态一样，总有一天会成为无用之物，会被“替代”，到那时，把我和我对阿尔贝蒂娜的回忆那么甜蜜、那么牢固地维系在一起的一切对我来说就不复存在了。人们在我们头脑里只是一套套极易磨损的版画，这是人们的一大不幸。正因为如此，我们对他们抱有很多打算，其炽烈的程度不亚于思念的炽烈。然而思念会疲乏，回忆会消亡，于是总有一天，我会心甘情愿把阿尔贝蒂娜的房间让随便哪个女人住，正像我曾经把希尔贝特送给我的玛瑙弹子或其他礼物送给了阿尔贝蒂娜而丝毫未感到伤心一样。

这并不是说我不爱阿尔贝蒂娜了，不过已不是后期的那种爱法；而是早期的那种爱法，早期，一切与她有关的，不论是地点还是人物，都使我好奇，这种好奇包含的魅力大于痛苦。确实，我现在深深感到，要完全忘掉她，要回到原先我与她毫不相干时的状况，像旅行者由原路回到出发点那样，我就得先经过达到热恋之前所经历过的各个感情阶段，只是运动方向与原来相反。然而这些阶段，这些过去的时刻并不是凝固不动的，它们保留了人们对未来尚一无所知因而充满希望时的幸福之感，以及希望所蕴含的了不起的力量，这希望在当时奔向未来的某一时刻，如今这时刻已成过去，可是回顾往事时，幻觉会使我们在一瞬间把它当成未来。比如我读一封阿尔贝蒂娜的信，信中说她晚上来看我，于是我刹那间感到了有所期待的快乐。人们由原路从一个今后不会再去的地方返回时，往往对去时经过的每一站的站名、面貌都记得一清二楚，于是可能发生下面这种情况：我们在某一站停下，突然会产生一种错觉，仿佛自己又朝着去时的方向出发了。虽然错觉倏忽即逝，但在那一瞬间，我们感到自己被重新带回那个地方，这就是回忆的残酷之处。

然而，如果说人们在回到起初的漠然状态之前，免不了要以终点为起点逆向走完爱情之路的全程，但所走的路程、路线却不一定与去时完全一样。两条路线的共同点在于它们都不是直线，因为爱情与遗忘的进展都无一定之规。但它们不一定取同样的路，我的回程在接近终点时分四个阶段，我记得特别清楚，大概是因为在这几个阶段我发现了一些游离于我对阿尔贝蒂娜的爱情之外的东西，或者，至少可以说，这些东西和我的爱情之间有某种关系，那只是因为在一次难忘的爱情诞生之前，我们心灵里已存在着某种东西，它们与爱情发生联系，或是滋养爱情，或是抗拒爱情，或者在我们惯于思考的理性看来它们是爱情的反衬或写照。

第一个阶段开始于初冬一个晴朗的星期天，那天是诸圣瞻礼节，我出去散步。我一面走近布洛涅森林，一面忧伤地重温阿尔贝蒂娜回到巴黎后从特罗卡德罗来找我的情景，因为那天也是一个晴朗的日子，只是这天阿尔贝蒂娜已不在我身边。我的回忆是忧伤的，但也并非没有乐趣，因为我好似在用凄凉的小调重新奏出逝去的时日的主题曲，没有弗朗索瓦丝的电话，没有阿尔贝蒂娜前来陪伴，连这也不是什么不利的事，只不过我必须把回忆中的有关内容从现实中抽掉，结果反而给这一天涂上了某种伤感的色彩，使它比平淡而普通的一天更美好，因为那不复存在的部分，那被抽掉的部分印压在上面宛如凹形花纹。我轻轻哼着凡德伊奏鸣曲中的几个乐句，而且想到阿尔贝蒂娜曾多次为我弹奏过这个曲子时也不太悲伤，因为我对她所有的回忆几乎都已进入第二化学状态，不再给心灵造成令人忧虑的压迫感，而是带来一丝温馨。有些乐段是她弹奏得最多的，而且每弹奏到这里总要发出些我当时认为挺有意思的感叹，或者暗示某件往事。如今我哼着这些乐段时便会想："可怜的孩子。"但并无伤感之情，只是给这些乐段增添了一种价值，可以说是历史价值和收藏价值，就像凡·戴克[1]所作的查理一世画像，画儿本身已经很美，后来杜·巴里夫人[2]想让国王吃惊，下令把这幅画列为国家收藏品，于是它的价值就更高了。那个小小的乐句在完全消失之前分散为一个个不同的小节，飘飘袅袅，过了一会儿才余音散尽，这时对我来说，消失的并不是阿尔贝蒂娜的使者，但对于斯万，意义就不一样。小乐句在我心中和在斯万心中所唤起的联想不尽相同。使我更为动心的是乐句的构思、尝试、反复开始，总之是一个乐句在整个奏鸣曲中的形成和"发展过程"，一如我对阿尔贝蒂娜的爱情是在我的一生中形成的。现在我已明白我的爱情的组成部分在怎样一天天消失，先是嫉妒心方面，接着是另外某一方面，最后化成模糊的记忆，回到最初那不牢固的开端，因此，听着小乐句渐渐飘散，就好像看到我的爱情在眼前逐步瓦解。

我沿着被灌木丛隔开的一条条小径漫步，铺满小径的薄纱般

---

[1] 凡·戴克（1599—1641）：佛兰德斯画家。

[2] 杜·巴里夫人：路易十五宠幸的情妇。

的小草已日渐稀疏，我忆起有一回乘车兜风，阿尔贝蒂娜坐在我身旁，之后又和我一道回家，我感到她如同氛围笼罩着我的整个生活，对那次散步的回忆此刻仿佛在我四周飘荡，融在树枝间似有若无的雾霭里，落日的余晖透过这些颜色变深的树枝，把宛若横悬在半空中的疏疏落落的金色树叶照得灿亮，[1] 我不满足于用记忆的眼睛看这些小径，它们使我产生兴趣，使我感动，就像那些纯粹的景物描写章节，艺术家在其中穿插了一个虚构的情节，甚至一整个离奇的故事，为的是使描写更完美；于是这自然景物便独具一种震撼我的心腑的忧伤之美。当时我以为，这景色之所以对我有这样的魅力是因为我始终深深地爱着阿尔贝蒂娜，其实恰恰相反，真正的原因是我正在进一步把她忘掉，是我对阿尔贝蒂娜的回忆已经不再令我痛苦，也就是说，回忆的性质已经起了变化；然而有时我们虽然弄清了自己的感觉，比如那天我以为看清了自己忧伤的原因，但要追根溯源找到这种感觉更深远的含意却无能为力：正如医生听着病人向他诉说自己的不适，并且根据这些症候顺藤摸瓜，找出内在的、病人自己也不清楚的原因，同样，我们的感觉，我们的想法也只能起征兆的作用。我的嫉妒心被美的感受和淡淡的哀愁排斥在一边，于是肉欲便苏醒了。对女性的爱又一次在我身上抬头，就像当初我停止和希尔贝特会面后的情况一样；这种爱欲并不和某个我曾经爱过的女人有任何单一的联

[1] 而且我时不时地浑身一颤，就像所有那些为某个女人魂牵梦萦的男子，他们看到站在一条小径拐角处的任何女人都觉得她像自己思念的人，甚至可能就是她。“也许是她！”他们不断回头张望，但车子继续往前开，并不返回来。——作者注

系，而是像从毁灭后的物质中释放出来的元素那样飘飘荡荡，在春天的空气中浮游，只等和另一个造物结合。任何地方都不如墓地萌发的花儿多，哪怕是“勿忘我”也是在墓地最繁茂。我观赏着繁花似的少女们，晴朗的日子在她们的装点下显得更明媚，过去坐在德·维尔巴里西斯夫人车里，或者，也是一个星期天，和阿尔贝蒂娜一起乘车散步时，我从车内大概也这么观赏过姑娘们。我投在她们之中某一位身上的目光立即与我想象中阿尔贝蒂娜向她们偷偷投去的好奇、迅速、大胆、反映出捉摸不透的思想的目光结合在一起，那目光如同神秘的、迅捷的蓝灰色翅膀，与我的目光成双配对，于是那原本意趣天然的小径上便掠过陌生的欲念微波，而我自己的欲念如果孤立存在是不足以使这些小径如此变样的，因为对我自己的欲念我是很熟悉的。

有时一本令人伤感的小说会突然把我带回到过去，确实，某些小说就像重大而短暂的悲痛，能一扫习惯的障碍，把我们重新和现实生活联系起来，不过时间不长，只有几个小时，跟一场噩梦一样，因为习惯的力量很大，它产生忘却，带回欢乐，而头脑无力与它抗争，也无力恢复真实，习惯的力量远远超过一本好书的近乎催眠术的暗示力量，后者和所有的暗示一样，只有短期效果。

再说，当初在巴尔贝克我第一次想结识阿尔贝蒂娜时，不正是因为在我看来她能代表所有那些街道上、公路上常常使我为之驻足的少女，并能概括所有这些少女的生活吗？过去她们凝聚在我对阿尔贝蒂娜的爱情里，如今这颗正在陨落的爱情之星又化为散开的粉末般的星云不是很自然的事吗？我觉得这些姑娘全都是阿尔贝蒂娜，我心中印着她的形象，于是处处看到她的倩影。有一次，在一条甬道的转弯处，一位正在上汽车的姑娘是那么像她，身材和她一样的丰腴，一时间我竟至于自问，我适才看到的是否就是她，人们向我讲述她的死时是否在骗我。就这样，在甬道转弯处，或者在巴尔贝克，阿尔贝蒂娜常在我眼前再现，上车的方式和过去一样，那时她对生活是多么充满信心啊。刚才这位姑娘上车的动作，我并不是用眼睛在看，就像看散步中经常出现的一种表面现象那样，不，对我来说，它成了一种持久性的动作，通过适才赋予它的这一层意义，它似乎还延伸到过去，正是这一点打动了我的心，使我又快意又忧伤。

然而那姑娘已经不见了。离我稍远一些的地方有三个姑娘走在一起，年龄比那一位稍稍大些，也许是少妇，她们那优雅而有力的步态与我第一次瞥见阿尔贝蒂娜和她的女友们时为之着迷的那种风度有极大的相同之处，我身不由己跟在那三位姑娘后面，她们叫了一辆车，我也不顾一切地四下找车，后来找到一辆，但已经太晚了。姑娘们早没影儿了。过了几天，在回家的路上，我又远远望见我在树林尾随过的三个姑娘，她们正从我们公寓的拱门下走出来。完全是那种社交界的姑娘，尤其是褐色头发的那两个，只是年龄大些，过去我从窗口看见这样的姑娘，或是在街上与她们交臂而过，脑袋里便会打千百个主意，她们使我热爱生活，可是我没能认识她们。金色头发的那一位看样子更娇弱些，几乎是病恹恹的，我不太喜欢。然而正是她使我不能只看她们一眼就满足，我的脚仿佛在地上生了根，我的目光凝然前视，无法让它转移，它像在解一道数学题时那么专注，好像意识到必须透过所看的事物探寻出更深远的意义。我本来也许会让她们就这么从我视线中消失，像对很多其他姑娘一样，可是她们打我面前经过时，金发姑娘——也许是因为我过分注意地凝视她们了？——偷偷向我投来一瞥，接着，在走过去之后，她回过头来又瞟了我一眼，这一眼可把我的心点燃起来了。不过，见她不再管我而是只顾和她的女友们又谈起话来，我的热情可能最终会跌落下去，可是下面这件事却使它百倍高涨。我去问门房那三位姑娘是谁，门房说："她们想见公爵夫人。我想她们三人中只有一位认识公爵夫人，其他两位只是陪她到门口。这是那位姑娘的名字，我不知道是不是写对了。"只见写的是德博什维尔小姐，我很快把它复原为德·埃博什维尔，也就是说，据我的记忆所及，这是，或者至少差不多是一个出身极好的姑娘的姓，而且和盖尔芒特家族沾点什么亲，罗贝曾经对我说起过她，因为他在一家妓院遇见过她，还和她有过一段私情。现在我明白她那目光的含意，以及她为什么背着伙伴们回头看我。我曾经多少次想到她，并根据罗贝告诉我的名字想象过她的容貌啊！而我刚刚看见的就是她，她和她的女友们毫无不同之处，除了那含而不露的目光，这目光把我秘密地带进了她生活中某些显然连她的女友们也不知道的阶段，我因而觉得她比较容易接近——几乎已一半属于我了——也比一般的贵族女子更温和。在她的思想上，我们之间早就存在着共有的东西，那就是我们可能在一起度过的时光，当然，如果她可以随便跟我约会的话。这不就是她的目光想对我表达的吗？然而那丰富的表情只有我一个人清楚。我的心猛烈地跳着，要问我德·埃博什维尔小姐究竟长得怎样，我也许不能准确描述，我只是又依稀看到一位金发女郎的侧面轮廓，然而我已经疯狂地爱上她了。突然我发觉，我这样推理就好像德·埃博什维尔准是三人中那个回过头来并看了我两眼的金发姑娘似的。而门房并没有这样说呀。于是我又回到门口，再一次盘问门房，他说对这一点他无可奉告，因为那几位姑娘是第一次来，而且他当时又不在场。不过他这就去问他妻子，她见过她们一次。她此刻正在打扫后楼梯。谁一生中没有体验过和上述情况多少有点相似，而且是耐人寻味的猜疑不定的心情呢？比如你将你在舞会上见到的一位姑娘向你的朋友描绘了一番，这位好心的朋友据此得出结论说，姑娘大概是他的女友，并且他向你和她一齐发出邀请。但是在那么多女子中间，而且仅仅根据一番口头描绘就断定是谁，不会弄错吗？你即将与之相见的姑娘会不会是另一位，而不是你倾慕的那一位呢？或者相反，即将微笑着向你伸出手来的姑娘会不会正是你希望她是的那一位呢？后一种可能性是相当常见的，这得归功于某种直觉，有时幸运之风也促成好事，虽然这种可能性并不总能用德·埃博什维尔小姐这件事的令人信服的推理来解释。于是当你见到她时，你会在心里说：“正是她。”我记得，我曾经在海边散步的一群姑娘中一下就猜出谁叫阿尔贝蒂娜·西莫内。这段回忆引起我内心一阵尖锐的痛苦，但为时并不长，在门房去找他妻子的当儿，我考虑的主要是——因为我想着德·埃博什维尔小姐，而在这种等待的时刻，你原先没来由地安在一张面孔上的一个名字，或一种情况，便会处于游离状态，在好几张脸之间飘荡，如果它附着到一张新的面孔上，那么为你提供过有关情况的原先那张面孔就随即变得和先前一样陌生，不相干，不可捉摸——门房也许会告诉我，德·埃博什维尔小姐不是那位金发姑娘，而是两位褐发姑娘中的一位。在这种情况下，那个姑娘，那个金发的、诡秘的德·埃博什维尔小姐（我相信她的存在，我已经爱上她，并且一心只想得到她）就会消失，门房的决定命运的回答将把她分离成两个互不相关的成分，而我曾经凭着主观臆断把这两个成分结合在一起，有如小说家把从现实生活中取来的各种素材熔于一炉，然后塑造出一个假想的人物，而每一个素材孤立起来看——那时姓名不再能证实目光的意图——便失掉任何意义。在那种情况下，我的论据将不攻自破，可是事实相反，门房回来说，德·埃博什维尔小姐正是那位金发姑娘，顿时，我的论据就变得坚不可摧了！

从此以后，我不再相信什么同音字。如果三个姑娘中有一个叫德·埃博什维尔小姐，回过头来用那种神态甚至几乎是微笑着看我的又正好是她（我的假设初步得到局部验证），而她却不是去妓院的那个德·埃博什维尔，那么，这种偶然性也未免太离奇了。

于是极度忙乱的一天开始了。两天后我将去拜望德·盖尔芒特夫人，在她家里，我将见到一位容易接近的姑娘，并和她约会（我能想到办法和她在客厅的一角单独交谈），为了在那天给人一个更好的印象，我必须外出购买所有我认为适合的东西把自己打扮一番，在这以前，为了做到万无一失，我先去给罗贝发了个电报，询问姑娘的确切姓名和长相，希望在两天内得到回音，门房说过，姑娘两天后会来看望德·盖尔芒特夫人；我要在同一时间去拜访公爵夫人（此刻我没有一秒钟想其他事，连阿尔贝蒂娜也不想），不管这期间会发生什么事，哪怕我病了，也必须让人用轿子把我抬下去。我拍电报给圣卢，并不是因为我对姑娘的身份还有什么怀疑，也不是因为我以为我见到的那个姑娘和他跟我谈过的那个姑娘是不同的两个人。我根本不怀疑她们是同一个人。只是在我不耐烦地等待两天后的那个日子时，能收到一封有关她的详细情况的电报，这在我是一件美妙的事，就好像我已经对她拥有一种秘而不宣的权力。在电报局，我一面因满怀希望而情绪兴奋，劲头十足地拟着电文，一面注意到，我现在对德·埃博什维尔小姐已远非童年时对希尔贝特那样束手无策了。我只费心拟了电文，这以后邮局工作人员就只需把电文拿去，极其迅速的电讯网就只需负责传送，于是法国大陆和地中海，以及致力于查清我前不久遇到的姑娘姓名的罗贝那整个花天酒地的过去，这一切都将为我刚刚开始的浪漫史效力，我甚至无须再费脑筋想它，上述那些人会负责在二十四小时内把事情弄个水落石出，不管结果是好还是坏。可是从前呢，我被弗朗索瓦丝从香榭丽舍大街带回来，只能独自在家酝酿自己无力实现的欲望，不能运用当代文明提供的种种便利，我恋爱的方式像未开化的野人，甚至只能说是像花儿，因为我没有行动的自由。电报发出以后，我便在焦躁不安中挨着时光；父亲偏又要我和他一起离开巴黎两天，这样，去公爵夫人家拜访的事可能给误掉，我心急如焚，一筹莫展，以至于母亲不得不出面干预，最后父亲同意我留在巴黎。可是在那几个钟头里，我的怒气无法平息，与此同时我对德·埃博什维尔小姐的渴念却因为有人在我们之间设置了障碍，因为我一度害怕对德·盖尔芒特夫人的拜访不能成行而高涨了百倍，而我无时无刻不预先为这次拜访感到满心欢喜，就像想到一件必将属于我、谁也无法从我手中夺走的财宝。有些哲学家认为，外部世界并不存在，我们生活的进程是在我们自身完成的。不管怎样，爱情，即便在它微不足道的开端，就是一个有力的例证，它说明外界现实的作用对我们是微乎其微的。若是要我凭记忆画一幅德·埃博什维尔的肖像，要我描写她的体貌特征，那是不可能的事，甚至要我在路上认出她也是不可能的。我只从侧面瞥见过她，她正在走动，她给我的感觉是好看、朴实无华、身材颀长、一头金发，关于她，我说不出更多的情况了。然而欲望、焦虑、怕被父亲带走而见不到她时精神上所受的致命打击，凡此种种都作用于心灵，再加上姑娘在我脑海中的一幅形象，这形象，说到底我并不熟悉，但我知道它赏心悦目就够了，以上这一切便已构成爱情。我高兴得一夜未能成眠，到了第二天早晨，终于收到圣卢的回电："德·奥士维尔，德贵族姓氏前之介词，奥士如裸麦，禾本科植物，维尔同城市，[1] 小巧、褐发、丰满，现在瑞士。"原来不是她。

过了一会儿，母亲拿着信件走进我的房间，漫不经心地将信件放在我床上，脸上摆出在想其他事的神情，她随即又走开了，

[1] 德·奥士维尔的原文是 De Orgeville，前部分"orge"与法语"裸麦"(orge) 相同，后部分"ville"与城市 (ville) 相同。

好让我一个人待着。而我呢，我熟悉亲爱的妈妈的心计，并且知道任何人都能准确无误地从她脸上猜出她的心思，只要掌握一把钥匙，那就是懂得她总想让别人高兴，于是我微微一笑，心想："信件里面一定有什么让我感兴趣的事，妈妈装出这副若无其事、心不在焉的样子是为了给我一个完全的意想不到，而不像有些人，他们先就把事情告诉了你，使你兴味大减。她没待在我这里是因为怕我出于自尊心掩盖自己的高兴，从而不能强烈地感受到那种乐趣。"母亲走到门口正要出去时，迎面碰到正走进我房间的弗朗索瓦丝，母亲便硬让她退回去，并把她拽到房外，弄得弗朗索瓦丝莫名其妙，大为不快，因为她认为她的差事包含一项特权，那就是她可以随时走进我的房间，并且，如果她乐意的话，可以待在这里。但是，转眼间她脸上惊讶、气愤的表情已被一个阴郁而黏糊糊的微笑所掩盖，这微笑带着超越一切的怜悯和哲理的嘲讽，是受伤的自尊心分泌出来医治自己伤口的黏液。为了不感到自己被瞧不起，她便反过来瞧不起我们。因为她知道，我们是主子，主子都是任性的人，他们引人注目不是靠聪明才智，他们的乐趣在于依仗别人对他们的畏惧，硬要聪明人和仆人去做一些荒诞不经的事，以充分显示他们的主子地位，比如在传染病流行期间命人把水煮沸，规定打扫房间要用湿抹布，人家想进房间的时候偏要他出去。我母亲匆忙中带走了蜡烛。我发现她把邮件放在紧靠我的地方，为的是引起我注意。不过我感觉出那都是报纸。也许报上有某个我喜爱的作家写的文章，由于他现在很少写作，这文章对我来说就是一件意想不到的事。我走向窗口，拉开厚厚的窗帘。在灰白的雾蒙蒙的日光之上是粉红色的天空，红得像厨房里在这种时刻点燃的炉灶，它使我充满希望，又使我心中漾起一个欲念：去我在那儿遇见过一个脸颊红扑扑的卖牛奶姑娘的山区小站过夜，并在那儿醒来。

我翻开《费加罗报》。多么无聊！第一篇文章的标题和我寄到报社而没被刊登的文章标题正好一字不差。而且不仅标题相同，下面几个词句也完全一样。这，这太不像话了。我要寄一份抗议书去。[1]咦，不只是几个词句相同，而且是整篇文章，还有我的署名……原来我那篇文章终于发表了！可是，也许在那个时期我的思想已经开始有点老化，有点疲乏了，它仍继续按原来的路子思考，好像还没明白这就是我那篇文章，如同老人必定要做完已经开始的动作，哪怕这动作已没有必要了，哪怕前面出现一个未曾料到的障碍，必须退却，否则就有危险。接着我便端详这精神食粮——报纸，由于刚从印刷机里出来，又带着晨雾，这报纸还是热乎乎潮润润的，它在晨曦微露时就被分送到女佣们手中，女佣们把它和加牛奶的咖啡一起拿给她们的主人，它在同一个时间进入千家万户，既多得数不清而每人拿到的又是同一份。

我手中拿着的不是某一份报，而是一万份报中的任意一份；这文章不只是我写的文章，它是我写的而且被所有人阅读的文章。

[1] 这时我听到弗朗索瓦丝在嘟嘟哝哝，她一向认为自己可以大摇大摆进我的房间，这次被赶出来很是愤愤不平，“你说这让不让人难受，他是我眼看着生下来的孩子。当然，他妈妈生他时我没看到。不过，说得实在点，我第一次看见他时，他还不满五岁哩！”——作者注

为了正确估计此刻在别人家里发生的现象，我必须不以作者的身份而以《费加罗报》的一个读者的身份来读这篇文章，这不仅是我写的东西，在众多人的思想里，这是作者的代表和象征。因此，我必须暂时不作为作者而作为报纸的任意一位读者来读它。然而首先就遇到一个令人担忧的问题：不知道报上有这篇文章的读者会读到它吗？我漫不经心地展开报纸，仿佛自己就是这样一位读者，脸上甚至做出一副不知道今天报上有些什么，并急于要看看社会新闻或政治消息的神情。我的目光故意避开那篇文章（为了做得逼真，也为了不偏袒自己，就像有的人在等待时数数故意数得特别慢），可是文章特别长，我的目光扫过时免不了抓住一段不放。不过，看到头版文章的人，乃至阅读它的人，很多并不看署名。我自己就很可能说不出昨天报上头版的文章是谁写的。此时我便下决心，今后凡是头版的文章都要读，还要看一看作者的名字；然而正像妒忌的情人不欺骗情妇是为了相信情妇对他也是忠实的，我伤心地想，今后我对别人的文章的关心并不一定能，事实上也没有能强使别人对我的文章回报以关心。再说还有外出打猎的人，以及一大早就离开了家的人，话说回来，总还有几个人会读它。于是我学着这些人的样子，开始阅读了。尽管我知道很多读这篇文章的人都会认为它令人厌烦，但是我却觉得，我阅读时在每个字里看到的东西都跃然纸上，我不能相信，别人睁开眼不会直接看到我所看到的形象，因为我以为作者的思想能直接被读者领会，其实，后者头脑里形成的是另一种思想，所以我的想法和那些以为他们讲的话将一毫不差地沿着电话线传过去的人一样天真；就在我想作为任意一个读者时，我的思想却按作者的方式重复着我的文章的读者们将要做的工作。如果说德·盖尔芒特先生不理解布洛克喜欢的某个句子，他却可能玩味被布洛克轻忽的某一感想。同样，前一个读者弃而不读的部分可能会有另一个读者去拜读，这样，整篇文章就会被一大群人捧上天，使我不得不对自己产生怀疑，而且也不再需要为自己的文章辩护了。实际上，不管多么出色的文章，其价值就像议会报告中的某些词句一样，部长说的“我们走着瞧”这几个字不过是下面这句话的一部分，也许是最不重要的一部分，这句话应该是：参议院主席、内务和宗教部长说“我们走着瞧吧”（极左派热烈欢呼。中间派和左派席位上有几个人喊“很好！很好！”。句子的结尾比句子中间部分美，与开头亦很相称）。新闻文学的美一部分在于它对读者所产生的影响，这是这类文学的先天性缺陷，名气很大的《星期一周刊》也未能幸免。文章好比集体创造的一尊维纳斯雕像，如果你囿于作者的思想，你就等于只看到一只残缺的胳臂，因为文章的完整思想是在读者头脑中实现和完成的。但由于人群，不管多么优秀的人群，不可能是艺术家，所以他们给文章打上的最后印记总有点平庸的意味。比如每星期一，圣伯夫可能想象德·布瓦尼夫人躺在她那带有高大圆柱的床上读他发表在《立宪报》上的文章，并且很赏识某个漂亮句子，这个句子他自己也为之得意了很久，但若不是他认为要扩大他的专栏文章的影响就必须往文章里塞进很多这样的句子，那么也许这句话永远也写不出来。荣誉勋位管理会总管大概也在看这篇文章，而且稍后去拜访他的挚友时会跟她谈起。身着灰色长裤的德·诺阿耶公爵晚上用车来接他时会告诉他社交界对此文的看法，除非在这以前他已从德·阿布维尔夫人的短简中了解到这些看法。既然我对自己的怀疑建立在一万个人对我的赞同和支持上，因此，此刻我阅读那篇文章时便感到了自己的力量和在才华方面的希望，其程度与我仅为自己阅读而写这篇文章时对自己的不信任相同。我似乎看到，此时此刻对很多人来说，我的思想——或者，对那些不能懂得我的思想的人们来说，甚至不是我的思想，而仅仅是我的名字的一再出现，以及对我这个人的联想，并且是美化了的联想——在他们头上闪耀，把他们的思想染成了曙色，这曙色比此刻在各家窗户上同时升起的粉红曙光更使我浑身充满力量和得胜的喜悦。[1] 因此，这令

[1] 就在我尽量作为任意一名读者的时候，我看到布洛克、德·盖尔芒特夫妇、勒格朗丹、安德烈，还有某某先生从每句话里找出它们包含的形象，于是我又以作者的眼光读这篇文章。但是为了使我竭力扮演的那个不可能存在的人兼有一切对我最为有利的对立面，我虽然以作者的身份读它，却以读者的身份来评判自己，因而我没有任何作者在把自己想表达的完美境界与实际文章相对照时会有的那些苛求。在我写那些文章时，它们和我的思想相比是那么苍白，和我对事物和谐而明晰的看法相比显得那么复杂和晦涩，而且充满我不知如何填补的空白，因此，当时读这些文字对我来说简直是一种痛苦，只能使我更深切地感到自己的无能和无可救药地缺乏才华。但是现在，由于我竭力把自己作为读者，就把评判自己这一痛苦责任推卸给了别人，至少在读我写下的东西时，能够将我原来想表达的东西一笔勾销。我一面读，一面尽量使自己相信这是另外一个人写的。于是文章中所有的形象、所有的感想、所有的形容词——只看其本身，不去想它们与我原来想写的相比是一个失败——都以它们的光彩、它们的新颖、它们的深邃使我陶醉。当我感觉到某处是明显的败笔时，我就躲避到对文章赞叹不已的任意读者这一身份后面，并对自己说："算了！一个读者怎么能觉察这个欠缺呢？不错，这儿可能缺了点什么，可是，要是他们不满意那真叫见鬼了！就现在这样，妙语连珠之处已经够多的了，比他们通常读到的要多。"——作者注

人鼓舞的阅读一结束，原来没有勇气把自己的手稿重看一遍的我，竟想立即把文章再读一遍，但并不像人们对自己过去写的一篇文章，认为“既然看了一遍，就可以看第二遍”。我决定叫弗朗索瓦丝再去买若干份，就说是为了送给朋友们，其实是为了亲手触摸一下我的思想千百倍增生这一神奇现象，同时可以假设自己是某一位先生，他刚打开《费加罗报》，这样我就可以在另一份报纸上读到同样的句子。正好我已有很久没去看望德·盖尔芒特夫妇了，我将去拜访他们，借此机会通过他们了解人们对我的文章的看法。

我想到某位女读者，我是那么希望进入她的闺房，报纸即便不会给她带去我的思想（因为她不能理解它），至少也能带去我的名字，如同人们在她面前对我的一声赞扬。然而你不爱的东西受到赞扬不能牵动你的心，正如你不理解的思想不能吸引你的思想。而我其余的朋友呢？我对自己说，如果我的健康状况继续恶化，如果我不能去看他们，那么不妨继续写作，通过我的文章去接近他们，在字里行间与他们交谈，让他们按我的意向思考，让他们喜欢我，并接受我进入他们的心灵，这对我将是一件愉快的事。我这么想是因为社交关系迄今为止在我的日常生活中占据一席位置，缺少这种关系的未来日子使我害怕；还因为在我身体恢复到能重新去看望朋友们之前，写作这一权宜之计能使我得到他们的关注，也许还能激起他们的赞赏，这对我是一个慰藉；我虽这么想，但我却感觉到这是不现实的，不错，我喜欢把朋友们的关心想象成我的乐趣之所在，然而这是一种内在的、精神的、主动的乐趣，这种乐趣不是他们所能给我的，也不是我跟他们交谈时所能得到的，而恰恰是在远离他们写作时我才能得到；如果开始写作是为了间接与他们见面，为了让他们对我有一个更好的看法，为了替自己在社交界取得一个更好的地位做准备，那么，日后也许写作会使我不再想见他们，而文学为我在社交界取得的地位，我也许不再想去享用它，因为那时我的乐趣就不是在社交活动中而是在文学创作之中了。

因此，午饭后我去德·盖尔芒特夫人家时，主要不是为了见德·埃博什维尔小姐，圣卢的一封电报已经使她这个人失去了最精彩的东西，而是为了在公爵夫人身上看到我的文章的女读者之一，从而想象公众，也就是《费加罗报》的订户和买主们，对我那篇文章可能持有的看法。况且，我去德·盖尔芒特夫人家也并非没有乐趣。尽管我对自己说，对于我，这个沙龙与其他沙龙的差别在于它在我想象中已存在了很久，我虽明白这一差别的原因，却不能取消这一差别。而且在我心目中存在着好几个盖尔芒特姓氏。印在我记忆中的那个盖尔芒特，就像印在通信地址录上的一样不能引起任何诗意的联想，但追溯到更早时期，即我不认识德·盖尔芒特夫人那个时期的几个盖尔芒特是能够在我心中恢复其诗意形象的，尤其当我好久没见她，当姓氏的神秘之光没有被凡夫俗子之身的刺目光亮遮没的时候。于是我就像遐想某种超脱于现实之外的东西一样又思念起德·盖尔芒特夫人的府邸来，正如我又思念起早先我梦中的雾蒙蒙的巴尔贝克，好像自那以后我就再也没去过似的，或是又想起一点五十分的那次列车，仿佛我没乘过这趟车似的。我知道这一切都不存在，只是我一时把这一点给忘了，正如有时我们想念一个亲爱的人，却一时忘了他（她）已经不在人间。后来，我走进公爵夫人的前厅时才恢复了对现实的概念。不过我安慰自己说，不管如何，她对于我是现实和梦幻之间的千真万确的交点。

一进客厅我便看见了那位金发姑娘，我曾在二十四小时中把她误当成圣卢和我谈起过的那位。她主动要公爵夫人把我重新介绍给她。的确，从走进客厅那一刻起，我也有一种和她早已熟识的感觉，但一听到公爵夫人说："啊！您和德·福什维尔小姐见过面？"这感觉当即烟消云散了。其实，我敢肯定自己从未被介绍给任何一位叫这名字的姑娘，否则，一定会留有深刻的印象，因为我听过关于奥黛特的爱情及斯万的妒忌心的史话，自那以后，德·福什维尔这名字在我记忆中简直太熟悉了。我两次弄错姓氏，一次是把"德·奥什维尔"误忆为"德·埃博什维尔"，一次是把"福什维尔"的误写纠正为"埃博什维尔"，这双重谬误本身并没有什么了不起。我们错就错在向别人介绍事物是按照它们本来的面目，介绍姓名是按它们原来的写法，介绍某人则按相片和心理学所给的一成不变的概念，而实际上我们感知到的通常远非如此。我们七颠八倒地看世界、听世界、设想世界。我们按自己听到的去重复一个名字，直到经验纠正我们的谬误，而且谬误并不总能得到纠正。在贡布雷，大家跟弗朗索瓦丝谈到萨士拉夫人有二十五年之久，而弗朗索瓦丝继续说"萨士兰"夫人，她这样做并非出于骄傲，有意坚持错误，虽然这是她的老脾气，而且往往因我们唱反调而变本加厉，这是她对一七八九年平等原则照耀下的法国圣-安德雷-德乡地区所做的全部贡献[1]（她只要求一项公民权利，那就是不跟我们一样发音，并且坚持认为hôtel、été、air是阴性名词[2]），而是因为事实上她听到的始终是“萨士兰”。这种永存的谬误恰恰就是“生活”，其千变万化的形式不仅表现在听觉世界和视觉世界，还表现在社交世界、感情世界和历史世界等等。在第一主席夫人的眼里，卢森堡公主只不过是个轻佻女人，这倒没什么严重后果；斯万认为，奥黛特是个不易相处的女人，那后果就比较严重了，因为他依据这一看法，构想了整个爱情故事，而后来他明白自己的错误时，只能更增加他的痛苦；在德国人看来，法国人梦寐以求的就是报复，这事的后果就更严重了。我们对万物只有一个未定形的、片面的看法，而后用一些主观的联想去补充，就是这些联想造成危险的暗示。因此，听到福什维尔这个姓，我本没什么可惊讶的（而且我已经在思忖，她是不是我以前常听人谈论的那个福什维尔的亲戚），可是金发姑娘大概想巧妙地防止别人提出一些可能是不愉快的问题，便先发制人地对我说：“您过去和您的朋友希尔贝特来我家时常看到我，您不记得了。我看出您认不出我了。我可是一下子就认出了您。”（她说这话好像她是在客厅里一下子认出我的，事实是她在街上就认出了我，还跟我打了招呼，而且德·盖尔芒特夫人后来对我说，德·福什维尔小姐曾把这当一件很滑稽、很不寻常的事向她叙述，我曾经如

---

[1] 弗朗索瓦丝是圣-安德雷-德乡人。

[2] hôtel（旅馆）、été（夏天）、air（空气）均为阳性名词。

何把她当成轻佻女人尾随她，与她擦肩而过。）她走后我才知道为什么她叫德·福什维尔小姐。原来，斯万去世后，奥黛特（她表现出那么深沉、持久、真心的悲痛，令所有的人惊讶不已）顿时成了一位十分富有的寡妇。福什维尔娶了她，当然，在这以前他花了很长时间到各个庄园转了一趟，确信他家族的人会接待他的妻子。（这个家族起先刁难了一番，后来考虑到一个穷亲戚就要由近乎贫困的处境转为富足，今后用不着他们再接济了，就做了让步。）不久以后，斯万的一位叔父去世了，这位叔父生前从陆续仙逝的好几位亲戚那里得到一大笔遗产，现在全部财产留给了希尔贝特，这样希尔贝特便成了法国最有钱的女继承人之一。然而这时在德雷福斯事件的影响下，一个反犹太人的运动应运而生，与此同时，却有更多的犹太人进入上流社会。政治家们认为司法错误的披露将给反犹太主义一个打击，他们的估计是正确的。但社交界的反犹太思潮却有增无减，日趋激化，至少暂时如此。福什维尔像任何稍有点身份的贵族子弟一样，从家族成员的谈话中得到一个信念，那就是他的姓氏比拉罗什富科这个姓氏还要古老，因此他认为，娶一个犹太人的遗孀为妻是做了一件善事，无异于一位百万富翁收留一个流落街头的妓女，把她从贫困和泥淖中拯救出来。他甚至准备把善心扩大到希尔贝特身上，这姑娘的百万家产虽然有助于她嫁个好人家，但斯万这个荒唐的姓氏却是个妨碍。于是他宣称收她为养女。众所周知，斯万结婚后，德·盖尔芒特夫人曾拒不接待他的妻子和女儿，这使她周围的人大为惊讶——再说她也有引起别人惊讶的爱好和习惯。表面看来这种态

夏尔丹

《吹肥皂泡的少年》

度对斯万来说尤其残酷，因为在很长一段时间内，他和奥黛特结婚的前景对于他恰恰意味着能把女儿介绍给德·盖尔芒特夫人。他这样一个阅历很广的人也许本该知道，由于种种原因，人们为自己设想的图景是永远不会成为现实的，可是这种种原因之中，有一个原因使他对未能介绍女儿感到遗憾。这个原因可以这样来解释：人们构想出各种生活画面，小至在日落中品尝鲈鱼，为此一个深居简出的人会决心乘一趟火车，大至渴望某个晚上乘坐一辆豪华马车停在一个高傲的女出纳面前让她大吃一惊，为此一个不择手段的人会谋财害命，或者巴不得亲人死掉好独吞遗产，这要看他是胆大包天还是懒惰成性，是不达目的决不罢休还是停留在酝酿计划的第一步，总之，不管构想什么样的画面，为了实现这一画面所采取的行动——旅行、结婚、犯罪等等，会使我们起深刻的变化，以至于我们对自己成为旅客、丈夫、罪犯、孤独者（后者为获得荣誉而开始工作，但工作又使他对荣誉的渴望变得淡泊）之前构想的画面不再重现，也许连想也不去想了。再说，纵然我们下定决心不肯徒劳无益，也有可能日落景象未达到预想的效果，或者到那时我们因感到寒冷宁愿在火炉边喝汤而不想在露天品鲈鱼，也可能我们的马车丝毫未打动女出纳的心，她出于别种原因本来对我们十分敬重，而我们陡然摆阔反倒引起了她的猜疑。简而言之，我们发现婚后的斯万特别重视妻子和女儿与邦当夫人之间的关系，等等。

公爵夫人拒不让人向她引见斯万夫人和小姐有多种缘由，都出自她对社交生活的盖尔芒特式的理解，在这些理由之外还可补充一点，那就是未堕入情网的人们常以轻松愉快的心情冷眼旁观恋人们身上被他们认为荒唐的东西，其实这些东西可以用爱情来解释。“哦，我才不去管这闲事呢；如果可怜的斯万有这份兴致来干蠢事，毁掉自己的一生，那是他的事，可是要把我拉进去那可不行，这事不会有好结果，我瞧他们怎么办。”当斯万早已不再钟情于奥黛特，也不再留恋维尔迪兰的小帮派时，他自己也劝我对维尔迪兰夫妇采取幸灾乐祸的态度。第三者对自己未被卷入的激情和这些激情造成的难以理解的行为之所以能做到旁观者清，原因全在于此。

德·盖尔芒特夫人排斥斯万夫人和小姐时那种坚持不懈的精神令人颇为吃惊。当莫莱夫人和德·马桑特夫人已经开始和斯万夫人交往，并把很多上流社会的太太小姐带到她家时，德·盖尔芒特夫人不仅依然毫不妥协，而且还设法破釜沉舟，要她的堂妹德·盖尔芒特亲王夫人也效法她。一天，那是在鲁维埃内阁时期，是德法两国危机最深重的时候。人们以为德法之间就要爆发一场战争了，我一个人和德·布雷奥代先生在德·盖尔芒特夫人家吃晚饭，我觉得公爵夫人一副心事重重的样子。由于她是个喜欢过问政治的人，我还以为她的神情表明她担心爆发战争，就像有一天，她来吃饭时也是愁容满面，勉强用单音节的字回答别人的问话，有人怯生生地问她为什么事发愁，她神情严肃地说：“中国让我不安。”然而，过了一会儿，德·盖尔芒特夫人主动解释她为何心事重重（我曾把它归之于担心德法两国宣战），她对德·布雷奥代先生说：“据说玛丽-埃纳尔想给斯万一家一席地位，我明天上午无论如何得去拜访玛丽-希尔贝，要她帮我阻止这件事，否则，还成什么社会。德雷福斯事件是很有意思，可这样一来，街拐角的杂货铺老板娘只需自称是民族主义者就可以要我们接待她了。”这一席话与我期待的回答相比是那么无聊，因此我的惊奇不亚于一个读者在《费加罗报》惯常的版面上寻找有关日俄战争的最新消息时，不料却看到给德·莫特马尔小姐赠送结婚礼物者的名单，贵族婚礼竟重要到把一场两国间的海陆之战挤到了报尾的程度。公爵夫人终于在她那过了分寸的坚持不懈的立场中满足了自己的孤傲，而且不放过任何表露这种心情的机会。“巴巴尔[1]认为，”她说，“我们俩是巴黎最风雅的人，因为只有我和他不理斯万太太和斯万小姐。他断言风雅就是不认识斯万太太。”说着公爵夫人纵情笑起来。

然而，斯万一去世，德·盖尔芒特夫人便再也不能从拒绝接待他女儿的决定中得到她本来可以得到的傲气、独立自主和迫害欲方面的满足了。斯万在世时，她美滋滋地感到自己能抵制他，而他却不能叫她收回成命，现在斯万不在了，她的心满意足之感也就此告终。于是公爵夫人开始发布新决定，这些决定在活着的人身上实施，能使她感到自己可以随心所欲，为所欲为。公爵夫人并不是想着斯万小姐，只是当别人向她谈起这位姑娘时，一种好奇心油然而生，好像人们谈的是一个她从未涉足过的地方，而且她不再因为必须抵制斯万的奢望而对自己掩盖这种好奇心。另

[1] 即布雷奥代先生。

外，一种感情里往往混有很多别的感情，所以也说不清她对斯万小姐的兴趣里是否含有某种对斯万的情意。也许——因为在社会的各个层次，无聊的名利场的生活麻痹了人们的同情心，使人们失去了让死者在自己心中复活的能力——公爵夫人属于那种女人，她们需要某人的存在（而作为名副其实的盖尔芒特家族的一员，她最善于延长这种存在）才能真正爱他或恨他（后一种情况比较罕见）。因此她对人们怀有的善良感情往往在他们活着时由于他们的某些行为触怒了她而被中断，一俟他们去世，这些美好的感情便重新恢复。在这种情况下，她几乎产生一种弥补过去的愿望，因为这时他们在她的想象中，当然是极为模糊的想象，就只有优点，而没有他们活着时令她生气的那些小小的满足，小小的奢望。因而她的为人虽然浅薄，但有时她的行为却有某种高贵之处——其中也不乏卑劣的成分。确实，绝大部分人都只奉承活人而毫不考虑死者，她却往往在那些活着时被她亏待的人去世以后做一些他们生前希望的事。

至于希尔贝特，所有爱她并且稍稍维护她的自尊心的人恐怕都不会因为公爵夫人改变了对她的态度而高兴，除非他们以为希尔贝特如果轻蔑地拒绝公爵夫人的主动接近，就能一洗二十五年来所受的侮辱。可惜，心理的反应与情理的想象并不总是一致的。比如某人不恰当地辱骂了一个对他至关重要的人，便以为在他身旁实现雄心的希望从此成为泡影，不料恰恰相反，这一骂反而使他的雄心得以实现。希尔贝特对善待她的人相当冷淡，对傲慢无礼的德·盖尔芒特夫人却一直怀着崇拜之情，还琢磨为什么她如此傲慢无礼；有一次她甚至想写信给公爵夫人，问问她和一个从未冒犯过她的姑娘有什么过不去的地方，她要是真这样做会叫所有对她有点好感的人为她羞死。盖尔芒特家族在她眼里具有其贵族身份也不可能赋予他们的宏大气势。她不仅把他们置于整个贵族阶层之上，而且把他们看得比所有的皇亲国戚还高。

斯万的生前女友们很关心希尔贝特。贵族阶层得知她不久前又得到一笔遗产，人们于是开始注意到她是多么有教养，她将会成为一个多么讨人喜欢的女人。有人声称，德·盖尔芒特夫人的一位表妹，德·尼埃弗尔公主有意让儿子娶她。德·盖尔芒特夫人把德·尼埃弗尔夫人恨得牙痒痒的。她到处扬言，这样的联姻将是一桩丑闻。德·尼埃弗尔夫人吓坏了，忙保证说她从未想过此事。一天午饭后，天气晴朗，德·盖尔芒特先生要和太太外出，德·盖尔芒特夫人对着穿衣镜整理头上的帽子，一双蓝眼睛端详着镜子里自己的眼睛和那依然金灿灿的头发，贴身女仆手里拿着各色遮阳的小伞让女主人从中挑选一把。阳光从窗户大量照进来，于是夫妇俩决定趁这好天气去圣克鲁游览参观。德·盖尔芒特先生已穿戴停当，手上是珠灰色手套，头上是一顶大礼帽，他心想："奥丽阿娜确实仍然很出众，我觉得她迷人极了。"这时他见妻子心情很好，便说："对了，德·维尔莱夫人托我跟您讲件事。她希望您星期一去歌剧院。但是因为她带着斯万小姐，所以不敢跟您说，就请我试探试探。我不发表任何意见，只是向您转达而已。说真的，我觉得我们似乎可以……"他又闪烁其词地补充了一句，因为他俩对某个人的看法总是相同的，在各自的头脑里产生时就是一致的，他心里明白妻子对斯万小姐的敌意已经平息，而且很想认识她。德·盖尔芒特夫人整理完面纱，挑了一把阳伞，说："您看着办吧，我无所谓。我看认识一下这个姑娘没什么不合适的地方。您很清楚，我从来没和她有什么过不去，只不过以前我不愿意让人觉得我们接待朋友中间的姘居男女。如此而已。""您做得完全对，"公爵回答说，"您是明智的化身，夫人，而且，您戴着这顶帽子很漂亮。""您太好了。"德·盖尔芒特夫人对丈夫微笑着说，一面向门口走去。但是在上车之前，她觉得有必要再向他解释几句："眼下有不少人去看望她母亲，她母亲也聪明，一年中倒有大半年生病在家。据说姑娘很讨人喜欢。大家都知道，斯万在世时我们对他很好，所以会觉得这件事是顺理成章的。"随后他们就出发一起去圣克鲁了。

一个月以后，斯万小姐（她当时还不叫福什维尔小姐）来盖尔芒特家吃午饭。大家谈天说地；席终，希尔贝特怯生生地说："我想你们以前跟我父亲很熟。""可不是嘛。"德·盖尔芒特夫人用伤感的语气说，表明她很理解斯万女儿的悲伤，但那语气有意过分夸张，使人觉得她想掩饰她其实已记不太清楚斯万其人了。"我们跟他很熟，我完全记得他。"（她的确能记起他，二十五年里他几乎每天来看她。）"我很了解他是个什么样的人，我这就跟您说说，"她又说，好像她要跟女儿解释父亲是何许人，要向女儿提供一些有关父亲的情况似的，"他是我婆婆的好朋友，和我的小叔子帕拉墨得斯交情也很深。""他也到这儿来，甚至常在这儿吃午饭。"德·盖尔芒特先生补充道，为了炫耀自己是多么谦虚，多么注重事实的准确性。“您记得的，奥丽阿娜。噢，您父亲是个多好的人啊！大家完全能感觉到他多半出身于一个正派人家！而且过去我见过他的父亲和母亲。他和他的父母都是多么好的人啊！”

人们会觉得，倘若斯万和他的双亲还在人世，德·盖尔芒特公爵会毫不犹豫地举荐他们当一名花匠，圣日耳曼郊区便是如此对任何资产者谈论其他资产者的，也许是为了让对方高兴，因为在交谈的当儿，他（她）被看作一个例外；也许，更确切地说，是为了羞辱对方，或者两种意图兼而有之。比如一个反犹太分子在非常和蔼可亲地对待某个犹太人的同时，却对他大讲犹太人的坏话，不过用的是泛指的方式，这样既可伤害对方又不显得粗暴无礼。

德·盖尔芒特夫人是瞬时的主宰，在某个时刻，她确实能做到对您好得无以复加，简直下不了决心让您离去；然而她又是瞬时的奴隶。过去在谈兴正酣时，斯万曾有几次使公爵夫人产生一种错觉，以为自己对他有点好感，现在他再也不能做到这一点了。“他很讨人喜欢。”公爵夫人带着忧郁的微笑说，同时用温柔的目光看着希尔贝特，如果碰巧姑娘很敏感，那么这目光便是向她表示得到了理解，还表示倘若她俩是单独在一起，倘若当时的情况许可，德·盖尔芒特夫人真想向她袒露她那无限深厚的同情心。而德·盖尔芒特先生呢，也许他觉得客观情况正好不允许如此流露感情，也许他认为所有感情的夸张都是女人的事，男人无须过问，正如无须过问女人的其他权限，除了烹调和美酒（他把这两项权限划归自己，因为在这两方面他比公爵夫人更有学问），因此他虽然参加谈话，却认为最好不要为谈话添薪加柴，他是带着显而易见的不耐烦情绪听这场谈话的。德·盖尔芒特夫人在一阵同情心发作过后，便以社交界的无聊对希尔贝特说："喏，我来告诉您，他是我的小叔子夏吕斯的很好很好的朋友，也很熟悉富瓦丝农（德·盖尔芒特亲王的庄园）。"她说这话就好像对斯万来说认识德·夏吕斯先生和亲王是一件偶然的事，好像公爵夫人的小叔子和堂兄弟是斯万在某种情况下偶然结交的两个人，其实斯万跟这一阶层所有的人都有来往，又仿佛她想让希尔贝特明白她父亲大体上是何许人，并通过某一特征替她父亲确定位置，正像人们为了解释怎么会跟一个本来不一定会认识的人有了来往，或者为了突出自己的叙述，便援引某个人给予的特殊保护。至于希尔贝特，她正好一直在设法改变话题，因此，见谈话终于结束心里特别高兴，她继承了父亲那种细腻的识时务知分寸的直觉，又聪明可爱，公爵和公爵夫人都看出了这一点，并且大为赏识，她们请希尔贝特不久以后再来。此外，他们像所有缺乏生活目标的人一样对细枝末节观察入微，有时在与他们交往的人身上发现一些其实是极普通的优点，他们会大呼小叫赞叹不已，那份天真就像城里人在乡下发现了一根小草；有时他们又用显微镜看别人的细微缺点，将其无限扩大，深恶痛绝，评论个没完，而且常常是对同一个人这样时褒时贬。在希尔贝特身上，闲得无聊的德·盖尔芒特先生和夫人那洞察秋毫的眼光首先注意到的是她的可爱之处。"您注意到她吐某些字的方式没有？"公爵夫人在希尔贝特走后问丈夫，"完全是斯万的风格，我简直以为是他在讲话呢。""我正要发表同样的看法，奥丽阿娜。”“她很风趣，完全是她父亲的气质。”“我甚至觉得她胜过她父亲。您记得她讲海水浴的事讲得多精彩吗？她有一种斯万所没有的生动活泼。”“噢！他也是很幽默的。”“我不是说他不幽默，我是说他缺乏生动活泼。”德·盖尔芒特先生用呻吟般的声调说，因为痛风使他心烦，当他不能向其他人表明自己烦躁时，总是冲着公爵夫人发脾气。但他自己也不甚明白其中的原因，于是就做出一副不被人理解的样子。

公爵和公爵夫人既已对她有好感，其他人有必要时也会对她说一声“您去世的父亲”，不过这已无济于事了，因为大约在同一时期，福什维尔先生已收她为养女。她称福什维尔“我的父亲”，她的彬彬有礼、高雅脱俗的言谈举止深得寡居的老夫人们的欢心，大家一致认为，福什维尔固然待她很好，但姑娘也很有良心，懂得感恩图报。也许因为她希望显得洒脱自如，有时也确能做到洒脱自如，她对我讲了她是谁，并且在我面前谈起她的亲生父亲。但这只是一次例外，平时人们不敢在她面前提起斯万的名字。

刚才走进客厅时，我碰巧注意到两幅埃尔斯蒂尔的素描，过去这两幅素描一直被束之高阁，放在楼上一间书房里，我也是偶然见过。如今埃尔斯蒂尔时兴了。德·盖尔芒特夫人曾把这位画家的那么多作品给了她的堂妹，现在心里懊恼不已，倒不是因为这些画时兴了，而是因为她现在欣赏它们了。其实所谓时髦乃是一群人的热衷造成的，而德·盖尔芒特夫妇则是这类人的代表人物。但她无意再买几幅这位画家的其他作品，因为那些画的价格上升得惊人地高，她想至少客厅里总得摆点什么埃尔斯蒂尔的东西，于是命人把这两幅素描从楼上搬下来，并且宣称她“喜欢他的素描甚于他的油画”。希尔贝特认出了画家的笔法。“好像是埃尔斯蒂尔的作品。”她说。“正是，”公爵夫人冒冒失失地答道，“这正是您的……这是几位朋友建议我们买的。真是妙极了。依我看，这比他的油画更高一筹。”我呢，没听见她们之间的这段对话，只顾走过去观赏素描，“咦，这两幅埃尔斯蒂尔的素描是……”这时我看见德·盖尔芒特夫人拼命向我示意。“啊，对了，这两幅埃尔斯蒂尔的素描是我在楼上常常欣赏的。挂在这儿比挂在楼道里更合适。说到埃尔斯蒂尔，昨天我在《费加罗报》写的一篇文章里提到了他。您看过那篇文章了吗？”“您在《费加罗报》上写了文章？”德·盖尔芒特先生惊呼道，其惊奇程度就仿佛他在喊：“咦，这不是我的表妹吗！”“是的，昨天。”“在《费加罗报》，您肯定？这不太可能，因为我们两人都各订有一份《费加罗报》，即使一个人没注意到您的文章，另一个人也会看到的。是不是，奥丽阿娜？报上根本没有。”公爵命人拿《费加罗报》来，见是真的才相信了，好像在这以前，更可能是我弄错自己在什么报上写文章的了。“什么？我不明白，这么说您在《费加罗报》上写了篇文章？”公爵夫人对我说，看来要谈一件她不感兴趣的事很费力气。“好了，巴赞，您以后再读吧。”“让他读吧，公爵的大胡子垂在报纸上的样子很有派头。”希尔贝特说。“我回家后立即看这篇文章。”“是啊，现在大家都把胡子剃了，他反倒留起胡子来了，”公爵夫人说，“他从来不跟任何人雷同，我们结婚以后，他不仅剃掉了胡须，连唇髭也不留了。那些不认识他的农民都不相信他是法国人。那时他的称号是德·洛姆亲王。”“现在还有德·洛姆亲王吗？”希尔贝特问，一切与那些很长时期里不愿和她打招呼的人们有关的事都使她感兴趣。“不，没有了。”公爵夫人回答，目光带着忧郁和抚爱的神情。“那么好听的封号！法国最雅的封号之一！”希尔贝特说，因为有时有些聪明人也会说出某一类的平庸之词，这是不可避免的，正如时钟到点就要鸣响一样。“可不是嘛，我也感到惋惜。巴赞希望由他妹妹的儿子恢复封号，不过这就不是一码事了；说到底也可以是一码事，因为不一定非得长子继承封号，可以由长子转给次子。刚才我讲到巴赞当时把胡须刮得精光；有一天，正是朝圣的日子，您记得吗，我的小伙子？”她对丈夫说，“是去帕赖-勒-莫尼亚勒[1]朝圣，我的小叔子夏吕斯颇喜欢和农民聊天，他不时问问这个，又问问那个：‘你是哪儿人，你？’而且他很慷慨，总要赏给他们点什么，还带他们去喝酒。没有一个人能像麦麦那样既高傲又平易近人。他可能不屑于向一位公爵夫人行礼，因为觉得她不配当公爵夫人；但他可能待一个管猎狗的仆人好得无以复加。于是，我对巴赞说，‘瞧，巴赞，您也跟他们聊聊嘛。’我丈夫并不总是富有创新精神的……”“承蒙嘉许，奥丽阿娜。”公爵说，并继续专心致志地阅读我的文章。“他一眼瞧见一个农民，便一字不差地重复他兄弟的问话：‘你呢，你是哪儿人？’‘我是洛姆人。’‘你是洛姆人？那么

[1] 帕赖-勒-莫尼亚勒：在法国索恩-卢瓦尔省，当地有一座建于11世纪的教堂，甚为有名。

我是你的亲王。’农民看看巴赞刮得发青的脸，回答说：‘不可能。您，您是个英国人。’”就这样，在公爵夫人的简短叙述里，常会突然冒出像德·洛姆亲王这样高贵而杰出的封号，他们恢复了应有的位置、原来的状况和地方色彩，就像在某些祈祷书里，人们能在当时的一大片尖塔中认出布尔日教堂的尖塔。

有人把听差刚放下的名片拿了过来。“我不明白他是怎么了，我并不认识她。这得感谢您，巴赞。可是结交这一类关系并不是您之所长，我可怜的朋友，”随后她又转过身对希尔贝特说，“我甚至无法向您解释她是谁，您肯定不认识她，她叫鲁弗斯·伊斯拉埃尔夫人。”希尔贝特的脸顿时绯红：“我不认识她，”她说（这是撒谎，因为伊斯拉埃尔夫人在斯万去世前两年与他重归于好，并且对希尔贝特始终直呼其名），“不过我从别人那里知道您说的这个人是谁。”

我听说有位姑娘不知是出于恶意还是出于笨拙，问她的父亲——不是养父而是亲生父亲——姓什么，她因心情纷乱，同时也是有意让说出来的话走样，竟然把父亲的姓发成斯凡而不是斯万，后来她意识到这一音变产生了贬义，因为把原来英国人的姓变成了德国人的姓。她甚至还补充说：“关于我的出身众说不一，我呢，还是一概不予理会为好。”她说这话像在贬低自己，实为抬高自己的身价。在想到父母时（因为斯万太太在女儿心目中是个好母亲，事实上也的确如此），希尔贝特尽管有时也会为自己对待生活的这种态度感到十分羞愧，但不幸的是应该承认，她的生活观中的某些成分无疑来自她的父母，须知，我们本身不是七拼八凑起来的。母亲身上的利己主义与父亲家族固有的另一种利己主义加在了一起，不过，这并不意味着简单地相加，甚至也不是简单地互为倍数，而是构成一种新的利己主义，它比前两种要强大、可怕无数倍。自有世界以来，自家族间联姻以来，一个家族的某一缺点与另一家族的形式不同的同一缺点也互相结合，从而在孩子身上形成这一缺点的登峰造极、可憎之至的变种，这样聚积起来的利己主义（这里仅以利己主义为例）的威力之大足以摧毁整个人类，幸亏从祸害本身产生出天然的限制物，将其控制在适当的范围之内，就像纤毛虫的天敌阻止它无止境地增殖，使地球不致被纤毛虫毁灭，单性受粉使植物免于灭绝，等等。有时，一种好品德与利己主义组成一种新的、无私的力量。这真可谓精神化学，它通过化合作用把变得过分危险的成分固定下来，并使其成为无害成分。化合形式是无穷的，它们可以使家族史丰富多彩得令人目眩神迷。再说，与积聚的利己主义（希尔贝特身上大约就有）同时存在的还有从父母那儿继承来的这种或那种讨人喜欢的品德；这种品德会单独来一段小小的插曲，真心诚意地扮演一会儿动人的角色。希尔贝特有时向别人暗示她可能是某位大人物的私生女，也许她并不总做得这样出格；但她一般都掩盖自己的出身。或许她只是觉得承认自己的出身太难堪了，宁愿人们从别人嘴里知道。或许她真以为能瞒得住，这是一种没有把握的信念，但又不等于怀疑，它为我们的企望保留了一点实现的可能性，缪塞所说的对上帝的希望就是这类信念的一个例子。

“我本人不认识她。”希尔贝特又说。她让别人称呼她德·福什维尔小姐时，是否希望人家不知道她是斯万的女儿？也许这是对某些人而言，不过她希望，随着时间的推移，某些人扩大到近乎所有的人。至于这些人目前的数目有多少，她对此大概不抱太大的幻想，而且她兴许也知道不少人会在她背后窃窃私语："这是斯万的女儿。"然而她知道这一点犹如我们知道就在我们赴舞会的时候有人因穷困而自尽，也就是说那是一种遥远而模糊的认识，而且我们并不用从直接印象中得来的明确认识来代替它。正像事物离我们越远就显得越小，越不清晰，危险性也减弱，希尔贝特希望，当有些人发现她生下来姓斯万时，她最好不在这些人旁边。[1]我们往往觉得自己想象得出的人就离我们近，而我们能想象人们在读他们的报纸，于是希尔贝特希望报纸上最好称她德·福什维尔小姐。诚然，在她必需承担责任的文字如信件上，她的签名是 G.S. 福什维尔，以便有一段时间的过渡。在这个签名里，"Gil-berte"一词被省掉的字母比 Swann 多，这正是虚伪之所在。因为，通过把无辜的名字缩减为 G，德·福什维尔小姐似乎在向她的朋友们暗示，她砍掉 Swann 一词的后面几个字母也是出于缩写的动机，她甚至给 S 一种特殊的重要性，把 S 的下面一勾拉得长长的，像一条尾巴，一直甩到 G 字上，不过人们可以感觉到，这个尾巴也是过渡性的，注定要消失的，正像猴子还有长长

---

[1] 希尔贝特属于——或者至少在那几年属于——那种最常见的人类中的鸵鸟，他们把头埋在希望之中，并不是希望不被看见，因为这是不大可能的，而是希望不看见自己被人看见；这对他们来说已经很不错了。至于其余的事，那就靠碰运气了。——作者注

的尾巴，人就没有了。

尽管如此，希尔贝特的附庸风雅里包含一点斯万的聪慧的好奇心。我记得那天下午她问德·盖尔芒特夫人可否认识迪洛先生，公爵夫人回答说迪洛先生身体不好，常年足不出户，希尔贝特又问他是怎样一个人，因为她常听到人们谈起他，她补充这句话时脸微微一红。（的确，迪洛侯爵在斯万结婚前曾是斯万的一位知交，希尔贝特甚至可能看见过他，不过那时她对这个圈子里的人还不感兴趣。）“他是不是类似德·布雷奥代先生或者德·阿格里让特亲王那种人？”她问。“噢，一点不像。”德·盖尔芒特夫人大声说，她对外省之间的差异极为敏感，而且常用她那甜蜜而沙哑的嗓音，简单几句话就色彩鲜明地勾勒出某些人物的音容笑貌，这种时候她那双紫色的眼睛总闪出柔和的光。“不，一点不像。迪洛是贝里戈尔的乡绅，很可爱，他那个省份的文雅举止和不拘小节他全兼而有之。和迪洛交情很深的英格兰王驾临盖尔芒特庄园时每次打猎回来后都要用午茶；这时迪洛总喜欢脱掉半筒靴，换上粗笨的毛线鞋。嘿，他并不因为爱德华陛下和那么多大公在场而感到丝毫的拘束，照旧穿着毛线鞋来到楼下大客厅。他认为他是阿勒芒斯的迪洛侯爵，无须为英格兰王约束自己。他和那个可爱的加西莫多·德·布勒德耶是我最喜欢的两个人。而且他们也是……（她差点说“您父亲的好朋友”，但立即打住了。）不，他同格里-格里和布雷奥代都没有任何相同之处。他是地地道道的贝里戈尔大乡绅。麦麦引用过圣西门描写一位德·阿勒芒斯侯爵的一段文字，真是活脱脱一个迪洛。”我于是引了那段文字的头几句："德 · 阿勒芒斯先生是贝里戈尔贵族中的出众人物，不仅由于他出身高贵，也由于他有大才大德，贝里戈尔所有的人都把他视为全体的仲裁人，每个人有事都求助于他，因为他廉正、能干、待人温和，他们还把他视为外省的公鸡……""是的，是有那么点味儿，"德 · 盖尔芒特夫人说，"尤其是他的脸总是红得像公鸡。""是的，我记得听到过这段描绘。"希尔贝特说，并不进一步明确是听到她父亲引用过，她父亲生前确实对圣西门佩服得五体投地。

她也喜欢谈谈德 · 阿格里让特亲王和德 · 布雷奥代先生，但那是出于另一种原因。德 · 阿格里让特亲王的封号是从阿拉贡家族[1]继承得来的，但他们的领地在普瓦图省[2]，至于他的庄园，至少是当时他居住的庄园，那并不是他家的产业，而属于他母亲的前夫家，这个庄园坐落在马丹维尔和盖尔芒特之间，与两地的距离几乎相等。所以希尔贝特谈到他和德 · 布雷奥代先生就像谈乡下邻居，他们使她想起从前在那儿生活过的外省。实际上她的话里有一部分与事实不符，因为她是在巴黎通过莫莱伯爵夫人才认识布雷奥代先生的，虽然这位先生是她父亲的老友。至于谈论当松维尔近郊时给她的乐趣，那倒可能是她真正感受到的。对某些人来说，赶时髦好比美味饮料再加上点有益于健康的物质。比如希尔贝特对某位高雅的夫人感兴趣，因为这位夫人有吸引人的藏

---

[1] 阿拉贡家族：阿拉贡是西班牙北部的一个省，公元 10 世纪成为一个独立王国。
[2] 普瓦图：法国西部旧省名。

书和纳蒂埃[1]的画，而我这位旧时女友是不会到国立图书馆和卢浮宫去看这些画的。我想象得出，在希尔贝特眼里，当松维尔对德·阿格里让特先生产生的吸引力比对萨士拉夫人或古比尔夫人产生的吸引力更大，尽管这两位夫人离当松维尔更近。

“啊！可怜的巴巴尔，可怜的格里-格里，”德·盖尔芒特夫人说，“他俩的健康状况比迪洛还要糟得多，只怕两人都活不了多久了。”

德·盖尔芒特先生读完我的文章后，把我恭维了一番，不过恭维中带有保留。他说文章的美中不足之处是文笔稍显陈旧刻板，“用了些夸张和隐喻，颇像夏多布里昂的过了时的散文”，但他对我能“找点事干干”倍加称赞：“我主张人们都用自己的双手干点什么。我不喜欢无用之人，他们都是自高自大之辈，或是烦躁症患者。愚蠢的败类！”

希尔贝特对上流社会的一套言谈举止学得极快，她宣称能告诉别人自己是一位作家的朋友她将感到多么自豪。“您想，我怎么能不说我很高兴有幸认识了您呢。”

“您明天不想和我们一起去喜歌剧院吗？”公爵夫人问我，我想我大概就是在那个楼下包厢里第一次见到她的，当时我觉得那个包厢就像涅瑞伊得斯[2]的海底王国一样不可企及。然而我用忧伤的声音回答说：“不，我不去看戏，我挚爱的一位女友去世了。”

[1] 纳蒂埃（1685—1766）：法国画家。
[2] 涅瑞伊得斯：希腊神话中海神涅柔斯的女儿。

说这话时我眼里几乎含着泪水，而心里却又体味到某种快意，说到她的死时有这种感觉这是第一次，自那以后，我开始写信告诉大家我不久前遇到了令人悲伤的事，而同时却开始不再感到悲伤了。

希尔贝特走后，德·盖尔芒特夫人对我说："您没有明白我的示意，我是叫您不要提起斯万。"见我连连抱歉，她又说："不过我完全谅解您；我自己也差点说出他的名字，刚刚来得及挽回，真叫人提心吊胆，幸亏我及时打住了，您知道，巴赞，这叫人很不自在。"她对丈夫说，想以此来减轻一点我的过失，似乎认为我是受了一种人所共有而又难以抗拒的天生癖好的影响才失口的。"我有什么办法？"公爵说，"既然这几张素描让您想起斯万，您吩咐人把它放回楼上去不就得了。如果您不想到斯万，您就不会提起他。"

次日，我收到两封贺信，使我大为惊讶，一封是古比尔夫人写来的，这位住在贡布雷的夫人，我已有多年没见了，而且即便在贡布雷时，我和她说话也不到三次。原来，某个阅览室给她寄了《费加罗报》。事情往往是这样，当我们生活中发生了某件能引起一点反响的事，我们就会得到一些人的消息，这些人与我们的关系极为疏远，给我们留下的回忆也已经很陈旧，因此他们距离我们似乎十分遥远，尤其是从感情的深度来讲。一位被你遗忘的中学同窗（虽然他有很多机会在你脑海中出现）突然给你音信，当然并不是不图报偿的。布洛克没有给我写信，我本来很希望知道他对我的文章的看法。他其实是读过这篇文章的，而且后来向我承认他读过，不过是由于一种反作用效应。事情是这样的：几年以后他自己也在《费加罗报》上写了文章，并立即想向我通报这件大事。过去被他视为特权的事现在降临到他自己头上，原先驱使他佯装不知道我发表了文章的嫉妒心随之烟消云散，仿佛压在心头的重物被掀去了，于是他跟我谈起我的文章，我想他是不会希望听到我用同样的方式谈他那篇文章的。“我知道你也写过一篇文章，”他说，“不过当时我认为还是不和你提起为好，生怕引起你不快，因为一个人不应该和朋友谈他们遇到的丢面子的事，而在一种被称为刺刀和圣水刷、five o'clock[1] 以及圣水缸的报纸上写文章当然是一件不光彩的事。”他的性格没变，文章倒不像以前那般矫揉造作了，正如有些作家，由写象征派的诗转为写连载小说后便脱离了浮华矫饰的风格。

为了排遣布洛克的沉默给我带来的惆怅，我又读了一遍古比尔夫人的信；信很平淡。虽说贵族们的信函少不了某些应酬客套，但是在开头的“先生”和结尾的“致以崇高的敬意”这类套语之间，还能迸发出几声欢叫，几声赞叹，犹如几束花儿逾过栅栏送出浓郁的香气。而资产阶级的习俗使书信连正文也越不出“您理应取得的成功”或至多是“您光辉的成就”之类的套子。那些忠实遵循所受教导的姑嫂们，一本正经地束在她们的胸衣里，一个个矜持而含蓄，要是在你不幸或高兴的时刻给你写了句“我最深

[1] 刺刀和圣水刷指军队和教会，five o'clock（英语，意为五点钟）是用午茶的时间。这里指《费加罗报》是为军队和教会服务，及提供茶余饭后谈资的无聊报纸。

切的思念”，她们便认为自己已披肝沥胆了。“代母亲致意”是最高级的问候用语，你很少能得到这种厚爱。除了古比尔夫人的信我还收到一封，署名萨尼隆，这名字于我是陌生的。字迹大众化，语言颇有情趣。我无法弄清是谁写来的，心里很感遗憾。

第三天早晨我心里充满喜悦，因为贝戈特十分赞赏我的文章，他读这篇文章时不无羡慕之意。然而不一会儿我的喜悦便化为乌有。事实上贝戈特根本没给我写片言只语，我只是问过自己，他会不会喜欢我的文章，心里怕他不喜欢。我给自己提出的这个问题，德·福什维尔夫人做了回答，她说贝戈特对我的文章无比欣赏，认为它堪称名家手笔。但她说这话时我正在睡觉：原来是一场梦。我们给自己提出的问题，人们总是用复杂的话来回答，而且安排好几个人物在场，但这些回答是没有结果的。

至于德·福什维尔小姐，我每想到她就禁不住心里难过。什么？她是斯万的女儿？斯万生前多么希望看到她在盖尔芒特家里，然而他们拒绝接待她，后来他们又主动找她，因为时间的流逝使一切在我们眼前面目一新，它根据别人对他们的谈论，往我们长久没见的人身上注入新的人格，而这期间我们自己也有了脱胎换骨的变化，我们的喜好已与往日大不相同。斯万有时把女儿搂在胸前，一面亲她一面对她说：“亲爱的孩子，有你这么个女儿真是福气；哪天我不在人世了，要是还有人提到你可怜的爸爸，那一定只是跟你提起，而且只是因为你的缘故。”斯万怯生生地、忧心忡忡地希望自己能虽死犹生，他把这希望寄托在女儿身上，他想错了，好比一个年迈的银行家，这位银行家为他供养的一个年轻而举止端方的舞蹈演员立一份遗嘱时心想：他只是她的一个好朋友但她会一直记着他。她举止端方，可是却和老银行家的朋友之中被她看上的人暗地里调情，当然都是背着人干，表面上无可指责，那个善良的老人死后她会为他戴孝，心里却觉得摆脱了他一身轻松，她不仅花他的现钱，还享用他的产业，以及他留给她的汽车，她会叫人把原主人姓名的首字母从所有地方抹掉，因为这名字让她感到一丝羞愧。在享用遗赠的时候她从不连带怀念馈赠者。父爱的幻想也许并不比那位银行家的幻想稍稍实际些；很多女儿仅仅把父亲看成能留给她们产业的老人。希尔贝特在一个沙龙露面非但不能引起人们再谈谈她父亲，反而使人们失去谈他的机会，而这种机会本来就愈来愈少了，甚至在谈到他说过的字句、他赠送的礼品时，人们也渐渐习惯于不提他的名字，这样，那个本该使他死后的形象恢复年轻甚至永世长存的姑娘，不料却加速并完成了死亡和遗忘的业绩。

希尔贝特一天天完成着遗忘的业绩，这不仅就斯万而言：她也加快了我对阿尔贝蒂娜的忘却。在我误把她当成另一位姑娘的那几个钟头里，她激起了我的情欲，从而也激起了我对幸福的渴望，而在情欲的作用下，一些不久之前还萦绕在我脑际的悲伤和痛苦的思绪便从我脑中逃遁而去，并带走了一连串关于阿尔贝蒂娜的回忆，这些回忆可能本来早已支离破碎、朝不保夕了。如果说，不少与她相关联的回忆使我一直痛惜她的死，那么这种痛惜又反过来稳固了我对她的回忆。我的心态的变化大概是由忘却的不断瓦解作用在暗中一天天酝酿起来的，但其完成却是陡然的、整体的，因此这一变化给我一种感觉，我记得那天我第一次有这种感觉，即感到空虚，感到我心中一整片联想变成了空白，一个脑动脉早已劳损，一天突然破裂以至于部分记忆力丧失或瘫痪的人就会有这种感受。

我的痛苦以及伴随它的一切其他感情消失以后，我整个人似乎缩小了，就像在我们生活中原本占很大位置的疾病突然痊愈后我们常有的感觉。爱情之所以不可能永恒，大约正因为回忆不可能始终真实，因为生命就是细胞的不断更新。不过对于回忆来说，这种更新被我们的注意力所推迟，注意力在一段时间里把应该变化的事物截住、固定住了。忧伤就像对女人的欲望，愈去想它愈会把它夸大，而忙个不停和清心寡欲能使忘却变得容易些。

时间的流逝逐渐导致忘却（虽然在我身上是注意力的分散——指我对德·埃博什维尔小姐的相思——使忘却突然变得真实而明显），而由于反作用的缘故，忘却也不会不使我们的时间概念发生深刻的变化。空间上存在视觉误差，时间上也存在视觉误差。比如我心中久已有一个愿望，想工作，想弥补失去的时间，想改变生活，或者更确切地说想开始生活，这个微弱的愿望在我心中一直存在，以至于使我产生一个错觉，以为自己始终还那么年轻；但另一方面，回忆阿尔贝蒂娜逝去前的几个月我生活中陆续发生的事情——以及我心灵中陆续发生的事情，因为当一个人起了很大变化便会以为自己度过了很长时间——曾经使我觉得这几个月比一年还要长得多，而现在那么多东西被遗忘，仿佛若干空白把我和新近发生的事隔开，以至于这些事就像是很久以前发生的，既然我已有人们称为的“时间”去忘记它们。我的记忆中插入了片断的、不规则的遗忘——犹如海洋上笼罩的浓雾隐没了周围事物的标志——它搅乱、破坏了我对时间距离的感觉，有些地方缩短了，有些地方又拉长了，使我与事物之间的时间距离在感觉上要比实际上时而近得多，时而远得多。由于在我尚未经历、尚未认识的未来时间里将不再会有我对阿尔贝蒂娜的爱情的痕迹，正如在我刚刚度过的、业已逝去的时间里，看不到我对外祖母的爱的痕迹，这就形成一个个连续的阶段，相隔一定的时间以后，前一阶段赖以存在的东西在后一阶段竟荡然无存，因此，我觉得我的生活是一种空洞的东西，它是那么缺少一个能作为支柱的统一而连续的自我，它的过去是那么漫长，它的未来是那么多余，死亡可以在此时或彼时将它了结而不对它做结论，犹如修辞班的法国历史课，可以随便在某一阶段结束，可以到一八三〇年革命为止，也可到一八四八年革命或第二帝国灭亡为止，全根据教学大纲或教授的心血来潮而定。

也许，当时我感到疲倦和忧伤并不完全因为我徒然爱过我已在忘却的人，而是因为我开始乐于和新交，和十足的社交界人士以及和盖尔芒特家的一班朋友厮混，而这些人本身是那么乏味。我发现曾几何时我热爱过的姑娘已仅仅成为一个苍白的回忆，我还发现自己又泡在无谓的社交活动中虚度时光，让一群生命力顽强的寄生虫占据了我的生活，这些人死后也会化为乌有，他们现在就已经与我们的经历和体验毫不相干，而我们由于衰老期的唠叨、忧郁和好献殷勤却竭力去取悦于他们，相比之下也许前一个发现倒更能使我聊以自慰。那个能并不为难地过一种没有阿尔贝蒂娜的生活的新人已在我身上出现，既然我在德·盖尔芒特夫人家谈到她时言辞悲切而内心深处并不十分痛苦。这些新“我”应该和前一个我有不同的姓名，它们对我之所爱无动于衷，因此我一直害怕它们的到来：从前在谈到希尔贝特时我害怕过，那时她父亲说如果我去大洋洲我会不愿再回来；最近我又害怕过，那是在读了一部回忆录以后，我感到揪心地难过，作者其实很平庸，他写自己年轻时热恋过一个女人，但生活把他们分开了，待到他老了又与这个女人邂逅时，竟未感到重逢的喜悦，也没有再见她的欲望。然而这个新人在带给我忘却的同时，反而消除了我几乎全部的痛苦，使我有可能得到安乐，这位如此可怕又如此乐善好施的人不是别人，正是命运为我们准备供替换用的许多个“我”中的一个，命运像一位英明而果断的医生——唯其英明才更果断——它不听我们的恳求，不顾我们的反对，将伤得实在太厉害的“我”通过手术适时地换下来，换上一个新“我”。这一替换工作，命运之神每隔一段时间进行一次，好像将用旧的织物翻新，只不过我们不注意，除非旧“我”原有一颗痛苦的心，一个陌生而且粗暴的躯体，一天我们惊奇地发现这个旧“我”已经不存在，我们还惊喜地发现自己已变成了另一个人，在这个人眼里，其前身的痛苦就像是别人的痛苦，可以怀着怜悯之情来谈论，因为自己感受不到，甚至我们过去的苦难历程也显得无关紧要了，因为我们只依稀记得受过那些苦。同样，我们夜里做的噩梦可能极其恐怖，但早晨醒来时我们是另一个人，我们几乎不再理会前一夜曾在刺客面前吓得狂奔的我们。

新“我”无疑和旧“我”还保持着某种联系，犹如一个丧妻者的朋友，他对这一不幸并不感到悲痛，可是和在场的人谈论这一不幸时还是表现出恰如其分的悲哀，并且不时回到托他代为接待亲朋的鳏夫房间里，后者继续在那里呜咽抽泣。当我自己暂时又变成阿尔贝蒂娜的生前好友时，我还这么哭过。不过我正逐渐地整个儿进入一个新的角色。我们对别人的感情逐渐淡薄，这并不是因为他们死了，而是因为我们自己在逐渐死亡。阿尔贝蒂娜对她的朋友没什么可责怪的。窃取了她朋友的名字的人只不过是她朋友的继承人。人们只能对自己记得的人保持忠实，而人们又只能对自己了解的人保留着回忆。新“我”在旧“我”的荫庇下逐渐成长时，常常听到旧“我”谈起阿尔贝蒂娜；通过旧“我”，通过从他那儿搜集到的叙述，新“我”自以为了解了阿尔贝蒂娜，对她有了好感，爱上了她；然而这只不过是一种间接的温情。

那个时期关于阿尔贝蒂娜，忘却还在另一个人身上也许更迅速地进行着它的工作，而且，由于连锁反应，也使我不久后意识到忘却的作用在我身上有了新的进展（这就是我回忆中的第二阶段，亦即最终忘却前的那个阶段），这个人便是安德烈。在我转述过的她和我的那次谈话后约莫半年，我俩有过另一次谈话，确实我不能不把对阿尔贝蒂娜的忘却看作这次谈话的原因，即便不是唯一的或主要的原因，至少也是决定性的、必要的原因，这次谈话中她对我说的话与第一次迥然不同。记得那是在我房间里，那时我喜欢和她发生半肉体关系，因为我对这一小帮子少女的爱情开始曾带有集体性，这时又恢复了这种特性，在很长时间里她们一直共享我的爱，只在很短时间，就是在阿尔贝蒂娜死前和死后的几个月里，它才仅仅和阿尔贝蒂娜一个人结合在一起。

我们在我房间里谈话还有另一个原因，这另一个原因使我能极其准确地确定这次谈话的时间。这原因就是除了我的房间我不可能待在公寓的其他地方，因为那天是妈妈的会客日，妈妈先是对去不去萨士拉夫人家有些犹豫不决。不过，由于这位夫人惯会在邀请你的同时还邀请一些索然无味的客人，即使在贡布雷也不例外，妈妈肯定自己在那儿不会玩得痛快，所以她盘算可以早点回家而不会错过任何有趣的事。她果然准时回来了，而且毫不后悔，她在萨士拉夫人家遇到的尽是些讨厌得要命的人，加上萨士拉夫人的声音本已令她们拘束发怵，这位夫人每有客人便用这种特别的声音讲话，妈妈称之为“星期三之声”。除此之外，妈妈倒挺喜欢她，并同情她的不幸遭遇——她的不幸是她那被某公爵夫人弄得倾家荡产的父亲的一系列荒唐行径造成的，家境衰败迫使她几乎长年蛰居贡布雷，有时去巴黎她表妹处住几个星期，每十年才做一次“娱乐性旅行”。

我记得前一天母亲去拜访帕尔马公主了，一则禁不住我几个月来的一再请求，再则公主一直要她去，公主是从不访亲走友的，通常是人家预约去拜访她。既然碍于社交礼仪她尊驾不便光临舍下，她便执意要我母亲去看她。母亲回家后满脸不高兴：“我依了你的话真是失策，”她对我说，“帕尔马公主只勉强跟我打了个招呼，随即又继续和那些夫人聊天去了，全然不理会我，过了十分钟，我见她不和我说话便起身走了，她竟没和我握手。我心里很不痛快；不过我出来时在门口倒遇见了德·盖尔芒特公爵夫人，她很和蔼可亲，对我谈了你很久。你怎么想得出在她面前说起阿尔贝蒂娜呢！她告诉我，你对她说这姑娘的死叫你悲痛欲绝（我确实对公爵夫人说过这话，不过简直不记得了，而且我说此话时并未十分在意。然而最漫不经心的人往往特别留心我们无意中说出的话，这些话于我们很自然，却激起他们极大的好奇）。我可再也不去帕尔马公主家了，你叫我干了件蠢事。”

第二天，也就是妈妈的会客日，安德烈来看我。她时间不多，因为还要去赴希塞尔的约，她很想跟希塞尔一道吃晚饭。“我知道她有不少缺点，不过她毕竟是我最要好的朋友，也是我最喜欢的人。”她对我说。她甚至好像有点惶惶不安，唯恐我提出要跟她俩共进晚餐。她总是贪婪地想把朋友占为己有，像我这样一个过分了解她的第三者在场会妨碍她与朋友推心置腹，从而妨碍她体味与朋友在一起时的完美乐趣。

她来时我确实不在房间里；她等着我，我正要穿过小客厅去会她，听到有人说话的声音，便知道还有别的来客。我因急于去见我房间里的安德烈，又不知道另一位来访者是谁（此人显然不认识安德烈，因为仆人把他安排在另一间屋子），便在小客厅门外听了一会儿；我的客人在说话，他不是单独一个人；他在对一个女人讲话：“啊！我亲爱的，那是在我心田里！”他低吟道，引的是阿尔芒·西尔费斯特的诗句，“是的，你永远是我的亲爱的，尽管你曾那样对待我：

如同死者在大地的怀抱中安眠，
熄灭的感情该深深埋葬在心田，
心儿珍藏的纪念也有它的骨灰，
别用手去触摸那些神圣的遗骸。

“这有点老一套，可是写得多好！还有下面这首，本来第一天见到你就该念给你听的：

你会让他们哭泣，美丽可爱的孩子……

“怎么，你没读过这首诗？

……所有的顽皮小伙子，未来的堂堂男子汉，
已将自己青春的幻想，
挂在你那明眸娇媚的睫毛上。

“啊！我一度以为可以这样说：

他来这里的第一个夜晚，
我将傲气抛到九霄云外，
我对他说：‘你会爱我，
爱我直到地久天长。’
在他怀抱里我才睡得香。”

我十分好奇，想知道这滔滔不绝的诗句是奉献给哪位女子的，于是顾不得与安德烈的紧急会面可能给推迟片刻，我推开了门。原来是德·夏吕斯先生在向一位军人朗诵这些诗句，我一眼便认出那位军人是莫雷尔，他正要去接受服役前的十三天训练。其时他与德·夏吕斯先生已不似过去那样打得火热，但间或还因有事相求来看看他。德·夏吕斯先生在爱情上一向表现得颇富阳刚气概，可也有缠缠绵绵的时候。况且早在童年时，为了真正理解和体味诗人的作品，他必须假想那些诗句不是写给一个朝三暮四的美人而是写给一个青年男子的。我尽快走开了，虽然我感觉到对德·夏吕斯先生来说与莫雷尔相会是一种极大的满足，因为这能暂时给他再度结婚的错觉。而且，在他身上皇后们的附庸风雅与下人们的赶时髦兼而有之。

我对阿尔贝蒂娜的回忆已变得如此支离破碎，它再也不会引起我伤感，只能成为我过渡到新的欲念的桥梁，如同为乐章的变换做准备的一声和弦。而且因为我仍然忠实于阿尔贝蒂娜，一切逢场作戏的肉欲之念已被排除在外，因为我甚至认为即使奇迹降临，阿尔贝蒂娜重新回到我身边，我也不会像现在与安德烈在一起这么幸福。安德烈能对我讲很多有关阿尔贝蒂娜的事，比过去她本人对我讲的还要多。我在精神上和肉体上对阿尔贝蒂娜的温情虽已消逝，她这个人在我脑中却仍然是个谜。想了解她的一生与想要她待在身旁这两个愿望相比，现在是前者比后者强烈，因为前者从未有过消减。另一方面，她可能曾和一个女人有过爱情关系这一想法现在只能使我也想和那个女人发生关系。我一面抚摸着安德烈，一面把这种心情告诉了她。她似笑非笑地说："哦！是吗？但您是男人，所以我们两人在一起不可能做我和阿尔贝蒂娜在一起做的那些事。"此时她一点也没考虑如何把这番话和她几个月之前说的话一致起来。接着，也许她是想刺激我的情欲（以前，为了套出她的心里话我曾对她说过，我很想和一个与阿尔贝蒂娜有过关系的女人发生关系）或增加我的悲伤，也许是以为这样能打消我在她面前的优越感，她可能以为我有这种优越感，因为我自认为是唯一和阿尔贝蒂娜有这种关系的人，她又说："啊！我俩在一起度过了很多美好的时刻，她是那么温存，又那么富于激情。再说她也不是只喜欢跟我一个人取乐。她曾在维尔迪兰家遇到一个名叫莫雷尔的漂亮小伙子，两个人立即互相心领神会。他负责——当然，在她的允许下，他自己也可从中取乐，他专喜欢找那种不通世事的年轻姑娘，而且一旦把她们引入歧途，就丢下她们不管了——他负责勾引远处海滩上的渔家姑娘，还有年轻的洗衣女工，因为这些姑娘可以迷上一个小伙子，却不会答应一个姑娘主动亲近她们。等上钩的姑娘完全受他控制后，他就把她带到一个非常稳妥的地方，交给阿尔贝蒂娜。因为怕失去莫雷尔，再说莫雷尔也参与好事，姑娘总是听凭摆布，不过她终究还是失掉了他，因为他一则害怕事情引起的后果，二则觉得玩一两次就够了，往往留下个假地址就溜之大吉。我相信，住在您家的那段时期她抑制了这种情欲，把这类寻欢作乐的事一天天往后推。再说她对您一往情深，不能不有所顾忌。毫无疑问，一旦离开了您，她会故态复萌。不过我想她离开您以后虽然又恢复了这种疯狂的情欲，事后却百倍地悔恨。她指望您拯救她，娶她。其实她也感到这是一种罪恶的疯狂行为，我常常想，她是不是因为她的行为导致了一个家庭的一起自杀事件，自己才寻死的。应当坦白告诉您，她刚住到您家时，并没有完全放弃和我的玩乐。有些日子这简直成了她的一种需要，这种需要是那么强烈，有一次，就在您家里，她竟然要我先在她身边睡一会儿然后才肯和我分手。那次我们的运气不佳，差点被逮住。她趁弗朗索瓦丝下楼买东西，而您也不在家的机会。她把所有的灯全灭了，这样您回来用钥匙开门时要费点时间才能找到电灯按钮，她没关自己的房门。我们听见您上楼来着，我刚来得及理好衣服下楼。其实完全不用着急，因为想不到事有凑巧，您忘了带钥匙，不得不按门铃。不过我们仍然吓昏了头，为了掩饰窘态，两人不约而同地装作害怕山梅花的气味，其实正相反，我们非常喜欢这种花的香味。您当时带回一枝长长的山梅，我趁机扭过头去，不让您看到我的慌乱，可我还是笨拙而又荒唐地对您说，弗朗索瓦丝可能已经回楼上去了，她本可以给您开门，而一秒钟前我还谎称我们刚刚散步回来，并说我们到家时弗朗索瓦丝还没下楼（这倒是真的）。倒霉的是我们熄了灯——我们原以为您有钥匙——又怕您上楼时看见我们开灯，至少，我们迟疑得太久了。为这事阿尔贝蒂娜三夜没能合眼，时时刻刻怕您起疑心，怕您问弗朗索瓦丝为什么走前不开灯。应当承认，阿尔贝蒂娜非常惧怕您，有时她认为您狡猾，凶狠，骨子里恨她。三天后她见您始终很平静，知道您并没问弗朗索瓦丝任何话，这才睡得着觉。但从此她再也没跟我发生过关系，也许是出于害怕，也许是出于悔恨，因为她自认为深深地爱着您，要不就是她爱着别的什么人。不管怎样，自那以后只要别人在她面前提起山梅花她就会面红耳赤，并且用手摸摸脸，设法不让人看到她脸红。”

有些不幸也和某些幸福一样降临得太晚，因而在我们心中失去了它们原来可能有的重要性。安德烈吐露的可怕实情给我带来的不幸就属于此类情况。即使坏消息本来会使我们伤心，但在有问有答的谈话消遣中，这些消息会在我们面前一掠而过毫不停留，而我们自己也来不及接受它们，因为我们一心忙于应答，或是因为我们想取悦于在场的人而改变了原来的自我，成了另一个人，或是在新的循环中我们短时间内不受温情和痛苦的折磨，然而这短暂的魔力一旦被打破，我们为进入这一新循环而摆脱掉的爱情和痛苦又会卷土重来。如果这些情感的力量压倒了一切，那么我们只能是心不在焉地进入那个长久不了的新天地，而且在那里也不会变成另一个人，因为我们太忠实于自己的痛苦；于是谈话会立即与我们并未置身事外的心灵相沟通。不过，近来牵涉到阿尔贝蒂娜的话语就像挥发了的毒药，不再具有毒性了。我与她的距离已经太遥远；如同一个散步者傍晚看见天空挂着一弯朦胧的月牙时对自己说，奇大无比的月亮就是这样的吗？我也对自己说：“怎么！我如此孜孜以求而又如此害怕知晓的事情真相，就是在一次谈话中说出来的这么几句话吗！我甚至无法加以全面思考，因为我不是独自一个人！”再说，我对此实在没有精神准备，我和安德烈在一起已身心交瘁。说实在的，这样一个事实真相，我本希望有更充沛的精力去面对它；现在它对于我仍然是外在的，因为我还没为它在我心中找到一个位置。人们总希望真相通过新的信号披露在我们面前，而不是通过一句话，一句类似我们对自己重复过无数遍的话。思维习惯有时会妨碍我们体验现实，使我们对现实产生“免疫力”，使这现实显得仍然是思想。没有一种想法不包含着对自身的驳斥，没有一个词不包含着自身的反义词。

不管怎样，如果安德烈说的是实话，那么这就是有关我的情妇的全部毫无用处的真相，她已不在人世，此刻却从神秘莫测的冥冥中浮升起来，在我们不再需要真相的时候却真相大白。于是（兴许想到自己现在爱着的人，想到在她身上也会发生同样的事，因为那个已被忘却的人，我们是不会再把她放在心上的），我们感到悲凉。我们对自己说：“但愿活着的这一位能理解这一切，但愿她能明白，一旦她死了我会弄清楚所有她瞒着我的事！”然而这不是成了循环论证吗！如果我能让阿尔贝蒂娜死而复生，那么同时我就是让安德烈什么也不对我透露。这与那句千古不变的话“当我不再爱您的时候您会明白的”几乎是同一回事，这句话是那么中肯又那么荒谬，因为确实，当人们不再爱的时候就能得到很多，不过那时得到多少对我们已无关紧要了。这两者甚至完全是一回事。当您与一个您已不爱的女人重逢时，如果她把一切都告诉您，那是因为她其实已不是原来的她，或者您已不是往日的您：恋爱着的人已不复存在。在这方面死亡也留下了痕迹，它使一切变得容易，使一切变得多余。我的这番思考是以下面的假设为出发点的，即假设安德烈是诚实的——这并非不可能——而且，她对我以诚相见是因为她现在和我保持着关系（阿尔贝蒂娜早期和我在圣安德烈教堂有过的那种关系）。她对我说真话还由于她现在不用惧怕阿尔贝蒂娜了，因为对于我们，人死后不久其真实性也随之消逝，几年后，他们就像被废黜的宗教的神灵，人们可以毫无畏惧地触犯这些神灵，因为大家不再相信它们的存在。然而安德烈不再相信阿尔贝蒂娜的真实性也可能产生另一种后果，那就是她可以毫无顾忌地编造谎言污蔑自己过去的所谓同谋（一如她毫无顾忌地泄露她曾答应保守秘密的事实真相）。倘若由于某种原因，她以为我现在生活得心满意足，趾高气扬，便有心让我难受，那么这种畏惧的消失究竟是促使她向我说出实情呢还是促使她对我撒谎呢？或许她对我心怀恼怒（这种恼怒在她看到我遭到不幸，得不到安慰时曾暂时消除），因为我和阿尔贝蒂娜有过关系，因为她可能羡妒我——以为我以此而自诩比她得宠——享有一种她未曾得到，甚至未敢企望的优待。出于同样的嫉妒心，她对气色很好并且自知气色好的人总是感到恼怒，我常见她对这些人说他们看上去像得了重病，并且为了气他们，她还说自己身体很好，即使在她病得极其厉害时也始终这样宣称，真到临死前她变得超然物外，才不再因幸福的人们身体好自己却不久于人世而心烦了。但这是很久以后的事，也许她是莫名其妙地恼我，就像从前她恨过一位年轻人，此人在体育方面无事不懂，对其他事则一窍不通，我们是在巴尔贝克遇到他的，后来他和拉谢尔同居，安德烈对他竭尽造谣中伤之能事，甚至巴不得自己被指控犯了诬告罪，那样她就可以在众人面前一口咬定他父亲干过许多见不得人的事，而他却无法证明这是捏造。也许她对我的恼恨在她看到我那么忧伤时曾一度平息，现在只是重新抬头罢了。的确，即使是她恨之入骨的人——她两眼喷着怒火发誓要让他们名誉扫地，要杀死他们，要让他们下大狱，哪怕提供假证词也在所不惜——只要她得知这些人心情悲伤，受到侮辱，她就不再对他们存丝毫恶意，反而准备为他们排忧解难。因为她本质上并不坏，如果说她深一层的而不是表面的性格与人们起初根据她的体贴入微而做的判断相反，并不是殷勤和善，而是嫉妒、骄傲，那么她的第三重也是更深一层的性格则倾向于善良和对他人的爱，这是她真正的本性，不过没有得到充分的体现而已。人们处于某一种状况时都渴望改善这种状况，但由于新的状况还只是一种意愿，她们不明白首要的条件是与前一种状况决裂——就像神经衰弱症患者或嗜吗啡者很想治好病，却又不愿除掉嗜好或戒掉吗啡；又像那些留恋社交生活的笃信宗教者或酷爱艺术的人，他们希望清静，却又以为清静并不意味着完全放弃他们先前的生活——同样，安德烈愿意爱所有的人，但条件是先要能做到不把人们想象成得意扬扬的样子，为此她就必须先轻侮他们。她不懂得，即使对自高自大的人也应该去爱，要用仁爱之心去克服他们的傲气，而不是用更厉害的傲气。这是因为她像有些病人，这些人想用来治好疾病的办法其实正是拖长疾病的办法。他们喜欢这些办法，但一旦抛弃了这些办法，便立即不再喜欢了。人就是这样，想学游泳，却又想留一只脚在岸上。

关于我在巴尔贝克两度小住时遇到的那个喜爱体育的年轻人，维尔迪兰夫妇的侄子，这里必须提前附带谈一谈。在安德烈来访后不久（过一会儿我还要谈到这次来访），发生了几件给人印象颇深的事。首先是这位年轻人与安德烈订了婚并娶了她（也许是出于对阿尔贝蒂娜的怀念，我当时不知道他曾经爱过阿尔贝蒂娜），拉谢尔为此悲痛欲绝，他却毫不理会。其时（在我前面谈到的那次造访后几个月）安德烈已不再说他是一个无耻之徒了，后来我发觉她以前之所以称他无耻之徒正是因为她发疯似的爱上了他，但又以为他不愿意要她。还有一件事更令人震惊。这位青年推出了几个独幕喜剧，布景和服装都是他设计的，这些短剧在当代艺术领域里引起的一场革命至少可以与俄罗斯芭蕾完成的革命相提并论。简而言之，最有权威的评论家都认为他的作品了不起，堪称天才之作，我现在也这么认为，这就证实了拉谢尔从前对他的看法，着实令我吃惊。在巴尔贝克认识他的人都以为他只注意与他交往的人衣服剪裁是否高雅，以为他把全部时间都用来玩纸牌、看赛马、打高尔夫球或马球，他们还知道他在班上一直是个又懒又笨的学生，甚至读中学时还被校方开除过（为了给父母找麻烦，他去一家大妓院住了两个月，就是德·夏吕斯先生以为在那儿见到过莫雷尔的那家妓院），他们想他的作品也许出自安德烈之手，是安德烈出于对他的爱把荣誉让给了他，或者更大的可能是他出钱让某个有才华而又贫困潦倒的职业作家替他写作，反正他腰缠万贯，以往的大肆挥霍只是九牛拔一毛而已（这群阔人——他们并未因为和贵族交往而变得文雅些，对何谓艺术家毫无概念，在他们眼里艺术家就是在小姐的订婚仪式上被叫来背几段独白，演完后立即在隔壁客厅里悄悄得几个赏钱的那种演员，或是一名画师，他们把刚结婚还没生孩子的女儿带到这种画师家里摆姿势，让他画像，因为这时她还显得很好看——往往以为上流社会那些写书、作曲或绘画的人都花钱让别人为他们代劳，为的是得一个作者的名声，就像有些人花钱为自己谋一个议员的席位）。但是所有这些估计都错了；那个年轻人确实是这些令人赞叹的剧作的作者。我得知此事后，不得不在各种猜想之间犹豫不定。要么在很长一段时间里，他确实像看上去那样是个“迟钝的粗鲁之人”，而后某个生理上的突变唤醒了他身上处于混沌状态的天才，就像林中的睡美人突然苏醒了一样；要么当他还在修辞班捣蛋闹事，当他中学会考屡屡受挫，当他在巴尔贝克赌博损失惨重，当他害怕和维尔迪兰姑妈那个小圈子的忠实成员一道上“有轨”，因为他们的衣着太难看时，他已经是个天资不凡的人，只不过他漫不经心地把天才消耗在沸腾的青春激情里，或者甚至也可能那时他已经意识到自己的才能，而他之所以是班上最后一名，是因为当老师重复着关于西塞罗的陈词滥调时，他却在读兰波或歌德的作品。诚然，我在巴尔贝克遇见他时，没有任何迹象能让人想到后一种假设，当时在我看来他唯一关心的是套车的马是否像样，以及鸡尾酒会准备得如何。但这一不同看法并不是不可驳斥的。他可能很爱虚荣，这与天才并非不能相容，他力图用他知道在他生活的那个社会最能令人倾倒的方式来显示他的才智，而这最好的方式绝不是向人们证明他对《亲和力》[1] 有精辟的了解，而恰恰是会驾

[1] 《亲和力》，歌德的长篇小说。

驭四匹马套的车。再说我不能肯定，即使在他成了那些独树一帜的艺术精品的作者以后，他会很愿意在他扬名的剧院以外的场所与那些未着无尾常礼服的人，比如早先小圈子的忠实成员们打招呼，这并不说明他愚蠢，而是说明他有虚荣心，甚至有一定的务实头脑、一定的洞察力，善于使自己的虚荣心适应蠢人的思想方法，因为他需要得到这些人的敬重，而在这些人眼里，一套常礼服要比一个思想家的目光更有光彩。谁知道，从外表看，一个有才华的人，或者一个并无才华却喜爱精神产品的人，比如我，给某个在里夫贝尔，在巴尔贝克旅社，或是在巴尔贝克海堤上碰到他的人留下的印象会不会也像个十足的狂妄自大的笨蛋呢？何况对奥克达夫来说，艺术大概是某种内在的、存在于他自己心灵深处的东西，因此他大概根本没想到和别人谈论它，不像圣卢，艺术在其心目中的地位相当于套车的马在奥克达夫心目中的地位。奥克达夫是有可能热衷于赌博，而且据说一直保留着这个嗜好。不过，尽管对凡德伊那部不知名的作品的崇拜——这种崇拜使这部作品得以再生——来自蒙舒凡一个十分暧昧的阶层，但想到那些可能是我们时代最超凡脱俗的作品不是出自中学优等生会考的参加者之手，也不是出自受过典范的、经院式的、布洛伊[1]家族式的教育的人之手，而是一个出入于赛马骑师过磅处和大酒吧的人所著，我仍然感到震惊。不管怎样，那时在巴尔贝克，驱使我想认识那个年轻人的原因和驱使阿尔贝蒂娜及其女友们阻止我结识

[1] 布洛伊，法国一古老的名门望族。

他的原因都与这个年轻人本人的价值无关，这原因只能揭示“知识界人士”（以我为代表）与社交界人物（以那一小帮子少女为代表）之间在对一个交际场人物（那个年轻的高尔夫球手）的评价问题上永存的误解。我丝毫未预感到他有才华，他在我眼里的地位——类似过去布拉当夫人所具有的地位——在于他是我的女友们的朋友，不管她们嘴上怎么说，而且他比我更属于他们那一帮子。另一方面，从阿尔贝蒂娜和安德烈身上可以看出社交界没有能力对精神产品做出正确的评价，她们在这方面素来喜欢注重假象，因此她俩不仅有可能认为我愚蠢，竟对这么个笨蛋感兴趣，而且尤其会惊奇地想，高尔夫球手就高尔夫球手吧，我怎么偏偏选中这个最最不可取的人。要是我愿意结交希尔贝·德·贝勒弗尔倒也情有可原，这个小伙子除了会打高尔夫球还很健谈，而且得过一张中学优等生会考奖状，诗也写得不坏（其实他比谁都蠢）。如果我的目的是为“写一本书”而“练习人物描写”，那么居伊·索穆瓦（此人完全是个疯子，曾诱拐两名少女）至少是个古怪的人，可以引起我的“兴趣”。这两位，人家可能“允许”我与之交朋友，可那一位，在他身上我能找到什么吸引人的地方？他是“粗鲁之辈”“愚笨之辈”的典型。

再回到安德烈的那次来访。她向我披露了她和阿尔贝蒂娜的关系后又说，阿尔贝蒂娜离开我的主要原因是顾忌她那一小帮子女友以及别的姑娘看见她住在一个未和她结婚的青年男子家里会怎么想：“我很清楚她是住在您母亲家里。不过这也一样。您不了解姑娘们的天地里是怎么回事，她们互相隐瞒些什么，她们多么害怕别人的议论。有些姑娘和青年男子在一起时不苟言笑，就因为这些男人认识她们的女友，她们生怕有些事情被传出去，可就是这些姑娘，我在偶然的机会发现她们完全是另一副样子，当然她们很不情愿人家看到这一点。”安德烈对这帮子姑娘的一言一行的动机似乎了如指掌，若是在几个月前她的这套学问对于我可能是世界上最宝贵的东西。她的话也许足以说明为什么阿尔贝蒂娜后来在巴黎委身于我，而在巴尔贝克却执意不从，就因为在巴尔贝克我常见到她的女友们，当时我还荒唐地以为这是我和她亲近的有利条件。也许她见我对安德烈有过某些信任的表示，或是我失之鲁莽，把阿尔贝蒂娜去大旅社过夜的事告诉了安德烈，使得一小时之前还准备让我求欢，并把我的求欢看得再自然不过的阿尔贝蒂娜一下子改变了态度，扬言要拉铃喊人来。然而她跟别的很多人大概很随便。这个想法又燃起了我的妒火。于是我对安德烈说有一件事我想问问她。“你们是在您祖母那幢不住人的房子里干这种事的吗？”“噢！不是，从来没有，在那儿我们会被打扰的。”“是吗，可我还以为，似乎……”“再说，阿尔贝蒂娜特别喜欢在野外干这种事。”“在哪里？”“早先，她没时间去很远的地方时，我们常去朔蒙高地，她知道那儿有一座小屋，有时在树底下，反正没人；有时在小特里亚农[1]的石洞里。”“您瞧，叫人怎么相信您呢？不到一年以前，您对我发誓说你们在朔蒙高地什么

---

[1] 特里亚农，造在凡尔赛公园内的两座花园，大特里亚农建于1670年，小特里亚农建于1762年至1768年。

也没干。”“那时我怕您难过。”我在前面说过，我认为（不过是很久以后），倒是第二次，也就是她对我坦白的那天，安德烈才是有心让我难受。假如我还像从前那么爱阿尔贝蒂娜，那么在安德烈讲这番话的时候，我就该立刻想到这一点，因为我会有这种需要。然而当时安德烈的话引起我痛苦的程度还不足以使我感到必须立刻把这些话看成谎言。说到底，如果安德烈说的是真话（起先我对此也不怀疑），那么在见过那么多形形色色的阿尔贝蒂娜的表象以后，我所发现的真正的阿尔贝蒂娜与第一天出现在巴尔贝克海堤上的阿尔贝蒂娜并没有多大区别，当时我就看出她是个喜欢吃喝玩乐的姑娘，后来她让我陆续看到了她的多种侧面，正如当我们逐渐走近一座城市时，它的建筑物的布局在我们眼前不断变化，以至于后来在远处唯一能看到的宏伟的主建筑反显得矮小、逊色了，待到我们熟悉这座城市并能正确评价它时，就会发现，它的真正比例正是我们第一眼看到的远景所呈现的比例，至于我们走过的其余部分，只不过是一切存在物为抵御我们的视觉而建造的一道又一道的防线，我们必须忍着极大的痛苦，越过这一道道防线才能到达核心。再说，如果我不需要绝对相信阿尔贝蒂娜的清白是因为我的痛苦已经减弱，那么反之亦然，我不为安德烈透露的真情过分痛苦，是因为近来，我原先苦心树立起来的认为阿尔贝蒂娜白璧无瑕的信念已渐渐地、不知不觉地被一直存在于我头脑中的、认为阿尔贝蒂娜有过失的信念所代替。我不再相信阿尔贝蒂娜纯洁清白，是因为我不再有这个需要，也不再有强烈的愿望去相信。然而正是愿望产生信念，我们通常意识不到这一点，因为大部分产生信念的愿望都与我们自身共存，只有到我们生命终止时才结束——但促使我相信阿尔贝蒂娜清白无瑕的愿望要作别论。那么多证据证实了我最初的看法，我却不信，宁愿傻里傻气地相信阿尔贝蒂娜的几句话。为什么相信她了呢？因为谎言是人类必不可少的东西，在人的生活中它起的作用与人类对享乐的追求所起的作用也许同等重要，而且前者受后者支配。人们说谎是为了保护自己的享乐，或自己的荣誉，如果享乐被张扬出去会损害荣誉的话。人们一辈子都在撒谎，甚至对爱自己的人，尤其对爱自己的人，也许仅仅对爱自己的人撒谎。因为唯有这些人让我们为自己的享乐担惊受怕，而且我们也只希望得到这些人的敬重。我起先认为阿尔贝蒂娜有罪过，后来只因我的愿望调动了我的智力去怀疑这一信念，才把我引入了歧途。我们生活在电和地震的征象中间，也许必须竭诚尽力加以解释才能了解那些符号的真实意义。毋庸讳言，不管安德烈的话多么使我悲伤，我仍然觉得，现实最终与我的本能最初的感觉相吻合，要比现实与后来因我的怯懦而在我身上占上风的盲目乐观相吻合更好些。我宁愿生活跟上我的直觉。何况，我在海滩上的第一天就凭直觉认为那帮少女是狂乱的肉欲和道德败坏的化身，还有，当我看到阿尔贝蒂娜的女教师把这个狂热的姑娘带回小别墅，如同人们把一头野兽推进笼子，而这头野兽，不管表面现象如何，日后将谁也不能驯服，那天晚上看到这一幕时我也有一些直觉，我的这些直觉与布洛克向我指出大地上欲望普遍存在（这使大地在我眼前显得无比绚丽，使我在每次散步、每次邂逅时都禁不住心灵震颤）时所说的话不正相一致吗？这些最初的直觉，我现在才再度与它们相逢，并发现它们已得到证实，不管如何，这样也许对我更为有利，而在我爱恋着阿尔贝蒂娜的时候，它们却会引起我过分的凄楚。值得庆幸的是这些直觉只留存下一点痕迹，那就是我对一些我看不见但却不断在我身边发生的事情的恒久揣测，也许还留下了另一种痕迹，它先于前一种，也比前一种更博大，那就是我的爱情本身。事实上，我不顾理智的否定，选择了阿尔贝蒂娜，爱她，难道这不意味着了解她，连同她的所有丑恶之处吗？而且即便在猜疑心偃旗息鼓的时刻，难道爱情不是猜疑的持续和它的一种转换形式吗？既然欲望总是把我们引向与我们最为对立的东西，迫使我们去爱那给我们带来痛苦的东西，那么爱情难道不是恋人的洞察力的一种证明，连恋人自己也难以理解的一种证明吗？一个人的魅力里，他（她）的眼睛、嘴巴、身段里必然含有令我们感到陌生，并能使我们极其不幸的一些成分，当我们感到被这个人吸引并开始爱他（她）时，就意味着不管我们把他（她）说得如何纯洁无邪，我们已经看出他（她）身上以另一种形式表现出来的背信弃义和种种过失了。

就这样，为了吸引我，某个人身上有害的、危险的、置人于死地的成分体现为魅力，也许，这魅力与隐秘的毒素之间的因果关系比毒花的繁茂诱人与它的毒性汁液之间存在的因果关系更为直接？我常对自己说，也许正是阿尔贝蒂娜的同性恋行为——我日后痛苦的根源——使她具有那种和善而直率的举止，这举止让人产生一种错觉，仿佛和她可以像和男人一样保持忠实而无拘无束的同伴关系，同样，类似的毛病使德·夏吕斯先生变得像女性那样敏感和聪颖。恋人在最盲目的时候仍有洞察力，其表现形式正是偏爱和柔情，所以在爱情上无所谓选择不当，因为一旦进行了选择，选择总是不当的。“您到我家来约她的那个时期，你们去朔蒙高地散步吗？”我问安德烈。“噢！不，自打她跟您从巴尔贝克回来以后，除了我告诉您的那一回，她再没和我干过任何那种事。她甚至不准我再对她谈起这种事。”“可是，我的小安德烈，干吗还要撒谎呢？我通过一次十分偶然的机会（因为我从不想去打听什么），知道而且极其详细地知道阿尔贝蒂娜又干过这类事，我可以明确地告诉您是在河边，跟一个洗衣女工，就在她出事之前几天。”“哦！也许是在离开您以后，这我就不清楚了。她感到自己没有能，也永远不可能重新得到您的信任。”最后这句话使我心情沉重。接着我又想到山梅花那晚的事，我记得大约半个月后，由于我妒忌的对象不断改变，我曾问阿尔贝蒂娜她和安德烈是否发生过关系，她回答说：“噢！从来没有，不错，我很喜欢安德烈；我对她怀着深厚的感情，但是就像对自己的姐姐一样，而且即使我有您怀疑的那种癖好，我可能找任何人也不会想到找她。我可以指任何东西向您发誓，指我姨妈，指我去世的母亲的坟墓向您发誓。”我相信了她。她过去吞吞吐吐对我供认过一些事，后来见我对这些事并非无所谓便又矢口否认，然而即使这种前后矛盾没有引起我的疑心，那么我也该记得斯万曾坚信德·夏吕斯先生的友情是柏拉图式的，而且就在我看到男爵和裁缝在院子里的那一幕的那天晚上，他还对我重申这一点；我本该想到人间有两个世界，一个在前面，另一个则隐藏在后面，前面那个世界由最正派、最诚实的人们所说的话构成，藏在它后面的那个世界则由这些人所做的事构成，因此，当你听到一个有夫之妇在谈到一个年轻男子时对你说：“哦！我和他很要好，这事千真万确，不过我们的友情是很清白、很纯洁的，我可以拿我死去的双亲发誓。”你应该毫不犹豫地对自己肯定说，这位太太很可能刚从盥洗间出来，她每次和那个年轻人幽会后便匆忙跑进去冲洗，以免怀上孩子。山梅花的事使我伤心得要命，而且正如阿尔贝蒂娜所认为、所说的那样，我变得阴险了，开始恨她了；尤其是她那些出人意料的、令我思想上无法接受的谎言。一天她告诉我说她去过一个航空兵营，她是飞行员的朋友（大概是为了转移我对女人的怀疑，她以为我对男人会妒忌得轻些），她还说那位飞行员以及他对她表现的那份毕恭毕敬使安德烈如此心驰神往，以至于安德烈希望飞行员带她乘飞机兜兜风，当时的情景真有趣。然而这完全是七拼八凑编出来的故事，安德烈从来没去过那个航空兵营。这类谎话，不胜枚举。

安德烈走后，已是晚饭时分。“你无论如何猜不到谁在这里待了至少三小时，”母亲向我说，“我估计三小时，其实也许更长些，她和第一位客人戈达尔太太差不多同时到，她看着我的客人——今天有三十多位——一个个来了又走了，她却安坐不动，直到一刻钟前才告辞。要不是你的朋友安德烈在这儿，我就会让人叫你了。”“到底是谁来了？”“一个从来不访亲拜友的人。”“帕尔马公主？”“没说的，我的儿子比我想象的要聪明，叫你猜人名真没意思，你一猜就准。”“她没为昨天怠慢了你向你表示歉意吗？”“没有，那样做就愚蠢了，她的来访本身就是道歉；你去世的外婆会认为这样做很得体。据说帕尔马公主大约在两点钟时派了一名跟班的来打听我有没有接待日，下人回答说就是今天，她就上楼来了。”我没敢告诉母亲我的第一个想法，我想前一天帕尔马公主周围准是一群很出色的人，她和他们交情很深，喜欢跟他们谈天说地，见我母亲去了她感到有点不快，而且并不想掩饰她的不快。这种目无下尘的傲慢态度，她以为能用细心周到的殷勤来补偿，这完全是德国贵妇人的作风，盖尔芒特家族大概在很大程度上也吸取了这种作风。可是母亲却认为（我后来也这么认为）原因很简单，是帕尔马公主没认出她来，因而没想到应该对她表示关注，待到母亲走后帕尔马公主才得知她是谁，也许是从德·盖尔芒特公爵夫人那儿知道的，因为公爵夫人在楼下遇见我母亲了，也许是从来拜访的夫人小姐的名单上看到的，门房在她们进府前都要询问姓名，以便登记入册。她觉得由别人或者她本人对我母亲说：“我没认出您。”这不太客气，而且认为做一次拜访——这在公主殿下是一次破例，尤其是一次长达几个小时的拜访——无异于间接而又同样有说服力地对我母亲做了解释，她果然这样做了，其实这种做法也和我的第一种解释一样，是符合德国朝廷的礼节与盖尔芒特家族的家风的。

但我并没有长时间待在那儿让母亲对我讲帕尔马公主来访的经过，因为我适才想起好几件有关阿尔贝蒂娜的事，本想问安德烈，却忘了问她。再说，阿尔贝蒂娜的身世我现在知道得多么少啊！将来也不会知道得更多！然而这是唯一使我特别感兴趣的故事，至少在某些时候它又开始使我感兴趣了。人是一种没有固定年龄的生物，他具有在几秒钟内突然年轻好多岁的功能，他被围在他经历过的时间所筑成的四壁之内，并在其间漂浮，如同漂浮在一个水池里，池里的水位会不断变化，一会儿把他托到这个时代，一会儿又把他托到另一个时代。我写信请安德烈再来。她过了一星期才又来访。我几乎是一见她就问："既然您声称阿尔贝蒂娜住在我这里的时候没干那种事，那么，按您的意思，她是为了自由自在地干那种事才离开我的？她去找哪个女朋友了呢？""当然不是，她绝不是为这事离开您的。""那么是因为我太让她讨厌啰？""不，我想不是。我想是她姨妈逼着她离开您的，她姨妈替她物色了那个坏蛋，您知道的，就是您称之为落泊者先生的那个年轻人，他爱阿尔贝蒂娜，向她求过婚。她姨父母见您不准备娶阿尔贝蒂娜，担心她要是继续在您家里住下去而引起大家的反感，那个年轻人会不肯娶她。而且年轻人不断让人对邦当夫人施加影响，因此邦当夫人就把阿尔贝蒂娜叫回去了。事实上阿尔贝蒂娜也需要她的姨父母，当他们要她做出抉择时，她就离开了您。"我被妒忌心所苦，过去从来没想到阿尔贝蒂娜离开我还有这层理由，我只想到她对女人的欲念以及我对她的监视，却忘记了还有邦当太太，对我母亲一开始就看不惯的事她不久以后可能也觉得有点离经叛道了。至少她担心这会得罪那位有可能成为阿尔贝蒂娜的未婚夫的年轻人，她留着这人好在我不娶阿尔贝蒂娜的情况下给她做后路。确实，与安德烈的母亲过去的想法相反，阿尔贝蒂娜总算找到一个出身资产阶级的好对象。当她想去看维尔迪兰夫人，当她和她秘密谈话，当她因我事先不通知她便去赴维尔迪兰家的晚会而对我大发脾气时，那时她和维尔迪兰夫人之间策划的内容并非是安排她会见凡德伊小姐，而是会见维尔迪兰夫人的侄子，此人爱阿尔贝蒂娜，而维尔迪兰夫人对这门亲事也很满意，她并不十分希望他能结一门阔亲。某些家庭决定的某些婚姻确实令人诧异，我们无法完全深入了解他们的心理状况。可我后来就再没想过这位侄子了，他可能当了阿尔贝蒂娜的开导者，多亏他我才得到阿尔贝蒂娜的第一个吻。这样看来，我过去对阿尔贝蒂娜的心事的整套设想应该为另一套设想所代替，或与它重合，因为后者不一定排斥前者，因为喜欢女人这一癖好并不妨碍她结婚。这桩婚事真是阿尔贝蒂娜离去的原因吗？而她是出于自尊心，不愿让人以为她依赖她姨妈，或者以为她要迫使我娶她，所以没有肯把这事说出来吗？我开始懂得，一个单一行为的多种原因只不过是从不同的角度看这个行为时它所呈现的各个方面的一种人为的、主观的体现，阿尔贝蒂娜在和女友的交往中就是搞这一套手法的行家，她有本领让她们每一个人都以为她是为她而来。阿尔贝蒂娜在我家的暧昧处境会使她姨妈不快，我以前竟从未想到这点，我为此感到吃惊和某种羞愧，这种吃惊，我已不是第一次，也不是最后一次体会到。有多少次我绞尽脑汁想弄明白某两个人之间的关系以及这种关系产生的危机，却突然听到第三者按自己的观点跟我谈起他俩的事，原来这第三者与他俩中的一个有着更密切的关系，而他（她）的观点可能就是引起这一危机的根源！既然人的行为是如此靠不住，那么人本身怎能靠得住呢？有些人说阿尔贝蒂娜是个工于心计的女人，她设法叫某人娶她，听到这些话就不难推测说此话的人会如何评判她在我家的生活。然而我却认为她是个牺牲品，一个可能不太纯洁的牺牲品，即使如此，她也是由于其他原因而有过错，是由于道德败坏，而人们对此却只字不提。

但下面这一点我们应该特别考虑：一方面，撒谎往往是个性格问题；另一方面，对于那些并非天性爱撒谎的女人，谎言是一种本能的防卫手段，起先是应急的办法，后来编排得越来越严密，用来抵御那突然降临的，可能毁掉她们一生的危险：爱情。另外，有知识而又生性敏感的人总是把自己交给冷漠的下等女人，而且哪怕事实已经证明他们并不为她所爱，也丝毫不能打消他们为把那个女人留在身边而牺牲一切的念头，他们仍然舍不得离开她，这种情况并非出于偶然。我说上述这些人有一种受苦的需要，这话道出了千真万确的事实，我说此话时排除了作为先决条件的其他事实，因为它们使这种受苦的需要——在某种意义上说是不自觉的——成了这些事实的完全可以理解的结果。再说，十全十美的性格是不多见的，大凡十分有知识而又十分敏感的人都缺乏意志力，容易被习惯力量和对即将来临的痛苦的恐惧所控制，而这种恐惧使你注定要终身受苦，在这种情况下，他绝不肯放弃那个不爱他的女人。人们会奇怪，他怎么满足于如此微不足道的爱，其实最好想象一下爱情给他带来的痛苦。不过我们不必过分为这种痛苦怜悯他，因为爱情的挫折、情人的出走或去世在我们精神上引起的可怕震动亦如瘫痪病的突然发作，一开始把我们击垮，但是渐渐的我们的肌肉又会恢复弹性和生命力。何况，这种痛苦并非没有补偿。有知识而敏感的人一般生性不大爱撒谎。谎言使他们措手不及，尤其因为他们即使很聪明也是生活在由可能性构成的世界里，他们很少反抗，应该说他们总是生活在某个女人刚刚给他造成的痛苦之中，而不是生活在对这个女人想要什么，她在做什么，她爱什么的清醒认识之中，这种认识是那些意志坚强的人所特有的，他们需要这种认识，为的是防备将来而不是哀叹过去。所以敏感的知识分子感到自己受了骗，却又不太清楚怎么受的骗。由此而论，一个平庸的女人（人们奇怪他们竟会爱上这种女人）远比一个聪颖的女人更能丰富他们的世界。在她的每句话后面，他们觉察到一个谎言；在她自称去过的每幢房子后面，他们看到另一幢房子；在她的每个行为，她结交的每个人后面，他们看到另一个行为，另一个人。他们可能说不清楚在后面的究竟是什么，他们没有精力，甚至也许没有可能去查个水落石出。一个爱说谎的女人只需要弄一个极其简单的伎俩，而且用不着费心加以变换，便能蒙骗众多的人，甚至更可悲的是蒙骗同一个人，而此人本应将它识破。这一切在敏感的知识分子面前创造了一个深邃幽秘的世界，他的妒忌心想去探测这个世界，他的智慧也不得不对它产生兴趣。我虽然不一定就是这类敏感的知识分子，但是，阿尔贝蒂娜既已去世，我大概即将弄清她生活的秘密了。然而只在一个人的尘世生活告终后才发生的泄露其隐私的行为，归根结底不是证明谁也不相信有所谓来世吗？否则，如果泄露的情况属实，那么泄露者会害怕被揭露者的怨恨，不仅在她活着的时候害怕，因为那时人们自认为应该替她保守秘密，而且为有朝一日将在天国与她见面而害怕。如果泄露的情况纯属捏造和虚构，以为她反正已不在人世不能加以澄清，那么泄露者该会加倍害怕死者的愤怒，如果他相信真有在天之灵的话。然而谁也不信。

这样看来阿尔贝蒂娜的心里在去还是留的问题上可能进行过一段长时间的痛苦斗争，而最终离开我大概是由于她的姨妈或那个青年，而不是由于某些女人，她也许从未想到过这些女人。对于我，最严重的事是安德烈（关于阿尔贝蒂娜的生活作风她再没有什么可对我隐瞒的了）向我发誓说阿尔贝蒂娜与凡德伊小姐及其女友之间没发生过任何这一类的事（阿尔贝蒂娜在认识她俩的时候她本人还不清楚自己有这种趣味，而这两位害怕弄错别人的意向，不料害怕与欲念能导致同样多的错误，这就使她们把她看成是反对干这种事的人。很可能后来她们得知她和她俩有着同样的趣味，然而那时她们已经太了解阿尔贝蒂娜，阿尔贝蒂娜也太了解她们，所以双方连想也不会去想在一起干这种勾当了）。

总之我始终没有能进一步弄清阿尔贝蒂娜为什么离开我。如果说女人的面孔对于不能适应这一活动着的平面的眼睛，对于嘴唇，尤其对于记忆是难以捕捉的，如果说女人的社会地位和人们置身的高度如同一层云雾，它的变幻改变着女人的面孔，那我们所看到的女人的行动和她的动机之间又隔着一层比云雾更要厚多少的帷幕啊！动机藏在我们看不到的更深的层面上，它还产生着我们了解的行为以外的其他行为，而且两者往往绝对地互相矛盾。

哪个时代没有这样一种社会活动家，他们被朋友们奉若圣人，而后又被揭露伪造过文书，盗窃过国家资财，出卖过祖国？一个领主每年有多少次被他一手提拔起来的管事骗取钱财，而他还发誓说总管是个正派人，也许后者确实也是个正派人！而遮住他人行为动机的那层帷幕，当这个“他人”是我们所爱的人时，这层帷幕又会变得多么厚不可透啊！因为爱情不仅模糊了我们的判断，还遮掩了我们所爱者的行为，她因深知自己被爱，便突然不再珍视那原先对她来说可能是有价值的东西，譬如财产。也许爱情也多少促使她佯装藐视财产，以图通过使对方痛苦而得到更多。这种讨价还价的行径也可能掺杂在其他事情里；甚至掺杂在她生活中毋庸置疑的事实里，比如她与某人的爱情关系，也没告诉过任何人，唯恐人家透露给我们，其实尽管如此，很多人仍然可能知晓，只要他们有和我们同样强烈的了解那件事的愿望，而他们却保留着更多的任思想驰骋的余地，他们能避免引起当事人太大的怀疑，那桩爱情关系，某些人并不是不知道，只是我们不认识这些人，而且不知道在哪儿能找到他们。当一个人对我们采取一种难以解释的态度时，在种种原因里我们应当考虑到性格上的古怪，诸如对自身利益的忽视、仇恨，对自由的酷爱，一时愤怒的冲动，对某些人说三道四的恐惧，凡此种种都能促使他做出与我们的估计相悖的事。此外还有社会环境、所受教育等差异，人们不愿相信这些差异的存在，因为两人在交谈时，它们消失在言语中，可是当我们独处时，它们又出现，并从截然相反的出发点引导每个人的行为，以至于心灵的真正会合是不可能的。

“可是，我的小安德烈，您还在撒谎。您记得吗（您自己也承认，前一天我给您打过电话，您记得吗）？阿尔贝蒂娜那么想去凡德伊小姐也会去的维尔迪兰家的午后聚会，可是又瞒着我，好像这是件我不应该知道的事。”“是的，可是阿尔贝蒂娜绝对不知道凡德伊小姐会去。”“什么？您自己跟我说过，她几天前和维尔迪兰夫人会过面。再说，安德烈，我们不必再互相欺骗了。一天早晨，在阿尔贝蒂娜的卧室里，我发现一张纸，是维尔迪兰夫人给她的一张字条，力劝她去赴午后聚会。”说着我把那字条拿出来给她看，事实是阿尔贝蒂娜走的前几天，弗朗索瓦丝设法把这张字条放在阿尔贝蒂娜的衣物上面好让我一眼便看到，而且我担心，是她故意丢在那儿，让阿尔贝蒂娜误以为我翻过她的东西，总之让她知道我看见字条了。此后我常思忖：弗朗索瓦丝耍的这一诡计是否在很大程度上造成了阿尔贝蒂娜的出走，因为她明白她再也无法对我隐瞒任何事了，她感到心灰意冷，一蹶不振。我给安德烈看字条，上面写的是：我毫不愧疚，因为我已得到亲人般感情的谅解……“您很清楚，安德烈，阿尔贝蒂娜总说凡德伊小姐的女友对她确实有如母亲，姐妹。”“但您把这张字条理解错了。维尔迪兰夫人要让她在自己家会见的人根本不是凡德伊小姐的女友，而是那个未婚夫，那位*落泊者*先生，亲人的感情是指维尔迪兰夫人对这个无耻之徒的感情，他是她的侄子。不过我想阿尔贝蒂娜后来是知道凡德伊小姐会来的，维尔迪兰夫人可能顺便告诉过她。毫无疑问，她想到又将看到自己的朋友心里当然高兴，这使她回忆起过去的一段愉快时光，假如您要去一个地方，并知道埃尔斯蒂尔正在那儿，仅此一点，甚至无须这么完美，您也会很高兴的。阿尔贝蒂娜不愿对您说她为什么想去维尔迪兰夫人家，是因为那里举行了一场排练，维尔迪兰夫人只召集了很少几个人参加，其中有她的侄子，您在巴尔贝克遇见过他，邦当夫人想叫阿尔贝蒂娜嫁给他，那天阿尔贝蒂娜想跟他谈谈。这个坏小子长得挺俊……再说也用不着找这么多理由，”安德烈补充道，“上帝知道我是多么喜欢阿尔贝蒂娜，她是个多好的姑娘。可是特别在她得过伤寒以后（在您认识我们这一小帮子的前一年得的病），她成了个十足的头脑发热、顾前不顾后的人。她会突然对自己手头的事感到厌恶，于是就得变换，而且刻不容缓，她自己大概也不清楚这是为什么。您记得您来巴尔贝克的第一年，就是认识我们的那一年吗？一天她突然让人给自己发了份电报，叫她回巴黎，我们几乎来不及给她收拾行装。而她没有任何理由走。所有的借口都不能成立，那个季节巴黎会叫她受不了。我们大家都还在巴尔贝克，高尔夫球场还没关闭，甚至锦标赛还没结束，而她是那么想得冠军！而且冠军确实也非她莫属。离比赛结束只剩一周了，可她倒快马加鞭地走了。后来我还常跟她提起这事。她说她本人也不知道为什么走的，说是犯了思乡病（家乡，是指巴黎，您想这怎么可能），说她不喜欢待在巴尔贝克，还说她觉得那儿有人嘲笑她。”安德烈的话里有一点是真的：如果说人们精神上的差异能说明为什么同一部作品在不同的人身上会产生不同的印象，如果说感情上的差异能说明为什么您不能说服一个不爱您的人，那么同样，人们的性格也存在着差异，这就是性格特点，这些性格特点也是行为的动机。但我随后便不再考虑这一解释，我对自己说，要了解生活中的真情委实太难了！

我早就注意到阿尔贝蒂娜想去维尔迪兰夫人家但又掩饰这种愿望，我没看错。然而这么一来，当我们如此这般地掌握了一桩事实，我们只了解其表面现象的其他事实却逃过了我们的眼睛，我们只看见闪过一些平面侧影便对自己说：是这个，是那个；是因为她，或因为另一个女人。凡德伊小姐也将赴午后聚会的事被揭穿后，我以为一切都已昭然，何况阿尔贝蒂娜为了先发制人自己也曾对我说起过。后来她不是无论如何不肯向我发誓说凡德伊小姐在场丝毫不使她感到高兴吗？提起那个年轻人，我倒想起一件被忘掉的事。不久前，那时阿尔贝蒂娜还住在我这里，我遇见过他，他一反在巴尔贝克时的态度，对我十分客气，甚至很亲热，恳求我让他常来看我，由于多种原因我拒绝了他的要求。现在我明白了，很简单，他知道阿尔贝蒂娜住在我家，就想跟我套近乎，以便和阿尔贝蒂娜相会，并从我这儿把她夺走，我因此断定他是个卑鄙小人。然而事隔不久，这个年轻人的头几部剧作上演了，当然我仍旧认为他是为了阿尔贝蒂娜才那么想来我家的，我一方面觉得他这样做很不道德，可同时我也不禁回想起从前我去东锡埃尔看望圣卢，其实是因为我爱上了德·盖尔芒特夫人。固然情况不完全相同：圣卢不爱德·盖尔芒特夫人，因此我的感情虽然也许有点表里不一，却无半点背信弃义之嫌。而后我又想，我们对拥有我们所希冀的财宝的人怀有温情，但如果我们喜欢这个财宝的拥有者本人，我们也会怀有同样的温情的。当然那时就必须抵御那种必然会直接导致背信弃义行为的友谊。我想我始终是这样做的。但有些人没有力量抵御它，我们不能说他们对财宝拥有者的友情纯粹是一种手段，不，他们的友情是真诚的，正因为如此，他们的友情表现得特别热烈，以至于一旦铸成背叛行为，那个受骗的丈夫或情人就有理由气得目瞪口呆地说："您要是听见这个无耻之徒曾经多少次对我做友谊的保证就好了！一个人偷别人的财宝，我尚能理解。可是在偷之前还狠毒地必定要先向他表示友谊，卑鄙、奸诈至于此真令人难以想象。"然而，非也，这不是以奸诈为乐事，甚至也不是完全有意识的欺骗。

阿尔贝蒂娜的假未婚夫那天对我表示的这类情谊远不只是他对阿尔贝蒂娜的爱情的衍生物，它还有另一个更复杂的理由。原来他只是近来才知道，才承认，并愿意被宣称为一位知识分子。他有生以来第一次感到世上除了体育和吃喝玩乐还存在其他有价值的事。由于我得到埃尔斯蒂尔和贝戈特的敬重，由于阿尔贝蒂娜可能跟他谈起过我如何评论作家，以及她想象我本人如何写作，于是我在他（终于发现了自我的新的他）心目中陡然成了一个有趣的人，一个他乐意与之交往的人，他愿意与之倾谈自己的计划，也许还要请人把他自己介绍给贝戈特，因此提出要来我家并对我表示好感是出自真心，他对我的好感中既有理智的原因也有阿尔贝蒂娜的影响，故而有真挚的成分。当然他并不是为此才那么想来我家，也不会为此而放弃其他一切。这最后一个理由只不过加强了前两个理由，使它们达到某种狂热的顶峰，而且也许并未被他本人所认识，而其他两个理由则确实存在，正如阿尔贝蒂娜想去维尔迪兰家看下午的排练时，她预想的乐趣也可能是确实存在的，那是十分光明正大的乐趣，因为她将与童年的女友重逢，她们在她眼里亦如她在她们眼里都不是伤风败俗的人，她将与她们畅谈，并以自己出现在维尔迪兰家这一事实向她们表明，她们往昔认识的那个可怜兮兮的小女孩如今已成了一个显要沙龙的座上客，此外她可能还将体味到听凡德伊乐曲的乐趣。如果这一切都是真的，那么在我提到凡德伊小姐时她脸上泛起红晕是因为我是在谈起那次午后的聚会时提到凡德伊小姐的，而她正想对我隐瞒那次午后聚会，因为我不便知道那个婚姻计划。阿尔贝蒂娜拒绝向我发誓说她对在聚会上能与凡德伊小姐重逢不感到任何乐趣，这在当时增添了我的苦恼，加重了我的疑心，然而事后回想起来，这说明阿尔贝蒂娜一心要对我以诚相见，哪怕在无可指摘的事情上，也许正因为这是件无可指摘的事，可是还剩下安德烈所讲的有关她和阿尔贝蒂娜之间的关系问题。也许虽然我不一定要心宽到认为这完全是安德烈为了不让我称心如意，为了打消我的优越感而编造出来的谎言，但我还是可以揣测她有点夸大了她和阿尔贝蒂娜干的事，而阿尔贝蒂娜出于思想上的保留则缩小了她和安德烈之间的事，她狡猞地利用了我在这方面所下的某些愚蠢的定义，认为她和安德烈的关系不属于应向我交代的范围，因此她可以否认而不担欺骗之名。然而为什么偏偏认为是她在撒谎而不是安德烈在撒谎呢？事实和生活真是太艰深了，说到底我对它们还不了解，但在它们留给我的印象里厌倦也许仍然超过忧伤。

我记得我第三次意识到自己对阿尔贝蒂娜已接近彻底的冷漠

（这一次我甚至感到自己已完全达到了冷漠），那是在安德烈最近一次来访很久以后的某一天，在威尼斯。

母亲带我去威尼斯过了几个星期。由于稀世珍宝和平凡之物都各有其美妙之处，我在威尼斯得到的印象与我过去在贡布雷常有的感受颇为相似，不过如以乐曲相比，前者是后者在完全不同的调式上的搬移，同时也比后者更为丰富。当早晨十点钟侍者为我打开窗户遮板时，在我眼前熠熠发光的不是圣伊莱尔的亮得像黑大理石似的石板瓦，而是圣马可教堂钟楼上的金色天使。它在太阳照耀下流光溢彩得使人无法定睛注视，它张开的双臂仿佛在向我许诺，半小时后我在小广场上将领略到无上快乐，这一许诺比它从前向虔诚的人们所做的许诺更为切实可靠。我躺在床上能看到的只有这尊天使，然而世界不过是一面硕大无朋的日晷盘，我们能从盘上的一个日射刻度来测定时间，同样，在威尼斯的第一个早晨便使我想起贡布雷教堂前面广场的店铺，每个礼拜天我去望弥撒时这些店铺已在准备打烊，而集市的稻草在热烘烘的太阳下正散发出浓烈的气味。但是第二天早晨我一醒来便想到的事，那催我起床的事（因为在我的记忆和愿望中，它已代替了我对贡布雷的回忆），则是我在威尼斯的第一次出游留给我的印象，这里的日常生活对于我就像贡布雷一样看得见摸得着：像在贡布雷一样，星期天早晨人们喜欢走到节日般热闹的街市上，不过这里的街是蓝宝石似的水道，阵阵和风吹来，河水分外清凉，水色蓝湛湛的，蓝得仿佛具有了一定的强度，我可以将目光倚于其上以放松我疲倦的双眼而不必担心水面会弯曲。像贡布雷鸟儿街的人们一样。我刚到的这座城市的居民也从一间紧挨一间排列整齐的房子里来到大街上；不过在墙根处投下一抹阴影的房子在这里被一座座用碧玉岩和花斑岩建成的宫殿所代替，宫殿的拱门上方都雕有一尊美髯天神的头像（稍稍超出建筑物的边线，和贡布雷房屋大门上的门环一样），头像不是在地上投下影子使地面变成深棕色，而是在水中反射出倒影使水的湛蓝色更加幽深。在贡布雷的教堂广场上，时新服饰用品店的布篷和理发店的招牌会展开它们放大的影子，而在圣马可广场上，一座文艺复兴时期的建筑物正面的浮雕在沐浴着阳光的空旷的石板地上撒下蓝色碎花图形，这并不是说烈日当空时在威尼斯和在贡布雷都不必放下篷帘，即使水道边也不例外。不过篷帘都撑在哥特式窗户的四叶形饰物和涡形饰物之间。我们下榻的旅馆的窗户也是如此，母亲就站在窗户的栏杆前，她一面凝望着水道，一面耐心等着我，过去在贡布雷她也许不会表现出这份耐心，那时，她在我身上寄托了种种希望，后来都未实现，所以她不愿让我看出她是多么疼爱我。现在她深深感到故作冷漠已无济于事，便对我不再吝惜她的慈爱，好似人们对被确认患了不治之症的人开禁，准许他们吃原来被禁止的食物。诚然，使得莱奥妮姑妈那幢坐落在鸟儿街的房子的窗户与众不同的那些细微特点，诸如与左右两扇邻窗的距离不等而产生的不对称感、过分高的木窗台、便于开百叶窗板的弧形栏杆、用束带分系于两边的蓝色哑光缎子窗帘，这一切也都能在威尼斯这家旅馆看到，在这里我听到那种十分独特、十分动人的话语，根据这话语我们远远便能认出那就是我们要回到那里用午餐的住所，而且日后它们将留在我们的记忆里，好像一种见证，证明在某一段时间这儿曾是我们的住所；不过在贡布雷，正像在差不多所有其他地方，向我们说这些话语的是最平常乃至最丑陋的东西，而在威尼斯这一任务却由旅馆半阿拉伯式的尖形拱肋来承担，这尖拱被作为中世纪家用住房建筑艺术的一大杰作陈列在所有的造型博物馆里，印在所有带插图的艺术书刊上；我从老远的地方，甚至刚过圣乔治大教堂便能看到我早先见过的尖拱，它像一个表示欢迎的微笑，而那一条条高耸的尖拱折线却像高傲的、近乎孤芳自赏的目光，给它增添了一种尊贵气派。妈妈坐在色彩斑斓的大理石栏杆后边，一面看书一面等我，她的整个脸庞笼在白色绢网的短面纱里，面纱的白色和她头发的白色都同样使我心碎，因为我深知母亲暗自流着眼泪在草帽上加上了这副白纱，并不是为了在旅馆的侍者们面前显得“穿着讲究”，而是为了让我觉得她不是那么身戴重孝，也不是那么悲哀，她心头的创伤几乎已经平复；母亲没有立即认出我，所以一听到我从轻舟上唤她，便向我送来发自心底的爱，这份爱不需要任何物质来载托，只由母亲那富于情感的目光载着它，母亲将她的目光尽量与我靠近，并微微噘起嘴唇，把她的目光升华为一个仿佛在亲吻我的微笑，母亲就坐在那尖拱形窗框下，沐浴着正午的阳光的尖拱宛若一个更为含蓄的微笑，成了上面这幅画面的背景——正因为这样，这扇窗户在我的记忆里便具有某些事物的温馨，这些事物与我们同时而且就在我们近旁在某个时刻中占据一席位置，这个时刻既是我们的也是它们的，因此不管这扇窗有多少多彩多姿的中梃，不管它多么闻名遐迩，对我来说它却像某位和我同在一个度假胜地待过一个月并跟我结下一段友情的天才人物那么知己，而自那以后，每当我在博物馆看到这扇窗的铸型就不得不强忍住泪水，原因就在于它在对我说一句最能打动我心弦的话：“我还很清楚地记得您母亲呢。”

我去找已经不在窗下的母亲，一离开户外的炎热，便立即感到一阵清凉，这是过去在贡布雷我回楼上自己的房间时感到的那种清凉；不过在威尼斯这股凉气是由海风吹来的，不是吹到踏级很密的狭小木楼梯里，而是吹到庄严典雅的大理石台阶上，台阶的表面每时每刻都迸射出一线海蓝色阳光，台阶的建筑艺术既吸收夏尔丹[1]的有益教导，又糅进了委罗内塞[2]的风格特点。在威尼斯给我们留下生活的亲切印象的是艺术作品，是那些华美的东西，因此，借口威尼斯城举世闻名的部分在某些画家笔下只有一种冷漠的美（马克西姆·德托马斯的精美习作除外），便反其道而行之一味表现威尼斯的贫困面貌，即表现见不到它的辉煌壮美的那些地方，或者借口要使威尼斯显得更亲切、更真实，便把它画得有点像奥贝维里埃[3]，这样做实在是抹杀了这座城市的特点。不少名画家，出于对蹩脚画师笔下那个人工造就的威尼斯的一种自然的逆反心理，专门致力于描绘威尼斯平凡的郊野和被废弃的小水道，

[1] 夏尔丹（1699—1779）：法国画家，擅长风俗画和静物画，注重构图的和谐及对象的色调和质感。风格朴实简练。

[2] 委罗内塞（1528—1588）：意大利威尼斯画派重要画家。其装饰风格与明朗的银色调子为意大利18世纪装饰壁画所取法。

[3] 奥贝维里埃：巴黎北边的一座小城。

认为这才是现实生活中的威尼斯，他们真是大错特错了。

下午倘若我不和母亲外出，我也常去探索这个威尼斯，因为在这里更容易见到下层社会的女人，比如做火柴的、穿珍珠的、制作玻璃器皿或编织花边的女人，还有围着带流苏的黑色大披肩的年轻女工，没有任何东西能阻挡我去爱她们，因为我已基本上忘掉了阿尔贝蒂娜，同时她们又比别的女人更能激起我的情欲，因为我对阿尔贝蒂娜还留有一点回忆。况且谁说得清，在我对威尼斯姑娘如饥似渴的追求中，她们本人占多少成分，阿尔贝蒂娜占多少成分，我对昔日威尼斯之行的留恋又占多少成分呢？他们的任何欲念虽然像一个和弦似的单一，但却包含了构成我们生活的基础的音符，有时假如我们取消其中的一个音符，虽然我们听不到，意识不到，而且它与我们追求的对象没有任何关联，然而我们会发现我们对这个对象的欲念也随之化为乌有。我在追逐威尼斯姑娘时感到的兴奋与激动，这种心态里包含的许多东西我并没试图去剖析。

我乘坐的轻舟顺着小运河行驶；仿佛有一只神秘的精灵之手指引着我在这座东方城市的弯弯曲曲的水道中前行。随着小船向前行驶，水道好像为我在城区中心开出一条路，城区被这些水道分割成若干小块，一座座带着摩尔式窗户的高大房屋之间有一条任意开凿出来的细小水路把它们隔开；船儿所经之处，前方水面上总闪耀着一线阳光，顺着河道为它开的路向前移动，好像是那位神奇的向导手执一支蜡烛在为我照明。可以想象，那些被小水道隔开的贫寒房舍本来可能连成密集的一片，房屋之间没有留下任何空余的地方。这样，教堂的钟楼或花园的葡萄架便垂直地突出在河上，宛如被水淹没后的城市景象。但是由于小运河起着和大运河一样的替代作用，所以不管是对教堂还是对花园来说，海水都极为合适地负担了大街小巷等各种交通线的职能，小运河两岸一座座教堂耸立于水上，水面成了人口稠密的贫困老城区，就像那些微贱而热闹的教区，身上带着贫穷和与众多下层人接触留下的印记；水道穿过的花园里，树叶或裂开的果实一直拖到水中，在房屋凸起的边缘上（这些边缘的砂岩劈得很粗糙，至今依然凸凹不平，像是刚被匆忙锯下来似的），坐着一群神情惊讶的野孩子，他们让双腿笔直下垂，稳稳地保持着平衡，如同端坐在活动甲板上的水手，甲板刚刚分成两半，好让海水从中间通过。有时一座颇为精美的古迹映入眼帘，它出现在这里令人感到意外，好像我们在刚打开的盒子里发现的一件意想不到的礼物，比如一座带考林辛式柱子，正面饰有寓意雕像的小象牙寺庙，它像散落在日常用品中的一件艺术精品，显得有点迷惘落寞的样子，因为尽管人们给它留出了一席之地，它那露在水面外的列柱廊还是有点像为菜农建造的登岸码头。我有一种感觉，而我的欲念则加强了这种感觉，我觉得自己不是置身于屋外，而是在渐渐深入某个秘密的处所，我每时每刻都在我的左边或右边发现一点新东西，一座小型纪念性建筑物啦，或是一座意想不到的广场啦，它们都带着人们第一次见到的美丽事物的新奇意味，但它们存在的目的和用途尚不为人所知。我穿街走巷步行回旅馆，有时拦住一些平民女子，阿尔贝蒂娜可能也这样做过，我真希望此刻她能和我在一起。然而她们不可能是当时的那些姑娘；阿尔贝蒂娜在威尼斯的时候，她们可能还是些孩子。然而既然我追求的是相似的对象，而不是同一个对象，因为我不指望能重新找到它，那么从根本意义上说，我出于懦弱，过去已经背弃了我的每一个被视为独一无二的愿望，现在我则执拗地专门寻找阿尔贝蒂娜不曾认识她们本人的那些女人，我甚至不再追求我从前渴望得到的女人。不错，我常常会怀着前所未有的强烈欲念想起梅塞格利丝或巴黎的某位小姑娘，想起在第一次去巴尔贝克的旅途中，一个清晨，我在一个小山丘脚下看到的那个卖牛奶的姑娘，然而可叹的是，我回忆中的她们是当时的模样，也就是说她们现在必定不再是的那个模样。因而如果说从前当我找一个相似的女寄宿生来代替一个我再也见不着的女寄宿生时，我已被迫在欲念的唯一性上做了让步，那么现在，为了重新找到曾经扰乱过我或阿尔贝蒂娜年少时的那些姑娘，我就必须进而违背欲念的个体性原则：我应该寻找的不是当时才十六岁的姑娘，而是现在年方二八的妙龄少女，因为既然个人身上最特别的东西已寻觅不到，它已经从我身边消失，那么现在我所爱的应该是青春。我知道我从前认识的那些姑娘的青春如今只留在我火热的回忆里，我也知道不管她们在我的记忆里再现时我是多么想得到她们，但如果我真想收获当年的青春和鲜花，我应该采摘的就不是她们。

我去小广场找母亲时太阳还高悬在天上。我们叫了一只小船。“你那过世的外祖母会多么喜欢这如此朴实的雄伟气派啊！”母亲指着公爵府说，公爵府怀着建筑师寄托给它的思想注视着大

透纳

《威尼斯运河》

海，它忠实地守着这种思想默默地等待着逝去的总督们。“她甚至会喜欢这柔和的粉红色，因为这颜色不做作。唉，你外祖母会多么喜欢威尼斯啊！她会觉得所有这些美好的建筑是多么亲切，亲切得可以和大自然的风光媲美，而它们的内涵又那么丰富，以至于不需做任何布置，只需以它们的本色出现，这圆锥形的公爵府，这些圆柱，你说是希律王府的圆柱，就这么随便竖在小广场的中间，还有圣约翰—达克尔教堂的柱石，更是没有刻意安排的痕迹，好像没有其他地方可搁才造在那儿似的，还有圣马可教堂楼厅的群马雕塑。你外祖母会带着观看山上日落的那份兴致来欣赏总督府的日落的。”母亲的话确实有点道理，当小船沿着大运河逆流而上把我们载回住所时，我们的小船在排列成行的宫殿之间穿行，只见这些宫殿的粉红色侧壁反射出日光和时光，并随着光线的变化和时光的推移而呈现出不同的景观，但并不像私人府邸或著名的古迹，倒像吸引人们傍晚荡着轻舟去它脚下观看日落的连绵起伏的大理石峭壁。这样，航道两边的屋宇使人想起大自然的景点，不过这个大自然以人类的想象力创造了它的作品。但与此同时（因为威尼斯仍然给人一座都市的印象，尽管它几乎就建造在海上，建造在波涛上，我们可以感觉到波涛每日两度涨落，涨潮时那些宫殿的华美的露天楼梯被淹没，退潮时又显露出来），正像在巴黎的马路上、在香榭丽舍的大街上、在布洛涅森林里，或在任何时髦的林荫大道上可能发生的那样，我们在照出浮尘的落日余晖中与一些雍容华贵的夫人小姐交臂而过，她们几乎都是外国人，慵懒地倚在“漂浮的马车”靠垫上，她们的船排成一队，有时在一座住着她们要拜访的女友的宫殿前面停下来，她们派人打听女友是否在家，然后一面等回音一面准备万一女友不在家时要留的名片，就好像她们是在盖尔芒特府门前似的，同时她们还在自己的导游指南上查找这座宫殿建于哪个时代，属于何种风格，这时晶莹的海水被夹挤在跳荡的小船和发出巨响的宫殿大理石之间，像受惊的马儿一个劲往上蹿，她们的小船被漩流激烈地摇晃着，仿佛被抛在蓝色波浪的浪尖上。这样，在威尼斯的外出散步，哪怕只是为了访亲会友和递交名片，也是独具一格的，它有三重意义，既是一般的社交往来，又具有参观一座博物馆和在海上溜达的形式和情趣。

大运河两岸的宫殿有好几座改成了旅馆，不知是因为我们喜欢变换口味还是为了对萨士拉夫人表示热情——人们每次出外旅行都可能遇见预想不到的、来得不合时宜的熟人，我们与萨士拉夫人不期而遇，母亲邀请了她——一天晚上，我们想尝试一下不在我们自己的旅馆而到另一家旅馆吃晚饭的滋味，据称那家的饭菜做得更好些。在母亲付钱给船夫，而后和萨士拉夫人走进她预订的小餐室的当儿，我想看一看旅馆的大餐厅，这个餐厅有着漂亮的大理石柱子，过去四面墙上绘有大幅壁画，至今这些壁画还未好好修复。两名侍者在用意大利语交谈，我翻译如下：

“老头老太是不是在他们房间里吃饭？他们从来不通知一声。真伤脑筋，non so se bisogna conserva loro la tavola[1]。管他呢，要

---

[1] 意大利语，意为我从来不知道是不是要为他们保留餐桌。

是他们下楼来发现桌子被人占了那就算他们倒霉！我不明白这么气派的旅馆怎么接待这种外地人，他们根本不配做我们这地方的顾客。”

尽管侍者对这种人不屑一顾，他还是需要知道有关餐桌的事怎么决定，他正要让人差电梯司机去楼上询问，但还没来得及，答案却已摆在他面前：他看见老妇正走进餐厅。我毫不费力地认出，这位头戴无边软帽，身穿一件 W 裁缝制作的，但在不识货者眼里与老看门女人的衣服毫无二致的黑色上衣的老太太是德·维尔巴里西斯侯爵夫人，虽然在岁月的重压下她显得又忧郁又疲乏，虽然她脸上布满了像湿疹或麻风似的红色斑点。事有凑巧，我站在那儿审视一幅壁画残迹的地方，恰好在德·维尔巴里西斯侯爵夫人刚刚就座的那张桌子后面，靠着漂亮的大理石墙壁。

“看来德·维尔巴里西斯先生很快就会下楼来了。他们住在这儿一个月了，只有一次不在一起吃饭。”侍者说。

我正在思忖，跟她一起旅行，被侍者称为德·维尔巴里西斯先生的人究竟是她的哪位亲戚呢？不一会儿只见她的老相好德·诺布瓦先生朝她的桌子走来，并在她身旁坐下。

他年事已高，声音已不及以前洪亮，但过去他言谈十分含蓄，现在却锋芒毕露。究其原因也许是他感到满怀抱负已没有时间去实现，故而把全部激越的火热之情都倾注在言辞中；也许他急于重返政治舞台却被排斥在政事之外，因此他天真地想通过对政敌进行辛辣的批评逼他们下台，以便自己取而代之。我们常听到一些政客断言他们不在其中任职的内阁维持不了三天。不过，倘若以为德·诺布瓦先生已完全丢掉了他惯用的一套外交辞令那也未免失之夸张。只要一谈起“重大事件”，他便重新成为我们了解的那个德·诺布瓦，这一点大家以后会看到，而在其余时候他则以老年人的狂暴不是对这个人就是对那个人发泄怒气，某些八旬老人便是以这种狂暴扑向女人，但他们对女人已不可能有多大的伤害了。

德·维尔巴里西斯夫人保持了几分钟的沉默，当衰老和疲惫使一个老妇人难以从往昔的回忆里回到眼前的现实中来时就会有这种沉默。随后他们谈起那些非常实际的问题，从中可以看到他们至今继续相爱的痕迹。

“您去过萨菲阿蒂家了吗？”

“去过了。”

“他们明天寄出吗？”

“我亲自把杯子带回来了。晚饭后我拿给您看。我们看看菜单吧。”

“您把我的苏伊士运河证券委托书拿出来没有？”

“没有，目前交易所的注意力放在石油证券上。但是不用着急，股票市场形势很好。菜单来了。头道菜有鲂鮄。我们要一点好吗？”

“我要一点，可您，医生不让您吃的。还是要点意大利煨饭吧。不过他们做不好。”

“没关系。喂，伙计，先给夫人来点鲂鮄，再给我来一份煨饭。”

又是一阵长时间的沉默。

“瞧，我给您拿来几份报纸，*Corriere della Sera*[1]，*La Gazzetta del Popolo*[2]，等等。您知道吗，现在报上正在大谈特谈一场外交活动，首当其冲的替罪羊可能是巴莱奥洛格，他在塞尔维亚不称职是众所周知的。洛塞可能替代他，那么君士坦丁堡的空缺职位就得派人去顶。不过，”德·诺布瓦先生忙又尖刻地说，“这可是个重要的使馆，很明显在那里任何情况下都是英国人在谈判桌上占首席位置，因此为谨慎起见，最好是找有经验、有办法的人去任职，才能对付得了我们英国盟友的敌人设下的圈套，而不能派一些初出茅庐的外交人员，他们会一下子就上当受骗的。”最后这几句话，德·诺布瓦先生说得又快又急，怒气冲冲，因为各报纸没有按他的嘱托提他的大名，而把一位年轻的全权公使提出来作为“一号种子选手”。“天晓得，如今老年人都被人通过不知什么拐弯抹角的阴谋撇在了一边，不让他们代替那些程度不同的无能新手！我见过不少凭经验办事的所谓外交家，他们把全部希望寄托在一个试探性气球上，但气球往往很快就被我戳穿。如果政府不明智地把国家的领导权交到一些毛毛糙糙的人手里，毫无疑问，只要一声召唤，每个应征入伍的人都会回答：到。不过谁知道（然而德·诺布瓦先生似乎很知道他指的是谁），倘若派一个学识渊博、机智灵活的老将，情况是否也会一样？依我之见（每个

[1] 意大利语，意为《晚邮报》。
[2] 意大利语，意为《民众报》。

人都可以有自己的看法），君士坦丁堡的职位只有在我们和德国之间悬而未决的纠纷解决后才能接受。我们不欠谁什么，不能容许人家每半年就用欺诈手段要我们违背自己的意愿交出莫名其妙的什么清账单，而且总是由御用的新闻界提出来。这种情况应当结束了，当然一个有本领、经受过考验的人，一个，如果可以这么说的话，一个能让皇上听得进他的话的人，比任何人都更有权威了结这一纠纷。”

一位正要吃完晚饭的先生向德·诺布瓦先生打招呼。

“噢！这不是德·福格希亲王吗？”侯爵说。

“噢！我可不太清楚您指的是谁。”德·维尔巴里西斯夫人叹息说。

“可不是他嘛。是德·奥东亲王，是您的表姐德·杜多维尔公爵夫人的亲妹夫。您还记得我跟他一起在博内塔布尔打过猎吗？”

“哦！奥东，就是以前绘画的那个？”

“不，不是，是娶了N大公爵的妹妹的那个……”

德·诺布瓦先生说这些话时语气颇为不快，好像一个不满意自己的学生的老师，而且他那双蓝眼睛死死盯着德·维尔巴里西斯夫人。

一俟亲王喝完咖啡离开餐桌，德·诺布瓦先生便站起身，殷勤地向他走去，然后以庄严的动作自己站到一边，侧转身体，把亲王介绍给德·维尔巴里西斯夫人。在亲王站在他们旁边的那几分钟里，德·诺布瓦先生始终用他的蓝眼珠紧盯着德·维尔巴里西斯夫人，一刻也不离开，这是出于老情人的讨好或严厉，尤其是因为担心她运用那种他曾经很欣赏而眼下却害怕的不规范的语言。每当她对亲王说了什么不准确的话，他立刻加以纠正，并且盯住疲惫而温顺的侯爵夫人的眼睛，他那种持续的高度紧张的样子很像一个正在施行动物磁疗法的催眠师。

一名侍者过来对我说我母亲在等我，我回到母亲那儿，向萨士拉夫人表示了歉意，并说我看见德·维尔巴里西斯夫人了，很有意思。听到这个名字，萨士拉夫人顿时脸色发白，似乎快要晕倒了。她一面竭力控制自己一面说：

“德·维尔巴里西斯夫人，就是德·布永小姐？”

“是的。”

“我能不能远远望她一眼？这是我一生的梦想。”

“那就别太耽误时间了，夫人，她就要吃完晚饭了。可是她怎么会引起您这么大的兴趣呢？”

“德·维尔巴里西斯夫人第一次结婚后成了德·阿芙雷伯爵夫人，她美得像天使，坏得像魔鬼，她使我父亲为她发疯，弄得他倾家荡产，随后又抛弃了他。是啊，虽然她的行为像一个最最为人不齿的窑姐儿，虽然是她害得我和我的亲人们在贡布雷过着拮据的生活，可是现在父亲既已去世，使我感到安慰的是他爱过当时最美丽的女人，而我却从未见过她，不管怎样，我会好受些，如果……”

我把激动得直打战的萨士拉夫人一直领到餐厅，并且指给她看谁是德·维尔巴里西斯夫人。

但萨士拉夫人就像那些盲人，总不把眼睛转向应该看的地方，她的视线不是停在德·维尔巴里西斯夫人正用餐的那张桌子上，而是往餐厅的另一个地方搜寻：

“她大概已经走了，在您说的地方我看不到她。”

她一直在搜寻、追捕着她既憎恨又爱慕而且那么长时间以来一直占据着她的想象的那个幻影。

“怎么不在，在第二张桌子。”

“可能我们不是从同一张桌子数起的。按我的数法，第二张桌子那里，在一位老先生旁边，只坐着一个矮个儿驼背女人，脸红红的，丑得吓人。”

“正是她！”

与此同时，德·维尔巴里西斯夫人让德·诺布瓦先生请德·福格希亲王坐下后，三人之间开始了一场愉快的谈话，他们谈论政治，亲王宣称他对内阁的命运问题并不关心，并说他在威尼斯还要待一个多星期。他希望等他回去时内阁危机已经避免。德·福格希亲王起初以为德·诺布瓦先生对这些政治问题不感兴趣，因为这位在此之前曾如此激烈地表明自己的政见的先生，突然沉默得几乎像天使，倘若他重新发出声音，那沉默似乎只可能化为门德尔松[1]或塞扎尔·弗朗克[2]的纯洁而忧伤的乐曲。亲王还以为这种沉默是出于一个法国人不愿在意大利人面前谈论意大利的事的审慎态度。亲王的猜想完全错了。在德·诺布瓦先生身上，

[1] 门德尔松（1809—1847）：德意志作曲家。

[2] 塞扎尔·弗朗克（1822—1890）：法国作曲家和管风琴演奏家。

沉默和冷漠的神情不是审慎的标志而通常是他对重大事件进行干预的前奏。我们已经看到，侯爵觊觎的正是君士坦丁堡的职位，条件是德国问题必须先行解决，为此他打算对罗马内阁施加压力。侯爵认为，只有一个出自他的具有国际影响力的行动才不愧为他的外交生涯的圆满结束，甚至可能是新的荣誉和他从不想放弃的艰难职务的开始。因为衰老首先从我们身上夺走的是行动的能力而不是欲望。只是到了第三阶段，那些活到很老的人才不得不像放弃了行动一样放弃了欲望。他们甚至不再参加无聊的竞选，比如竞选共和国总统，而早先他们却曾不止一次地力图取胜。如今他们只满足于外出、吃饭、看报，他们人还活着，但原来的自我已经死了。

为了让侯爵不感到拘束，并表明自己把他视为同胞，亲王跟他谈起现时内阁会议主席的几个可能的接班人，这些接班人的任务将是艰巨的。福格希亲王举了二十多个在他看来可以当部长的人名，而那位往日的大使则一动不动地听着，眼皮半耷拉在蓝色的眼珠上，最后他突然打破沉默说出一句话，这句话将成为二十年里所有大使馆的谈资，乃至后来当人们已经把它忘了的时候，还被某个署名为“一个知情人”或“见证人”或“马基雅弗利”[1]的人物在某个报纸上旧事重提，而且正因为原来已被遗忘，才有重新引起轰动的效果。话说福格希亲王刚刚在这位像聋子一般一

[1] 马基雅弗利（1469—1527）：意大利政治家，后泛指一切为达到政治目的而不择手段的人。

声不吭一动不动的大使面前提了二十多个名字，突然德 · 诺布瓦先生微微抬起头，用他以往那些最有影响力的外交谈话的形式，只是这次更大胆，也不像以往那么简短，他狡黠地问：“难道没有一个人提乔利蒂[1]的名吗？”一听这话福格希亲王顿时明白自己原来的判断错了；他听见了来自天堂的低语。随后德 · 诺布瓦先生便天南海北地谈起来，也不怕吵了别人，正像当巴赫的一首美妙绝伦的咏叹调最后一个音符一奏完，听众就开始毫无顾忌地高声说话，或去存衣间取出自己的衣服。使他这种前后判若两人的表现更为突出的是，他还请求亲王如有机会谒见国王和王后陛下，一定要代他恭致敬意，这是人们动身前说的一句话，相当于一场音乐会结束时有人大声喊“贝卢瓦路的马车夫奥古斯特”。我们不清楚德 · 福格希亲王当时的确切感想是什么。他听到“难道没有一个人提乔利蒂的名吗？”这句名言后一定无比高兴。因为德 · 诺布瓦先生身上最闪光的优点虽然因年迈而变得黯淡和紊乱，但他的“大无畏气概”却随着年龄增长而日臻完美，一如某些老年音乐家，其他方面都走下坡路，但到生命结束时却在室内音乐的演奏技巧上达到前所未有的炉火纯青的地步。

总之，本来打算在威尼斯待半个月的德 · 福格希亲王当天就回了罗马，并且几天后为产业的事受到国王的接见，我想前面已经说过，就是亲王在西西里拥有的产业。内阁苟延的时间比人们想象的要长些。内阁倒台后，皇上就为给新内阁物色一个合适的

[1] 乔利蒂（1842　1928）：意大利政治家，1908—1914 年曾连续担任内阁会议主席。

首脑多方征求了国务活动家们的意见。然后他召来乔利蒂先生，后者同意出任内阁总理。三个月后，一家报纸记叙了德·福格希亲王和德·诺布瓦先生的会晤。报上转述的两人之间的谈话与我们转述的一样，不同之处在于报上写的是“他带着人们熟悉的那种狡黠而优雅的微笑说”，而不是“德·诺布瓦先生狡黠地问”。德·诺布瓦先生认为对一个外交家来说，“狡黠地”这个词已经够有爆炸力的了，而这种添油加醋的做法起码是不合时宜的。他曾请求法国外交部予以正式否认，然而外交部也穷于应付。因为自从那次会晤被披露报端以后，巴雷尔先生每小时向巴黎拍好几次电报，抱怨在奎里纳莱[1]有一个非官方的法国大使，并报告此事在整个欧洲引起的不满。这种不满情绪其实并不存在，但各国大使出于礼貌不便在巴雷尔先生声称大家对此事反感时否定他的说法。一向只按自己的想法行事的巴雷尔先生把这种礼节性的缄默当成了同意。于是他立即拍电报给巴黎：“本人与维斯孔蒂-韦诺斯塔晤谈了一小时，云云。”他的秘书们忙得不可开交。

不过德·诺布瓦先生有一家历史悠久的法国报纸为他效忠，早在一八七〇年，当他在某个德语国家任法国公使时，这家报纸就曾为他帮过大忙。该报的文章（尤其是头版头条不署名的文章）写得非常精彩。可是当这头版头条文章（在遥远的过去被称为“巴黎开篇”，现在不知为什么被称为“社论”）写得拙劣了，老是没完没了重复同一些字眼时，人们对它的兴趣反倒比以前增强

[1] 奎里纳莱：最早是罗马教皇夏天的居所，1870 年开始成为意大利国王的王宫。

了百倍。当时每个人都激动地感到那篇文章是“受启发”而写的，也许是受德·诺布瓦先生的启发，也许是另一位当代伟人。为了使读者对意大利发生的事件预先有个概念，让我们看看德·诺布瓦先生在一八七〇年是如何利用这家报纸来为他服务的吧，大家也许会觉得他此举徒劳无益，因为战争终究还是爆发了；德·诺布瓦先生自己却认为此举卓有成效，因为他认为万事首先要做好舆论准备乃是一条公理。他那些字斟句酌的文章颇像对一个病人的乐观的估计，而紧接着病人却一命呜呼了。举例说吧，一八七〇年宣战前不久，当战争总动员已接近完成时，德·诺布瓦先生（自然是躲在暗处）认为有必要给那家有名的报纸寄去下面这篇社论：

“在权威人士中间，占上风的意见似乎认为，自昨天下午三四点钟以来，局势可以被看作是严重的，就某些方面而言，甚至可以被认为是危急的，当然，还未到令人惊慌的程度。德·诺布瓦侯爵先生可能已与普鲁士公使进行了多次晤谈，以便本着坚定而和解的精神，极其具体地研究现存摩擦——倘若可以这么讲——的种种原因。遗憾的是在本文付印时，我们尚未得到两位公使就寻求一个可作为外交文本基础的形式达成协议的消息。”

最新消息：“消息灵通人士满意地获悉，普法关系似乎稍有缓和，德·诺布瓦先生可能在‘菩提树下’[1]会见了英国公使，并与之晤谈了二十分钟左右，人们会对此事予以特别重视，并认为这

[1] 东柏林市区的一条林荫大道。

是一个令人满意的消息。”（在“令人满意的”一词后面加了个括号，括号中是相应的德语词：befriedigend。）然而次日社论写道：“尽管德·诺布瓦先生行事灵活，而且公众一致赞誉他善于巧妙而有力地维护法国不受时效约束的权利，但两国关系的破裂可以说已不能避免。”

在这样一篇社论后面报纸不能不附几则评论，不用说，这些评论也是德·诺布瓦先生寄去的。大家可能已经从前面几页里注意到，“条件式”[1]是这位大使在外交文字里特别喜欢使用的语法形式。（不写“据说人们特别重视”而写“人们可能特别重视”。）但他也同样喜欢用直陈式现在时，但不是用这一语法形式通常的意义，而是用它在古法语中的祈愿式意义。社论下面的评论是这样写的：

“公众从未表现出如此令人感佩的镇静。（德·诺布瓦先生很希望这是真的，但又怕事实正好与此相反。）公众厌倦了徒劳无益的骚动，而且满意地得知皇上的政府将根据可能发生的多种情况担负起自己的责任。公众别无他求（祈愿式）。这种崇高的镇静本身已经是一种胜利的征象。除此以外，我们还想补充一条消息，它可以，如果有此必要的话，进一步安定人心。此间肯定，由于健康原因早已准备回巴黎接受一次短期治疗的德·诺布瓦先生可能已离开柏林，他认为自己留在那里已失去意义。”

最新消息：“皇帝陛下今晨离开贡比涅回巴黎，以便与德·诺

[1] 法语动词的一种语式，表达不肯定或婉转语气。

布瓦侯爵、国防部长以及深得公众信任的巴泽纳元帅共商国是，皇帝陛下取消了为款待其嫂德·阿尔贝公爵夫人而准备举行的晚宴。这一措施一经为公众获悉立即普遍产生极为良好的反响。皇上检阅了部队，部队热情之高笔墨难以形容。皇上到巴黎后即发出动员令，有几支部队接到动员令后准备一有情况便向莱茵河方向开拔。”

有几次黄昏时分在返回旅馆的路上，我感到过去的阿尔贝蒂娜，虽然我自己看不见，却给关在我心灵的深处，就像关在威尼斯内城的“污水槽”里，有时一件小事使水槽的变得牢固的盖子滑开，给我打开一个通向过去的洞口。

比如一天晚上，我的场外证券经纪人的一封来信在一瞬间重新为我打开了关着阿尔贝蒂娜的牢笼的大门，在我心中的这个牢笼里她是活生生的，然而离我又是那么远，那么深，因此还是无法接近。早先为了能有更多的钱花在她身上我曾经做过金融投机，她死后我就不再管那些事了。然而时代变了；上几个世纪的一些至理名言被这个世纪否定了，梯也尔先生就遇到过这种情况，他曾说铁路永远不会成功；德·诺布瓦先生谈到公债时曾对我们说“公债的收益也许不很高，但至少本金永远不会贬值”，但这些公债往往正是跌价跌得最惨的。这样，仅仅在英国长期公债和塞依[1]

[1] 塞依（1774—1840）：法国经济学家，在南特领导一家制糖厂，著有《各国财富研究》等。

制糖厂这两项上，我就必须付给场外证券经纪人几笔数目极为可观的差额，同时还要付利息和延期交割贴费，以至于我一气之下决定把这些债券全卖了，这样一来我从外祖母那儿继承来的财产顿时就只剩下不到五分之一，而阿尔贝蒂娜活着时这笔遗产还全数在我手中呢。我们家留在贡布雷的亲戚朋友知道了这件事，由于他们还知道我和德·圣卢侯爵及盖尔芒特一家交往甚密，于是就有人说："这就是想干一番大事的结果。"如果贡布雷的人们得知我搞投机是为阿尔贝蒂娜这样一个出身低微的姑娘，一个可以说是受我外祖母以往的钢琴教师保护的姑娘，他们一定会惊奇万分。在贡布雷，人们按他们了解的每个人的收入情况把他永远地归入一个等级，就像归入一个印度的种姓一样，在这样的生活环境里，人们无法想象盖尔芒特们的天地里的充分自由，这里，人们对财产毫不重视，人们可能也认为贫穷是一种不愉快的处境，但却认为它并不能降低一个人的人格，不能影响一个人的社会地位，正像胃病不能影响一个人的社会地位一样。贡布雷的人兴许反而以为圣卢和德·盖尔芒特先生是些破落贵族，他们的庄园被抵押，是我借了钱给他们，其实，如果我真的破产了，他们会是首先主动向我伸出援助之手的人，不过我不会接受罢了。至于我的相对破产，这事确实使我烦恼，因为我对威尼斯女人的兴趣近来集中在一个年轻的卖玻璃制品的姑娘身上，这姑娘花朵般鲜艳娇嫩的皮肤透出由浅入深、韵致万千的橙色，令人看了心驰神往，我每天都想再见到她，但我知道母亲和我不久即将离开威尼斯，因此我下决心设法在巴黎为她谋个差事儿，好让我俩不分离。她妙龄十七的青春美色是那么高雅脱俗，光彩照人，不啻一幅提香的真迹，我在走之前无论如何要弄到手。然而，我仅存的那点财产对她是否有足够的吸引力，能让她离乡背井为我一个人来巴黎生活呢？

我正要读完场外债券经纪人的信，信中有句话“我将照管您的延期交割贴费”突然使我忆起另一句同样虚伪的职业性套语，就是巴尔贝克的海滨浴场女侍对埃梅谈起阿尔贝蒂娜时用的那句话：“当时是我照管她的。”以前从未在我脑海中再现的这几个字此时有如“芝麻开门”，突然令囚室的门开启了。但不一会儿牢门又在被囚禁者面前关上——我不想去和她团聚，这不是我的过错，因为我再也看不见她，再也想不起她的样子了，而对我们来说，人们是通过我们对他们的看法才存在的——但她的被遗弃一时却使我觉得她分外楚楚动人，只是她自己却不知道她已被遗弃：我在一闪念之间竟羡慕起那段已经很遥远的时光来，那时我日日夜夜被对她的回忆所萦绕而痛苦。还有一次，那是在斯基亚沃尼的圣乔治教堂，十二使徒之一的旁边有一只用单线勾勒的鹰，使我蓦地想起了那两只戒指，并且几乎重新勾起了它们给我带来的痛苦，弗朗索瓦丝曾发现这两只戒指一模一样，而我一直没弄清这两只戒指是谁送给阿尔贝蒂娜的。

然而有一天晚上，发生了一件奇异的事，它似乎本应该使我对阿尔贝蒂娜的爱情死灰复燃。当我们的游船在旅馆门前的石级下停住时，看门人交给我一封电报，为了这封电报，电报局职员已经来过三回了，因为收报人的姓名写得不准确（我还是能从意大利报务员译走了样的名字上认出是我的名字），要我给一个收据，证明这份电报确是拍给我的。一回到房间，我立即拆开电报，扫了一眼电文，电文有很多传送错误，不过我还是能读出如下的话：“我的朋友，您以为我死了，请原谅我，我好端端地活着，我想见您，跟您谈结婚的事，您何时返回？温柔地爱着您。阿尔贝蒂娜。”于是发生了与外祖母相同的情况，只是过程相反：我得知外祖母去世时，起初未感到丝毫的悲伤。只是在对她的不自觉的回忆使她变得栩栩如生后我才真正为她的死而难过。现在阿尔贝蒂娜在我思想中已经死去，因此她还活着的消息并没给我带来预想的快乐。对于我，阿尔贝蒂娜只是一束思念，只要这些思念还活在我心中，她便能肉体虽死精神犹生；但是现在这些思念已经消逝，因而她不能随着肉体的复活而在我心中复活。当我发现，她还活着这个消息并不使我快乐，当我发现我已不再爱她，我本应为此感到震惊，而且震惊的程度应该甚过这样一个人，这个人外出旅行几个月或病了几个月以后，照照镜子，发现自己有了不少白头发，和一副成年人或老年人的陌生面容。这确实使人震惊，因为这意味着：过去的“我”，那个金发青年已不存在，“我”变成了另一个人。然而与白发下这张布满皱纹的脸代替了原来的面孔相比，我的变化不是同样深刻，旧我不是消逝得同样无影无踪，同样彻底地被新我替代了吗？但是人们既不因自己随着时光的流逝、按照日月更替的次序变成了另一个人而苦恼，也不因自己在同一时期竟会是每天性格互相矛盾的人——今天凶狠明天心软、今天体贴明天粗野、今天公正无私明天野心勃勃——而苦恼。

不苦恼的原因是相同的，那就是旧我已经消隐——在后一种情况下是暂时的、性格方面的消隐，在前一种情况下是永久的、情欲方面的消隐——不可能悲叹另一个我，而这另一个我在当时当刻，或从此以后，则是整个儿我；粗野者为其粗野而得意因为他是粗野者，健忘者不为其缺乏记忆力而伤心正因为他已经遗忘。

我是没有能力使阿尔贝蒂娜复活的，因为我没有能力复活我自己，复活当年的我。生活的规律就是这样，它通过极其细微而又从不间断的工程改变着世界的面貌，按照这一规律，生活并没有在阿尔贝蒂娜死去的第二天对我说："变成另一个人吧。"然而，通过无数微小得使我难以觉察的变化，生活几乎把我整个儿更新了，因此当我的思想发现它的主人变了时，它已经适应这个新主人——我的新"我"；它依附的是这个新主人。大家已经看到，我对阿尔贝蒂娜的温情，我的妒忌，来自某些甜蜜的或痛苦的核心印象通过联想向四面八方的辐射，来自对蒙舒凡的凡德伊小姐的回忆，来自阿尔贝蒂娜晚间在我脖颈上印下的温柔的吻。但是随着这些印象的逐渐淡化，被它们染上令人忧虑的或令人愉快的色调的广阔印象便恢复了中性色彩。一旦遗忘占领了痛苦或欢乐的几个主要据点，我的爱情的抗争便被击败了，我便不再爱阿尔贝蒂娜了。我试图想起她。早在她出走后两天，我就曾经为自己居然能离开她生活四十八小时而惊恐万分，那时我就有个预感，看来这个预感是正确的。正像从前我给希尔贝特的信中所说以及我对自己所说的：如果这种局面持续两年，我就不再爱她了。当斯万要我再去看希尔贝特时，我觉得这就像要我接待一个死去的人一样不合适。死亡——或者我以为的死亡——在阿尔贝蒂娜身上所做的工作与长期的关系破裂在希尔贝特身上所做的工作是相同的。死亡只不过起了分离的作用罢了。我的爱情一想到它的出现便不寒而栗的那个恶魔——遗忘，终于真如我所料把我的爱情吞食了。阿尔贝蒂娜还活着的消息不仅没有唤起我的爱情，不仅使我看到我返回到漠然状态的旅程即将走完，而且还在一瞬间促使这种返回加快速度，加快得如此之猛以至于我事后不禁自问，过去那个相反的消息，即阿尔贝蒂娜死亡的消息，是否在完成她的出走所做的工作的同时，反过来激励了我的爱情，推迟了爱情的衰退。是的，现在知道她还活着，知道我可以和她重新聚首，反倒顿然使她在我心中失去了价值，我因此不禁自问是不是弗朗索瓦丝的暗示，是阿尔贝蒂娜的出走本身，乃至她的死（假想的，却信以为真）延长了我的爱情，因为当第三者甚至命运力图把我们和一个女人分开时，他们的阻挠只能使我们更依恋那个女人。眼下发生的事恰恰相反。我试着回想阿尔贝蒂娜的音容笑貌，然而也许因为我只需对她做出表示便能得到她，在我回忆中出现的是一个已经相当肥胖、有点男性化的姑娘，她那张憔悴的脸上，如同种子就要破土发芽一样，已经凸显出邦当太太的侧影。她与安德烈或其他姑娘可能干的事已不再使我感兴趣，我在很长时期里以为无法治愈的苦恼已不再使我痛苦，而这一切说到底我本来应该能预见到。诚然，对情妇的怀恋，尚未熄灭的妒火也和结核病或白血病一样是肉体的疾病。不过，在肉体的痛苦中间，有必要区别由纯粹肉体上的因素引起的痛苦和以心智为媒介作用于肉体的痛苦，尤其当作为传送纽带的这一部分心智是记忆的时候——也就是说如果引起痛苦的原因已经被消除或者已经很遥远——那么不管痛苦有多么残酷，不管给机体带来的混乱有多么深广，由于思想有一种自我更新的能力，或者更确切地说，它缺乏机体组织具有的自我保存的能力，因而预后不好的情况是极少的。一个患癌症的病人过一段时间以后可能会死，而一个遭到无法慰藉的不幸的鳏夫或父亲，经过同样长的时间以后，却很少有心灵的创伤得不到愈合的。我的创伤也已愈合。此刻我在想象中看到的阿尔贝蒂娜是那么虚胖，她必定像她爱过的那些姑娘一样已经人老珠黄，难道为了她我必须放弃那个明丽照人的威尼斯少女，我昨日的回忆，明日的希望吗（如果我娶阿尔贝蒂娜，我将再也不可能给那位姑娘以及其他任何姑娘一文钱了）？难道为了她我必须放弃这位“新的阿尔贝蒂娜”，“不是那个到过乌七八糟的地方的阿尔贝蒂娜，而是忠贞的、高傲的，甚至有点野性的阿尔贝蒂娜”？现在这位威尼斯少女就是从前的阿尔贝蒂娜：我对阿尔贝蒂娜的爱不过是我崇慕青春的一种短暂的形式。我们以为自己爱一个姑娘，其实，唉，我们爱的是曙光，因为她们的脸庞昙花一现地映出曙光的绯色。一夜过去，第二天早晨，我把那份电报还给看门人，说是搞错了，电报不是发给我的。看门人说电报已经拆开，他很难处理，还是由我保存为好；我把电报放回口袋但决定不去管它就像没收到过似的。我已经彻底地不再爱阿尔贝蒂娜了。因此这段爱情在远远背离了我以与希尔贝特的爱情史为依据对它所做的预测以后，在让我绕了 ·个又长又痛苦的大圈子以后，最终（虽然一度是例外）也像我对希尔贝特的爱情一样，归入了被遗忘这一普遍规律。

于是我想：过去我依恋阿尔贝蒂娜甚于依恋我自己；我现在不再依恋她是因为在相当长一段时期里我已没有看到她。我不想让死亡把我和自己分开，我希望死后能复生，这一愿望和我想与阿尔贝蒂娜永不分离的愿望不一样，它还在延续。这是因为我把自己看得比她更珍贵吗？是因为我在爱着阿尔贝蒂娜的时候更深地爱着自己吗？不是，而是因为我看不见她了也就不再爱她了，而我一直还爱着自己是因为我与自己的日常联系没有中断过，我与阿尔贝蒂娜的联系却已经断了。那么如果我和我的躯体，和我自己的联系也断了呢？情况肯定是同样的。我们对生命的眷恋只不过像一种年深日久的摆脱不掉的爱情关系。它的力量在于它的持续不断。一旦死亡来割断这种关系，我们想长生不死的愿望也将消除。

午饭后，倘若我不独自在威尼斯城里游荡，我便准备和母亲一道外出，为了做点我正在进行的有关拉斯金[1]的研究札记，我到楼上房间去拿本子。墙壁突兀的拐弯使房间的墙角凹进去，从这里我感到海给威尼斯带来的限制和人们在土地利用方面的精打细算。我下楼和等着我的母亲会合时，正是在贡布雷人们关上百叶窗在幽暗中惬意地享受身边的阳光的时刻，而在这里，从大理石

[1] 拉斯金（1819—1900）：英国艺术评论家和社会学家。著有六卷全集阐述其美学观点，认为艺术与人类在其他领域的活动是互相依存的，普鲁斯特深受其思想影响。

楼梯走下来时（这楼梯就像在一幅文艺复兴时期的画里一样，你看不出它是建在一座宫殿里还是建在一条双桨战船上），人们可以领略到同样的清凉和户外的灿烂阳光，这得归功于那些顶篷，它们在永远开着的窗户前面晃动着，通过这些窗户，暖烘烘的阴影和蓝绿色的阳光随着源源不断的气流流动，就像流动在一个飘浮的平面上，使人联想到邻近动荡不息的波涛和那闪烁着变幻不定的色彩的粼粼波光。我最经常去的地方是圣马可教堂，而且每次都兴趣盎然，因为要去那儿先得乘游艇，因为对我来说这座教堂不只是一处古迹，而且是在春天的海上所做的一段旅程的终点，教堂与海水在我眼里构成一个不可分割的、生气勃勃的整体。母亲和我走进圣洗堂，我们脚下是大理石和彩色玻璃镶嵌的拼花地面，眼前是宽大的拱廊，拱廊的喇叭口形的粉红色壁面因年深日久而微微弯倾，这样，在没有因年代悠久而失去其鲜艳色泽的地方，教堂看上去像是用类似巨大蜂房里的蜂蜡那样一种柔软而有韧性的物质造成的；相反，在岁月的侵蚀使材料发硬的地方，以及被艺术家雕空或用金色烘托的地方，教堂就像用科尔都[1]出产的皮革制作的精装本封面，而威尼斯则像一本奇大无比的《圣经》。母亲见我要在几幅表现耶稣浸礼的镶嵌画前待很久，而且她感到了圣洗堂沁人肌肤的凉气，便将一条披肩搭在我肩上。我和阿尔贝蒂娜在巴尔贝克时，她对我谈到如果能和我一道观赏某幅画会有怎样的乐趣——在我看来她想象的这种乐趣毫无根据——当时

[1] 科尔都：西班牙西南部城市，以出产皮革著称。

我认为她的话揭示了一种虚无缥缈的幻想，不少思想混乱的人头脑里往往装满了这类幻想。今天我至少可以肯定，和某人一起观赏或至少一起看过一件美丽的东西的乐趣是确实存在的。我有过这样的时刻，即当我回想起圣洗堂，回想起我面对着圣约翰将耶稣浸入其中的约旦河的波涛，而游艇正在小广场前等候我们，这时我便不能不动情地想到，在凉爽的半明半暗中，在我身旁，有一位身着孝服的妇人，她脸上带着卡帕契奥的《圣乌尔苏拉》中那位老妇人的毕恭毕敬而又热情洋溢的虔诚表情，而这位脸颊红润、眼神忧伤、罩着黑面网的妇人就是我的母亲，对我来说，从此没有任何东西能把她和圣马可教堂那光线柔和的殿堂分开，我确信总能在殿堂里再找到她，因为她在那儿就像在一幅拼花图案中一样占有一个专门的、固定不变的位置。

我刚刚提到卡帕契奥，在我不去圣马可教堂进行我的研究时，他便是我们最喜欢“拜访”的画家，有一天他几乎重新燃起我对阿尔贝蒂娜的爱情之火。那是我第一次看到《慈悲族长为中魔者驱邪》那幅画。我欣赏着那美妙的肉红色和淡紫色天空，天幕上衬托出高高的镶嵌式烟囱，烟囱的喇叭口形状和它的红色像一朵朵盛开的郁金香，使人想到惠斯勒笔下千姿百态的威尼斯。接着我的目光从古老的里亚托木桥移向十五世纪的维契奥桥，移向那一座座装饰着镀金柱头的大理石宫殿，随后又回到大运河，在河上划船的是一些身穿粉红色上衣，头戴饰有羽毛的窄边软帽的少年，他们酷似塞尔、凯斯勒和斯特劳斯那幅光彩夺目的《约瑟夫的传说》中那个使人想起卡帕契奥的人。最后，在离开那幅画之前，我的目光又回到河岸，这里密密麻麻地呈现出当时威尼斯的生活场景。我看到理发师在擦拭剃须刀，黑人扛着木桶，伊斯兰教徒在聊天，还有身穿锦缎和花缎宽大长袍，头戴樱桃红丝绒窄边软帽的威尼斯贵族老爷。突然我的心好像被蜇了一下。我认出，一个编织行会会员（这可以从他们的领口和袖口上用珍珠和金线绣成的他们所属的这个快乐行会的会徽识别出来）身上披的斗篷就是阿尔贝蒂娜和我乘敞篷车去凡尔赛那天穿的那种斗篷，那天晚上我无论如何没想到仅仅十五个小时以后阿尔贝蒂娜将离开我家。那个凄凉的日子，她在最后一封信里把它称为“格外黯然神伤的散步（因为当时已暮色苍茫而我们又即将离别）”，当我叫她出发时，随时准备应付各种情况的她，披上了一件福迪尼设计的斗篷，第二天就带着这件斗篷走了，自那以后我在回忆中再也没看到过这件斗篷。然而福迪尼，威尼斯的天才儿子，正是从卡帕契奥的这幅画里吸取了斗篷的式样，把它从编织行会会员的肩上取下来披到了众多巴黎女子的肩上，当然她们像我在此以前一样不知道这种斗篷的式样古已有之，人们能在威尼斯艺术学院的一间大厅里，在那幅题为《慈悲族长》的画上，在处于画的近景的一群贵族老爷身上看到它的原型。我认出了所有这一切，而且那件被忘却的斗篷为了让我更好地审视它，把那晚和阿尔贝蒂娜出发去凡尔赛的人的眼睛和心灵还给了我，于是在片刻间，我感到一种无法表述的欲望和忧伤涌上心头，但很快就消散了。

还有些日子我和母亲不满足于参观威尼斯博物馆和教堂，于是趁有一次天气特别晴朗，我们一直行进到帕多瓦[1]，为的是再一次欣赏那几幅《善》《恶》图，斯万先生曾送给我这些画的复制品，至今可能仍挂在贡布雷老宅的自修室里；我在骄阳下穿过阿雷娜花园，走进由乔托的画装饰的小教堂，只见教堂的整个拱穹以及巨幅壁画的底色一片碧蓝，仿佛灿烂的白日也同游客一起跨进了门槛，把它那万里无云的蓝天带到阴凉处小憩，纯净的蓝天卸去了金灿灿的阳光的服饰，那蓝色只稍微加深了一点，就像最晴朗的天也会有短暂的间断，这时天空并无一丝云，但太阳似乎把它的明眸转向别处一小会儿，于是天空的湛蓝就变暗了一些，但也更加柔和了。现在蓝幽幽的青石壁像移进来的蓝天，天空飞着几个小天使，我还是第一次看到这些小天使，因为斯万先生送我的仅是《善》《恶》图的复制品，而不是描绘圣母和圣子的故事的整幅壁画。天使的飞翔动作与《慈悲》或《贪欲》的动作一样都给我一种惟妙惟肖栩栩如生的感觉。天使们把小手合拢，显出对天国的万分虔诚，或者至少是孩子的认真和乖巧，阿雷娜壁画上的这些小天使让人觉得世界上真存在过这类特别的有翅膀的生物，《圣经》和福音时代的博物学大概会提到它们。圣徒们散步时少不了会有这些小人儿在他们前面飞来飞去；也总会有几个降临在他们的头顶上方，由于这是些真正存在而且确实会飞的造物，我们可以看到它们向上升腾时画出各种弧线，极其轻松自如

---

[1] 帕多瓦：意大利北部城市，有名的圣安东尼方形大教堂内有圣安东尼之墓，市内阿雷娜广场上的小教堂饰有 13 世纪意大利画家乔托绘的巨幅壁画。

地在空中“翻筋斗”，或是头朝下向地面俯冲，一面还起劲地扑腾翅膀，以便使自己保持从重力法则来看是完全不可能的姿态，它们更像某种业已绝迹的鸟类，或者像在练习滑翔的加罗[1]的青年学生，而不像文艺复兴时期以及后来的各个时期的绘画艺术中表现的那些天使，那些天使的翅膀只不过是天使的标志，它们的姿态通常和不长翅膀的天国人物毫无二致。

回到旅馆时我看见一群年轻女子，她们大部分是从奥地利来威尼斯享受这明媚的、花儿尚未开放的早春时光的。她们中间有一位使我产生了好感，她的五官虽然不像阿尔贝蒂娜，但却有着同样娇艳的脸色，同样笑盈盈的轻佻目光。不久我便觉察到我已开始对她说一些我在初期对阿尔贝蒂娜讲过的话，当她告诉我第二天我将见不到她因为她要去维罗纳[2]时，我对她掩饰同样的痛苦，并且立刻也想去维罗纳。然而好景不长，她就要回奥地利，我永远也不会再见到她，但是我已经隐隐约约感到妒忌，就像刚堕入情网的人那样，我望着她可爱的谜一般的脸庞不禁自问她是否也喜欢女人，她和阿尔贝蒂娜的相同之处，那鲜亮的脸色和明亮的目光，那令所有人倾倒的和蔼而坦率的神情（她有这副神情主要是由于她不想去了解与她无关的人们的所作所为，而不是由于她能向别人公开自己的所作所为，恰恰相反，她用幼稚可笑的谎言来掩盖自己的行为），这一切是否正是喜欢女人的女人固有的

---

[1] 加罗（1888—1918）：法国飞行员，是第一个飞越地中海的人。

[2] 维罗纳：意大利东北部城市，其风光仅次于威尼斯。

体貌特征。我自问，但理性上又弄不明白，是否正是她身上的这一点对我具有吸引力。是否正是这一点在引起我的不安（这也许是我容易被叫人痛苦的东西所吸引的更深刻的原因），而且当我看见她时，是否正是这一点给我带来那么大的快乐和忧伤，就像那些磁性物质，我们的眼睛看不见，但它们存在于某个地区的空气中时便能使我们感到种种不适。可惜这个问题我永远也弄不清。有时我试图从她脸上了解她的内心世界，我真想对她说："您应当告诉我，我对这事感兴趣，它也许能帮助我认识人类博物学的一条规律。"然而她永远也不会告诉我；她声称对这一类恶习深恶痛绝，而且她和女友们保持一种冷漠的关系。也许这恰恰证明她有不可告人的事要隐瞒，也许她正是为这种事在被人笑话和羞辱，也许她为避免别人以为她有这类恶习才装出这种表情，就像动物对打过它的人保持一种不言自明的疏远。至于要打听她的生活，那是办不到的事；即使对阿尔贝蒂娜，我也是花了多少时间才了解到她一星半点的情况啊！她的行动是那么小心谨慎，和这位年轻女人一个样，以至于等她死后人们才敢谈起她！何况，即使是关于阿尔贝蒂娜，难道我能肯定我了解什么情况吗？此外，正如我们所爱的某个女人会使我们不自觉地追求某种生活条件，因为有了这种物质条件我们就能生活在她身边，就能最大限度地取得她的欢心，而一旦我们不再爱这个女人，我们原先梦寐以求的生活条件对于我们就变得无所谓了，精神上的某些兴趣也一样。我想知道在那花瓣似的粉颊下面，在那双宛如日出前的晨曦似的淡灰色明眸里，在那些从未讲给人听过的时日里，究竟隐藏着一种什么样的欲望，我赋予我的好奇心一种科学意义，然而当我一点也不爱阿尔贝蒂娜了，或者当我一点也不爱这位年轻女人了，这种科学意义大概也会消失。

傍晚我独自步出旅馆，在这座迷人的城市里徜徉，有时置身于一些我未到过的街区，好像《一千零一夜》中的某个人物。在我信步漫游的路上，常常会发现一个我不知其名的宽阔广场，没有一个游客也没有一本旅游指南向我提到过它。我进入纵横交错的小街织成的网络。高高的喇叭口形的烟囱被夕阳抹上了无比鲜艳的玫瑰色和明亮夺目的红色，于是屋顶上成了一个百花盛开的花园，花的颜色是那么富于层次，你会以为是代尔夫特或哈勒姆[1]的某个郁金香花迷的花园搬到了威尼斯城的上空。此外，这里的房屋挨得十分近，因而每个窗口都好像一个画框，框中是一个厨娘在胡思乱想，眼睛从窗口向外望着，或是一个少女坐着，正让一个老妇梳理头发，老妇的脸隐在暗处，但可以依稀辨出那是一张巫婆的脸——一座座简陋而静寂的房舍在狭窄的街道旁紧挨着，一眼望去如同一百幅荷兰油画并排陈列在那儿展览。那些街道一条挤一条，像齿槽似的将环礁湖与运河之间的那块威尼斯横七竖八切成无数块，仿佛这块城区已在这些数不清的纤细而精微的模子里凝结了。突然，在一条小街的尽头，凝固的物质里有一处仿佛发生了膨胀。原来是一个宽阔华美的广场伸展在我面前，广场四周耸立着赏心悦目的宫殿，月光在广场上洒下一片苍白的清辉，

[1] 代尔夫特和哈勒姆，荷兰的两个城市，荷兰是郁金香之国。

我真没想到在这样稠密的街道网里，还能有地方摆下那么大一个广场。这是一个建筑群，若是在别的城市，各条街道往往都通向这样的建筑群，好把人们引向那里，或向人们指明它的所在。但是在威尼斯，它好像故意藏在小街纵横交织的网里，犹如东方童话里的宫殿，某个人物夜里被人领到宫殿里，天亮前又被送回来，他后来再也找不到这个神奇的处所，最后还以为这不过是他梦中去过的地方。

第二天我去寻找我夜间发现的美丽广场，我走过一条又一条的街，它们都很相似，但没有一条能给我提供一点有关那个广场的情况，只是使我更加晕头转向。有几次我以为认出了一个什么标记，便估计那个美丽而偏远的广场，那个被幽禁的、孤寂的广场很快就会出现在我眼前。这时某个鬼精灵变成的一条我从未走过的小街，引得我身不由己地往回走。不久我突然发现自己重新被带回到了大运河。而由于对现实的回忆与对梦境的回忆之间没有多大的区别，到后来我不禁自问，是否在我的睡梦中，在一块幽暗的威尼斯的凝固体里产生了一个奇异的浮动面，它给久久沉思的月光奉献上一个宽阔的、被迷人的宫殿所环绕的广场。

但是在威尼斯，不愿永远失去某些女人比不愿永远失去某些广场更能使我的心情始终处于骚动不安的状态，到了我母亲决定离开威尼斯的那天傍晚，那时我们的行装已经由小船运往车站，我突然在旅馆准备接待的外国旅客登记簿上看到“普特布斯男爵夫人及其随从”。这时我的骚动不安达到了狂躁的程度。一想到我和母亲这一走我将错过多少享受肉体欢愉的佳辰良宵，我体内处于慢性病状态的欲望立即上升为一种情感，欲望被一种忧郁和迷惘的心情所淹没；我向母亲提出推迟几天再走；母亲好像一分钟也不愿意考虑我的请求，甚至根本不把它当回事，我的神经已被威尼斯的春天刺激得很兴奋，因而母亲的神情一下子唤醒了在我神经里存在已久的反抗欲，那就是抵制我臆想中父母策划来对付我的阴谋，他们总以为我最终不得不服从，过去正是这种抗争的决心驱使我把自己的意志粗暴地强加给我最爱的人，哪怕在成功地迫使他们让步以后我仍旧按他们的意愿行事。于是我对母亲说我不走了，而她呢，以为做出不把我的话当真的样子是巧妙的办法，因此她甚至不予回答。我说她马上就会看到这是不是真的。这时看门人拿来三封信，两封是母亲的，一封是我的，我把信放进皮夹，和其他信混在一起，连信封都没看一眼。待到母亲动身去车站，后面跟着我所有的物件时，我则命人拿了一杯饮料到平台上去，我在平台上坐定，面对着运河，看着落日西沉，而停泊在旅馆对面的一条船上一位乐师正弹唱着 *O sole mio*[1]。

太阳继续落下去。母亲现在离车站大概不会很远了。她很快就会不在这儿了，而我将孤身一人留在威尼斯，孤身一人为惹得母亲伤心而难过，却没有她在身旁抚慰我。开车的时刻越来越近，我的无可挽回的孤寂也即将来临，我甚至觉得我已经开始尝味这彻底的孤寂了。我确实感到孤独，周围的事物变得陌生了，我已经有足够的平静去摆脱心脏的猛烈跳动，去给周围的事物注入一

[1] 意大利语，意为《我的太阳》。

点安定。我面前的这座城市已不再是威尼斯。它的特点，它的名字对于我如同骗人的虚构，我再没有勇气把这些虚构刻印在石头上了。宫殿在我眼里只不过是一个个建筑物和一大堆与其他石头没有什么不同的大理石，水也只不过是氮氢化合物[1]，一种永恒的、没有灵性的物质，威尼斯存在以前就有，威尼斯以外的地方也有，它不知总督和透纳[2]为何人。然而这个普普通通的地方又很奇特，它像这样一种地方，你刚到那儿，它还不认识你，你走了它也已经把你忘掉。我再不能向它吐露任何心事，再不能在它身上寄托自己的任何思想与情愫，它使我收缩成一团，我现在只不过是一颗还在跳动的心，是一种正忧虑地关注着 *O sole mio* 如何展开的注意力。我徒然拼命把我的思想放在里亚托桥那独特的优美曲线上，然而在我眼里它仍是如此明显地平庸，不仅不是一件上乘之作，而且与我从前对它的评价毫无关系，就像一个演员，虽然戴着金色假发，穿着黑色衣服，但我们知道他实质上不是哈姆雷特。与宫殿的情况一样，大运河和里亚托桥一旦剥去了构成它们个性特征的那层思想外衣，就化为一堆普通的物质材料。但同时这极其平常的地方又似乎并不那么遥远。比如在军舰修造厂的锚地，由于纬度这一科学因素，事物就有一种特别之处，它们即使表面上与我们国家的东西一模一样，但总让人觉得陌生，终归是流落在异域的东西；那水天相接之处离我很近，我只需乘一小

[1] 应该是氢氧化合物，可能是作者的笔误。
[2] 透纳（1775—1851）：英国画家和木刻家。

时船就能到达，但我感到这段地平线的弧度与法国的完全不一样，它本来很遥远，只是通过旅行的妙法才突然离我很近，但它只能使我更深地体会到我是远在他乡；因而看着那既微不足道又遥远的军舰修造厂锚地，我心中充满了一种厌恶而又惊恐的复杂感情，我第一次体验这种感情是在我很小的时候，那一天我陪妈妈去德里尼温泉浴场，这是个怪诞的地方，水色幽暗，不见天空和阳光，四周是一个个小房间，在这儿你感到自己与看不见的挤满人体的深水相通，我曾纳闷地想，用一些木板房遮住不让人从街上看到的深水处是否就是由此处开始的并把极地包括在内的冰洋的入口，这狭窄的空间是否就是极地冰洋可通行的部分；眼前的景色显得寂寥、不真实、冷漠，我对它已没有好感，这儿即将剩下我孤单一人，*O sole mio* 的歌声悠悠升起，仿佛在哀叹我原先认识的威尼斯，又仿佛在以我的不幸证明那个威尼斯已不存在。毫无疑问，如果我还想赶上母亲，和她一起乘火车，我就应该停止听下去；我就应该立即下决心动身，一秒钟也不再耽搁。然而这正是我做不到的事；我仍旧一动不动地待着，不仅站不起身来，而且连下决心站起来的力量都没有。为了避免考虑下这个决心，我的思想整个儿在关心 *O sole mio* 如何一句接一句的展开，并且跟着歌者默唱，预料下一句即将高昂起来，并跟着它高上去，再跟着它低下来。毫无疑问，我对这支听过上百遍的无关紧要的歌根本不感兴趣。我这样认真地像完成一项义务似的把它从头听到尾并不使任何人高兴甚至也不使我自己高兴。再说，我预先就知道的那些歌词里，没有一句能给我提供我所需要的那个决定；不仅如此，每个歌句，在轮到唱它的时候，还成了我有效地做出这一决定的障碍，或者更确切地说，它迫使我做出相反的决定，亦即留下不走的决定，因为它使我让时间分分秒秒地溜过去，因此我此时听唱 *O sole mio* 这件事本身不仅毫无乐趣可言，而且还包含着一种深沉的甚至是绝望的悲伤。我清楚地感到，由于我待在那儿不动，实际上我做出的决定是留下不走；对自己说“我不走了”这种直截了当的形式是不可能的，而另一种形式“我再听一句 *O sole mio*”却是可能的，然而这另一种形式也更痛苦千百倍，因为这一转义语的实际意义我并非不知道，我在对自己说“归根到底我不过是再多听一句罢了”的同时，我知道这就意味着：“我将一个人留在威尼斯。”也许正是这种像使人麻木的寒冷一样的悲伤构成了这支歌的魅力，那种绝望而又慑服人的魅力。歌者的声音用几乎是肌肉的力量和炫耀掷出的每一个音符都是对我的当胸一击。当一个句子在低音处唱完，乐曲似乎已经结束时，唱歌的人还不满足，又由高音处重新开始，好像他需要再一次宣告我的孤独和绝望。而我出于关注他的歌这一愚蠢的礼貌，对自己说：“我现在还下不了决心；先要把高音这一句再默唱一遍。”然而这个歌句却在扩大我的孤独，它在我的孤独中落下并使我的孤独随着分分秒秒的过去而愈来愈完整，不久将无可挽回。

母亲离车站大概已经不远。很快她就不在这儿了。伸展在我面前的已经是我孤零零留在那里没有母亲相伴的威尼斯。这座城市不仅已不再包含我母亲，而且由于我再没有足够的宁静让我的思想停止在我面前的景物上，这些景物实际上也已不包含我的任何一部分；更有甚者，它们已不再是威尼斯；就仿佛是我一个人给宫殿的石头和运河的水注入了灵魂似的。

我就这样木然呆坐着，意志涣散，表面上不知何去何从；其实这时我们的决心无疑业已下定：我们的朋友往往能预料到这个决定。但我们自己看不到，否则我们可以免受多少痛苦啊。

终于，从比人们预言彗星升起的地方还更难以捉摸的神秘深处——幸亏根深蒂固的习惯有一种想象不到的自卫力量，幸亏人体内蕴藏着储备的能量，在突然冲动下习惯会在最后时刻把它们投入激战——突然涌出了我的行动：我拔腿飞跑，到达车站时火车门都已关闭，不过我还来得及找到母亲，她正急得满脸通红，克制着自己不要哭出来，她以为我不会来了。“你知道，”她说，“你去世的外祖母生前常说：真奇怪，这孩子，没有比他更让人受不了也没有比他更讨喜的了。”在火车行进的路线上，我们看到帕多瓦然后是维罗纳迎着火车扑过来，几乎是一直到车站来和我们告别，当我们渐渐远去时，它们俩一个回到自己的田野，一个回到自己的山丘，因为它们不走，它们将重新开始自己的生活。

时间一小时一小时地过去。母亲并不急着看那两封仅仅拆开的信，并且尽力让我也不马上抽出皮夹，从里面拿门房交给我的那封信。她总怕我觉得旅途太长，太累人，所以尽量晚一点打开装着煮鸡蛋的盒子，尽量晚一点递给我报纸和拆开她没告诉我她买了的那包书，好让我在旅途的最后几个小时里有事可干。我先看看母亲，她正带着惊奇的表情读那封信，而后她抬起头，目光像是轮流停在一些彼此不同的、互不相容的往事上，而她无法使它们接近。与此同时，我在我那封信的信封上认出了希尔贝特的笔迹，我拆开信。希尔贝特向我宣布她将和罗贝·德·圣卢结婚。她说有关此事她曾往威尼斯给我发了个电报，但没收到回电。我记起有人对我说过威尼斯电报局的服务如何之差。我从未收到过她的电报。她也许会不相信。突然我感到原先以回忆的形式存放在我头脑里的一件事实离开了它的位置，并让另一件事实取代了它。我不久前收到的那份我以为是阿尔贝蒂娜发来的电报，原来是希尔贝特发来的。希尔贝特的笔迹有一个相当做作的特点，就是当她写一行字时，喜欢把字母 t 的一横写到上一行去，她像给上一行的字画上加重线，或是把字母 i 上的那一点写到上一行去，好像把上一行的句子断开，同时又把上一行字母的下伸笔画和曲线插到下一行字中间，因此电报局职员把上一行的 s 或 y 的拐弯加在 Gilberte 的末尾读成 ine 是很自然的事。Gilberte 一字中 i 上的一点升到上一行成了省略号。至于 G 则像哥特字体的 A。除此以外再有两三个字没看清，一些字搅在另一些字里（我也曾觉得某些字令人费解），这就足够说明我的谬误的细节了，甚至无须这么多因素。一个心不在焉的人，尤其是一个先入为主的人，在认定一封信是某个人写来的以后能读一个词里的几个字母，一个句子里的几个词呢？他一面读一面猜，外加创造；一切都始于最初的错误，其后的错误（不仅在读信和电报时，不仅在做任何阅读时）不管在持不同出发点的人看来显得多么荒诞不经，其实都是合乎情理的。我们固执而诚心诚意相信的事，乃至最终的结论，大部分都是如此，都是一开始就把前提弄错了。

“噢！真是闻所未闻，”母亲对我说，“你瞧，人到我这把年纪已经没什么可惊讶的了，可是我还是要向你肯定，没有什么比这封信向我宣布的消息更出人意料的了。”“你听好，”我回答说，“我不知道你要说的是哪件事，但不管它多么令人吃惊，也及不上这封信告诉我的消息。这是件婚事。罗贝·德·圣卢娶希尔贝特·斯万。”“哦！”母亲说，“那么另一封信，我还没拆开的那一封要告诉我的大概就是这件事，我认出你朋友的笔迹了。”于是母亲略带激动地向我微微一笑，自她丧母以后，不管是多么细小的事，只要关系到也有痛苦、也有回忆、也失去过亲人的人，对她来说都具有一点使人激动的意味。因此母亲对我微笑并柔声说话，好似生怕轻描淡写地谈论这件婚事就会看不出它在斯万的女儿和遗孀心里，在准备与儿子分开生活的罗贝的母亲心里所能引起的忧伤感觉，而且由于这些人待我好，母亲还出于好心和同情把自己作为女儿、妻子和母亲的那份感触加在这忧伤里。“我说对了吧，你不会遇到比这更令人吃惊的事了。”我说。“嗯，不对！”她轻声回答说，“我手里的消息才是最离奇的，我不说是最伟大的、最渺小的，因为德·塞维尼夫人的这句话被所有只知道她这句话的人引用过，让你外祖母大倒胃口，就像‘美哉，花的凋零’一样。我们才不拾人牙慧用大家用滥的这句话呢。这封信告诉我小康布尔梅结婚的事。”“哦！”我冷淡地说，“跟谁？反正不管如何，未婚夫的人品已经使这桩婚事无任何轰动性可言了。”“除非未婚妻的人品使它成为轰动事件。”“未婚妻是谁呢？”“哈！要是我立即告诉你就没价值了，来，猜猜看。”母亲说，她见我们还没到都灵，便想留点事给我做做，像俗话所说，留个梨到口渴时吃。“我怎么猜得到呢？是不是和一个门第显赫的人？如果勒格朗丹和他姐妹满意，那准保是门体面的婚姻。”“勒格朗丹是否满意我不知道，但向我宣布这个消息的人说德·康布尔梅夫人满心欢喜。我不知道你会不会把这称为体面的婚姻。我呢，我觉得这有点像国王娶牧羊女那个时代的事，何况这个牧羊女还够不上牧羊女，话说回来，人倒是挺可爱的。要是你外祖母还活着，这桩婚事会叫她大吃一惊，但不会使她不高兴。”“未婚妻到底是谁呢？”“是德·奥洛龙小姐。”“依我看，够气派的，一点不是什么牧羊女，不过我不明白是哪个奥洛龙，奥洛龙是盖尔芒特家族过去的一个封号。”“正是，但是德·夏吕斯先生在收养絮比安的侄女时把这个封号给了她。就是她嫁给小康布尔梅。”“絮比安的侄女！这不可能！”“这是对好品德的报偿。是乔治·桑夫人的小说结局式的婚姻。”母亲说。而我却想：“这是对道德败坏的惩罚，是巴尔扎克小说结局式的婚姻。”“说到底，”我对母亲说，“仔细想想，这是挺自然的事。从此康布尔梅一家就在盖尔芒特家族的圈子里扎根了，以前他们可不敢奢望能挤进盖尔芒特家族的圈子；再说，姑娘被德·夏吕斯先生收为养女后就会有很多钱，这对已经倾家荡产的康布尔梅家是必不可少的；她终究是一个被他们视为王亲的人的养女，而且据康布尔梅家的人说，她很可能是他的亲生女儿，也就是说，私生女。和一个可以说是王室的私生子结婚，这在法国和外国的贵族眼里一直是一种高攀。甚至不用追溯到离我们很远的吕森士家族，就在半年前，你记得吗，罗贝的朋友和那个姑娘结婚的事，这门亲事唯一的社会原因就是人们猜测，不知有根据没根据，那姑娘是某位国君的私生女。”我的母亲尽管保持着贡布雷的社会等级观念，按照这种观念，外祖母本应对这门亲事感到气愤，但由于她特别想显示她母亲了不起的判断力，所以她补充说：“何况姑娘人品极好，你亲爱的外祖母即使不是那么善良、那么宽容，也不会批评小康布尔梅所做的选择。你还记得，很久以前，有一天她走进裁缝铺让人把她的裙子重新缝一下，后来她是如何盛赞这位姑娘高雅脱俗的吗？当时这位姑娘还是个孩子。现在她虽然大大超过了结婚年龄，是个老姑娘，但她长成一个完全不同的女人，更加完美百倍了。可你外祖母那时一眼就看出来了。她早就认为裁缝的侄女比德·盖尔芒特公爵更‘贵族’。”但称颂外祖母还不够，我母亲还必须感到，为外祖母着想她老人家不在人世反倒好些，似乎这样就能使外祖母免受最后的痛苦似的，而这正是她的赤子之情的至高无上的目标。“不过，你想，”我母亲对我说，“毕竟斯万老爹——你没见过他，这倒是真的——怎么能想到，有朝一日在他的曾外孙或曾外孙女的血管里，那个把‘您好，先生’说成‘李浩，先森’的莫塞大妈的血和德·吉斯公爵的血会流在一起呢！”“可是，妈妈，这事远比你说的更令人吃惊。斯万老先生一家是很体面的人，凭他们的儿子的地位，如果他娶一位好人家的姑娘，他的女儿希尔贝特本来可以结一门很好的亲事。可是现在一切得从头开始，因为他娶了个名声不好的女人。”“噢，名声不好的女人，你知道吗，我们以前可能太狠了点，我始终没有完全相信那些流言蜚语。”“当然是个名声不好的女人，我甚至哪天可以向你透露点……家庭情况。”母亲沉浸在她的遐想中，她说：“一个你父亲绝对不允许我和她打招呼的女人的女儿，和德·维尔巴里西斯夫人的侄儿结婚！而德·维尔巴里西斯夫人，你父亲开始也不允许我去看她，因为觉得她所属的阶层对于我来说太显赫。”接着又说：“勒格朗丹过去那么怕把我们引荐给德·康布尔梅夫人，因为他觉得我们不够气派，而现在这位夫人的儿子要娶一个只敢从后楼梯进我们家门的人的侄女！……毕竟你外祖母是对的，你记得吗，她在世时常说豪门贵族做的事有的会让小市民看不惯，还说玛丽-阿梅莉王后的形象在她心目中给破坏了，因为王后主动接近德·孔代亲王的情妇，为的是让她叫亲王立一份有利于德·奥马尔公爵的遗嘱。再有，几百年来，格拉蒙家族的小姐们，这些真正的圣女，为了纪念一位先祖与亨利四世的私情，竟一直用戈里桑德这个姓，你外祖母对此也很反感，你记得吗？这类事情在资产阶级家庭也可能发生，不过他们隐瞒得更严密。你以为你去世的外祖母会觉得这事有趣吗！”母亲忧郁地说，因为，外祖母被令人遗憾地排除在外再也体验不到的那些快乐都是生活中最普通的快乐，诸如一则消息，一出戏，甚至哪怕是一种“模仿”，都会使她觉得津津有味。“你以为她会为此大吃一惊吗！我敢肯定这类婚事会使她反感，会使她不好受，我认为她不知道反倒好些。”母亲又说。因为遇上任何一件事她都爱这么想：外祖母对此会有完全独特的感受，这种感受来自她那美好而又与众不同的天性，而且具有非同寻常的意义。遇到任何过去预料不到的伤心事，比如我们家的世交中有谁倒霉或破产，或是发生了什么公共灾难、流行病、战争、革命，母亲便对自己说外祖母没看到这些事也许倒好些，否则她会太难过，也许会受不了。倘若是像上面谈到的这类令人反感的事，那些坏心眼的人会喜滋滋地猜想，他们不喜欢的人所受的个中之苦比人们想象的还要深，而我母亲的心理活动却与这些人相反，她出于对外祖母的亲情，不能容许任何不幸的事或任何降低人格的事降临到她头上。她把外祖母想象成不受任何不该发生的坏事伤害的人。她想外祖母的死归根结底也许是件好事，免得这个天性如此高尚的人目睹她不能忍受的现代社会的丑恶现象。乐观主义是往昔的哲学。在所有可能发生的事情里，我们只了解已经发生的事，因而我们把这些事造成的恶果看成是不可避免的，而把它们不得不同时带来的微小好处归功于这些事件，以为没有这些事件也就不会有这些好处。与此同时母亲还竭力猜想外祖母若是得知这些消息会有什么样的感受，而同时又认为我们这些不如外祖母有头脑的人是不可能猜到的。“你想！”母亲先对我说，“你外祖母要是还活着会多么吃惊！”我感觉到母亲为不能把这事告诉她而伤心，为外祖母不能知道这件事而遗憾，此外，她觉得不公正的是，生活给当今带来了一些外祖母想象不到的事情，结果回过头来看，外祖母带到另一个世界去的对人和对社会的认识成了错误的或者不全面的，比如絮比安姑娘和勒格朗丹的外甥结婚的事，其性质足以改变外祖母所有的总体观念，还有，人们已能解决航空和无线电问题——要是我母亲能让外祖母知道这事就好了——而这问题过去外祖母认为是解决不了的。然而大家即将看到，要让外祖母分享当今科学带给人类的好处这一愿望不久在我母亲看来还显得太自私了。[1]

他俩的订婚在社会各界引起了热烈的评论。

母亲的好几位女友曾在我们家见到过圣卢，她们在母亲的“接待日”纷纷来打听未婚夫是否就是我的那位朋友。关于另一桩婚事，有些人竟至于认为不是康布尔梅-勒格朗丹家的事。这消息来源可靠，因为出身于勒格朗丹家的侯爵夫人就在两家发布订婚消息的前一天还否认这门亲事。我却纳闷为什么德·夏吕斯先生和圣卢两人对我都只字不提订婚的事，他们不久前都曾有机会给我写过信，还如此亲切地谈到一起旅游的计划，而实现旅游计

[1] 我得悉的是——我当时在威尼斯没有能目睹这一切——原先向德·福什维尔小姐求婚的是德·夏特勒罗公爵和德·锡利斯特拉亲王，而圣卢则千方百计想娶德·卢森堡公爵的女儿德·昂特拉格小姐。事情的经过是这样的：由于德·福什维尔小姐有一亿财产，德·马桑特夫人便认为这对她的儿子倒是门理想的亲事。然而她不该说姑娘讨人喜欢，说她压根儿不知道也不想知道她是穷还是富，还说即便姑娘没有嫁妆，天底下哪怕是最挑剔的年轻男子要是能娶上这样一个妻子也算是莫大的幸运。对一个仅仅觊觎这一财产而闭眼不看其他东西的女人来说，讲这种话是很冒险的。人们立刻明白她在为她儿子考虑这门亲事了。于是德·锡利斯特拉王妃四处张扬表示反对，大谈圣卢的高贵，并大呼如果圣卢娶奥黛特和一个犹太人生的女儿，圣日耳曼区就不成其为圣日耳曼区了。这样一来，不管德·马桑特夫人一向如何自信，她也不敢有进一步的行动，只能在德·锡利斯特拉王妃的呼声前打退堂鼓，德·锡利斯特拉王妃随即让人替她自己的儿子提亲。原来她大喊大叫只是为了把希尔贝特留给自己的儿子，德·马桑特夫人不甘心失败，立刻把目标转向德·卢森堡公爵的女儿德·昂特拉格小姐。这位小姐只有二千万财产，当然不那么合她的意，但她逢人便说圣卢这样的人不能娶斯万小姐这样的姑娘（甚至连德·福什维尔这个姓也不提了）。过不多久，不知什么人冒冒失失说德·夏特勒罗公爵有意娶德·昂特拉格小姐，于是比谁都讲究等级的德·马桑特夫人摆出高姿态，改弦易辙，回过头来请人替圣卢向希尔贝特求婚，订婚仪式很快就举行了。——作者注

划就不可能举行订婚仪式。我因此得出结论，我与他们的朋友关系并不如我以为的那么亲密，这一点就圣卢而言尤其使我伤心，我没想一想人们对这类事总是保密到底的。其实既然我早已注意到贵族阶级的和蔼可亲、平易近人、平等相待都不过是做戏，那么，我又何必为自己被排除在此事之外而大惊小怪呢？在德·夏吕斯先生撞见莫雷尔的那家妓院里——这儿越来越多地提供男人——的“女监管”，一个《高卢人报》的热心读者和社交新闻的评论家，在和一位胖先生（这位先生常和一些年轻人来这儿没完没了地喝香槟酒，因为已经大腹便便的他想变得更肥胖臃肿，这样万一发生战争他就肯定不会被“抓”走）聊天时宣称：“据说小圣卢是‘那号人’，小康布尔梅也是。他们的妻子真可怜！不管怎样，如果您认识这两位未婚夫，一定要让他们到我们这儿来，在这儿他们要的应有尽有，我还能从他们身上捞很多钱。”胖先生自己虽然也是“那号人”，听了这话却愤愤然，这位颇爱赶时髦的人反驳说，他在阿尔东维叶的表兄弟处常遇到康布尔梅和圣卢，他们是女人的热心追求者，而完全不是“那号人”。“是这样！”女监管最后说，声音里透着怀疑，但她又不掌握任何证据，何况她也深信当今世上飞短流长恶语中伤的荒唐程度不下于道德的腐败程度。某些我并未谋面的人给我来信，问我对这两桩婚事“有何见解”，完全像在对剧场里女人戴的帽子的高度或是对心理小说开展调查。我可没有勇气回复这些信件。对这两门婚姻我没有任何想法，我只是感到一种巨大的悲哀，你往昔生活的两大部分原先系在你身边，你也许渐渐在它们身上懒懒地寄托了某种秘而不宣的希望，当这两部分生活，像两艘战舰，带着火苗的欢快噼啪声，向着陌生的目的地永远离你而去，你就会感到这种悲哀。至于当事者本人，他们对自己的婚姻大事的看法是不言而喻的，因为这是他们的事而不是别人的事。为了这两门建立在不可告人的缺陷上的“伟大婚姻”，再多的冷嘲热讽他们也在所不顾。就连出身于那么古老的贵族世家而要求并不高的康布尔梅一家，本来也会率先忘掉絮比安其人，而仅仅记住奥洛龙门庭的闻所未闻的荣耀，只是这一家出了个例外，就是那个本应为这门亲事额手称庆的人，德·康布尔梅-勒格朗丹侯爵夫人。她生性恶毒，竟把侮辱亲人的乐趣看得比为这门亲事自豪的乐趣还重要。她不爱自己的儿子，对未来的儿媳自然也一看就厌恶，因此她说康布尔梅家的人娶一个不知到底是谁生的而且牙齿长得如此参差不齐的姑娘真是家门之不幸。至于小康布尔梅，他向来喜欢和贝戈特乃至布洛克这样的文人来往，人们认为这门给他添光增彩的亲事并没有使他变得更附庸风雅，不过他现在意识到自己是有奥洛龙爵位、报上称为“王侯”的继承人，他对自己的高贵地位有足够的自信，可以和任何人交往。在不去奉承那些亲王殿下的时日，他便丢下小贵族去找聪明的资产阶级。报上这些评语，尤其是有关圣卢的评语，以及对他的王室祖先的一一列举，给我的朋友增添了另一种气派，然而这种气派只能使我伤心，仿佛他变成了另一个人，成了大力士罗贝的后裔，而不是从前为了让我在车子后排坐得更舒服自己便坐极少坐的折叠座席的那位朋友；我预先没料到他会和希尔贝特结婚，他们结婚的消息那么突然地出现在给我的信里，与我前一天对他俩的看法又如此大相径庭，就像化学沉淀一样出人意料，因而使我感到痛苦，其实我应该想到他当时有很多事要办，再说上流社会的婚姻常常是突如其来，以便代替另一种没有成功的组合。由于这两桩婚事定得突然，而且偏巧又撞在一起，它们给我带来的悲哀，那种像迁居一样沮丧，像妒忌一样苦涩的悲哀是极其深沉的，以至于后来人们在和我旧事重提时，竟荒唐地认为这是一种我可以引以为荣的感情，其实那完全不是我当时体验的那种感情，也就是说一种双重的，甚至三重或四重的预感。

社交界过去对希尔贝特不屑一顾的人士此时纷纷做出煞有介事的关心神情对我说：“啊！原来是她嫁给德·圣卢侯爵。”并向她投去关注的目光，那些不仅贪婪地搜罗巴黎生活中发生的事件，而且千方百计四处打听，并相信自己的目光很深邃的好事者常用这种目光看人。另一方面原先只认识希尔贝特的人则以极大的注意力打量圣卢，他们（往往是和我不太熟识的人）要我把他们介绍给未婚夫，介绍过后他们脸上挂着过节似的快活表情回来对我说：“他真是一表人才。”希尔贝特深信德·圣卢侯爵的姓氏比德·奥尔良公爵的姓氏还要高贵千百倍，然而她毕竟首先属于有才情的一代，她不愿意在幽默感方面显得比别人逊色，因此津津乐道 mater semita[1]，而且为了显得非常之风趣她还补充说：“对我

[1] 拉丁语，意为母亲的门路。

来说是我的 pater[1]。”

“听说小康布尔梅的婚姻是帕尔马公主促成的。”妈妈对我说。这倒不假。帕尔马公主早就通过勒格朗丹的作品认识了他，并认为他是一个高雅的人，另一方面她也认识德·康布尔梅夫人，这位夫人，当公主问她是不是勒格朗丹的姐妹时就改换话题。公主知道德·康布尔梅夫人遗憾自己始终未能跨进上层贵族社会的大门，因为上层贵族社会里谁也不接待她。有一次，自告奋勇为德·奥洛龙小姐物色对象的帕尔马公主问德·夏吕斯是否知道一个和蔼可亲而又很有见识，名叫勒格朗丹·德·梅塞格利丝的人是谁（现在人们就是这样称呼勒格朗丹的），男爵先回答不知道，接着猛然想起一天夜里他在车厢里认识的一位旅客，这位旅客曾给他留下自己的名片。他漫不经心地笑了笑，心想：“也许是同一个人。”当他得知说的是勒格朗丹姐妹的儿子时，他说：“咦，这真奇了！如果他像舅舅，那倒没什么可叫我害怕的，我一直说他们是最理想的丈夫。”“他们是谁？”帕尔马公主问。“呵！夫人，如果我们见面的次数更多些我一定给您解释。跟您是有话可谈的。公主殿下那么聪明。”夏吕斯说，他突然感到一种推心置腹的需要，但那一次并未谈得很深。他对康布尔梅这个姓颇有好感，虽然他不喜欢这家的二老，但他知道他们拥有布列塔尼的四大男爵领地之一，也是他能为他的养女找到的最好归宿；康布尔梅是个古老的、受人尊敬的家族，在布列塔尼省有牢固的联姻关系

[1] 拉丁语，意为父亲。

网。为养女找一个亲王是不可能的，而且也并不令人向往。小康布尔梅再合适不过。随后公主请来勒格朗丹。近来勒格朗丹在外貌上起了相当大的对他颇为有利的变化。正像妇女们为了保持身材的轻盈苗条宁可咬咬牙牺牲面容，并且为此长年不肯离开玛里亚温泉市[1]，勒格朗丹变得像骑兵军官那样潇洒。就在德·夏吕斯先生身体日渐笨重、举止日渐迟缓的时候，他却比以前颀长和灵敏。这是同一个原因产生的相反效果。他的轻捷还有心理上的缘故。他习惯去某些不光彩的地方却又不愿意别人看见他出入于那种场所，因此总是一阵风似的冲进去。帕尔马公主和他谈起盖尔芒特们，谈起圣卢，他声称早就认识他们，他把听说过盖尔芒特庄园主的名字与在我姨妈家会见过斯万，未来的德·圣卢夫人的父亲本人混为一谈了，就是这位斯万，想当初在贡布雷，勒格朗丹既不愿和他的妻子也不愿和他的女儿来往。“不久前我甚至还和德·盖尔芒特公爵的兄弟，德·夏吕斯先生一道旅行过哩。他主动和我攀谈，这总是好兆头，说明他既不是愚蠢的假正经一类的人，也不是妄自尊大之辈。嗯，我知道人家都说他些什么。可我从来不相信有这等事，再说别人的私生活与我无关。他给我的印象是富有感情，很有才智。”于是帕尔马公主讲到德·奥洛龙小姐。盖尔芒特圈子里的人都被德·夏吕斯的高尚心地所感动，他一向心眼好，现在正为一个贫寒但很可爱的姑娘谋幸福，为弟弟名声不好而难堪的德·盖尔芒特公爵暗示，这事不管做得多漂亮，却是

[1] 玛里亚温泉市在捷克。

极自然的。“我不知道我的意思说清楚没有，这件事里一切都是顺乎自然的。”他说，殊不知反而弄巧成拙。但他的目的在于表明姑娘是他兄弟的孩子，而且也得到他的承认。这样一来连带开脱了絮比安。帕尔马公主引入这番解释是为了向勒格朗丹指出，归根结底小康布尔梅将娶一位类似德·南特小姐那样的姑娘，德·南特小姐是路易十四的几个私生女之一，这些私生女既未被德·奥尔良公爵鄙弃，也未被德·孔蒂亲王鄙弃。

我和母亲在回巴黎的火车上谈论的这两件婚事，对到目前为止在这个故事里出现的人物中的某些人产生了引人注目的影响。首先是对勒格朗丹；不用说他像飓风一样冲进德·夏吕斯先生的府邸，好像他是走进一个声名狼藉的、不能被人看到的地方，他这样做既为了表现他的大胆也为了遮盖他的年龄——我们的习惯总是伴随着我们，即使在我们不再需要它的地方——几乎没有一个人注意到，德·夏吕斯先生在向他问好时露出一个难以觉察更难以理解其含意的微笑；这个微笑表面上像——实质上完全相反——两个经常在上流社会见面的男人一天偶然在一个藏污纳垢的场所相遇时交换的那种微笑（譬如弗罗贝维尔将军过去常在爱丽舍宫遇到斯万，当他瞥见斯万时就投去心照不宣的嘲弄目光，就像洛姆公主家的两位常客又在格雷维先生家沆瀣一气时一样）。但尤其引人注意的是他本质上确实变好了。很久以来（从我很小的时候去贡布雷度假开始），勒格朗丹便在暗暗培养他与贵族人士之间的交情，不过以前这种交情充其量只能使他得到一次去某个度假胜地的单独邀请，没有其他收获。现在他外甥的婚姻突然把这一段段相隔甚远的关系连接起来了。勒格朗丹在社交界有了一定的地位，而他和从前只与他私下里亲密来往的那些人的老关系又回过头来在某种程度上巩固了他在社交界的地位。当某人自以为在把勒格朗丹介绍给一些贵妇人时，这些夫人却说二十年来他不时去她们的乡下别墅住半个月，还说家里小客厅的那只精致的晴雨表就是他送的。他也曾偶然被安排在有几位公爵成员的“组”里，现在这些公爵竟和他成了亲戚。然而他一旦在上流社会站住脚以后，倒反而不再利用这种地位了。这不仅是因为他被上流社会接纳既已人所共知，因而受到邀请对他已无多大乐趣，还因为长期以来争相占据他的身心的那两种毛病中，最不顺乎自然的那一种，也就是附庸风雅的毛病，正让位给另一种比较不做作的毛病，因为后者至少标志着回归本性，即使是以迂回的方式。当然这两种毛病并不是互不相容的。在离开一位公爵夫人的交际晚会以后还可以接着去郊区寻花问柳。但年龄的增长起了降温的作用，他不再同时兼享那么多的乐趣，不再无节制地外出，饮食男女上也偏向柏拉图式，着重于友谊、交谈，这些活动要花时间，因而他的全部时间几乎都用于和一般人交往，只把很少一部分留给社交生活。德 · 康布尔梅夫人现在对德 · 盖尔芒特公爵夫人的友善相待也看得无所谓了。公爵夫人出于礼仪常去侯爵夫人家，正像我们跟别人相处的时间一长就迟早会发现他们的优点，习惯他们的缺点一样，她发觉德 · 康布尔梅夫人是个智力和文化素养方面都很出色的女人（但鄙人并不十分赏识）。她于是常在向晚时分去拜访德 · 康布尔梅夫人，而且一坐就是很久。可是这位太太一看到公爵夫人常来找她，原先心目中想象的公爵夫人的神奇魅力便烟消云散了。从此她接待她只是出于礼貌而并不感到乐趣。

希尔贝特身上出现的变化更加令人震惊，她的变化与斯万结婚后的变化完全不同而又恰成对应。诚然，最初几个月希尔贝特很高兴接待那些上层社会的精粹。她也请她母亲离不开的几个知己朋友，那多半只是出于对财产继承的考虑，而且只在某些特定的日子邀请，光请他们不请别人，让他们自成一统，远离那些高贵的人，仿佛邦当夫人或是戈达尔夫人与德·盖尔芒特公爵或帕尔马公主一接触，就会像两种不稳定的化学粉末相接触一样，会发生无法弥补的灾难似的，戈达尔夫妇、邦当夫妇以及其他人看到总是他们这帮人在一起晚宴虽然不免失望，但还是感到脸上有光，因为能对别人说："我们在德·圣卢侯爵夫人家吃晚饭来着。"何况希尔贝特为有利于将来继承遗产，有时还斗胆把德·马桑特夫人也一起请来，这位夫人手执一把玳瑁骨子的羽扇，确实有一副贵妇人的气派。只是希尔贝特有意不时称赞一番那些只在向他们表示邀请时才来的识趣者，这称赞既是一种提醒，也是对戈达尔、邦当这样的明白人表示最高雅而又最傲慢的问候的一种方式。我倒宁愿与这批人为伍，这也许是因为"我的巴尔贝克女友"和她的姨妈的缘故，我希望她姨妈看见我置身于他们中间。可是在希尔贝特看来，我现在主要是她丈夫和盖尔芒特家的朋友（很可能早在贡布雷，当我的父母亲不和她母亲交往时——在那个年龄我们不仅给事物平添这种或那种优越性而且还将它们分门别类——她就已经赋予我一种地位，这地位后来一直伴随着我），故而她认为那些晚会与我的身份不相称，她在辞别时对我说："我很高兴见到您，不过您最好后天来，您会见到盖尔芒特伯母和德·普瓦夫人；今天请的是我妈妈的朋友，为了让她高兴。"然而，这种情况只持续了几个月，很快一切都彻底变了样。是不是因为希尔贝特和她父亲的社交生活注定会表现出同样的反差呢？总之，虽然希尔贝特成为德·圣卢侯爵夫人还只是前不久的事（人们会看到，她很快将成为德·盖尔芒特公爵夫人），但她已实现了最光辉、最难以到达的目标，她认为从此盖尔芒特的姓氏附着在她身上就像一层金褐色的釉一样牢固，不管她和谁来往，她在众人眼里永远是德·盖尔芒特公爵夫人（此念大谬不然，因为贵族封号与股票一样，人家向你要时价值就上升，你主动提供时价值则下跌）[1]，简而言之她的观点与某个轻歌剧中的人物相同，那个人大言不惭地说："我想，我的名字已足以说明问题，不用我多费口舌。"因此她开始对她曾经梦寐以求的东西表示公然的蔑

[1] 一切在我们看来是不朽的东西终将毁灭，一个人在交际场的地位也和其他事物一样，并不是一经取得便能一劳永逸的，而是像一个帝国的威势，必须每时每刻通过永远不断的创造进行重建，这就说明了半个世纪中政治和社交历史上一些明显的不正常现象的原因。世界的创造不是在人类之初已经完成，而是每天每日都在进行着。德·圣卢侯爵夫人想："我是德·圣卢侯爵夫人。"她知道她前一天已经拒绝了公爵夫人们的三个晚宴邀请。然而如果说她的姓氏在某种程度上抬高了受到她接待的那个没有半点贵族气味的阶层的身价，那么通过一种逆向运动，受到侯爵夫人接待的那个阶层却降低了她的姓氏的身价。没有任何东西能抵挡这种运动，连最高贵的豪门贵族也会因此而最终垮掉。斯万认识的一位法国王室的公主不是因为什么人都接待，她的沙龙名声便一落千丈了吗？一天洛姆公主出于礼节去那位公主殿下府，遇到的尽是些社会地位低下的人，接着她又去勒鲁瓦夫人家，一进门她就对斯万和德·莫代纳侯爵说："我在德·X伯爵夫人家没见到三张熟人面孔。"——作者注

视，宣称圣日耳曼区的人都是愚蠢之辈，结交不得，后来更将此话付诸行动，干脆停止与他们来往。那些在这段时期以后才认识她，并且借助她而步入社交界的人，听到这位德·盖尔芒特公爵夫人对她不费吹灰之力便能晤面的上流社会的达官贵人竭尽嘲笑挖苦之能事，看到她拒不接待这个社会的任何人，而且倘若有谁，即便是最显赫的人，冒险去她府上，她便公然冲着来访者打哈欠，他们回想以前自己竟然觉得上流社会颇有魅力，都不禁为之脸红，而且可能永远不敢向那个女人吐露自己过去的弱点中这一丢脸的秘密，因为他们以为这个女人天性高贵，永远不能理解他们的这些弱点。他们听到她如此淋漓尽致地讥讽那些公爵，更意味深长的是，还看到她的实际行动与口头上的嘲笑如此完全一致！他们无疑并未想到去探究使她由斯万小姐一跃而成德·福什维尔小姐，又由德·福什维尔小姐一跃而成德·圣卢侯爵夫人，而后又成了德·盖尔芒特公爵夫人的偶然事件的原因。他们可能也未想到这偶然事件的原因和结果同样都能用来解释希尔贝特后来的态度：平民对人际交往的理解与斯万小姐不尽相同，也与一位被大家称为“公爵夫人”，被令她讨厌的公爵夫人们称为“我的表妹”的贵妇不尽相同。人们通常轻视一个没有能达到或已经最终达到的目的。当这种轻视表现在我们还不了解的人身上时，我们以为这是他们的品格固有的一部分，而如果我们能追溯到早年，也许我们会发现他们曾比任何人都更狂躁地为这些同样的缺点所苦恼，只不过他们已经完全掩盖或彻底克服了这些缺点，以至于我们以为他们不仅自身从来不可能染上这些缺点，而且也不能原谅别人有这些缺点，因为这些缺点在他们是无法理解的。荣升不久的德·圣卢侯爵夫人的沙龙很快便定了型（至少在社交方面，因为大家会看到在其他方面她的沙龙是多么暧昧不清）。然而这个沙龙的面貌颇令人惊讶。人们还记得，巴黎排场最大、格调最高，可与德·盖尔芒特的招待会相媲美的要数圣卢的母亲德·马桑特夫人举办的招待会。此外，还有后期奥黛特的沙龙，虽然档次要低得多，但其豪华与风雅也同样令人赞叹。然而现在圣卢依靠妻子的丰厚财产可以得到他希冀的一切物质享受，他已心满意足，便只想在用过一顿精美的、有乐师为他演奏优美音乐的晚餐后，安安心心待在家里。而且这位一度显得那么自命不凡、那么野心勃勃的年轻人现在竟邀请一些他母亲绝不肯接待的伙伴来分享他的荣华富贵。希尔贝特则实施斯万身前的妙论："我不在乎质量，就怕数量多。"圣卢对妻子是百依百顺，他爱她，又全亏了她才能有这等穷奢极侈，故而不想违拗她的喜好，何况她的喜好与自己的又如此相同。这样一来，德·马桑特夫人和德·福什维尔夫人多年来，尤其是为了子女能体面地成家而举办的盛大招待会，到了德·圣卢夫妇这一代便没有下文了。他们拥有世上最漂亮的马供他们一起乘骑，有世上最漂亮的游艇供他们游逛，然而他们往往只带上两位客人。在巴黎他们每晚请来共进晚餐的朋友从来不超过三四位；这样，双方母亲原先像宽敞热闹的大鸟栏似的沙龙便意想不到地，但又自然而然地逐渐衰退，最后被一个安静的小鸟窝所代替。

在这两门联姻中得利最少的要算德·奥洛龙小姐，她在宗教婚礼那天已经得了伤寒，艰难地拖着病体去了教堂，几个星期后便溘然长逝。人们在她死后不久的讣告上看到絮比安这等人的姓名与欧洲几乎所有最高贵的姓名，如德·蒙莫朗西子爵与子爵夫人，德·波旁-斯瓦松伯爵殿下夫人，德·莫代纳-埃斯特亲王，德·埃迪梅子爵夫人，埃塞克斯夫人等赫然并列。当然，即使那些知道死者就是絮比安的侄女的人，见这么多名门望族与她有姻亲关系也不会惊讶。的确，一切都在于攀一门好亲。再加上 casus foederis[1] 的作用，于是这个平民小女子的死竟让欧洲所有的侯门爵府都戴了孝。可是不少新一代的年轻人不了解真实情况，他们读了讣告不仅会把玛丽-安托瓦内特·德·奥洛龙，即德·康布尔梅侯爵夫人当成一位出身极为高贵的贵妇，而且还会犯很多其他的错。比如他们通过周游法国对贡布雷这个地方稍有了解，又看到勒·德·梅塞格利丝夫人和德·梅塞格利丝伯爵的名字排在发讣告者名单的前列，并且紧挨着德·盖尔芒特公爵，他们可能毫不感到奇怪：梅塞格利丝一边与盖尔芒特一边原就互相毗连。他们会想：“他们都是同一个地区的古老的贵族之家，也许世代有联姻关系。谁知道呢？也许是盖尔芒特家族的一个旁支用了德·梅塞格利丝伯爵的姓。”其实德·梅塞格利丝伯爵与盖尔芒特家族毫无关系，他甚至不是以盖尔芒特这边的身份，而是以康布尔梅那边的身份发讣告的，因为德·梅塞格利丝伯爵就是我们的老朋友勒格朗丹，他升得快，成为勒格朗丹·德·梅塞格利丝才两年。假

[1] 拉丁语，此处意为姻亲。

封号倒也罢了，但也许很少有像这个假封号那样使盖尔芒特家族不快的。他们过去曾与名副其实的德·梅塞格利丝伯爵家族有姻亲关系，然而这个家族现在只剩下一个女人，是默默无闻、家境败落的人的女儿，她本人又嫁给了我姑妈的一个发了迹的大佃户，这个佃户买下了我姑妈在米鲁格兰一处的田庄，他原姓梅纳谢，现在便自称梅纳谢·德·米鲁格兰，因此当人家说他妻子出身于梅塞格利丝家族时，这些人心里却在想，不如说她是生在梅塞格利丝这个地方，她的德·梅塞格利丝封号与她丈夫的德·米鲁格兰封号来源如出一辙。

任何其他假封号都不会使盖尔芒特家族如此烦恼。不过既然关系到一门不管从何种角度来看都是有益的亲事，那么贵族阶级便能承受这些烦恼，以及其他种种烦恼。在德·盖尔芒特公爵的掩护下，在这一代的部分人眼里（到下一代将是在所有人眼里）勒格朗丹是真正的德·梅塞格利丝伯爵。

任何不太了解情况的年轻读者会犯的另一个错误是可能以为德·福什维尔男爵和夫人是作为德·圣卢侯爵的亲戚和岳父母，亦即作为盖尔芒特这边的人来发讣告的。其实他们不能被列在盖尔芒特这一边，因为罗贝是盖尔芒特家族的亲戚，希尔贝特却不是。不，那只是表面现象，事实上德·福什维尔男爵和男爵夫人是新娘那边的人，而不是康布尔梅这边的人，而且他们发讣告不是由于盖尔芒特家族的关系，而是由于絮比安的关系，因为，了解点底细的读者会知道，奥黛特是絮比安的嫡亲表妹。

养女结婚后，德·夏吕斯先生把他全部的厚爱都转到了年轻的德·康布尔梅侯爵身上；这位年轻人有和男爵相同的爱好，既然这种爱好没有妨碍男爵选他作为德·奥洛龙小姐的丈夫，那么在他成了鳏夫后，这种爱好当然只能使男爵格外赏识他。这并不是因为侯爵先生没有其他长处可以让他成为德·夏吕斯先生的一位可爱伙伴。但是一个把他作为亲密知己的人，即使此人是位优秀人物，是不会忽视他的这一优点的，加之他又会玩惠斯特牌，这就使男爵更觉得他可心合意。年轻的侯爵聪慧过人，而且完全是他“祖母那边的人”，他像祖母一样热情，一样有音乐天赋，这一点，费代纳的人们早就说过，当时他还是个孩子。他身上还表现了祖母的其他一些独特之处，但那主要是模仿的结果，和全家人一样，而不是由于隔代遗传。比如在他妻子死后不久，我接到一封署名莱奥诺尔的信，我并不记得这是他的名字，但是当我读到结尾的套语“请相信我真诚的同情”时，我才明白这信是谁写的。这“恰到好处”的真诚一词仿佛给莱奥诺尔这个名字加上了康布尔梅这个姓。

火车已进巴黎车站，我和母亲还在谈论这两则消息，为了使旅途不显得太长，母亲本想把它们留到行程的第二阶段，所以待火车过了米兰她才让我知道这些消息。母亲很快回到在她看来是唯一正确的观点，亦即外祖母的观点上。起先她想外祖母会非常惊讶，然后又想她会难过，其实这不过是认为外祖母会很高兴知道如此惊人的消息的一种说法，但母亲不能容许外祖母被剥夺掉这一乐趣，所以她宁愿认为一切都再好不过，因为这消息只能使外祖母伤心。可是我们刚刚回到家，母亲又觉得仅仅为不能让外祖母参加到生活带来的种种意料之外的事件中去而遗憾，这还太自私。她更愿意猜想它们对外祖母来说不算是意料之外的事，而只是对她的预见的一种认可。母亲爱把这些事件看成是对外祖母的预言性的见解的一种证实，一个证据，证明外祖母的思想比我们认为的还更深邃、更敏锐、更正确。因此母亲为了最终归结到她对外祖母毫无保留的钦佩，紧接着便补充说：“不过，谁能说你逝去的外祖母会不赞成呢？她是那么宽厚。而且你知道，对于她，社会地位无关紧要，重要的是天性高贵。你回想一下，回想一下，很奇怪，两位姑娘都得到她的赞赏。你还记得吗？她第一次去拜访德·维尔巴里西斯夫人，回来后对我们说她觉得德·盖尔芒特先生是何等平庸，相反她又是何等称赞絮比安一家人啊。我可怜的母亲，你记得吗？谈到絮比安先生时她说：如果我还有一个女儿，我就把她许配给他，而他侄女比他更胜一筹。还有斯万小姐！她说：‘我认为她非常可爱，你们瞧着吧，她将来准能嫁个好人家。’可怜的母亲，她要是能看到这一切就好了，她预见得多么准确啊！直到最后，甚至当她已经不在人世，她还在教导我们如何明察事理，如何为人善良，如何正确评价事物。”而由于我们难受地看到外祖母被剥夺的乐趣都是生活中平凡而微小的乐趣，诸如一个演员饶有趣味的语调、她爱吃的一个菜、她最喜欢的作家新出的一本小说等，所以妈妈说：“她会多么惊讶，她会觉得多么有趣啊！她会写一封多么妙不可言的回信啊！”母亲又说：“你想，可怜的斯万生前那么盼望希尔贝特受到盖尔芒特家族的接待，要是他能看到他女儿成了盖尔芒特家族的一员，他会多么幸福！”“不姓他的姓，而姓另一个人的姓，以德·福什维尔小姐的身份被领到神坛前？你以为他为此会感到很幸福吗？”“嗯！这倒是真的，我没想到这一层。”“正因为这个缘故，我不能为这匹‘驽马’高兴；想想看，她竟然狠心地抛弃了待她那么好的生身父亲的姓。”“是的，你说得对，归根结底，也许他还是不知道这件事为好。”唉，对死人对活人都一样，我们真不知道一件事给他们带来的痛苦多还是欢乐多！“据说圣卢夫妇将来住在当松维尔。以前斯万老爹那么想让你外祖父看看他的池塘，他怎么能想到今后德·盖尔芒特公爵会常常看到这个池塘呢，尤其是如果他知道他儿子结了那门丢脸的亲？你以前常和圣卢谈到当松维尔的刺玫瑰、丁香和蓝蝴蝶花，他对你的话将体会得更深。因为这一切将归他所有。”就这样我和母亲在餐室的灯光下侃侃而谈，这类谈话总有灯光相伴，在这种灯下漫话中，家族的而不是民族的睿智往往抓住死亡、订婚、继承、破产等某个事件，将它置于回忆这面放大镜下，使它更突出，然后将在未经历过这个事件的人看来是混杂在同一个平面上的东西——亡故者的姓名，先后居住过的地址，家财的来源和变迁，产业所有权的转移——一一分解，与它们拉开距离，将它们远远地放在时空的各个点上进行评述。这种睿智来源于缪斯，人们如果想保持一点新鲜感受和创造功能，那么他们最好尽量推迟认识这位缪斯，然而即使是一直不知道它的人，到了生命的暮年也会在外省古老教堂的大殿里和它相遇，当他们突然感到触动他们心灵的并不完全是神坛上的雕刻所表现的永恒美，而主要是想到那些雕刻经历过的种种遭际——它们起初列在某个著名的个人收藏品中，放在小教堂里，然后进了博物馆，最后又回到教堂；或者当他们走路时感到踩在脚下的地面几乎是有思想的，是用阿尔诺[1]或帕斯卡的遗灰铺成的；或者仅仅是当他们在木制跪凳的铜片上辨识乡绅或显贵的女儿们的名字，一面还可能想象着一位纯真的外省姑娘的容貌，这种时刻他们便与这位缪斯相遇了，这位缪斯搜集一切被艺术和哲学的更高一级缪斯摈弃的东西，一切并不确实有根据的东西，一切仅仅是偶然的但却能揭示另一些规律的东西，这位缪斯就是历史。

母亲过去的一些朋友，一些多少和贡布雷有关系的朋友，这时都来看望她，和她谈论希尔贝特的婚姻，她们丝毫不赞赏这桩婚姻。“您知道德 · 福什维尔小姐是何许人，就是斯万小姐。证婚人呢，是德 · 夏吕斯‘男爵’，他让别人这么称呼他，就是这个老头子从前供养过希尔贝特的母亲，而且斯万不是不知道，但他从中得到好处。”“您这是什么话？”母亲反驳道，“首先，斯万是极有钱的。”“他既然需要别人的钱，说明他自己并不那么有钱。您说说看，这女人究竟存的什么心，要把她以前的情夫们这么牢牢抓在手里？她有本事先让第一个情夫娶了她，后来又让第三个情夫娶了她，她还把半截子已经入土的第二个情夫拉出来给她和第一个情夫生的女儿当证婚人，也可能是她和另一个人生的，她的

[1] 阿尔诺（1612—1694）：17 世纪法国神学家，亦是研究语言的逻辑及哲学的理论家。

相好那么多，怎么弄得清楚？连她自己都搞不清！我说第三个情夫，其实应该说第三百个。况且您知道，如果说希尔贝特和您和我一样不姓福什维尔，这与她丈夫的身份倒很般配，因为他当然也不是什么贵族子弟。您也知道，只有冒险家才会娶这个姑娘。据说他不过是个普普通通的无名之辈。要不是贡布雷由一个见了神甫都不打招呼的激进派市长掌了权，我准能知道事情的底细。因为，您也清楚，发布结婚预告的时候总得报真名实姓吧。是啊，对报纸或代发喜帖的文具商自称德·圣卢侯爵是很神气的。这对任何人都没坏处，如果那些人高兴这么干，也无须我来横挑鼻子竖挑眼，这碍我什么事？反正我以后不会和那个被人说三道四的女人的闺女来往，她尽可以在仆人面前神气活现地摆侯爵夫人的架子。可是在身份证件上就不是一码事了。哼！假如我的表兄萨士拉还是第一副市长，我就会给他写信，他准能告诉我让她在结婚公告上用什么姓。”

那段时期我常见到希尔贝特，我们俩又恢复了来往：我们生命的长短不是按我们与别人的友谊的长短来计算的。过了一段时间，同一些人之间中断了好多年的友谊关系又会恢复，而且双方都很乐意恢复（就像在政界被取消的部又组建，剧院里被打入冷宫的戏又上演）。原先一方为何过分执着地爱，而另一方为何不能忍受那过分苛求的专横，那些理由十年后都不复存在了。唯有社会礼仪依然有效。希尔贝特过去可能拒绝给我的东西，现在她会轻易应允，无疑因为我已不再想要了。她总是随时准备到我身边来，从来不急着离开我，这在过去对她来说是不能容忍也无法做到的事，但我们之间从未挑明这一变化的原因；其实这是因为我们之间的障碍已经消除，这障碍就是我对她的爱情。

此后不久我去当松维尔小住了几日，[1] 因为我得知希尔贝特很不幸，罗贝对她不忠实，并不是用大家以为的，也许希尔贝特自己至今仍认为的，至少是她说的那种方式。然而由于自尊心，由于想欺骗别人也欺骗自己，还由于对背弃行为的了解不全面（凡是被欺骗的人都不能全面了解那些欺骗行为），尤其因为罗贝不愧是德·夏吕斯先生的外甥，他和被他败坏了名声的女人招摇过市，大家都认为，反正希尔贝特认为，这些女人是他的情妇……上流社会甚至认为他不够检点，公然在一些社交晚会上与某个女人寸步不离，然后伴送她回家，让圣卢夫人自己想办法回府，谁要是说被他这样连累的女人实际上并非他的情妇，这个人便会被视为头脑简单、在事实面前说瞎话。然而不幸的是，从絮比安嘴里漏

[1] 这次离家外出使我相当为难，因为我在巴黎有一个姑娘，她住在我租的临时寓所里。有些人需要森林的芳香或潮水的低语，我晚上则需要这个姑娘睡在我身边，白天坐车时也需要有她在身旁。一次恋爱可能被遗忘，但它能决定下一次恋爱的形式。在前一次爱情中某些平日的习惯已经存在，只是我们自己也记不起这些习惯从何而来；正是第一天的焦虑使我们热切希望每次用车把我们所爱的人一直送回她的住所，或者要求她住在我们家里，希望她每次外出都有我们自己或我们信任的人陪伴在她左右，后来这些做法被我们采用并固定下来，如同人们已经忘记其意义的一些风俗习惯？所有这些习惯都像一条条千篇一律的通衢大道，我们的爱情每天打那里经过，而从前它们被熔化在火山烈焰般的火热冲动里。这些习惯在我们所爱的女人死后，甚至在对她的怀念已经消失后仍然存在。它们变成我们的爱情的形式，即使不是所有的，至少是某些互相交替的爱情形式。比如作为对已被遗忘的阿尔贝蒂娜的回忆，我需要我现在的情妇待在我的住所里，我把她藏着不让来访者看到，但她像过去的阿尔贝蒂娜一样充实了我的生活。为了去当松维尔，我不得不求她答应让我的一个不好女色的朋友代我守护她几天。——作者注

出来的几句话引导我了解了事实真相，那令我万分痛心的事实真相。我动身去当松维尔的前几个月，一天我去探问德·夏吕斯先生的健康情况，他的心脏功能出现了障碍，不能不令人担忧。我看到絮比安一个人在，便和他说起一封署名波贝特的寄给罗贝的情书，这封情书被圣卢夫人截获，我从男爵原先的管家那里得知，那个署名波贝特的不是别人，就是我们曾经谈论过的那个小提琴手兼专栏编辑！此人在德·夏吕斯先生的生活中起过相当大的作用。絮比安一说起这事便义愤填膺："这小子当然可以想怎么干就怎么干，这是他的自由。但是如果说还有什么人他不该在他身上打主意，那就是男爵的外甥。尤其因为男爵疼这个外甥就像疼自己的儿子一样；这小子千方百计拆散人家夫妻，真可耻。而且为此不惜采取阴险毒辣的手段，因为谁也不像德·圣卢侯爵那样天性反对这种事。他过去为自己的情妇挥霍得还少吗！从前这个该死的乐师那么卑鄙地离开了男爵，人家可以说这是他的事。可是他竟然转过来引诱男爵的外甥！不，有些事是干不得的。"絮比安的愤怒是发自内心的；所谓不道德的人们在道德问题上有着与别人同样强烈的义愤，只是针对的目标稍有不同。此外，没有被直接卷入感情纠葛的人总是评论哪些男女私情应该避免，哪些是不合适的婚姻，好像人可以自由选择恋爱对象似的，他们没有考虑到爱情能产生海市蜃楼般的美妙幻景，把我们所爱的人单独地、整个儿地笼罩起来，以至于一个男人会干出和厨娘或与挚友的情妇结婚这等"傻事"，然而这"傻事"却往往是他一生中完成的唯一富有诗意的举动。

我得知罗贝和妻子险些分居（而希尔贝特尚未完全清楚事情的真相），多亏德·马桑特夫人这位爱子之心拳拳、巴望儿子出人头地的明智冷静的母亲从中调解，强使他们言归于好。她属于那种阶层，在那里不同血统的不断交叉混合、祖传家产的日渐贫乏使得情欲和物质利益方面的世代恶习与因循苟且有随时抬头的可能。她曾经强有力地支持过斯万夫人，支持过絮比安的婚姻，后来又以同样的劲头一手安排了儿子和希尔贝特的亲事，就这样她怀着痛苦的忍让精神不仅为自己运用祖传的睿智，而且让整个圣日耳曼区从中得益匪浅。也许当初她之所以草草决定罗贝和希尔贝特的婚事（当然这件事让她耗费的心血和眼泪比过去叫罗贝和拉谢尔断绝关系而费的心血和眼泪要少），只是因为害怕他又和另一个坏女人姘居——或者就和原来那个女人，因为罗贝对拉谢尔久久不能忘情——殊不知若是那样他也许倒得救了。现在我明白罗贝在德·盖尔芒特王妃家对我说的话是什么意思了，他说："真遗憾，您那位巴尔贝克的女朋友没有我母亲要求的那笔财产，否则我想我和她会很投契。"他的意思是说她是蛾摩拉人，正如他是所多玛人，或者，如果他尚未成为所多玛人，他也只喜欢那些他能够以某种方式去爱而且和别的女人一起去爱的女人。看来希尔贝特也可以向我提供阿尔贝蒂娜的情况。若不是我已经失掉想知道有关我女朋友的事的好奇心，除了偶尔故态复萌，我本可以不仅向希尔贝特而且向罗贝去打听。说到底，使罗贝和我产生娶阿尔贝蒂娜的欲望的是同样一个事实，即她爱恋女人。不过两人的欲望原因完全不同，目的也完全相反。我是出于得知这一事实后的绝望，罗贝则是出于满意；我是为了通过每时每刻的监视阻止她沉湎于这种喜好，罗贝则为了培养她的这一喜好，而且给她充分自由好让她为他带来女朋友。

这样，絮比安把罗贝在肉欲兴趣方面出现的与原先截然不同的新动向看成是不久以前发生的事，然而我从和埃梅的一次使我十分伤心的谈话中得知，这位巴尔贝克旅社侍应部前领班把罗贝性欲上的这种偏离和倒错回溯得更远。

我因去巴尔贝克小住了几天，才有机会和埃梅做了那次谈话，那几天，正在享受一次较长休假的圣卢本人也偕妻子来到巴尔贝克，在这新婚燕尔的阶段，罗贝陪伴夫人是寸步不离。当时我注意到在罗贝身上仍能感到拉谢尔对他的深刻影响，并对这种影响颇为赞赏。只有和情妇生活过很长一段时间的年轻丈夫才会在走进餐厅之前帮妻子脱掉大衣，才会对妻子表现出应有的关心体贴。他在和情妇生活期间受到了一个好丈夫应受的训练。离他不远并与我相邻的一张桌子上坐着布洛克，他在一群自命不凡的年轻的大学生中间，做出一副虚假的轻松自如的样子，他一面炫耀地将菜单递给一位朋友，动作夸张得打翻了桌上两瓶水，一面对他喊道："不，不，我亲爱的朋友，还是您点菜吧！我这一辈子从来不会制定一份菜单，从来不会点菜！"他带着不太真诚的高傲重复道，同时立即同意要一瓶香槟酒，说是喜欢在聊天时有香槟作为"象征意味十足"的点缀，这给口腹之欲涂上一点文学色彩。圣卢是很会点菜的。他坐在已经怀孕的希尔贝特旁边（后来他不停地让她生孩子），正如夜里在旅社的双人床上睡在她身边一样。他只跟妻子讲话，好像旅社里的其他一切都不存在似的，然而当一名侍应生来取点菜单，站在他近旁时，他突然迅速抬起明亮的眼睛，向侍应生投去一瞥，这一瞥的时间不超过两秒钟，但那清澈而敏锐的目光里却表露了一种好奇和探究，其性质与任何一位顾客注视（哪怕是长时间地注视）一名旅社服务员或伙计以便得出一些幽默的感想并把它告诉自己的朋友时目光中包含的好奇和探究完全不同。这倏忽即逝的，看似无意的一瞥表明侍应生本人引起了他的兴趣，此时谁若是观察罗贝，就可从这一瞥里看出，这位好丈夫，昔日拉谢尔的狂热的情人，他的生活里有另一面，这一面远远比他出于义务而行动的那一面更使他感兴趣。然而人们看到的是前一个罗贝。他的目光已然回到了希尔贝特身上，这位妻子什么也没觉察到。罗贝顺便向她介绍了一位朋友，就陪她出去散步了。不过埃梅当时对我说起的是更久以前的事，即我通过德·维尔巴里西斯夫人结识圣卢的那个时候，也是在巴尔贝克。

“一点不假，先生，”埃梅说，“这事无人不知无人不晓，我是早就知道的。先生第一年去巴尔贝克时，侯爵把自己和我手下的电梯司机关在房间里，借口为先生的外祖母放大照片。年轻人想告他，我们费了九牛二虎之力才把事情暗暗了结。喏，先生大概还记得侯爵和他的情妇来餐厅用午餐那一天吧，侯爵是拿他情妇当屏障呢。先生大概还记得侯爵借发脾气走开了。当然我并不是说那位太太有理。她让他吃够了苦头。可是那天我总觉得侯爵的怒气是假装的，他需要支开先生和这位太太，谁也无法让我消除这种看法。”关于那天的事，我倒知道埃梅若不是有意瞎编，就是完完全全看错了。罗贝当时的情状以及他给记者的那记耳光我记得太清楚了。巴尔贝克的事也一样：要么电梯司机撒了谎，要么是埃梅在撒谎。至少我这么认为；是否确实，我不能肯定：人们永远只能看到事情的一面，对我来说，电梯司机去圣卢那里跑一趟是替我给他送信并取他的回信的方便办法，而对圣卢来说则是认识某个他喜欢的人的好机会，若不是这件事使我如此痛苦，我会觉得其中有某种美妙之处。确实，世上的事物起码是双重性的。别人可能在我们的一个最微不足道的行为上添枝加叶地安上一连串完全不相干的行为。毫无疑问，在我看来圣卢和电梯司机之间如果真发生过什么风流韵事，那么它与为我送信这件平常小事没有关系，正如只听过瓦格纳的《罗恩格林》二重唱的人不可能预见《特里斯坦与伊索尔德》[1]的前奏曲。诚然，由于人的感觉官能的贫乏，他们只能在事物的无数属性中认识有限的几种。物体是有色彩的，因为我们长着眼睛去看；如果我们有几百种官能，那么该有多少形容语去修饰事物呢？生活中的任何一件事，哪怕是一件无足轻重的事，你只了解其中一部分却以为那就是全部，另一个人则从另一方面看待这件事，就像从开在房屋另一面的窗口望出去看到另一个景观一样，由这一点去想，事物会呈现不同的方面就比较容易理解了。如果埃梅没有看错，那么罗贝在布洛克对他说起电梯司机时脸上突然绯红，其原因可能就不仅仅在于布

[1] 《特里斯坦与伊索尔德》是瓦格纳根据中世纪凯尔特民间故事《特里斯坦与伊索尔德》改编的一部歌剧。

洛克把“电梯”说成“顶梯”。不过我深信圣卢生理上的演变不是在那个时候开始的，他当时还只爱女人。回想起来，在巴尔贝克他对我的友谊便是明辨此事的最好迹象。只有他爱女人的时候他才真正能对男人产生友谊。此后，至少在一段时期里，他对与他无直接关系的男人一律表现出冷漠，我想这种冷漠一部分是由衷的，因为他态度变得很生硬，但也有夸张的成分，为的是让别人相信他只注意女人。不过我总还记得有一天在东锡埃尔，我正要去维尔迪兰家吃饭，他对夏利注视良久后对我说：“真奇怪，这小伙子，他有些地方像拉谢尔。你不感到吃惊吗？我觉得他们有不少相同之处。不过反正这与我无关。”然而接着他的眼睛却久久迷惘地看着远方，好似一个人在重新开始一局牌或在出外吃饭之前想到一次遥远的旅行，想到今后永远不会做这种旅行，便感到一瞬间的怀恋。罗贝在夏利身上看到拉谢尔的影子，希尔贝特呢，则竭力仿效拉谢尔以取悦丈夫，她像拉谢尔一样头发上戴着朱红、粉红或黄色丝绸结，也梳一样的发型，因为她相信丈夫仍然爱着拉谢尔，她妒忌她。罗贝的爱情有时介乎男人对女人的爱和男人对男人的爱之间，这是可能的。总之他对拉谢尔的怀念在这方面只起一种审美作用。它甚至也不可能起别的作用。曾经有一天，罗贝叫她打扮成男子，要她让一绺头发垂下来，不过他只是看看她，好像不太满意。他对她却仍然很依恋，准时按数——虽然不是心甘情愿——付给她那笔他许诺的年金，但这并不妨碍拉谢尔后来对他施展卑劣的手段。如果希尔贝特知道他对拉谢尔的这种慷慨只不过是不得已地实践一个诺言而并不牵涉到任何爱情，那么她是不会为此而痛苦的。然而罗贝偏偏装作对拉谢尔旧情依依。同性恋男子倘若不装模作样钟情于女人，他们倒可能是最理想的丈夫。再说希尔贝特也毫无怨言。当初正由于她以为罗贝被拉谢尔所爱，而且爱得那么长久，她才想得到罗贝，并且为他拒绝了不少更合适的择偶对象；他娶她似乎对她做了某种让步。确实，一开始，在这两个女人之间做一番比较（虽然她们在魅力和容貌方面是如此悬殊），对甜美的希尔贝特是颇为不利的。但后来希尔贝特愈来愈得到她丈夫的敬重，而拉谢尔的地位却日见降低。

另一个前后不一致的人物是斯万夫人。如果说在希尔贝特眼里，婚前的罗贝头上已环绕着双圈光轮，一圈是从德·马桑特夫人的哀叹里不断透露出来的他和拉谢尔的同居生活造成的，另一圈是盖尔芒特家族在她父亲心目中始终享有的并在她心中得到延续的威望造成的；那么德·福什维尔夫人则不同，她原企望女儿能攀一门更光彩的婚姻，也许嫁一位王子或亲王什么的（有些王室亲戚不富裕，他们会接受这笔嫁资——已经远远低于原先许诺的八千万——何况福什维尔这个姓氏已经使这笔钱脱尽了俗气），她企望她的女儿不像圣卢那样因远离社交界生活而降低了地位，然而她终究拗不过希尔贝特，于是她逢人便抱怨，痛斥她的女婿，可是忽然有一天，一切都变了，女婿成了天使，她即便挖苦他也是偷偷地。原来，随着年岁的增长，斯万夫人（现在成了德·福什维尔夫人）虽然仍旧保留着让男人供养的习惯，却失掉了让他们供养的手段，她的崇拜者都一一弃她而去。她每天都想得到一串新项链，一件缀着钻石的新裙子，一辆更豪华的小轿车，然而她的财产有限，福什维尔几乎把家产都吃光了；她有一个可爱的女儿，但女儿吝啬得可怕——犹太人的哪一种影响在驾驭着希尔贝特？——她对丈夫尚且锱铢必较，对母亲当然更加如此。可是奥黛特突然预感到罗贝可以做她的供养人，而且后来他果真成了她的供养人。她已经不很年轻，但在一个不爱女色的女婿眼里这无关紧要。他只要求岳母平息他和希尔贝特之间发生的这样或那样的争执，能让希尔贝特同意他和莫雷尔一道做一次旅行。奥黛特全力以赴完成了使命后，就立即得到一颗精美的红宝石作为酬谢。然而为此必须让希尔贝特对丈夫更慷慨些。奥黛特规劝女儿要如此行事，而且规劝得极其热心，因为从希尔贝特的慷慨中得到好处的将是她本人。这样，多亏罗贝，年届五十的奥黛特（有人说是六十）每次赴晚宴或参加晚会时，仍能以华丽得出奇的打扮令举座惊叹，却又不必像过去那样需要一位“男友”，再说即便有“男友”，他现在也不会出钱，甚至不会上钩。因此她虽进入了而且似乎永远进入了最后的贞洁时期，她的穿着打扮却从未如此漂亮。

夏利不仅仅是出于坏心眼，出于原先的穷人对让他发了财但又始终让他感到（这一点表现在德·夏吕斯先生的性格里，而且尤其表现在他的语汇里）两人地位差异的主人的怀恨，才转向圣卢以便叫男爵加倍痛苦的。他可能也为了贪利。我的印象是罗贝大概给他很多钱。我动身去贡布雷之前在一个晚会上遇见罗贝，他堂而皇之地伴着一位雍容华贵的女人，人们都以为这女人是他的情妇，他寸步不离她的左右，与她两位一体，仿佛当众裹在她的裙裾里，那种情状令我想到那是他家祖传动作的一种不自觉的重复，不过带着某种更神经质、更惊悸的意味，我曾经在德·夏吕斯先生身上观察到同样的动作，那时他好像裹在莫莱夫人的裙子里，莫莱夫人是他表现亲近女人的一面旗帜，其实亲近女人不是他的目的，但是他喜欢打着这面旗帜，虽然他没有权利这样做，也许他觉得它能起保护作用，或者是认为它有审美价值。回家的路上我发现罗贝在远不如现在富有的时候曾是那么慷慨，而现在却变得如此节俭，这使我非常吃惊。人们只珍惜自己拥有的东西，或者一个人钱不多时能挥金如土，而富足后却守财如命，这都是相当普遍的现象，但我觉得这现象在罗贝身上表现得有点特别。圣卢不肯乘马车，而且我看见他保留了一张有轨电车转车票。在理财方面他无疑发挥了他与拉谢尔同居期间获得的才能，不过为着不同的目的。一个已与女人生活过很长一段时间的年轻人不似结婚前从未有过女人的童男那样缺乏经验。罗贝不常常带妻子上餐馆，但每次只要看他如何灵活而又毕恭毕敬地取下她的衣物，如何熟练地点菜和差遣侍应生，如何在希尔贝特穿上紧腰上衣之前细心地理平她的衣袖，就能知道他在成为这个女人的丈夫之前长期当过另一个女人的情夫。同样，过去他曾不得不照料拉谢尔的家，直至细枝末节，一则因为拉谢尔于此一窍不通，二则因为他受妒忌心的驱使想自己指挥仆役。因此后来在管理希尔贝特的财产和料理家政时，他才能继续发挥巧妙而内行的本领，也许连希尔贝特也望尘莫及，于是乐得把担子丢给他。不过圣卢这样做无疑主要是为了让夏利从他的铢积寸累中得益，要做到既能阔绰地供养他又不让希尔贝特觉察，也不让她的生活受影响。也许他以为这位小提琴手也像“所有的艺术家”一样爱乱花钱（夏利不太自信也不太自豪地自命为艺术家，以此为自己不回信以及其他一大堆缺点辩解，他认为这些缺点是公认的艺术家心理特征的一部分）。我个人认为从道德观点来说，从男人那里抑或从女人那里得到乐趣，这无关紧要，人们到能获得乐趣的地方寻找乐趣是再理所当然、合乎人情不过的事。假如罗贝没有结婚，那么他和夏利之间的关系就不应该引起我丝毫的悲伤。然而我又清楚地意识到如果罗贝仍然是单身汉，我的悲伤会同样强烈。这种事若是出在别人身上，我会漠然置之。但是想到我过去对另一个圣卢，一个与现在的他判若两人的圣卢曾怀有那么深厚的情谊，而且我从他那冷漠的、支支吾吾的态度感觉到，自从男人有可能激起他的情欲以后，他与男人之间已不可能存在友谊，因而他也不可能回报我以友谊，想到这些我禁不住流泪了。这种事怎么会发生在这个小伙子身上？他曾经那么钟爱女人，当“从上帝身边来的拉谢尔”要离开他时，我看见他那么绝望以至于害怕他会自杀。难道夏利与拉谢尔之间的相像——我并未觉察出——是罗贝从他父亲的爱好过渡到他舅舅的爱好以便完成生理上的演变的跳板吗？其实即使在他舅舅身上，这一演变也开始得相当晚。有时埃梅的话又来困扰我；我回忆起那年在巴尔贝克的罗贝；他对电梯司机讲话时着意不看他，那样子很使我想起德·夏吕斯先生对某些男人讲话时的神情。这一点，罗贝很可能得之于德·夏吕斯先生，不过是得之于盖尔芒特家族的某种高傲的气质和体态，而不是得之于男爵特有的癖好。比如德·盖尔芒特公爵，他完全没有这种癖好，但他转动起手腕来和德·夏吕斯先生一样有力，仿佛是在绕着手腕抽紧一条花边袖口，还有嗓音里那种尖锐和做作的调子，以及其他种种举止，这些举止若是出自德·夏吕斯先生，人们就会赋予它们一种含意，而他自己赋予的则是另一种，因为个人总是借助一些非个人的和返祖的特征来表达自身的独特之处，而且它们也许只不过是古远的特点固定在动作和声音里罢了。这一假设已涉及博物学了，按这一假设推论，应该被称为有缺陷，并部分借助盖尔芒特家族的特点来表现这一缺陷的盖尔芒特成员就不是德·夏吕斯先生，而是德·盖尔芒特公爵，因为公爵在这个生理反常的家族里是个例外，他丝毫没有沾染上祖传的毛病，而它在他身上留下的外部烙印也就失掉了任何意义。我还记得第一天在巴尔贝克看到圣卢，金黄的头发，整个人仿佛是用稀有的珍贵材料做成的，手拿着单片眼镜在面前挥动，我总觉得他有点女人气，这当然不是我现在得知的他的癖好产生的结果。而是盖尔芒特家族特有的温文尔雅给人的感觉，宛若精致的萨克森瓷器，德·盖尔芒特公爵夫人也是用这种质地的材料塑就的。我也记得他对我的情谊以及他表达这种情谊的温柔而多愁善感的方式，这也许会使别人得出错误的想法，可我心里思量，这同样不意味着我现在得知的事情，在当时这意味着别的，甚至完全相反的东西。那么他的癖好始于何时呢？如果始于我重返巴尔贝克的那一年，那么他为何一次也没来看过电梯司机，而且从未和我谈起过他呢？至于第一年，他当时是那么狂热地迷恋着拉谢尔，怎么可能注意电梯司机呢？那年我觉得圣卢像所有道地的盖尔芒特那样与众不同。不料他比我以为的还要特别。然而我们未能直接感觉到的东西，我们仅仅从别人那儿获悉的东西，我们再也无法让我们的心灵接受，因为时机已经过去，心灵与现实的通道已经关闭；因而我们也不可能享受我们的发现，因为为时已经太晚。何况，上述的发现太使我痛苦，我精神上无论如何不可能享受它。自从听了德·夏吕斯先生在巴黎维尔迪兰家对我讲的那番话以后，我也许已经不再怀疑罗贝的情况是很多正派的人甚至是最聪明、最善良的人中的一例，无论从谁那儿得知他的情况对于我都一样，无论从谁那儿，除了从罗贝那儿。埃梅的话给我留下的疑云使我和罗贝在巴尔贝克和东锡埃尔结下的友谊变得晦暗无光，而我虽然并不相信友谊，而且对罗贝从未真正产生过友谊，但是回想起电梯司机的事，回想起我与罗贝及拉谢尔在餐馆用午餐时发生的事，我就不得不克制自己，以免流下眼泪。

图书在版编目（CIP）数据

追忆似水年华. 第六卷，女逃亡者/（法）马塞尔·普鲁斯特著；刘方，陆秉慧译. —南京：译林出版社，2022.9（2026.2重印）

ISBN 978-7-5447-9088-8

Ⅰ. ①追… Ⅱ. ①马… ②刘… ③陆… Ⅲ. ①长篇小说 – 法国 – 现代 Ⅳ. ①I565.45

中国版本图书馆 CIP 数据核字（2022）第 038115 号

追忆似水年华（第六卷）女逃亡者 ［法国］马塞尔·普鲁斯特／著
刘 方 陆秉慧／译

责任编辑 唐洋洋 鲍迎迎
装帧设计 山川制本workshop
插图绘制 Moeder Lin
校 对 蒋 燕
责任印制 董 虎

原文出版 Gallimard, 1984
出版发行 译林出版社
地 址 南京市湖南路 1 号 A 楼
邮 箱 yilin@yilin.com
网 址 www.yilin.com
市场热线 025-86633278
排 版 南京展望文化发展有限公司
印 刷 南京爱德印刷有限公司
开 本 880毫米 ×1240毫米 1/32
印 张 121.875（全七卷）
插 页 10
版 次 2022 年 9 月第 1 版
印 次 2026 年 2 月第 5 次印刷
书 号 ISBN 978-7-5447-9088-8
定 价 780.00 元（全七卷）

版权所有·侵权必究

译林版图书若有印装错误可向出版社调换。质量热线：025-83658316